Fotografía © Star Black

JAIME MANRIQUE es el aclamado autor de *Maricones Eminentes, Luna Latina en Manhattan, Twilight at the Equator* y *Oro Colombiano.* Es el autor de los poemarios, *Mi Noche con Federico García Lorca* y *Tarzán, Mi Cuerpo, Cristóbal Colón.* Escribe para Salon.com, la revista BOMB y varias otras publicaciones. Vive en Nueva York y es profesor asociado en el programa MFA en la Universidad de Columbia.

rayo Una rama de HarperCollinsPublishers

Nuestras Vidas

Son

los Ríos

UNA NOVELA

JAIME MANRIQUE

Traducido del inglés por Juan Fernando Merino

Diseño del libro por Shubhani Sarkar

Este libro fue publicado originalmente en inglés en el año 2006 en Estados
Unidos por Rayo, una rama de HarperCollins Publishers.

PRIMERA EDICIÓN RAYO, 2007

Library of Congress ha catalogado la edición en inglés.

ISBN: 978-0-06-082072-5
ISBN-10: 0-06-082072-1

07 08 09 10 11 DIX/RRD 10 9 8 7 6 5 4 3

PARA JOSEFINA FOLGOSO,

IN MEMORIAM

AGRADECIMIENTOS

En reconocimiento a su apoyo, quiero agradecer a la Colonia para Escritores MacDowell, el Retiro para Escritores Medway, la New York Foundation for the Arts, la Foundation for Performance of the Contemporary Arts y la John Simon Guggenheim Foundation.

My Splendors are Menagerie—
But their Competeless Show
Will entertain the Centuries
When I, am long ago,
An Island in dishonored Grass—
Whom none but Beetles—know.

EMILY DICKINSON

(Mis esplendores son un zoológico
Más su espectáculo sin parangón
Será diversión de siglos
Cuando yo, sea desde largo tiempo,
Una isla en hierba deshonrada
A quien sólo los escarabajos reconocen.)

DESPUÉS DEL IMPERIO

EN LOS PRIMEROS DOSCIENTOS AÑOS que siguieron a la llegada de Cristóbal Colón al Nuevo Mundo, el Imperio Español se expandió de tal manera por todos los confines de la tierra, que se decía que en ese imperio nunca se ocultaba el sol. Pero hacia 1820, después de una serie de monarcas corruptos, España había perdido la mayor parte de sus territorios en Latinoamérica y había entrado en un período de caos y declive irreversible.

Bajo el liderazgo del general de origen venezolano Simón Bolívar, conocido como El Libertador, cinco naciones suramericanas—Colombia (que se llamaba por ese entonces la Nueva Granada e incluía lo que hoy es Panamá), Venezuela, Perú, Ecuador y Bolivia—habían logrado su independencia después de décadas de cruentas guerras. El sueño de Bolívar era unir a estos cinco países para crear una nación grande y poderosa que se llamaría la Gran Colombia.

CONTENIDO

primer

LIBRO

La Hija del Español

I

QUITO, ECUADOR
1822

Nací rica y bastarda y morí pobre y bastarda. Esa es, en breve, la historia de mi vida. Lo que significó para mí ser Manuela Sáenz, hija natural de Simón Sáenz de Vergara y Yedra y de Joaquina Aispuru, es una historia más larga. Pero la historia que quiero contar, la historia de mi amor por El Libertador, Simón Bolívar, comenzó mucho antes de conocerlo. Comenzó cuando yo era una niña en el colegio de las monjas Conceptas en Quito, donde me tuvo encerrada la familia de mi madre hasta que me fugué con el primer hombre que dijo que me amaba.

Mientras mis compañeras de clase se memorizaban interminables poemas románticos para recitar en las reuniones familiares, yo me aprendía de memoria largos pasajes de las proclamaciones de Simón Bolívar. Al final del año escolar, durante mis visitas a la casa de mi familia en Catahuango, buscaba copias de sus discursos y manifiestos más recientes que llevaba a escondidas al colegio y leía durante el par de horas al día en que lograba escaparme de la vigilancia de las monjas. Leía todo lo que encontraba sobre Bolívar en los pocos periódicos que llegaban a la biblioteca del colegio y me embebía con cada palabra de los relatos sobre él, que con tanta frecuencia eran el tema de conversación de los adultos. Para mí, Bolívar era el hombre más noble que existía en la tierra. Aunque nacido en el seno de la familia más rica de Venezuela, había renunciado a su fortuna para liberar a Suramérica. A mi juicio, ese sacrificio lo hacía aún más heroico. Su esposa murió cuando estaban recién casados, muy poco después de la boda. Se decía que su muerte lo afligió de tal manera que perdió la voluntad de vivir. A Bolívar vendría a salvarlo la revolución.

Había sido exiliado de Suramérica a Jamaica después de su primera derrota a manos del ejército español. Pronto hizo su regreso triunfal. Sus proclamaciones tenían el poder de conmover con la fuerza arrolladora y la verdad de sus palabras. Era un poeta, un guerrero, un gran amante. Adonde quiera que fuese, las mujeres se le entregaban a su paso. ¿Y quién podría culparlas? Yo estaba convencida de que él era el hombre por el cual Suramérica había esperado, el hombre que llevaría el continente hacia su independencia. En el momento mismo en que escuché hablar de las intrépidas hazañas de El Libertador, prometí mi vida a su causa.

Cuando tuve la edad suficiente para comprender que nosotros los criollos no podíamos asistir a los mejores colegios, ni ingresar en las profesiones más prestigiosas o exportar e importar mercancías de otros países que no fuesen España—en otras palabras, que jamás tendríamos los mismos derechos ante la ley que los españoles y simple y llanamente nunca seríamos tratados como iguales y con dignidad, por el único hecho de

haber nacido en el continente americano—empecé a soñar
con el día en que seríamos libres del dominio español. Por ello,
cada una de sus victorias—victorias que liberaban de España
más y más territorios de Suramérica—me enloquecía de alegría. Cuando me enteraba de que su ejército había sufrido una
derrota, sentía como si el destrozo hubiese sido infligido en mi
propia carne… me quedaba en la cama durante días enteros, y
gritaba por el dolor que agobiaba mi cabeza. Si alguien de mi
familia se atrevía a criticar a El Libertador en mi presencia, yo
explotaba de rabia: "¡Qué raza tan ingrata!" les dije una noche
a la hora de la comida a mi tía y a mi abuela, con lágrimas en
los ojos. "Bolívar lo ha dado todo para liberarnos y lo único que
hacen ustedes es burlarse de él. Si el futuro de nuestras naciones está en manos de gente como ustedes, estamos perdidos."
Por lo que a mí atañía, el hombre era perfecto, y uno podía
amarlo y creer en él, o bien pertenecer al campo de sus enemigos y carecer de razón para vivir. Mis amistades y mi familia
aprendieron pronto a ser cautos cada vez que el nombre de Bolívar se mencionaba en mi presencia.

No fue hasta que ya era una mujer casada que se cruzaron
por primera vez nuestros caminos. En 1822, yo había regresado
a Quito procedente de Lima, decidida a vender Catahuango, la
hacienda que me había legado mi madre. Para poder dejar a
James Thorne, el inglés al que me había vendido mi padre, el
hombre que me había tenido por esposa en Lima durante los
pasados cinco años, resolví que tenía que liquidar mi única
propiedad de valor. Mi matrimonio con James me había convertido en una de las damas más ricas del Perú, pero más que
una vida de lujos, lo que quería era mi libertad, y asegurarla
dependía de la venta de la hacienda.

Mi llegada a Quito, acompañada por mis esclavas, Jonotás y

Natán, produjo una conmoción. Entré en la ciudad a caballo luciendo sobre el pecho el más alto honor que Perú concede a un civil: la medalla de oro de Caballero de la Orden del Sol, que el general San Martín me había otorgado el año anterior por mis contribuciones a la independencia del Perú.

Natán y yo acabábamos de empezar a desempacar mis baúles en mi antiguo dormitorio en casa de mi padre, cuando Jonotás irrumpió en la habitación y gritó con exaltación la noticia de que Simón Bolívar y sus tropas estaban ya en la Avenida de los Volcanes. Nos informó que se preparaban para recibir a El Libertador con un desfile y una gran fiesta de baile. Tan solo el año anterior, Bolívar había proclamado la formación de la Gran Colombia, que incluía las provincias de Nueva Granada, Ecuador, Panamá y Venezuela.

Así que no habría podido programar mi llegada a Quito más oportunamente si hubiera tenido conocimiento de los planes de Bolívar. Su arribo inminente era una señal del destino. Estaba resuelta a conocer por fin a El Libertador. De inmediato escribí una nota a las autoridades de Quito solicitándoles una invitación a la fiesta en su honor. En los años que habían transcurrido desde que empezó mi obsesión por Bolívar, mi admiración y lealtad hacia él no habían hecho más que crecer. Fue en parte la admiración ciega que sentía por él la que me concedió el valor y la convicción para trabajar clandestinamente en favor de la independencia del Perú. Las noticias de su próxima llegada a Quito reavivaron todas aquellas emociones adolescentes: ardía con el solo pensamiento de su presencia. En el pasado, Bolívar había parecido tan apartado de mi mundo inmediato como un planeta distante. Ahora, por primera vez, estaríamos en la misma ciudad... en el mismo recinto. El viaje a

Catahuango para hablar con mi tía acerca de mi herencia sencillamente tendría que esperar.

A DURAS PENAS dormí aquella noche. La invitación para asistir a la fiesta había llegado y sabía por tanto que lo iba a conocer. Me levanté de la cama y di órdenes de que me prepararan un baño. Me sumergí en una bañera humeante llena de hierbas fragantes. Jonotás restregó cada pulgada de mi cuerpo, e hizo espuma con un jabón molido francés. Me lavé el cabello con champú francés. Después del baño me deslicé en una sencilla camisola blanca para dejar mis brazos al descubierto. Natán me peinó con unas trenzas que me conferían el aspecto de una colegiala. En caso de que él me viera antes de la fiesta, quería exagerar mi esencia virginal que estaba segura lo atraería hacia mí.

El desfile de la victoria iba a pasar en frente de la casa de mi padre. Recluté a todos en casa para que elaboraran coronas de laurel para arrojar desde mi balcón a los patriotas. Esperé toda la mañana, sin alejarme del balcón, mientras fumaba cigarros, y me negué a probar bocado, atenta a los vítores de la multitud a medida que se hacían más y más estruendosos, lo cual indicaba la cercanía de El Libertador y su ejército de héroes. Los campanarios de las iglesias de Quito acababan de repicar la decimosegunda campanada del mediodía cuando apareció Bolívar en su uniforme de general, glorioso sobre su caballo, Palomo Blanco. Cuando pasaba debajo de mi balcón arrojé una corona de laurel en dirección suya. No me di cuenta de la fuerza con que la había lanzado y la corona fue a golpearle en toda la frente. El atónito general dio un tirón de riendas a su caballo y

Palomo Blanco se encabritó y a punto estuvo de desmontarlo. Me quedé congelada, pasmada por la conmoción que había provocado. Bolívar dirigió una mirada furiosa hacia el balcón y nuestros ojos se encontraron. Sonreí y grité con entusiasmo: "¡Viva El Libertador!" No me respondió, ni me devolvió la sonrisa, pero yo estaba segura de haber vislumbrado un destello en sus ojos que indicaba su perdón a mi imprudente gesto. Supe entonces, casi de inmediato, que podría usar este incidente como un pretexto para acercarme a él en la fiesta aquella noche y pedirle excusas por mi desatino.

Mientras se acercaba la hora de la fiesta, elegí el vestido, los guantes, el abanico, los zapatos, el collar, los brazaletes, los pendientes, tan cuidadosamente como si estuviese preparándome para mi propia boda. Como toque final, con gran orgullo, sujeté de mi fajín negro la resplandeciente medalla de Caballero de la Orden del Sol. ¿Cuántas mujeres en Quito podrían competir con aquello? Me iba a asegurar de que una vez que el general posara ojos en mí, todas las otras mujeres en la fiesta se desvanecieran como sobre un fondo oscuro.

En la fiesta, después de los discursos y los brindis, Bolívar pidió ver la interpretación de una danza folclórica ecuatoriana. De inmediato, me ofrecí como voluntaria. Esta era mi oportunidad. De jovencita, había estado en boca de toda la sociedad quiteña por mi manera de bailar. Al contrario de las otras jóvenes de mi clase social, que danzaban con precisión y modestia, en mi niñez, bailaba con Natán y Jonotás, que me enseñaron a moverme con el desparpajo de sus ancestros africanos. Iba a tener la oportunidad de causar una impresión y lo iba a hacer con mis pasos de baile, los ojos, las manos, la sonrisa y el meneo de las caderas. Iba a tener su atención absoluta sólo una vez. Hay unas cuantas noches, y no son muchas en la

vida de cada persona, cuando te encuentras perfectamente ilu-
minado, como si estuvieras en un escenario, y en ese instante
eres el blanco de las miradas de todos a tu alrededor. Yo tenía
que aprovechar aquel instante.

Se eligió a un parejo para bailar conmigo. Casi ni lo miré.
Podía haber sido alto o bajo, bien parecido o feo, pero ni siquiera me fijé. Bailé una ñapanga… no para mi parejo, sino
para el general. Me alcé el dobladillo del vestido por encima de
los tobillos, eché la cabeza y los hombros hacia atrás y puse a
ondear mis caderas. Giré velozmente, meneándome, conto-
neándome, pavoneándome. Cuando acabó la pieza, escuché el
frufrú de vestidos, el sonido de los abanicos de las señoras que
agitaban el aire, el tintineo de copas, una o dos toses corteses,
carraspeos, susurros que se extendían. Mi baile no había sido
bien recibido por las mujeres, pero a mí sólo me importaba lo
que él pensara. No me atrevía a mirar en dirección suya. Nunca
había escuchado su voz, pero cuando oí que alguien exclamaba
"¡Brava!" supe, por la autoridad que emanaba, que aquella
frase sólo podía venir de él. Comenzó a aplaudir y todos los
asistentes se unieron a él.

Sorbía una copa de champán y recibía los elogios de un grupo
de hombres solteros, cuando uno de los edecanes de El Libertador se me acercó y me dijo: "Señora de Thorne, el general soli-
cita el honor de su compañía." Me sentía mareada mientras
seguía al oficial.

"Brava," repitió Bolívar, una vez que estuve en su presencia.
"Gracias por el placer de presenciar su baile. Fue algo espléndido."

"Mi general," dije, mientras hacía una reverencia y evitaba
el contacto de los ojos, "soy Manuela Sáenz de Thorne." Enfa-
ticé el *de* para que supiera que era una mujer casada. Rubori-

zándome añadí: "soy la mujer del balcón que por poco lo mata con una corona de laurel. Mi danza era un acto de contrición. ¿Me podría perdonar algún día?"

Se echó a reír, con una risa plena y ronca. "Yo sé quien es usted. No sólo es una bailarina espléndida, sino también una heroína de la independencia del Perú. Necesitamos más mujeres como usted, señora de Thorne. ¿Me haría usted el honor de acompañarme a tomar una copa?" Sus ojos parecían horadarme mientras me ofrecía su brazo. "Aquí hay muy mala ventilación. ¿Le apetecería ir a la terraza a tomar un poco de aire?" Su voz resonaba con la confianza absoluta de un hombre acostumbrado a obtener lo que se proponía. ¿A mí qué me importaba lo que pensara la gente? Descansé mi mano sobre el brazo del general. Toqué los músculos bajo la tela de su chaqueta y sentí que la sangre se me subía a la cabeza.

Seguidos por un camarero con copas de champán, salimos del salón de baile y nos encaminamos a la terraza que miraba sobre la plaza principal de Quito. Para la ocasión, había sido iluminada con antorchas y varias fogatas, alrededor de las cuales soldados y civiles bebían y entonaban canciones de la independencia. La negrura del cielo era vívida, como si estuviese hecha con la más fina seda negra y la escarcha reluciente de las estrellas parecía haber sido repintada con polvo de diamantes.

Bolívar y yo estábamos uno al lado del otro, solos, y a nuestros pies se extendía Quito. Corría un aire nocturno frío y me eché a temblar. Él colocó su copa de champán sobre la barandilla del balcón y dijo: "Permítame, señora, no quisiera que se resfriara a causa de mi deseo de tomar aire fresco." Se despojó de su capa roja bordada en oro y cuando la colgó de mis hombros, rozó mis brazos desnudos con sus dedos. Alcanzaba a olerlo, a aspirar su masculinidad inquietante.

Quería comportarme de manera natural; quería que la admiración por él resplandeciera en mis ojos y que él pudiera notarla. "¿Cuánto tiempo piensa quedarse Su Excelencia en Quito?" le pregunté, al regresar a mi papel de dama de la sociedad.

"No lo sé," respondió. "Depende de muchas cosas. Pero después de haber conocido a su encantadora persona, no estoy seguro de que quiera marcharme de Quito tan velozmente."

Pretendí no haber escuchado su halago. No me ruboricé, ni solté una risita sofocada y coqueta. Tenía que hacerle comprender que yo era diferente a las otras mujeres que él solía conocer. "Durante su permanencia en Quito, mi general," le dije, "si hay cualquier cosa que yo pueda hacer para avanzar la causa de la independencia, no importa lo que sea, no importa que tan pequeñita, lo único que tiene que hacer es pedírmelo. Yo estoy dispuesta a dar mi vida por sus ideales."

"Vaya, vaya, ¿siempre es usted así de... de intensa... de grave, señora de Thorne?"

Me comportaba como una tonta. Me eché a reír.

"De hecho, sí que puede serme de ayuda," dijo, y me miró con tal gravedad que por un instante casi me sentí atemorizada. "Tengo entendido que usted conoce al general San Martín. Estoy interesado en que me dé su impresión. ¿Qué clase de hombre es él?"

Cuando el general San Martín había entrado en Lima después de la derrota de las fuerzas del Rey, yo estaba entre los patriotas que él mismo pidió conocer para dar su agradecimiento por el trabajo en pro de nuestro esfuerzo independentista. San Martín y mi mejor amiga, Rosita Campusano, quien había sido la primera en involucrarme en la lucha, se hicieron amantes, y un tiempo después, me invitaban a cenas íntimas en el palacio.

"Sí es verdad que me presentaron a Su Excelencia, el general," respondí, "no quisiera presumir de conocerlo. Sin embargo, es mucho lo que uno puede aprender sobre un hombre, no tanto por la manera en que se comporta con los extraños, en público, sino más bien por la manera en que trata a aquellos en su entorno. El general San Martín trata a sus sirvientes con bondad, a sus hombres con respeto y a la mujer que ama de igual a igual."

"Muy interesante." Tomó un sorbo de su copa y miró hacia otro lado. Todavía tenía la mirada hacia la distancia cuando dijo: "¿Qué impresión le merecen los planes del general para el Perú? ¿Considera usted que es un verdadero republicano o su deseo es que Perú se convierta en una monarquía?"

"Combatimos en estas guerras para deshacernos de las monarquías, Su Excelencia."

"Sí, así es. ¿Pero cree usted que San Martín desea convertirse en rey del Perú?" Lo áspero del tono y lo directo de la pregunta me sorprendieron. En ese momento, tuve una visión fugaz de lo implacable que podría ser aquel hombre, que no se detendría ante nada para conseguir lo que deseaba.

"Espero que no sea así," dije. "Sería una traición de nuestros ideales. No creo que él personalmente quiera ser rey. Sí, hay rumores de que traería a Perú un príncipe europeo para gobernar como monarca. Eso es lo que dicen sus enemigos. Pero yo no presumiría de saber cuáles son los planes del general San Martín para el Perú."

"He escuchado decir que usted y la mujer que él ama son inseparables," dijo Bolívar, sin dar fin a su interrogatorio.

"Rosita Campusano y yo hemos sido como hermanas desde la época del colegio aquí en Quito."

"¿Mantienen correspondencia? ¿Le ha escrito ella sobre la situación política en Lima?"

"He escuchado decir que es un momento delicado, Su Excelencia. La independencia todavía es algo frágil. Hay temor de que las fuerzas españolas que se han instalado en la sierra puedan reagruparse e intentar hacerse con el poder una vez más." Traté de disimular mi turbación. ¿Me quería por espía y no por amante? Por mi íntima amistad con Rosita, yo era la única persona en Quito que podía proporcionarle la información sobre San Martín. Estaba más enterada que cualquiera de los suyos sobre la situación en el Perú y las intenciones de San Martín. Quizás esta podría ser la manera de ganarme su confianza—cosa que me llenaba de alborozo. Si Bolívar me quería como aliada política, le demostraría que el honor era todo mío. Mientras más tiempo estuviera en su presencia, más podría hacer que se enamorara de mí. De esto no me cabía la menor duda. La llave estaba en manos de Bolívar. Si me dedicaba a ayudarle, dejaría de tener importancia procurarme mi herencia y escapar a Europa. Estar con él era otra manera de liberarme.

"Señora de Thorne," prosiguió, por completo ignorante de mis pensamientos, "mis fuentes me han confirmado lo que usted acaba de decirme: los españoles están en plan de reorganizar sus ejércitos para lanzar un ataque sobre Lima. El general San Martín me ha enviado sus emisarios, solicitándome tropas para que vayan en apoyo de los peruanos. Quiere que nos demos una cita en Guayaquil, para hablar sobre el futuro del Perú." Bolívar tomó una pausa. "¿Puedo confiar en él?"

"Puede confiar en el general San Martín," contesté sin atisbo de duda. "A juzgar por el par de ocasiones en que me he visto con él, y por lo que Rosita me ha contado, no parece ser un hombre obnubilado por la ambición y la gloria. En el general San Martín se reconocen una decencia y honestidad verdaderas. No me parece que sea la clase de hombre que solicite una cita con usted para luego traicionarlo. Si él le da su palabra de honor de que va en son de paz, Su Excelencia debería ir de todas maneras."

"Gracias, señora, ha sido usted de una gran ayuda."

¿Me miraría ahora con una percepción diferente, como alguien de valor para él, una ventaja? Detrás nuestro, en el salón de fiesta, la banda tocaba los primeros compases de un vals.

"Señora," me dijo Bolívar, "¿me haría usted el honor de bailar conmigo?"

Acepté su brazo y caminamos hacia el centro del salón de baile. Nos detuvimos debajo de un candelabro que parecía arder con las velas. Muy pronto se formó un círculo a nuestro alrededor. A duras penas, lograba contener mi exaltación. Bolívar tomó mi mano entre la suya y colocó su brazo alrededor de mi cintura. Debajo del traje, sentía la calidez de su mano en mi espalda. Me apretó gentilmente la mano. Al colocar mi otra mano en su hombro, me excitó el aroma de su loción. Sentía el rostro en llamas; aparté la mirada para que él no se diera cuenta. Podía ver todos aquellos ojos clavados en nosotros, y muy poco más, mientras girábamos alrededor de la pista de baile. Su mano apretaba la mía con firmeza, como si de una vez me reclamara como suya. Desde los primeros movimientos, nuestros cuerpos estaban en completa armonía, como si hubiésemos sido compañeros de baile durante muchos años. Era evidente que le encantaba bailar tanto como a mí: sus ojos se iluminaban a medida que la música iba en crescendo. Cuando nuestro vals llegó a su final, los circunstantes aplaudieron. Bolívar se inclinó y me besó la mano. Yo hice una reverencia, le di las gracias por el baile y comencé a alejarme. Me asió de la mano antes de que me alejara y dijo: "Señora de Thorne, hace mucho tiempo que no gozaba tanto de un vals. ¿Me haría usted el gran honor de compartir conmigo el próximo baile, y después el siguiente?"

Muchos de los invitados se nos unieron en la pista. Mientras dábamos vueltas y vueltas a su alrededor, el general me acosaba con preguntas sobre esas personas. Le dije que acababa de regresar a Quito y que algunos de los presentes me eran desconocidos, pero mi falta de información al respecto no interrumpió nuestra conversación. La pista fue nuestra durante horas, riendo, bailando, parando sólo para beber más champán.

Era ya bien pasada la medianoche cuando El Libertador me invitó a visitarlo en su alcoba. Me sentía atolondrada por la bebida, por su atención profusa, el baile, la intoxicación de saberme cerca de tanto poder, de un hombre que ya era una leyenda. Sabía bien lo que la invitación significaba para él. Otra conquista. Las conquistas del general no se limitaban a los ejércitos de España en el campo de batalla, sino que incluían también a innumerables mujeres en su cama. Los nombres de muchas de sus amantes—Josefina Núñez, Isabel Soublette y Fanny de Villars entre otras—eran bien conocidos de un lado al otro de los Andes. ¿Qué haría él si yo me negaba… por esta noche? ¿Volvería a tener la oportunidad de estar a solas con él? Debía proceder con cautela. Después de todo, yo era una mujer casada. Estaba decidida a dejar a mi esposo, y sin embargo, ¿podía permitirme vivir solamente por mis impulsos románticos? Lo había hecho una vez, fugándome con Fausto D'Elhuyar cuando era estudiante en el colegio de las monjas, y las repercusiones fueron graves. Por otra parte, si le decía al general que sí, podría estar esperándome una vida que por mucho tiempo anhelaba. Sabía lo que podía esperar de mi matrimonio con Thorne; con Bolívar las posibilidades eran infinitas. Y nunca descubriría el alcance de esas posibilidades si no me dejaba guiar por mis deseos. En cuanto a los quiteños, ya los había escandalizado una vez. Volverlos a escandalizar, sobre todo si significaba hacer feliz al hombre más grande que jamás había conocido, era un asunto insignificante.

2

LIMA, PERU

1 8 7 5

Natán

Soy una mujer de inteligencia promedio, sin estudios, por si fuera poco una ex esclava. Pero al contrario de la mayoría de los esclavos, viví en el medio de eventos extraordinarios y de la grandeza encarnada en las personas que liberaron de España a los países andinos. Creo que tengo derecho a contar mi versión de lo que sucedió porque viví esos eventos, en carne propia, y porque todavía estoy viva.

Siempre era lo mismo: "Jonotás hizo esto, Jonotás dijo aquello." Sin falta, mi nombre siempre se mencionaba después del de ella. Incluso ahora, cincuenta años después, cuando Manuela, Jonotás, el señor Thorne y el general Bolívar están muertos, y aquellos días han pasado a ser parte de la historia que le enseñan a mis hijos y a mis nietos en las escuelas y que cuentan los hechos de nuestra marcha hacia la independencia, mi nombre no recibe más que una nota al pie de la página.

Pero la verdad es que nunca sentí resentimiento por mi papel secundario, mi vida como una sombra. Desde el principio, cuando todavía éramos niñas, me di cuenta de que la mejor esperanza que tenía de sobrevivir era ser la sombra de ellas dos y seguirles la corriente. De todos modos, esa era mi naturaleza, así me hizo Dios. Jonotás y Manuela eran criaturas de extremos, llamas abrasadoras. Yo nací para siempre ir con la corriente. A Jonotás le gustaba decir que si la casa se quemaba y derrumbaba encima mío yo me quedaría donde estaba, inmóvil como una roca. Yo no era extravagante como ellas dos, pero creo que ni siquiera ellas podían comprender, o podían explicar, la calma natural con que yo absorbía el drama de esa época tumultuosa.

Como soy la única sobreviviente que fue testigo de su leyenda, de vez en cuando recibo la visita de jóvenes estudiantes de historia que vienen a tocar en mi puerta en busca de mi versión sobre aquellos tiempos. Soy una anciana, me quedan pocos años. ¿Quién puede impedirme que cuente mi propia versión de lo que pasó? Aprendí de política y de historia mientras espiaba a los enemigos de Manuela y de El Libertador, mientras les servía sus comidas a Manuela y al general (cuando hablaban entre ellos como si nosotras no estuviéramos allí), mientras limpiaba sus bacinillas, mientras le ayudaba a Manuela a bañarse, a vestirse y a desvestirse, mientras servía tragos y vaciaba ceniceros en las tertulias, mientras echaba carbón al fuego o lavaba los cuerpos de sus muertos. Fue así como llegué a saber lo que sé hoy.

DURANTE MAS DE TREINTA años seguí a Manuela como sólo una esclava puede seguir a su ama. Jonotás y yo teníamos siete años cuando fuimos llevadas a Catahuango para que cuidáramos de Manuela, que entonces tenía tres años. La madre de Manuela nos compró a Jonotás y a mí en una subasta pública en Quito. Habíamos sido llevadas al Ecuador junto con nuestros padres y un grupo de esclavos de nuestro mismo palenque, San Basilio, en la costa del Pacífico de Colombia, que en esa época se llamaba Nueva Granada. San Basilio fue fundado por un grupo de esclavos cimarrones en una franja de tierra junto al mar. Estas familias—mi familia—habían escapado de sus dueños en las provincias de Santa Marta y Cartagena.

Se nos ordenó seguir y vigilar cada paso de Manuela en la casa, en el jardín, en el huerto, para asegurarnos de que la inquieta niña no se lastimara. Para Manuela no había cosa más difícil que estarse quieta. A la menor oportunidad salía a la carrera, desbocada hacia el campo como una potra salvaje. Incluso a su edad, se notaba que su espíritu se impacientaba con las rutinas cotidianas de la hacienda. No pasaría mucho tiempo antes de que Manuela pareciera más madura, mayor que nosotras.

LA PRIMERA VEZ que vi a una persona blanca fue el día del asalto a San Basilio, que fue también el primer día que supe que yo era una esclava. Sabía que había gente blanca más allá de la selva y al otro lado del mar porque mi familia aún vivía en el temor de que sus antiguos dueños enviaran a los buscadores de recompensas a que los encontraran y se los devolvieran en cadenas. Sabíamos que la gente blanca no iba a llegar desde detrás de las montañas porque, para llegar hasta el mar, tendrían que vadear ríos y arroyos en los que pululaban pirañas, anacondas y caimanes y abrirse paso por montes infestados de víboras mortíferas, bichitos chupasangre y jaguares devoradores de hombres. Sólo los africanos se atrevían a aventurarse en el monte. Así que vivíamos en paz en San Basilio: los hombres pescaban en el mar, los ríos, los riachuelos y las lagunas, cazaban monos, aves, venados y bestias salvajes; las mujeres cuidaban las plantaciones de plátano, de yuca y ñame; los niños ayudábamos a nuestras madres, nadábamos y nos secábamos al sol de la tarde. Algunas veces, nos visitaban comerciantes de las aldeas vecinas, africanos que habían escapado hacia el Chocó al igual que nosotros. Traían noticias alarmantes de barcos de esclavos que llegaban a las playas para hacer redadas en los palenques de la costa, noticias de traficantes capaces de cualquier esfuerzo para llevar a nuestra gente de nuevo a la esclavitud.

Algunas personas proponen olvidarse de las cosas malas que les ha pasado, y es así como logran sobrevivir. Toda la vida, yo me he propuesto de no olvidar jamás cómo mi gente fue llevada de nuevo a la esclavitud.

El día que sucedió, los hombres dormían su siesta en las hamacas colgadas de los árboles de mango, las mujeres y los niños dormían en el interior de las viviendas sobre esteras de paja tendidas sobre el suelo fresco. Yo dormitaba junto a mi madre y mi hermano pequeño cuando fui despertada por un *iprum, prum!*, tan estruendoso como si un rayo hubiese caído cerca de allí. Después de un momento escuché a alguien que gritaba: "¡Ay, Ogún, protégenos!"

"Ven, ven, levántate," me dijo mamá, tirándome de la mano. Alzó a Juanito de la estera y lo apretó contra su pecho. Nunca había visto una mirada tan aterrorizada en los ojos de mamá. "Tenemos que escondernos, corre," me dijo, sacándome a empujones de la casa en dirección de los platanales detrás de nuestra vivienda. Afuera, nuestra gente corría en todos los sentidos, mientras lloraban y gritaban. Vi hombres blancos que blandían espadas y machetes, algunos nos apuntaban con sus mosquetes; otros trataban de contener con unas traíllas cortas a unos mastines inmensos, de ardientes ojos rojos que no paraban de ladrar, pero los poderosos animales los arrastraban. Los hombres blancos daban órdenes: "No se muevan; quédense donde están o disparamos."

Los invasores nos condujeron hacia la plaza del pueblo, como si fuéramos un rebaño, al igual que lo hacíamos nosotros cada atardecer con los asnos y los cerdos para que no fuesen devorados por los jaguares. Las mujeres mayores, que recordaban sus años como esclavas sollozaban inconsolablemente, y sus hijos lloraban aún más ruidosamente al sentir que el dolor en la mirada de sus madres era una señal segura de que sus vidas iban a cambiar para siempre. Los hombres estaban callados, como aturdidos por el pavor, al igual que aquel barniz que parece cubrir los ojos de los infortunados que vislumbraban en el monte los espíritus malignos. Yo avanzaba con mamá y Juanito; papá iba adelante.

Al llegar a la plaza nos acorralaron. Moncho Corso y Ramón Eparsa, dos de nuestros hombres que habían sido heridos durante la redada fueron arrastrados hasta el centro del círculo. Los mastines, con sus mandíbulas enormes, sus lenguas gruesas y espumeantes, sus colmillos afilados y los ojos enloquecidos fueron soltados para que se abalanzaran sobre los dos hombres. Mientras Ramón y Moncho lloraban de dolor, los perros les arrancaban la carne a pedazos. Cuando terminó el ataque los mastines se enfrentaron entre sí, sobre la tierra renegrida por la sangre, disputándose los brazos y las piernas que aunque ya estaban desprovistos de vida seguían retorciéndose—al igual que pasa con las colas amputadas de las lagartijas, las serpientes y las iguanas o con los pedazos cercenados de las gigantescas lombrices de tierra que salían después de las lluvias. Escondí la cabeza entre las piernas. Mamá me dio una palmada en el hombro y me dijo: "No cierres los ojos, Natán. Mira y recuerda. Recuerda siempre lo que la gente blanca le hace a los esclavos."

Los mastines hambrientos se hartaron hasta que ya no podían más y luego empezaron a vomitar pedazos de carne. Cada vez que alguno de entre la multitud sollozaba o imploraba clemencia, uno de los hombres blancos gritaba: "Cállate si no quieres que los perros te arranquen la cabeza."

Mientras las bestias se devoraban a Moncho y a Ramón, los blancos nos encadenaron y nos ordenaron que nos quedáramos sentados en el suelo. Allí estuvimos sentados durante horas, bajo el sol candente, sedientos. Mirábamos las largas filas de hormigas rojas que se llevaban a sus montículos trocitos diminutos de carne ensangrentada, y los buitres que volaban en círculos, y esperaban el turno para recoger su parte de los despojos. Observamos mientras los hombres blancos entraban a nuestras viviendas y se llevaban nuestras herramientas, las telas que fabricábamos y las pepitas de oro que encontrábamos en los arroyos cercanos al pueblo.

A la caída de la noche, bandadas de alcaravanes se posaron sobre los árboles en los límites del monte y entonaron una canción lúgubre y rabiosa, como si se despidieran de nosotros. Cayó la noche y con ella llegaron enjambres de zancudos que nos desangraron hasta el amanecer. Mi único consuelo era que me habían encadenado junto a mamá y Juanito, aunque a papá lo habían separado de nosotros y lo habían encadenado con un grupo de hombres.

Un cielo nublado no dejaba ver la luna. Los zancudos, el ulu-

lar de las lechuzas en lo alto de los árboles, los gritos de las aves
nocturnas y las alas batientes de los murciélagos chupasangre,
que revoloteaban por encima de nuestras cabezas, no me dejaban cerrar ojo. Ya cerca de la madrugada me quedé dormida,
con la cabeza recostada en el hombro de mamá. Mis ojos se
abrieron con los primeros rayos del sol y los llantos renovados
de las mujeres y los niños. El aire estaba invadido por el olor de
la carne en descomposición. Con cada bocanada de aire aspirá-
bamos las partículas que aún flotaban en el aire, de personas
que habíamos amado.

Al atardecer, fuimos transportados hacia el barco que esperaba el final de la redada a cierta distancia de la costa. Sólo dejaron en San Basilio a los viejos y los enfermos. Ensartados en las
cadenas, cada uno de nosotros como un abalorio oscuro de un
enorme collar, fuimos arrojados en las bodegas del buque. Allí
viajamos, zarandeados por las olas del océano, con frío, mojados,
mareados, cubiertos en nuestro propio vómito y nuestro propio
excremento. Los que murieron en la travesía simplemente eran
arrojados al agua cuando sus gusanos amenazaban con invadir
las provisiones del barco y el olor era tan insoportable que enfer-
maba a los hombres encargados de traernos algo de comer. En
aquella oscuridad, el día y la noche pasaron a ser la misma cosa.
Empezábamos a preguntarnos si alguna vez volveríamos a ver tierra firme. Uno de los mayores dijo que él creía que navegábamos
hacia Panamá, de camino hacia las provincias de Santa Marta y
Cartagena. Los que habían sido esclavos antes decían que habrían
preferido morir en la redada antes de regresar a aquella existencia de la que habían tenido la suerte de escapar.

De vez en cuando, nos daban una totuma con agua y un pedazo de pan húmedo para que no muriéramos de hambre.
Cuando por fin atracó el barco en el muelle, salimos a la luz del

sol con el aspecto de llagas humanas. Mi hermano Juanito había llegado como un costal de piel y de huesos, casi sin sangre en todo el cuerpo. No estábamos en Panamá sino en Guayaquil, Ecuador. Los hombres que nos habían capturado no eran cazadores de recompensas para llevarnos de vuelta a Nueva Granada, dijo mi padre; eran traficantes de esclavos que planeaban vendernos en Ecuador. "Nosotros somos cimarrones," dijo papá; "nadie quiere comprar cimarrones porque siempre tratamos de fugarnos a la primera oportunidad que se presenta. Pero la gente de acá no lo sabe, así que no será difícil que les den un buen precio por nosotros."

No era necesario que nadie me dijera que en mi vida se habían acabado los días de felicidad. Guayaquil era un puerto grande, con su bahía repleta de navíos de todos los tamaños. Blancos, indios, personas que parecían ser ambas cosas, esclavos y gente con pelo del color del oro, que hablaban idiomas incomprensibles, iban y venían apresurados por el sitio. Yo sólo conocía las viviendas que teníamos en San Basilio, pero en Guayaquil había muchos edificios grandes. Mi papá, que había sido esclavo en Cartagena, me explicó lo de los diferentes tipos de personas y para qué era cada edificio. Cuando escuché repicar las campanas de una iglesia por primera vez, me eché a gritar; sentía la cabeza como si estuviera rellena de cocos secos que chocaban entre sí.

Nuestra gente fue confinada a un corral en las afueras de la ciudad. Se cuidó de los enfermos y se nos dio agua suficiente para que nos laváramos, así como comida en abundancia. Querían que luciéramos tan saludables como antes de la redada. La gente se acercaba a escrutarnos, nos inspeccionaban los brazos y las piernas como si fuéramos animales de gran valor. Afuera del corral, los vendedores ambulantes se congregaban a pregonar sus mercancías. Mi padre fue separado de aquel corral de engorde y vendido a algún blanco que, según me enteraría después, lo puso a trabajar en las Amazonas.

Poco después, muchas de las mujeres con sus hijos fueron puestas en vagones y a cada uno nos entregaron un costal de papas. Se nos dijo que lo cuidáramos porque lo íbamos a necesitar para protegernos del frío. Los vagones se encaminaron en dirección de la sierra y pronto entramos en un mundo frío, brumoso, una tierra de montañas recubiertas de hielo y de volcanes humeantes donde en lugar de monos, jaguares y alcaravanes, por vez primera vi las llamas, las alpacas, los guanacos y los enormes cóndores. Era una tierra de indios, gente de color castaño y de baja estatura que hablaba en su propia lengua. Estos indios no eran como los indios asustadizos que habitaban en el monte más allá de San Basilio y evitaban todo contacto con nosotros. Los indios de los Andes estaban por todas partes. Detrás de sus maneras taciturnas podía ver que ellos, al igual que los esclavos, estaban llenos de odio por el hombre blanco. Sus ojos lo decían todo. De nosotros también sospechaban.

Al cabo del largo viaje, nos vendieron en la plaza principal de Quito. Jonotás y yo fuimos separadas de nuestras respectivas madres, pero tuvimos la ventura de ser vendidas juntas. Durante muchos años, me echaba a llorar cada vez que recordaba aquel día. Por fin, dejé de llorar el día que comprendí que las lágrimas no iban a cambiar nada; que tenía que conservar mi energía si quería sobrevivir.

Al principio, Manuela nos trataba con el afecto que mostraba por su perrito faldero—como si fuéramos algo encantador, pero no del todo humano. Como esclavas suyas, se suponía que debíamos bañarla, acicalarla, darle de comer y jugar con ella. Su juego favorito era disfrazarnos, como si fuésemos sus muñecas

vivientes. Los otros esclavos y los sirvientes indígenas en Catahuango nos recordaban a menudo a Jonotás y a mí que teníamos
suerte, pues al ser esclavas caseras no teníamos que rompernos
la espalda como los que trabajaban en los campos, ni teníamos
que vivir con los otros esclavos en las chozas infestadas de pulgas y de ratas en el Callejón de los Negros, donde dormían uno
encima del otro, como perros, para mantener el calor en las noches heladas. Nosotras podíamos comer los trozos de carne que
sobraban en la mesa de la familia, no las papas hervidas y el
maíz asado con que sobrevivían los otros esclavos. De noche,
desenrollábamos nuestras esteras sobre el frío piso de madera
junto a la cama de Manuela, en caso de que se despertara llo-
rando, con sed, o que tuviera que usar la bacinilla.

La madre de Manuela, Doña Joaquina, era la mujer más
triste que yo había visto jamás—como un ánima sola extra-
viada en el purgatorio. Desde su lecho trataba de administrar
los asuntos de Catahuango y de asegurarse que se cuidara bien
de Manuela. Estaba tan enferma de tisis que a Manuela casi
nunca la llevaban a verla a su habitación. Doña Joaquina era
considerada por sus esclavos y por los sirvientes indios de la
hacienda como un ama benévola. Afortunadamente para Jonotás y para mí, Manuela salió igual a su madre en ese aspecto.

Sólo unos meses después de que llegáramos a Catahuango, la
enfermedad empeoró, llegó un médico de Quito y dos días después, Doña Joaquina falleció. El día que murió, su madre, su
hermana y su hermano llegaron a Catahuango para llevarse el
cadáver a Quito, donde fue enterrada. La tía de Manuela, Doña
Ignacia, y su abuela, Doña Gregoria, se quedaron en Catahuango para criar a Manuela y administrar la hacienda. Después de que se mudaron, parecía como si el pico nevado de un
volcán hubiese rodeado la hacienda.

Cuando Manuela preguntaba por su madre, se le decía que Doña Joaquina había ido a Quito a ver al médico y que regresaría pronto. Manuela lloraba y lloraba, pero ni su abuela, ni su tía sabía cómo consolarla. Al principio, trataban de calmarla dándole juguetes, luego un cachorro, pero a medida que los días llegaban y pasaban y Manuela no dejaba de llorar por su madre, se contentaban con que Jonotás y yo tratáramos de consolarla. Siempre y cuando mantuviéramos a la niña llorona lejos de ellas, se nos permitían muchas pequeñas libertades.

Jonotás y yo descubrimos que si le cantábamos, Manuela se dormía rápida y serenamente. En su dormitorio, de noche, después de que todo el mundo se había ido a la cama, cantábamos para ella, en voz tan suave que nadie nos escuchaba. Recordábamos algunas pocas canciones que habíamos aprendido en San Basilio.

"Canten la canción de las madres," nos pedía Manuela. Y una vez que aprendió la letra la cantaba con nosotras:

Ay, mamá, Ay mamá, ¿dónde estás, mamá?

Adiós, mamá; adiós a todos.

Adiós a nuestra gente.

Adiós al platanar.

Adiós, aleluya.

Adiós, mamá, querida mamá.

Adiós a tus besos

Y al mar en que nos bañábamos.

Adiós a los cocoteros de dulce leche.

Adiós, querida mamá.

Adiós, queridos amigos.

Adiós a todo, adiós.

Después de que Manuela se quedaba dormida, Jonotás y yo nos apretábamos en la oscuridad y derramábamos lágrimas por nuestras propias familias. Reservábamos nuestra tristeza para las horas de la noche—si durante el día nos sorprendían mientras llorábamos, nos castigaban por ser desagradecidas.

A medida que pasaba el tiempo, se hacían más y más borrosas en mi recuerdo las facciones de mi madre. Era como si la viera a través de una cortina de niebla; el sonido de su voz y el olor de sus senos cuando me abrazaba se hicieron más débiles, se desvaneció la sensación que dejaban sus dedos en mi cabeza cuando recorría mi cabello en busca de piojos antes de hacerme las trenzas. Jonotás y yo teníamos un juego. Nos decíamos la una a la otra: "Cuéntame cómo era mi mamá," y entonces recordábamos detalles de la madre de la otra. Un día comprendí que a quien recordaba no era a mamá, sino a la versión que me daba Jonotás.

Nunca dejó de dolerme la pérdida de mamá. Años después, cuando fuimos llevadas de Catahuango a Quito para vivir en la casa de Don Simón, cada vez que veía a una mujer negra de cierta edad que caminaba por los alrededores, la seguía un par de calles, preguntándome si sería o no mi madre. Algunas veces en el mercado veía a un negro al que no reconocía, ya fuese hombre o mujer, que parecía traído a Quito de Nueva Granada. Me acercaba a aquellos desconocidos, me presentaba y les preguntaba si conocían a una mujer negra llamada Julia, de unos cuarenta años, casada con Nemesio, del palenque de San Basilio en Nueva Granada. La gente siempre hacía gestos de que no los conocían—nadie sabía nada. Era como si mi madre hubiese sido arrojada en la boca del volcán humeante cerca del cual yo vivía ahora y se hubiese convertido en polvo. Me negaba a renunciar a la esperanza de que mi madre estuviera en algún sitio de Ecuador, tal vez ni siquiera muy lejos de Quito. Cuando la encontrara, le pediría a Manuela que se la comprara a sus amos y la trajera a vivir con nosotras.

MANUELA DEJÓ DE preguntar por su madre, y sólo de vez en cuando lloraba durante la noche, mientras llamaba a Doña Joaquina. La tía y la abuela de Manuela no intentaban consolarla. Era como si el solo verla les recordara algo malo. Cuando Manuela sentía que los Aispuru nunca le iban a dar afecto, nos buscaba a nosotras. Fue entonces cuando nos convertimos en su familia, las únicas personas en Catahuango en quienes podía confiar, y aprendimos a quererla, y ella a querernos a nosotras a pesar de la diferencia en el color de piel.

Jonotás y yo éramos unas jovencitas, pero sabíamos que los esclavos eran comprados y vendidos, y que los más desafiantes eran marcados con hierros candentes; las mujeres eran marcadas con las iniciales del amo en la frente y las mejillas. Habíamos oído hablar de amos crueles que mataban a sus esclavos rebeldes, porque sabían que no tenían que responder ante la ley. Entendíamos que nuestra mejor oportunidad de llevar una vida tolerable como esclavas sería bajo la protección de Manuela. Por ley, pertenecíamos a ella, y sólo ella podría disponer de nosotras.

Aquel par de años que siguieron a la muerte de Doña Joaquina, y antes de que Manuela fuese enviada a Quito, interna en el colegio de las monjas a los siete años de edad—a pesar de la pérdida de nuestras familias, a pesar de que no éramos libres—se cuentan entre los años más felices de mi vida. Con

Manuela se nos permitía jugar, se nos permitía ser niñas, cantar y reírnos. Siempre y cuando evitáramos que Manuela se metiera en líos, éramos alimentadas, vestidas y preservadas del restallido furioso del látigo del amo, la señal definitiva de la vida infernal de un esclavo.

3

QUITO Y PANAMÁ

1800–1817

Manuela

De mi madre sólo me queda un recuerdo borroso: postrada en la cama, escuálida, los ojos dilatados, un pañuelo con manchas color escarlata apretado en su mano. Un día se llevaron a mi madre a Quito y no me dejaron despedirme de ella. Después de un tiempo, comprendí que mi madre no iba a volver nunca a Catahuango, que había muerto. Instalaron una pesada cerradura en la puerta de su dormitorio, que no se volvería a abrir nunca, al menos en mi presencia. Habría querido tanto tener alguna cosa que me recordara a mi madre—un camafeo, un pañuelo de encaje, un anillo, un abanico, pero todos sus objetos personales desaparecieron. Peor aún, su nombre nunca se mencionaba, como si jamás hubiese existido. Yo atesoraba aquel único vestigio de su existencia, aquel recuerdo que me quedaba, mi madre enfermiza y en cama.

De mi padre, por su parte, no tenía el más mínimo recuerdo. Crecí preguntándome quién podría haber sido. Esperaba y seguía a esperas de que mis parientes me hablaran sobre mis padres. Nunca lo hicieron. Yo tenía miedo de preguntar, tenía miedo de la respuesta. ¿También estaría muerto él? Y si estaba vivo, ¿por qué no venía a verme?

Poco después de mi sexto cumpleaños, por fin reuní el valor para preguntarle a la tía Ignacia por él. "Manuela, haces demasiadas preguntas," respondió bruscamente. Esa manera de hablar suya, como si cualquier mención de mi padre fuese un tema tabú, me dejó sin palabras. Tendría que encontrar otra manera de averiguarlo y de saber dónde vivía.

Un día que jugaba en el huerto con Jonotás y Natán, les pregunté si sabían quiénes eran sus padres.

"A los esclavos no les dicen adónde se llevan a sus familias después de que los venden," dijo Jonotás.

"¿A mi padre lo vendieron también?"

Las niñas se rieron entrecortada, nerviosamente. Natán dijo: "No, Manuela, tú eres blanca. Tú eres nuestra ama. A la gente blanca no la venden. Tu padre no era un esclavo."

Me puse a pensar por qué algunas personas eran compradas y vendidas y otras no, pero esa parecía una pregunta demasiado grande. "Ya sé que mi madre está en el cielo. ¿Pero dónde está mi padre?"

Jonotás dijo que no sabía. Arrugó la cara con esa manera tan particular que tenía para darme a entender que estaba pensando. "Si quieres, puedo tratar de averiguarlo con los sirvientes."

Esa noche en mi alcoba, después de que despabilaron la vela, Jonotás se incorporó de su estera en el piso y se subió a mi cama. Me susurró al oído: "La cocinera dice que tu papá vive en Quito." Con abrazos y besos le di las gracias a Jonotás por la noticia. La alegría y la curiosidad no me dejaron dormir esa noche.

A la mañana siguiente, durante mi clase diaria de lectura con la tía Ignacia, mientras temblaba de emoción y temor, le dije: "Tía, sé que mi papá vive en Quito. Quiero conocerlo."

De un golpe cerró el catecismo que leíamos. "¿Quién te dijo eso?"

"Nadie," le contesté, para no meter en líos a Jonotás. Antes de que mi tía tuviera ocasión de hacerme más preguntas, lancé el libro contra la pared y me puse a patear el suelo de madera y a gritar: "¡Quiero ver a mi padre! ¡Quiero verlo!"

"Escúchame, Manuela," dijo Ignacia con aspereza, "tu padre tiene una esposa e hijos propios. Él no quiere verte. Tú eres su hija ilegítima. Eres una vergüenza para él. Al igual que eres una vergüenza para nosotras."

"¡Usted es una mentirosa! ¡Mi padre me ama!" le grité. Me levanté de la silla y la aventé a un lado sin importarme el castigo que se le podría ocurrir a Ignacia. Salí precipitadamente del cuarto y de la casa y corrí hacia el huerto, donde encontré un parche de césped debajo de un duraznero, y me arrojé al suelo y lloré desconsoladamente mientras arrancaba manojos de hierba con las manos y los dientes. Jonotás y Natán vinieron a buscarme, y Jonotás me tomó en sus brazos mientras Natán me frotaba la frente, pero yo no paraba de gritar y temblar, hasta que me derrumbé, exhausta.

Aquella noche, a la luz de la vela en mi alcoba, redacté la primera de las incontables cartas que le escribiría a mi padre. Humedecí la pluma en el tintero y escribí: "Querido Papá: Yo soy Manuela. Vivo en Catahuango. ¿Puedes venir a verme? Tu hija."

Soplé la tinta en el papel para secarla con mi aliento, doblé la carta, la puse en un sobre que había sacado de la oficina de mi tío y utilicé su sello para cerrarla. Cuando terminé de hacer todo esto, caí en cuenta de que no sabía cómo enviar una carta. Peor aún, no sabía cuál era el nombre de mi padre. Me sentí tan insignificante en el mundo, como una hormiga minúscula. Mi corazón se llenó de veneno en contra de la tía Ignacia.

El día que me contó la verdad fue la primera vez que escuché las palabras "hija ilegítima." A partir de ese momento, y hasta que me convertí en una mujer adulta, esas palabras, más que cualesquier otras, tendrían el poder de herirme y humillarme. Las escucharía usadas en mi contra por las monjas del colegio. Usaban el término "ilegítima" como una manera de separarme de las otras niñas, como una manera de indicar que me encontraba mancillada, impura. A medida que crecía comprendí que todos los criollos éramos considerados "ilegítimos"—y por lo tanto, inferiores—de acuerdo a los españoles. Fue a partir de entonces que empezó a crecer mi desprecio inextinguible por la Corona española. Mucho antes de saber que en Suramérica se emprendían batallas para liberar a mi gente, a los descendientes de los españoles nacidos en suelo americano, lo que yo más anhelaba era ver a los españoles, con su pretenciosa superioridad, con su catolicismo hipócrita, expulsados de nuestra tierra y enviados de vuelta a España, humillados. Anhelaba que probaran en carne propia la vergüenza y la deshonra que yo sufrí a manos de mi familia y de las monjas. Estaba convencida, desde niña, que nunca me libraría de la etiqueta de ilegitimidad hasta que fuéramos libres de España.

CUANDO TENÍA SIETE años, mi tía me informó que me iban a enviar a Santa Catalina, un colegio y convento en Quito en el que las niñas de "buenas" familias eran educadas por las monjas Conceptas. "Tuvimos que pagarles una fortuna," dijo Ignacia durante la cena la noche antes de que partiera de Catahuango hacia el colegio, "para que no tuvieran en cuenta las circunstancias de tu nacimiento. Asegúrate de ser buena alumna, Manuela. Lo que hacemos es un sacrificio enorme por ti y yo no estoy segura de que lo merezcas. Pero es lo menos que podemos hacer. Después de todo, llevas nuestro apellido."

Me entristecía alejarme de Jonotás y Natán, pero no veía la hora de irme lejos de unos parientes que no me querían, así como de conocer a otras niñas de mi edad. Tenía la esperanza de que las Hermanas del convento, que estaban casadas con Cristo y dedicadas a hacer buenas obras, fueran bondadosas y maternales. Deseaba tanto tener una madre. Mis esperanzas fueron destrozadas muy pronto. En clase, cuando levantaba la mano porque sabía la respuesta, siempre les preguntaban primero a las otras niñas. Nunca recibía elogios por mis tareas, incluso cuando merecía las calificaciones más altas y nunca recibía una golosina, o un pedazo de fruta adicional o un pastelito, como algunas de las otras niñas.

La Virgen María, madre de Dios, era mi único consuelo. Le rogaba a ella, rebosante de amor por todos los seres humanos, que aliviara mi desgracia. Ya que ningún adulto me demostraba afecto, ella sería mi fuente de amor. Me convertí en una devota de la Virgen y me aprendí muchas oraciones dedicadas a ella. Con frecuencia durante nuestro recreo del mediodía, cuando todas las otras niñas salían a tomar un poco de aire fresco, yo me encaminaba a la capilla y de rodillas le rezaba a la Madre Bendita, implorándole que hiciera que las monjas me trataran tan gentilmente como trataban a las niñas de las "buenas" familias.

Durante mi primer año en el colegio, a medida que se acercaba mayo, el mes dedicado a la Virgen, avanzaban los preparativos para las celebraciones diarias que tendrían lugar. A todas las niñas se les asignaba tareas que debían realizar y así dar fe de su devoción a la Virgen. A algunas se les encargó arreglar las flores del altar, o cambiar todos los días el agua de los jarrones o encender las velas en la capilla y restregar la cera que caía derretida sobre el piso de madera. Yo esperé y esperé que se me asignara alguna tarea, pero fui una de las pocas niñas que no fueron elegidas para honrar el nombre de la Virgen. A pesar de que las monjas me causaban pavor—había visto cómo usaban una vara para dar nalgadas a las pocas niñas que se atrevían a levantar la voz para protestar por algo—fui a ver a la Madre Superiora en su despacho. Temblaba de temor, cuando la escuché decir: "Entra."

"Manuela Sáenz," me dijo, con el ceño fruncido, "¿qué haces aquí? Deberías estar en clase."

Sentía cómo mis rodillas entrechocaban, pero tenía que hablar. "Quiero saber por qué no fui elegida para servir a la Virgen María durante el mes de mayo, reverenda Madre," dije con una vocecita.

"Ven aquí," dijo la Madre Superiora, indicándome que me acercara a su escritorio. Me faltaban las fuerzas. Cuando estaba tan cerca que podía sentir su respiración en mi rostro, me dijo: "Las niñas como tú, Manuela Sáenz, nacidas de uniones impías, no son dignas de servir a la Madre de Dios. La Virgen solo acepta a las niñas inocentes. Tienes suerte de que te aceptáramos en el colegio. Pero te advierto de una vez que si vas a ser causante de problemas, te enviaremos de vuelta con tu tía. ¿Entendido? Y a partir de ahora, y por todo el tiempo que seas alumna de este colegio, te prohíbo que vuelvas a mencionar este tema. Recuerda siempre que eres una infortunada indigna de servir a la Santa Madre de Nuestro Salvador Jesucristo. Vete a clase... inmediatamente."

Mi odio hacia la Iglesia Católica nació ese mismo día. Después de aquello, dejé de rezarle a la Virgen. Si en verdad yo no era digna de servirle a ella, si ella era incapaz de protegerme de la crueldad de las monjas, ¿para qué pasar horas de rodillas mientras rogaba su intercesión? Con el paso de los años, aquel sentimiento venenoso se convirtió en una convicción de que Dios no podía existir si permitía que hubiese tanto sufrimiento e injusticia en la tierra. Y si acaso existía Dios, ¿de qué nos servía?

DURANTE LOS DIEZ años que siguieron, aquellas despiadadas monjas Conceptas de velos negros me hicieron rezar y recitar el rosario por horas enteras todos los días de rodillas, algo que a veces se prolongaba por varias semanas, justo durante los que deberían haber sido los días más despreocupados de mi vida. Las monjas creían en la mortificación de la carne. Baños helados en el invierno y baños calientes en el verano, y ayunos inacabables, como si nos prepararan para ser faquires, o soldados en los ejércitos de Esparta.

El día escolar comenzaba a las cinco y media de la mañana, cuando cualquier objeto que tocáramos todavía estaba recubierto por una fina capa de hielo formada por el aire glacial de la noche. Después de lavarnos la cara con agua fría y de vestirnos, éramos conducidas como un rebaño hasta la capilla para un período de introspección, al cual seguía la Santa Misa. Cuando por fin se acababa la misa, recibía con gratitud la taza de chocolate y la tajada de pan sin mantequilla que me correspondían.

Había otras dos misas durante el día: una antes del almuerzo y la otra a la hora del toque de vísperas. Para finalizar el día, antes de retirarnos a la cama, teníamos que rezar un rosario interminable. Nos veíamos obligadas a soportar aquella tortura para poder aprender a hacer bordados en oro sobre seda, a tejer y a zurcir las medias, a elaborar cintas y encajes, pegar botones, coser camisas, faldas, chales y todo tipo de ropa interior blanca, para denotar pureza virginal. Las monjas también nos enseñaron a leer en latín para que pudiéramos recitar oraciones arcaicas y estudiar textos piadosos sobre las vidas de los santos que se mortificaban la carne.

Aquellos días en el colegio eran como estar emparedada en un mausoleo frígido. De hecho, en muchas partes del edificio, se podía percibir el hedor agridulce de las monjas que habían sido enterradas en el convento. Cada día debíamos pasar a través de las aterradoras galerías en las cuales colgaban enormes retratos de las monjas fallecidas, pintadas dentro de sus sepulcros, con sus rostros mustios y severos. Aunque llevasen coronas de flores y espléndidas mortajas, su aspecto no se parecía al que habrían tenido en vida, sino más bien como si durante siglos hubiesen estado momificadas. Casi sin excepción, sus rostros mostraban una expresión de desprecio por el mundo, como si estuviesen diciendo: "La vida es sufrimiento, el mundo es un sitio terrible."

Los textos que las monjas preferían para nuestra instrucción eran las hagiografías de otras monjas, bueno, las que habían sido canonizadas, una recompensa a las aterradoras visiones que tenían de su propia mortificación. Memorizábamos largos pasajes de esos libros y los recitábamos en clase todos los días. Se trataba de visiones violentas y cruentas, llenas de canibalismo y cuerpos desmembrados. Me producían pesadillas. Durante el día, cuando me encontraba a solas en la capilla o caminaba por un corredor junto a una imagen de un santo descabezado, se me cerraba la garganta y no podía respirar. De todas las visiones, ninguna era más espeluznante que la de Jerónima, una monja que había vivido recluida en un convento en Santa Fé de Bogotá. La visión que tenía de que era colocada en el interior de un horno encendido y observaba que su cuerpo se carbonizaba mientras su corazón todavía palpitaba, era algo que me ponía enferma. A menudo, antes de enviarnos a la cama, la Hermana Carmenza nos leía algunas de las visiones de Jerónima, tan sólo para recordarnos que estábamos en el mundo para sufrir. Cada noche, antes de que las velas fuesen extinguidas, escuchábamos a Carmenza que repetía en un tono lúgubre: "La muerte no la conocéis, y sois vosotros mismos vuestra muerte: tiene la cara de cada uno de vosotros, y todos sois muertes de vosotros mismos. La calavera es el muerto y la cara es la muerte; y lo que llamáis morir es acabar de morir, y lo que llamáis nacer es empezar a morir, y lo que llamáis vivir es morir viviendo."

Muchos años después descubrí que el gran poeta Francisco de Quevedo había escrito aquel pasaje. No obstante, las monjas se las habían arreglado para sacar de contexto sus palabras poéticas y convertirlas en algo tan inquietante que muchas veces me hacían llorar hasta que me quedaba dormida.

Lo más angustiante de todo era que las persianas de todas las ventanas del colegio que daban a la calle estaban cerradas con clavos. Esto lo hacían para evitar que posáramos los ojos en otros hombres que no fueran los curas que visitaban el colegio. Las monjas nos explicaban que la única manera de orar a Dios en un estado de pureza era nunca estar tentadas por la imagen de ningún hombre. Nuestras almas debían ser como cristales

inmaculados, decían, de modo que nuestras plegarias pudiesen
llegar a oídos de Cristo. La visión de los hombres, incluso desde
la distancia, impediría que escucháramos la voz secreta con la
cual Cristo—nuestro prometido—les hablaba a sus futuras esposas.

Fue durante esta época que me enteré que mi padre había
nacido en una aldea en la región de Burgos, que se había marchado de España en su juventud y se había instalado en Ecuador, donde prosperó como recolector de impuestos al servicio
del obispado de Quito y como presidente vitalicio del Concejo
de la Iglesia Católica. Se había casado con Juana del Campo,
una dama de la ciudad de Popayán, en Nueva Granada, con
quien tuvo numerosos hijos. Todas estas noticias las recopiló
mi única amiga en el colegio, Rosita Campusano, una niña de
Guayaquil que los fines de semana iba a ver a su custodio en
Quito. Cuando creció la amistad, Rosita me confió que ella también era "ilegítima." Igual que yo, había sido aceptada por las
monjas debido a las riquezas de su familia. Para que fuese aceptada una niña ilegítima, la familia tenía que hacer al colegio
una donación monetaria de alto monto. Nuestra educación, al
igual que nuestras propias vidas, no era nada más que el resultado final de una serie de elecciones personales corruptas.

¿Qué niña no ama a su padre, incluso si no es bueno? En
clase soñaba con los ojos abiertos en aquel día—pronto, muy
pronto—en que él vendría a verme y a explicarme las razones
de su silencio. Mi padre sería gentil y amoroso, y me rescataría
de los Aispuru y sería mi protector el resto de mi vida. Rosita

me consiguió su dirección y yo le escribí, presentándome y pidiéndole que viniera a visitarme en Santa Catalina. Cada vez que llegaba el correo, yo contenía la respiración; anhelaba que trajese una respuesta de su parte. Pero aunque le escribí muchas veces, rogándole que me llevara lejos de Santa Catalina, nunca recibí de él ni una línea.

¿Cómo era posible que mi propio padre fuese tan frío y tan despreocupado por mi suerte? ¿No se suponía que todos los padres amaran a sus hijas? A medida que pasaban los años, mis deseos de verlo disminuían y se convertían en rencorosas ansias de venganza. Un día yo llegaría a ser la mujer más importante del Ecuador y mi padre y su familia por fin reconocerían mi existencia y buscarían mi compañía. Entonces yo los humillaría públicamente a él y a su familia, tratándolos como si fuesen desconocidos.

Llegué a la conclusión de que incluso si nadie creía en mí, o me estimulaba, el forjarme un gran destino iba a depender de mí misma. Mis probabilidades eran altas, al menos eso lo sabía. Era más inteligente que la mayoría de mis tontarronas compañeras de clase; y todos, incluso los mezquinos Aispuru, alababan mi belleza. Además, yo sabía con certeza que sería la heredera de la fortuna de mi madre. Una vez que pasara a ser mayor de edad, Catahuango me pertenecería legalmente. Con mis riquezas, podría diseñar mi propio futuro y escoger al marido que quisiera. Vendería la hacienda y me mudaría a París. Allí abriría un salón en el cual los habituales serían las grandes personalidades del momento. Se escribirían novelas y obras de teatro inspiradas en mí; poetas fulminados por el amor me dedicarían libros de sonetos. Un príncipe europeo, un rey—o al menos un duque—se enamoraría de mí y entonces merecería aquel alto grado de respeto que se reserva a la realeza europea. Era en este punto que mi sueño se complicaba. Porque incluso en ese entonces detestaba la idea de los títulos heredados, que veía como otra de los desdeñables legados de España. La única nobleza que reconocí y respeté siempre era aquella de los hombres y mujeres que habían logrado grandes proezas. El explorador y científico alemán Alexander von Humboldt encarnaba mi idea de lo que debía ser la nobleza. Quizás algún día conocería al mismo von Humboldt, y él me aceptaría como discípula y me enseñaría todo lo que sabía. Y entonces me convertiría en exploradora y escribiría libros científicos y escalaría las montañas más altas de Ecuador. En 1802, el explorador había estado muy cerca de llegar a la cima del Chimborazo, que se creía era la montaña más alta del mundo conocido—y una montaña que ningún hombre lograría conquistar. Pero, aún más importante, adoraba a von Humboldt porque había leído en un periódico subversivo, que me había traído Rosita, que él había dicho que llegaba el momento para una revolución en el continente suramericano.

Rosita y yo nos hicimos amigas muy cercanas porque al ser las dos únicas niñas ilegítimas de la escuela, las monjas nos trataban como si fuésemos parias. Otros dos vínculos nos unían: nuestro amor apasionado por la lectura y nuestro gran interés en todo lo que las monjas no nos enseñaban. Rosita y yo reuníamos nuestras mesadas para poder comprar libros afuera y entrarlos al colegio. Ella había sobornado a un sirviente en casa de su custodio para que le comprara novelas y libros que hablaban de la historia. La mayoría de los libros que abordaban asuntos contemporáneos estaban prohibidos y se tenían que vender clandestinamente.

El otro vínculo que compartíamos era que, incluso a tan temprana edad, las dos soñábamos con el día en que Suramé-

rica se liberara de las cadenas de España. El momento para la
revolución había llegado. Si bien los periódicos no podían publicar ningún comentario que fuese crítico de la monarquía
española, y las noticias de ese país tardaban semanas en llegar
a Suramérica, a veces años, en cuanto llegaban al continente se
expandían por su superficie como pólvora encendida.

Ni siquiera los Realistas en Ecuador podían ocultar su
alarma ante la decadencia que aquejaba a la corte española.
Carlos IV y su promiscua esposa, la reina María Luisa, eran
odiados por su propio pueblo, un pueblo al que mantenían en
la pobreza y la ignorancia. A Ecuador habían llegado rumores
de que el heredero al trono, su hijo Fernando, era una especie
de monstruo que había tratado de envenenar a sus propios padres. Que este príncipe pudiese ser amado por los españoles
solo podía significar que el reinado de los Borbones se encontraba en una decadencia comparable a la de los últimos días del
Imperio Romano. Así pues, cuando en 1808 Napoleón Bonaparte instaló a su hermano José en el trono español, se hizo
obvio que muy pronto España se vería demasiado carcomida
por la inminente crisis para estar en condiciones de contener
los anhelos crecientes de independencia en Suramérica.

Fue más o menos por esta época que entre los materiales
impresos que introducía en el colegio enrollándoselos alrededor del pecho y por debajo de las ropas, Rosita logró hacerse
con una copia de *La Declaración de los Derechos del Hombre y de los
Ciudadanos*, escrita por la Asamblea Nacional de Francia. Yo ya
había oído hablar de la Revolución Francesa, aunque tanto en
la casa como en el colegio, siempre la consideraban un ejemplo
deplorable de las consecuencias infortunadas de permitir que
las masas se gobernaran a sí mismas. Memoricé los diecisiete
puntos de la proclamación, aunque quizás el único que entendí

fue el primero: "Los hombres nacen y permanecen libres e iguales en derechos." Esto resultaba suficiente para sostenerme durante estos años en que se me hacía sentir inferior por las circunstancias de mi nacimiento. Aquellas primeras palabras de la *Declaración de los Derechos del Hombre* redactada por los franceses sellarían mi destino.

La única ilusión en mi vida eran las vacaciones escolares, cuando salía del convento para ir a Catahuango, donde pasaba los días montada a caballo con Jonotás y Natán. Las tres éramos inseparables; decíamos que éramos las tres mosqueteras. Jonotás, mi favorita, se había convertido en una jovencita delgada y fibrosa con un matojo de rizos negros, un cuello y un torso alargados, y las piernas fornidas de una alpinista. También era una bromista irrefrenable, y cuando yo se lo pedía, le encantaba remedar a los Aispuru.

Natán, aunque más baja, era más hermosa que Jonotás. Tenía unos ojos grandes y brillantes, y unos rasgos tan delicados que parecían haber sido dibujados con un lápiz afilado. Natán no era revoltosa y algo masculina como Jonotás; al contrario, tenía los modales recatados de una dama. Sin embargo, a pesar de su naturaleza calmada, estaba más que dispuesta a participar en cualquier travesura que inventáramos Jonotás y yo. Entendía que entre Jonotás y yo existía un vínculo especial y no parecía celosa de nuestro trato íntimo. Su sueño era llevar algún día una vida independiente y criar su propia familia. Le prometí que cuando yo fuera adulta le daría la libertad. Me gustaba mucho ese carácter dulce de Natán y sentía más deseos de protegerla a ella que a Jonotás, quien era muy capaz de defenderse por sí misma.

Si bien los Aispuru desaprobaban que yo estuviese tan apegada a las dos muchachas, para ellos era un alivio no tener que estar pendiente de mí todo el tiempo. Cuando volvía al colegio eran muchas las noches frías que me pasaba en vela para revivir todos esos momentos felices con mis dos muchachas, mi verdadera familia.

Los domingos por la tarde, cuando la mayor parte de las niñas salían de la escuela para pasar la tarde con sus padres o sus parientes, o bien con sus guardianes en Quito, yo me quedaba en Santa Catalina, y leía en la biblioteca. La tía Ignacia solo me llevaba a su casa para las fiestas principales. Yo buscaba en los libros el conocimiento que por ser niñas no se nos impartía. Encontraba consuelo en el acto prohibido de leer novelas, unas historias románticas y excitantes que me transportaban muy lejos de los muros húmedos y helados del convento. Leía y releía *La Nouvelle Heloise*, de Rousseau, que Rosita había introducido de contrabando en el colegio. Al igual que la heroína de Rousseau, yo anhelaba ser asaltada por la pasión, infringir las censuras y restricciones de la sociedad y ser redimida por el amor. La lectura me sustentaba, confirmaba mi convicción de que existían otros mundos más amplios y más emocionantes que aquel en el que yo habitaba.

De vez en cuando, alguna niña me invitaba a visitar su hogar un domingo, pero las monjas me lo prohibían. Nunca me daban una explicación, pero yo bien sabía que era por el hecho de ser bastarda. Era otra manera de recordarme mi inferioridad, que yo era alguien con quien las niñas de las familias de bien no debían socializar. El rechazo impuesto por las monjas surtió el efecto deseado: la soledad vino a ser para mí un hábito. Para mitigar mi sufrimiento, no dejaba de pensar en el día en que por fin me iría lejos de las monjas, de mis parientes y del mismo Quito.

UN DOMINGO POR la tarde, cuatro días antes de que yo cumpliera los quince años, Sor Lorena vino a la biblioteca, donde, como siempre, estaba yo dedicada a la lectura, y me dijo que me pusiera las mejores ropas, pues había venido a verme un visitante. Noté que Sor Lorena había dicho "un visitante," así que no podía ser ni Jonotás, ni Natán, que por lo general, venían juntas a verme una vez al mes, y traían de Catahuango una canasta con frutas, mantequilla, queso y pastelitos. También me traían los objetos de aseo personal que yo le pedía a mi tía en las cartas.

En mi habitación, me lavé la cara y las manos, me cepillé el cabello y lo até con una cinta. Estaba entusiasmada con esta sorpresa en mi rutina diaria. En el recinto en que se recibía a los visitantes, un caballero estaba sentado solo en una silla junto a la ventana. Tomé dos pasos en dirección suya y de repente me detuve. El caballero aquel tenía la misma forma ovalada de rostro que yo, la tez del mismo tono de alabastro, el mismo tipo de cabello abundante y lustroso, mis cejas gruesas y los ojos grandes y negros como los míos. Contuve la respiración hasta que me dirigió la palabra.

"Ven acá, Manuela."

Me detuve en frente suyo e hice una venia.

"Yo soy tu padre," confirmó lo que yo intuía.

Me senté frente a él, en silencio, y por la ventana abierta miré hacia un patio en el que había una fuente seca en un jardín en el cual se alzaba una higuera solitaria. Esta era una de las pocas ventanas en todo el colegio que no estaba clausurada, quizás para que los visitantes no encontrasen el sitio demasiado agobiante. En cada esquina del cuadrado que formaba el jardín había un pequeño macizo de claveles rosados. A la luz débil y brumosa de esa hora, el jardín ofrecía un aspecto moribundo. Hacia el norte, por encima de las tejas de arcilla roja del convento, el pico nevado del Cotopaxi estaba envuelto en una cenicienta mortaja de neblina. Fijé la mirada en el volcán, como si estuviese hipnotizada. Me mordí el labio inferior para tratar de resistir las lágrimas que se me agolpaban en los ojos y entrelacé las manos para que dejaran de temblarme. Tenía miedo de que si abría la boca y le decía algo, no haría más que vomitar sapos, víboras y escorpiones. Mi corazón latía tan desenfrenado, que alcanzaba a escuchar su golpeteo.

Mi padre seguía sentado. Lo escuché decir: "Manuela, verdaderamente has heredado la belleza de tu madre."

Me giré para mirar a mi padre, que sonreía. "Señor," le dije con frialdad, "¿por qué razón ha venido? Yo ahora no necesito de usted. En cuanto a mi belleza, nada he tenido que ver con ella. Y la belleza de mi madre solo sirvió para arruinarle la vida."

Sacó un pañuelo perfumado del bolsillo y se sonó la nariz. Yo quería escapar de aquel cuarto, esconderme en mi dormitorio, enterrar la cara en mi almohada.

"Manuela, por favor créeme si te digo que no podría haber venido antes. Soy un hombre casado y con una familia. Mi esposa no lo habría entendido."

"¿Pero ahora sí lo entiende? ¿Eso es lo que me trata de decir, señor? Pues bien, ¿alguna vez se detuvo usted a pensar la vergüenza que su silencio me ha causado? ¿O cuánto tendría que sufrir por causa de su indiferencia? Me temo que ha venido demasiado tarde." Yo quería que experimentara todo el odio que sentía por él, por su horrible esposa y sus hijos.

"Sí que me necesitas, hija mía," dijo. Hizo caso omiso de mi ira y añadió: "En un par de años, estarás en edad de contraer matrimonio y ningún hombre de una buena familia va a quererte como esposa a menos que yo te reconozca públicamente como hija mía."

¡De modo que estaba acá porque los Aispuru le habían pedido que viniera! Me pregunté cuánto dinero le habrían prometido si se plegaba a reconocer su paternidad. "Déjeme asegurarle, señor," me escuché a mí misma decirle con voz estridente, "que no tengo ninguna intención de casarme, si eso es lo que le preocupa. Cuando llegue a la edad adulta, tendré mi propio dinero. No voy a necesitar a un marido para que cuide de mí."

"Deja de hablar sandeces, Manuela," me dijo. "Yo soy tu padre y a mí me debes respeto. A partir de la próxima semana, vendrás a pasar los domingos en mi casa y las vacaciones escolares las pasarás con nosotros. Mi esposa y tu hermano y tus hermanas no ven la hora de acogerte como otra integrante de la familia. Es cierto que he sido un mal padre," dijo mientras se levantaba para marcharse, "pero todo eso ha cambiado a partir de hoy. Espero que llegues a amarme de la misma manera que yo te amo desde este momento."

Ahora que lo había conocido, lo odiaba aún más por su hipocresía. ¿Cómo podía asegurar que me amaba después de haber pasado conmigo sólo un par de minutos? Este no era un hombre en quien podría confiar. Este era un hombre capaz de decir cualquier cosa, con o sin convicción, con tal de obtener lo que quería. Fue así como destruyó la vida de mi madre.

Me convertí en una integrante de la familia Sáenz del Campo. Aunque estaba predispuesta a sentir antipatía por ella, no encontré razones de peso para quejarme de Doña Juana del Campo. A mí, que era una inoportuna adición a la familia, me trataba con formalidad; por su parte, mis nuevas hermanas, las hermanas que había conocido sólo en la distancia y por quienes había sentido envidia durante años, me dieron la bienvenida cortésmente. Clemencia era dos años mayor que yo, y Josefa, tres, y solamente les interesaba hablar de trajes nuevos, de fiestas y de jóvenes que podrían resultar un buen partido para casarse. El primer domingo en casa de mi padre, salieron a visitar a una amiga y no me llevaron con ellas. Cuando mi padre se enteró de lo que había pasado, las hizo llamar en presencia mía y les dijo que a partir de ese día, sin ninguna excepción, tenían que incluirme en todas las facetas de su vida social. Clemencia se volvió hacia mí, y con un tono que rebosaba falta de sinceridad, me dijo: "Te pedimos disculpas, Manuela. Créenos que simplemente fue un descuido. No es que queramos desairarte." Sospecho que estas disculpas forzadas las llevaron a sentir aún más resentimiento hacia mí, si bien se comportarían conmigo con un cierto grado de afabilidad y no me volverían a excluir jamás.

La bobería de mis hermanas me resultaba soportable sólo por la presencia de mi hermano José María, quien había nacido en el mismo año que yo. Desde el primer momento reconocí, por el destello que despedían sus ojos, que era un soñador como yo. Le encantaba montar a caballo tanto como a mí. Fue durante nuestros paseos juntos a caballo que la cercanía íntima que sentíamos empezó a crecer hasta convertirse en un vínculo de cariño. La devoción que me profesaba significó también que mis hermanas tuvieran de hecho que aceptarme como una adición permanente al clan familiar.

Aunque la semilla de la revolución ya germinaba en mi corazón, era tan genuino el amor que sentía por mi nuevo hermano que le perdoné que se alistara en el Ejercito Realista. Con el tiempo, me dije a mí misma, lo convencería de que la única posición justificada para un patriota era unirse a los independentistas que luchaban por acabar con el dominio de la Corona española. Fuese lo que fuese, envidiaba la libertad masculina, que le permitía a mi hermano marcharse del sofocante hogar de la familia—incluso si era para sumarse al execrable ejército de España.

Empecé a aguardar con ilusión las visitas dominicales a la casa de mi padre. Después de una comida temprana que seguía a la misa de mediodía, José María y yo, si el clima lo permitía, cabalgábamos hasta el pie de El Panecillo, atábamos los caballos y luego escalábamos hasta la cima de la montaña. Los días despejados, mientras contemplábamos los volcanes nevados, dejábamos que la imaginación vagara a su albedrío y soñábamos con futuros gloriosos, cuando ambos seríamos felices, estaríamos enamorados y ambos demostraríamos nuestra valentía en el campo de batalla. Yo me veía a mí misma combatiendo en las grandes batallas por la independencia: fulminaba a los enemigos con mi pistola, cargaba con la caballería, blandía una lanza contra las tropas españolas y cuidaba de nuestros soldados heridos. Si bien mi deseo de probar algún día mi valor en el campo de batalla era una idea que divertía a mi hermano, no se burlaba de mis ilusiones, por más peculiares que fuesen.

No se mencionaba ni una palabra del hecho de que en nuestras fantasías luchábamos en ejércitos opuestos.

MI PRIMERA aparición en una misa dominical con la familia Sáenz del Campo provocó una situación bastante incómoda cuando, después del servicio, las otras familias se reunieron para socializar en las gradas de la catedral. Fui presentada como la hija de mi padre—no se ofrecieron más explicaciones. La mayoría de los presentes reaccionaba con frialdad, pero se comportaba con relativa cortesía, simplemente por deferencia hacia mi padre. Después de mi segunda o tercera aparición, los quiteños se hicieron a la idea de que era un integrante permanente de la familia, si bien estaba segura de que a mis espaldas cuestionarían mi condición social. Podía estar segura de que estaba en el centro de los rumores y el desdén.

Mi padre se había convertido en mi mejor opción para liberarme de las monjas y alejarme de los Aispuru, que seguramente habrían estado encantados si yo hubiese tomado los votos religiosos y me hubiese enclaustrado por siempre en un convento. Como si quisiera compensar por todos los años en que había estado ausente, mi padre quiso asegurarse de que la sociedad quiteña supiera qué tan sinceramente orgulloso se sentía de mí, qué tan dispuesto estaba a defenderme. Cada uno de los jóvenes que se acercaba a mí era objeto de un cuidadoso escrutinio. Su excesivo celo protector me incomodaba. A veces, percibía que mis hermanas resentían hasta qué punto yo había llegado a ganar un sitio tan prominente en el afecto de mi padre. Alababa mi belleza e inteligencia constantemente y no dejaba sin complacer ninguno de mis deseos.

Tomé la decisión de explotar su sentido de culpabilidad. Al llegar a los dieciséis años, las monjas permitían a cada una de las alumnas tener una criada personal que le traía comida de afuera del convento, limpiaba su celda, lavaba y planchaba sus ropas y le ayudaba a vestirse. Al final de cada día, las criadas volvían a sus casas. Le pedí a mi padre que trajera a Quito a mis muchachas para que estuvieran pendientes de mí y me concedió ese deseo. A partir de entonces, sólo regresarían a Catahuango de visita, para gran alivio de las dos. Jonotás pasó a ser mi criada personal mientras que Natán se convirtió en una indispensable ama de llaves en casa de mi padre.

Aunque todavía no podía perdonarle a mi padre todo el innecesario dolor que me había causado su negligencia, después de un tiempo empecé a llamarle "papá" en lugar de "Don Simón." Anhelaba que cuando lo llamara "papá" hubiese sido de corazón.

Mi amistad con Rosita Campusano hizo tolerables mis años en el convento. Si bien éramos de la misma edad, Rosita era más baja y más pequeña que yo en todo sentido. Tenía unas proporciones perfectas, como una muñeca en miniatura. Su padre era un comerciante español, propietario de tiendas en Guayaquil, Quito y Lima. Sus negocios vendían telas, botones, cintas, encajes, sombreros y otros accesorios femeninos, por lo cual a Rosita nunca le hacían falta esas cosas y las compartía generosamente conmigo.

Rosita era mi aliada contra las monjas, que nunca dejaban de recordarnos que nos hacían un favor al permitirnos estudiar con niñas de buenas familias. El método favorito de humillación elegido por la Madre Superiora era pedirme cada año que presentara una prueba de que mi padre me había reconocido legalmente como hija suya. Al inicio de cada año escolar yo era convocada a su despacho para recibir la advertencia de que podría no ser invitada a regresar al colegio al año siguiente a menos que apareciera tal documento. Esto se traducía en que la tía Ignacia cada año tenía que hacer contribuciones más y más substanciosas a las sociedades benéficas de las monjas, algo que ella nunca se cansaba de recordarme. Cuando apareció mi padre en mi vida, le pedí que consiguiera ese documento legal. "No puedo hacer eso, Manuela," contestó el muy cobarde. "Mi esposa nunca lo permitiría. Eso te convertiría en uno de mis herederos legales, lo cual sería injusto a tus hermanas y a José María. Recuerda, algún día vas a ser más rica que todos ellos cuando heredes la hacienda de tu madre."

Eso era lo último que yo quería oír salir de sus labios. Lo único que me reconfortaba era aquello del futuro dinero que iba a heredar y que me permitiría forjarme mi propio destino. Se trataba de un consuelo tosco, pero al mismo tiempo poderoso.

A MEDIDA QUE crecíamos, Rosita y yo sentíamos mayor curiosidad por las actividades nocturnas que se desarrollaban al interior de los muros de Santa Catalina. Las dos queríamos descubrir la procedencia de los ruidos extraños que tarde en la noche se extendían como ecos por los lúgubres y ventosos corredores y que las otras niñas del convento atribuían a los fantasmas. Los fantasmas resultaron ser curas encapuchados que iban y venían en las horas alrededor de la medianoche. Rosita y yo comenzamos a espiarlos mientras se escurrían por los pasadizos para introducirse en las celdas de las monjas más jóvenes, la mayoría de ellas novicias. Por turnos nerviosas y divertidas, o bien pasmadas de asombro, nos acercábamos a las celdas de las Hermanas que recibían visitas nocturnas y escuchábamos los gemidos sofocados.

"Manuela, no estoy segura de lo que hacen allí adentro," me susurró al oído Rosita una noche; "pero no creo que estén rezando el rosario. ¿Tú qué piensas?"

"Y tampoco están estudiando la vida de los santos," le dije.

Meses después veíamos cómo aquellas jóvenes monjas se inflaban, sus cachetes se convertían en lunas llenas, sus estómagos se hacían mas abultados. Algunas de ellas morían de repente, por razones que nadie explicaba en la escuela o a la familia de la novicia muerta. Fue al tiempo que Rosita y yo nos enteramos de que las jóvenes Hermanas habían muerto de infecciones a causa de burdos abortos realizados en el convento e inducidos por pócimas hechas con virutas de la piel de aguacates verdes. Los fetos y los recién nacidos muertos eran quemados en el crematorio en la parte trasera del convento. De vez en cuando, una monja lograba ocultar tan bien su preñez que completaba los nueve meses de embarazo y daba a luz. Los bebés lloraban sin parar, y todavía recubiertos en sangre, los llevaban envueltos en una cobija y eran dejados a las puertas del Hogar para Niños Expósitos de Quito. Rosita y yo empezamos a temer que nos esperaba el mismo destino que a estas jóvenes y a menudo desesperadas monjas.

Un día, después de clase, le comenté a Rosita algo que se me había ocurrido: "¿Te has dado cuenta de que no hay santos felices? ¿Cómo es posible que ninguno de ellos, ni siquiera uno solo entre todas estas criaturas sufrientes, hubiese llegado a la santidad por hacer sonreír al prójimo?"

Rosita se echo a reír: "Tienes razón, Manuela. ¿Será posible que las monjas esperen que nos vamos a sentir inspiradas por las historias de crucifixiones y de personas quemadas en la hoguera o que han fallecido de hambre, o traspasadas por flechas o desmembradas?"

"Exacto," le dije. "¿Por qué no hay una sola jovencita que se haya santificado por vestir trajes hermosos que hicieran que la gente se alegrara cuando la vieran?"

Avanzábamos por el corredor, entre risitas, cuando Sor Jacinta, que había estado espiándonos, salió de sopetón de un salón de clases blandiendo una regla. "Manuela Sáenz," exclamó, los ojos como desorbitados, sus facciones distorsionadas por una expresión de censura, "maldigo el día en que te aceptamos en nuestro colegio. Este no es un sitio para muchachas como tú. Y en cuanto a ti, Campusano, si no quieres terminar mal, te aconsejo que acabes cuanto antes tu amistad con esta muchacha."

UNA VEZ QUE llegó a su fin mi educación con las monjas y cumplí los dieciocho años, tenía dos opciones: salirme de colegio o entrar de novicia. Por supuesto, sólo la primera de ellas me resultaba factible. Yo quería mi independencia, y no tenía el menor deseo de vivir en casa de mi padre.

Aunque bien sabía que iba a provocar la ira de mi padre por traer a colación el tema, un domingo, después de la cena, cuando mi padre estaba en la biblioteca y fumaba un cigarro mientras leía el periódico, decidí ponerlo al corriente de mis expectativas. Si esta iba a ser una batalla dura de luchar, ¿por qué esperar más tiempo? Me senté en frente de mi padre.

Puso el periódico sobre la mesa y dijo. "¿Sí, Manuela?"

"Papá, ¿te puedo servir un coñac?" fue lo primero que dije,

mientras trataba de ganar tiempo y lamentaba lo que ya había empezado. Quizás debería esperar un par de meses más. A final de cuentas, no quería indisponerlo contra mí. Desde que me había acogido bajo su techo, las monjas eran un poquito más amables conmigo, y la tía Ignacia y los Aispuru menos insultantes. Nadie quería ofender a la hija de un funcionario importante de la Corona de España.

"No has venido acá para servirme un coñac. Algo tendrás en mente. ¿De qué se trata, Manuela?" Sonrió, animándome a que hablara. En mi interior, resentía su sonrisa altiva. Denotaba una duplicidad, y por el resto de mi vida jamás podría confiar en un hombre que siempre estuviese con una sonrisa en los labios.

"Papá," empecé a decir suavemente, "quiero irme del colegio en cuanto me gradúe el próximo año… No quiero hacerme monja. No tengo la menor vocación religiosa."

"No creas que no me he dado cuenta de tu falta de inclinación religiosa. Si te quieres salir del convento, puedes contar con mi bendición."

"Gracias, papá," le dije, y me quedé quieta, con la mirada fija en mis manos, mientras consideraba cómo decirle lo que realmente tenía en mente. No había tenido la menor duda de que mi padre aprobaría mi voluntad de dejar a las monjas. Pero ¿qué opinaría de mi deseo de tener una independencia financiera?

"¿Alguna otra cosa?"

"Papá, por favor, hablemos de lo que va a pasar conmigo cuando me salga del colegio."

"No hay nada de qué hablar, Manuela," respondió. "Eres mi hija, esta es tu familia y este es tu hogar. Así que te quedarás a vivir con nosotros hasta que te encontremos un marido apropiado."

"Pero, papá," le supliqué, "yo no quiero un matrimonio concertado. Quiero casarme por amor."

"De acuerdo, está bien," dijo, con un deje de exasperación en la voz. "Eres la jovencita más bella que hay en Quito. Estoy seguro de que entre tus muchos pretendientes—y van a ser muchos los pretendientes—encontrarás uno del cual te enamores."

"Hay otras cosas que quiero hacer antes de casarme."

"¿Y qué es, exactamente, lo que tienes en mente?"

"Quiero vender Catahuango y mudarme a Europa... con mis muchachas."

Mi padre se rio, como si fuese demasiado increíble como para tomarlo en serio. "Manuela, no sabes de qué estás hablando. Se te olvida que las mujeres solteras no viajan solas a ninguna parte, y mucho menos a Europa."

Me sentí envalentonada, como pasaba siempre que encontraba oposición. "Yo no he dicho que mis planes son viajar a Europa sola. Dije que me llevaría a Jonotás y a Natán conmigo."

Se quedó mirándome perplejo, como si le hubiese hablado en griego.

Yo no pensaba retractarme. "Sé cuáles son mis derechos, papá. La hacienda es mía y puedo venderla cuando me haga mayor de edad. No quisiera amargarte. Lo único que quiero..."

"Escúchame, Manuela," mi padre dijo con suavidad. Detecté en sus ojos algo que parecía ser compasión por mí. "Catahuango es tuyo porque era propiedad de tu madre." Me hablaba en un tono parejo; enunciaba cada sílaba para asegurarse de que no lo malinterpretara. "Pero cuando naciste, tu madre te registró como una niña expósita. Eso significa que, de acuerdo a la ley, no se sabe quiénes son tus padres. Legalmente, puedes heredar Catahuango solamente después de que mueran los Aispuru. Es verdad que un día vas a ser una mujer acaudalada, pero solo después de que tu tía y tu tío hayan muerto."

Mi tío solterón, Domingo, tenía una salud muy frágil y su fin podría estar cercano. Yo no veía la hora de que muriera. No sentía ningún amor por mi tío, quien siempre me había mantenido a distancia. Tras su muerte, Ignacia sería el solo obstáculo para que yo me convirtiera en la única heredera de Catahuango. Sin embargo, Ignacia podría vivir mucho tiempo. Para entonces yo también sería una vieja.

"Todo el mundo sabe que soy hija de mi madre," dije.

"Tu madre está muerta. No puede corroborarlo."

"Pero tú sí puedes. Además, en caso de que no hayas oído hablar de ello," dije y empecé a citar: "El derecho a la propiedad es de carácter inviolable y sagrado, nadie puede ser privado de ella, solo cuando la necesidad pública, legalmente comprobada, lo exija y bajo condiciones de una indemnización justa y previa."

Mi padre me dedicó de nuevo una de sus sonrisas condescendientes. Cada vez que no le gustaba algo que yo decía, aparecía esa sonrisita. Era su manera de silenciarme, de hacerme sentir invisible.

"¿Qué son esas sandeces subversivas que repites como una lora? Me pregunto si entiendes una sola palabra de lo que acabas de decir."

"Comprendo perfectamente cada una de las palabras que te dije. Para que lo sepas, es el punto diecisiete de la *Declaración de los Derechos del Hombre*."

"*Los Derechos del Hombre*," dijo con sorna. "No los derechos de la mujer. ¿Cuándo vas a entender que los hombres y las mujeres no tienen los mismos derechos? ¿Que nos somos iguales? ¿Que una buena hija siempre debe obedecer a su padre? Y a menos que quieras terminar fusilada, no deberías ir por allí citando los *Derechos del Hombre*."

Sentí como si me fuese a asfixiar por falta de aire en el recinto. El saber que algún día iba a heredar la fortuna de mi madre y vivir la vida que me imaginaba para mí era la enorme esperanza que me daba fuerzas para seguir adelante durante todo el tiempo que pasé en ese horrible colegio. Mi padre estaba negándome esa esperanza. Me di cuenta que se volvía a encender la animosidad que sentía por ese hombre que tenía sentado en frente mío, cuya semilla me había traído al mundo.

Tomé la decisión ese mismo día. Tan pronto pudiese arreglármelas para hacerlo, con o sin dinero, me marcharía de la casa de mi padre. Yo misma controlaría mi vida. No lo haría ni mi familia, ni la sociedad, ni sobre todo las leyes. Me sentía aplastada, pero no derrotada. Tendría que encontrarle solución a mi aprieto. Una solución que me concediera lo que yo quería, sin tener que rendirle cuentas a nadie nunca más. No habría podido adivinar que la respuesta tomaría la forma de un primer amor.

4

Puse los ojos por primera vez en Fausto D'Elhuyar, un teniente en la Guardia Real de Toribio Montes, presidente de la Real Audiencia de Quito, en una de las tertulias dominicales en casa de mi padre. Los amigos que tenía José María en el ejército eran asistentes asiduos a las tertulias. Muchas parejas nacían de esas reuniones. Los jóvenes solteros más cotizados de la ciudad y las hijas de las mejores familias se podían conocer allí, mientras sus propios padres ejercían la función de chaperones.

A Clemencia, la mayor de mis dos media hermanas, le interesaba Fausto. ¿Quién podía culparla? Era más hermoso que muchas de las jovencitas que yo conocía. Su cuerpo apuesto y fornido exultaba confianza. Parecía completamente consciente del efecto que tenía en otras personas su cabello rubio y reluciente, su bigote exquisitamente recortado, sus ojos verdes y sus largas pestañas. Todo él parecía proclamar que estaba destinado a una brillante carrera en el ejército español. A juzgar por la diligencia con que mi padre y mi madrasta se portaban con Fausto, era evidente que lo consideraban un buen partido para Clemencia.

Las tertulias terminaban a las siete de la noche, y, antes de marcharse, algunos de los huéspedes se quedaban a rezar el rosario con la familia en la sala. Fue durante el rosario que me di cuenta de que Fausto me miraba a hurtadillas mientras que el resto de los asistentes oraba con los ojos cerrados. No lo animé a que continuara con el coqueteo pero tampoco lo desanimé. Cada vez que nuestros ojos se encontraban, lo miraba inexpresivamente, como si su mirada no significara nada para mí. A pesar de que me halagaba que el hombre más guapo de Quito parecía sentir admiración por mí, lo último que querría hacer era provocar problemas con Clemencia o con Doña Juana, quien a pesar de su superficial hospitalidad, siempre me dejaba entender que yo no estaba al mismo nivel que sus hijas.

LA SITUACIÓN con Fausto no pasó a más porque me marché a pasar parte de mis vacaciones escolares en Catahuango, donde mi tío se encontraba gravemente enfermo. La atmósfera generalmente sombría de la casa se hacía aún más opresiva por la proximidad de la muerte. La tía Ignacia se portaba como si el tío Domingo ya estuviese muerto y ahora vestía exclusivamente de negro. Prohibió en la casa la risa y las canciones, y prohibió que entraran visitantes. Yo trataba de pasar todas las horas que fuese posible afuera de la casa, y, sin que importara el clima, todos los días me iba a montar a caballo con Jonotás y Natán. Con el fin de empezar a prepararme para el día en que Catahuango me perteneciera, tomé un interés nuevo en las actividades de la hacienda. Visité los corrales en que ordeñaban a las vacas, trasquilaban a las ovejas y cebaban a los cerdos. Acompañada por el capataz, que respondía a todas mis preguntas, aprendí sobre las cosechas que cultivábamos para vender en Quito.

Sin embargo, a pesar de mis días tan ocupados, no dejaba de pensar en Fausto y lo hacía con frecuencia. Yo había crecido en un mundo sin hombres. En Catahuango, aparte de mi enfermizo tío, los únicos varones eran los peones indios y los esclavos africanos; y en el colegio los curas lujuriosos. Fausto fue el primer hombre de mi misma clase que me llamó la atención.

Todo lo que yo sabía del amor lo había aprendido de las deliciosas novelas románticas que Rosita entraba de contrabando en el colegio. Una mañana, me desperté con la piel que pedía a gritos ser acariciada, y la primera imagen que me vino a la mente fue el rostro de Fausto. Sabía por mis lecturas que esto significaba que debía estar enamorada. Decidí guardar para mí el secreto de esos sentimientos. A final de cuentas, no había nada de malo en que pensara en el apuesto teniente. Me ayudaba a entretener el tiempo durante las horas silenciosas que pasaba con mi tía bordando, la única actividad que teníamos en común. La tía Ignacia se propuso enseñarme todo lo que sabía sobre el oficio.

Cuando bordaba flores y frutas y aves, hacía de cuenta que dibujaba el rostro de Fausto. Cuando miraba por la ventana, el color de las montañas, las hojas en los árboles, los matices en el pecho de los colibríes, me recordaban a sus ojos de verde esmeralda. Al atardecer, cuando paseaba fuera de casa, la luz que recubría las montañas me recordaba a su cabello dorado. Ansiaba escuchar su voz, su risa. Completamente nuevos para mí eran los sueños despierta en los que sus manos me tocaban. Yo había tocado su mano, un par de veces al saludarlo. Ahora, cuando pensaba en él, tomaba mi mano derecha, la acunaba en la izquierda y besaba mi palma tiernamente, e imaginaba que besaba la calidez que él había dejado en mi piel.

Una tarde mientras caminábamos por el campo, Jonotás dijo: "Hay algo que te inquieta, Manuela. Todo el tiempo estás distraída. ¿Qué ocultas?"

"Nada."

"¿Entonces por qué te sonrojas? A mí no puedes ocultarme nada, Manuela. Pero entenderé si no quieres decírmelo." Parecía ofendida.

Yo nunca había tenido secretos para con Jonotás.

Empecé a caminar más rápido, para dejarla atrás. Pero ella dijo: "Yo sé de qué se trata. A mí no me engañas. Se trata de cierto joven."

Ignoré sus palabras y eché a caminar aún más rápido.

"Se trata de cierto teniente, ¿no es así?"

¿Cómo podía saber Jonotás lo de Fausto D'Elhuyar? Yo misma no me había enterado de mis sentimientos por él hasta que llegué a Catahuango. Tal vez mis parientes tenían razón: Jonotás era una bruja con poderes sobrenaturales, capaz de leer la mente de las personas. Di media vuelta y vi que corría hacia mí.

"Se trata de aquel atractivo teniente D'Elhuyar," dijo Jonotás, mientras trataba de recuperar el aliento.

Me ruboricé. "¿Estás loca, Jonotás? Él es el prometido de Clemencia."

"El teniente estaba interesado en la señorita Clemencia. Pero no tengas ninguna duda; ahora está interesado en ti."

"¿Por qué dices esas tonterías?"

"Pues bien, tal vez las digo porque me paró en el mercado cuando yo hacía mandados y me hizo preguntas sobre ti."

¿Podía ser verdad esto? "¿Sobre mí? ¿Por qué? Yo no le he dado ninguna razón para que piense que estoy interesada en él."

"Manuela, cuando dos personas se gustan, lo saben. Hasta me pidió que te trajera una carta. Pero me negué."

"¿Te negaste? ¿Por qué? Yo no te dije que hicieras tal cosa."

"Porque Doña Juana quiere a Fausto como marido para Clemencia, Manuela. Si se llega a enterar que tú y Fausto se gustan, te encierra en un convento y arroja las llaves de la puerta por la boca del Cotopaxi," dijo, y gesticuló en dirección del volcán. "Y mis dientes se habrán desangrado antes de que vuelvas a salir a la luz del día. En cuanto a lo que me haría a mí si se da cuenta que estoy de mensajera entre los dos, lo que va a sangrar no serán sólo los dientes."

"Es muy guapo," dije, soñadoramente.

"De eso no hay duda," coincidió Jonotás. "Pero además de verse bien en uniforme, ¿tiene cerebro?"

Nos echamos a reír al tiempo. Deslicé mi brazo entre el de Jonotás, y entre risas bajamos a brincos por el sendero.

EL CONFIARLE EL SECRETO a Jonotás desató el nudo de mi obsesión. Decidí que por más halagada que me sintiera por el interés de Fausto en mí, no iba a arriesgar que me repudiara la familia. Su indignación podría hacer la vida mucho más difícil para mí. Decidí que el mundo estaba lleno de Faustos D'Elhuyar. Todo lo que tenía que hacer era esperar hasta que fuera una mujer independiente, y entonces tendría a mi disposición cantidades de tenientes bien parecidos entre los cuales elegir.

Al final de las vacaciones, volví con las monjas. Jonotás venía a mi celda cada mañana, después de que habíamos asistido a misa y desayunado, y se marchaba al final de la tarde. No volvimos a mencionar a Fausto. Cuando pensaba en él, de inmediato sacudía la cabeza para apartar su imagen de mi mente. Fausto dejó de venir a las tertulias dominicales. Yo estaba perpleja por su ausencia, pero no tenía a nadie a quién preguntarle.

Una mañana, Jonotás vino a traerme mi ropa recién lavada y los dulces que Natán había preparado especialmente para mí. Sacó un sobre que traía oculto entre su turbante y me lo entregó. Escruté la letra; no era la de mi padre, ni la de mi madrastra. Jonotás me dio la espalda y empezó a tender mi cama.

Saqué de mi escritorio un abrecartas de oro que me había regalado mi padre cuando cumplí los dieciséis años y rasgué el sobre.

Querida Manuela:

Quizás habrás reparado en que desde que volviste de tus vacaciones no he asistido al hogar de tus padres los domingos. De manera deliberada me he privado del enorme placer de verte porque he llegado a comprender que es a ti y no a Clemencia a quien amo, a ti, Manuela, a quien quiero por esposa.

Cuando nuestros ojos se encontraron en la casa de tu padre, me pareció detectar cierta calidez hacia mí. ¿Podría ser posible que lo que sientes por mí es lo mismo que yo siento por ti? Si este fuera el caso, yo sería el hombre más feliz de la tierra.

Manuela, te escribo porque el tiempo apremia. En sesenta días seré trasladado a Guayaquil, donde deberé quedarme al menos durante un año. Ese traslado es un paso importante hacia mi ascenso como capitán de la Guardia Real. A riesgo de causar el enojo de tu padre, ¿te vendrías conmigo a Guayaquil, donde podríamos casarnos y donde podríamos vivir como marido y mujer?

Tuyo,
Fausto

Le pasé la carta a Jonotás y la leyó con avidez.

"Le hace falta un tornillo," dijo. "Te traje la carta porque me prometió que si lo hacía, dejaría de importunarme. Todos los días desde que volvimos de Catahuango me espera para pedirme que te entregue una carta."

La carta me emocionó y me asustó al mismo tiempo. "La próxima vez que lo veas, Jonotás, dile que me entregaste la carta y que no tienes una respuesta para él."

"¿Qué debo hacer si me entrega otra carta?"

Pensé un momento: aceptar sus cartas sería un acuerdo tácito de que correspondía a sus sentimientos. Y no obstante, la idea de recibir cartas de amor era demasiado romántica para abandonarla tan súbitamente. "Recíbela," le dije. "Si te pregunta si leo o no sus cartas, contéstale que no lo sabes."

"Si tú lo dices, Manuela," respondió Jonotás, en un tono que sugería que nada bueno podría resultar de aquello.

JONOTÁS EMPEZÓ a traerme cartas de Fausto todos los días. Yo no le contestaba; quería poner a prueba su constancia. Mi silencio parecía no ser lo suficientemente disuasivo. Al contrario, parecía persuadirlo aún más a obtener una respuesta de mi parte. "Tan solo una señal tuya," escribió una vez. "Apiádate de mi sufrimiento." No era un gran escritor, eso era obvio. Los sentimientos que expresaba parecían de lo más ordinarios. Yo quería que sus cartas me causaran estremecimientos y hasta desvanecimientos. Lejos de ello, eran repetitivas. No obstante, aunque su poder de elocuencia no era mucho, sí que parecía sincero y, por lo visto, había caído ciegamente enamorado de mí. Este aspecto romántico de su naturaleza me atraía: era como uno de esos arriesgados héroes masculinos en mis novelas favoritas, y el hecho es que no podía dejar de pensar en él.

Un domingo después de la misa de mediodía, cuando salía de la catedral con mi familia, alcancé a atisbar a Fausto. Solo y de pie junto a la fuente de la Plaza Mayor, se veía espléndido en su uniforme. Esa tarde esperé con anticipación febril para ver si asistía a la tertulia. No vino. Era una actitud decente de su parte no darle alas a Clemencia. La próxima vez que Fausto apareciera por casa de mi padre, tendría que dejar en claro que estaba allí no para ver a Clemencia, sino para verme a mí.

Aquella noche, de vuelta al convento, la imagen de la apuesta figura de Fausto en la plaza me mantuvo ardorosamente despierta. Por fin, me quedé dormida, pero cuando desperté la mañana siguiente, descubrí que seguía pensando en él... y seguí pensando en él cuando pretendía estar rezando, cuando estaba en clase, cuando me fui a la cama esa noche. Tenía visiones de las manos de Fausto acariciándome los senos, los dos tendidos en los brazos del otro por horas, besándonos, susurrándonos palabras apasionadas.

Empecé a soñar con ser su esposa, esto es, claro, si sus intenciones de casarse conmigo eran serias. Y sin embargo me contenía para no responder a sus cartas. Sabía que una vez que tomara ese paso, el amorío inocente dejaría de ser tan solo un juego de flirteo. Seguía asombrándome de que las cartas diarias de Fausto no añadieran nada nuevo a mi comprensión de su carácter. La monotonía de sus declaraciones de amor me desalentaba, pero—y me dolía tener que reconocerlo—su constancia debilitaba mis defensas.

YA NO PODÍA mantener el secreto por más tiempo en presencia de Rosita. En mi dormitorio tarde una noche, mientras compartíamos la cama, leí en voz alta la carta de Fausto de aquel día. "¿Debo empezar a contestarle, Rosita? ¿Tú qué piensas?"

"Todavía no," dijo Rosita. "Si realmente te ama, antes tiene que sufrir por ti. Así son las cosas en el amor. Después, cuando te haya ganado, te va a apreciar todavía más."

Habíamos perdido todo interés en el drama nocturno del convento—para entretenernos teníamos mi propio drama. Nos quedábamos despiertas hasta tarde, hasta mucho después de la medianoche, para leer las cartas de Fausto y hablar del amor. Creíamos entonces que el principal propósito en la vida era encontrar el amor verdadero.

"No creo que mi padre consienta en que Fausto me haga la corte," dije. "Eso le rompería el corazón a Clemencia. Mi madrastra está resuelta a casarla antes de que se quede solterona. No puedo permitir que mi padre se indisponga conmigo de tal manera. Necesito de su buena voluntad. De otro modo, terminaré en un convento igual a este."

"Manuela, por lo que me dices, me parece que no tienes otra opción que fugarte con él. Sería tan romántico escaparse con un gallardo teniente." Rosita soltó un suspiro.

No dije nada. Pensaba en cómo el error de mi madre había arruinado su vida y había causado tanta infelicidad. Pero, ¿y si Fausto era el gran amor de mi vida y lo dejaba pasar de largo? Podría ser que no se presentara una segunda oportunidad. ¿Y si rechazaba el amor y me convertía en una solterona marchita y amargada como la tía Ignacia?

"Yo siempre había pensado que podría tomar control de Catahuango y luego vivir mi vida de la manera que yo eligiera, Rosita. Pero mi padre me ha informado que no podré reclamar la herencia que legítimamente me corresponde hasta que muera mi tía. De eso pueden pasar décadas." Mi rabia empezaba a crecer. "El mayor de mis temores es que mi padre me case con un hombre a quien no pueda ni amar, ni respetar. O que me lleve a España a vivir con su familia. A menudo, habla de regresar a España para vivir los últimos años de su vida. Preferiría morir antes que vivir en aquel país, rodeada por el enemigo."

Rosita me apretó la mano. "Manuela, existe un gran inconveniente con Fausto," dijo con inflexión comprensiva, pues no quería afectarme aún más.

"¿Lo dices porque es un soldado en el Ejército del Rey?"

"Sí, políticamente es un enemigo."

"He pensado en ello, Rosita. Y si verdaderamente me ama, va a cambiar por mí. Quizás algún día ambos entremos en batalla juntos, para luchar contra los españoles. Después de todo, él es un criollo como nosotras."

"Quizás después de que te cases con Fausto, él puede ayudarte a reclamar Catahuango a pesar de las objeciones de tu tía. Y luego puedes enviarla al exilio... a la selva de las Amazonas."

Solté una carcajada. "Las Amazonas están demasiado cerca. Veamos, Patagonia... o todavía mejor, la Tierra del Fuego... ¡es allí donde debería estar!"

"O Mongolia. ¿Y qué te parece... Siberia?" dijo Rosita con una sonrisa sofocada. Nos echamos a reír, meciéndonos de un lado a otro de la cama, mientras recitábamos los nombres de lugares lejanos y exóticos. Cuando se nos acabaron los nombres, seguí acostada boca arriba, con los ojos fijos en el cielorraso.

"¿Qué te pasa?" preguntó Rosita. "¿Por qué te pones tan seria de repente?"

"Yo nunca en la vida he besado a un hombre, Rosita," le confesé. "¿Qué voy a hacer cuando él trate de besarme?"

"Lo principal es que tienes que dejar que te bese. Mientras tanto, es necesario que practiques. Se va a sentir terriblemente defraudado si no sabes besar. Déjame que te enseñe cómo se hace." Rosita se acercó un poco más debajo de las mantas, pasó su brazo por mis hombros y colocó sus labios abiertos contra los míos.

ROSITA TENÍA RAZÓN. No había otra opción que fugarme con él. Mi padre jamás consentiría que me casara con Fausto. Llegué a la conclusión de que no podía implicar a nadie más en mis planes. Jonotás, por obvias razones; Rosita porque sería expulsada del colegio y enviada de vuelta a su familia en ignominia. Concluí también que sería tan difícil fugarme de la escuela como fugarme de una prisión. De modo que tendría que hacerlo desde la casa de mi padre, un lunes al amanecer antes de que fuera la hora de regresar a Santa Catalina.

Me senté a redactar mi primera carta para Fausto.

Mi querido Fausto:

Tu constancia a lo largo de estos meses ha sido prueba suficiente para mí de la naturaleza pura de tu amor. Como sé muy bien que mi padre se opondría a nuestra boda, la única opción

que tenemos es fugarnos y después casarnos. Si estás de
acuerdo con lo que digo, encuéntrame el próximo lunes a las
cuatro de la mañana en la esquina de la Calle de las Aguas y la
Carrera Montarraz.

Tuya,
Manuela

Le entregué el sobre con la carta a Jonotás, asegurándome
de que no sospechara de mis intenciones. Me dedicó una mirada perpleja en el momento de asir el grueso sobre. "Él ha in-
sistido una y otra vez en que quiere un recuerdo mío," le mentí.
"Así que le envío un pañuelo perfumado. Tal vez ahora me deje
en paz."

Jonotás frunció el ceño mientras acomodaba el sobre entre
su turbante.

LO MÁS DIFÍCIL del plan de fuga era no revelar nada a mis
amigas más queridas. Pero una vez que Jonotás se llevó la carta,
ya no había vuelta atrás. Yo tenía que confiar en que las intenciones de Fausto eran honorables. Me preocupaba que nunca
hubiéramos tenido una conversación. Pero en las novelas que
yo había leído, era así como pasaba. Los personajes se enamora-
ban a primera vista, una señal de verdadera y eterna fidelidad,
y con gran secreto encontraban la manera de estar juntos. Cua-
lesquiera que fuesen los problemas que surgiesen, podríamos
sobreponerlos, y confiar en la gloria de nuestro amor.

Aquel domingo, después de darle las buenas noches a Jonotás y de despabilar la vela, me levanté de la cama. Abrí la ventana. A la luz plateada de la luna, guardé en un pequeño baúl
tan solo lo esencial para un viaje de un día y nada más. A me-

dida que pasaban las horas, crecía mi agitación. ¿Y si estaba por cometer un grave error y, al igual que mi madre, estaba a punto de arruinar mi vida? No obstante, el futuro que me describía mi padre era inaceptable, como lo era un día más en aquel colegio asfixiante.

Cuando las campanas de la catedral sonaron cuatro veces, estaba completamente vestida y lista. Con la cabeza cubierta por un chal, tomé el baúl en mis brazos y en medio de una oscuridad que parecía tinta me deslicé escaleras abajo hasta la parte trasera de la casa que conducía a la entrada de los sirvientes. Retiré el travesaño, abrí la puerta lentamente para evitar que crujiera y con igual lentitud la cerré detrás de mí. Caminé de puntillas hasta que vi, en la esquina de la Carrera Montarraz, a Fausto que me esperaba con dos caballos. Eché a correr hacia él. Nos besamos apasionada, pero brevemente. "Después," me dijo Fausto. "Después, Manuela. Ahora debemos alejarnos de aquí lo más pronto posible."

Monté en mi caballo, aseguré mi baúl y partimos al galope. Cuando salió el sol nos encontrábamos a kilómetros de Quito, encaminándonos hacia las laderas del volcán Imbabura, a una finca que pertenecía a un amigo de Fausto. El plan era escondernos allí hasta que pudiéramos casarnos.

5

Natán

Descubrimos que Manuela se había fugado cuando Jonotás fue a recogerla en su dormitorio la mañana del lunes para acompañarla a la escuela. Manuela se había ido. Se desvaneció sin dejar una nota, sin decirle una palabra a nadie. Jonotás concluyó que se había llevado su pequeño baúl junto a sus artículos de aseo y algunas joyas. Esta era la única evidencia de que se había fugado. Jonotás me juraría después que no tenía ni idea de los planes de fuga de Manuela. Estaba tan sorprendida como yo. Le creí.

Don Simón no era de aquellos que se limitan a lamentarse y quejarse de su mala fortuna. En lugar de ello, de inmediato tomó medidas para averiguar qué había sucedido y nos ordenó a Jonotás y a mí que nos presentáramos en su despacho.

Primero se dirigió a mí. "Natán, ¿sabes dónde está la señorita Manuela?"

"No señor," contesté. "No lo sé."

"Te conozco lo suficiente para tenerte confianza. Te creo. No creo que seas capaz de involucrarte en conspiraciones."

Luego dirigió su mirada a Jonotás y sentí que mis rodillas flaqueaban. Si alguna persona sabía algo, era Jonotás.

"Jonotás," dijo con su inflexión fría, inquisitoria, "¿sabes dónde está Manuela?"

"No señor, no lo sé," respondió con rapidez.

"Está bien, te creo que no tenías ni idea sobre los planes de fuga de Manuela, Jonotás. Pero tú la conoces mejor que nadie. ¿A dónde pudo haber ido? ¿Qué crees que pudo haberle pasado?"

Jonotás bajó la vista y la fijó en sus manos entrelazadas y yo temí lo peor para las dos. Sabía que Don Simón no podía vender a Jonotás, pues le pertenecía a Manuela, pero podía alquilarla a otra familia en Quito, o, peor aún, enviarla a un pueblo lejano. Había conocido a Jonotás toda mi vida y tan solo la idea de que pudieran separarnos me llenaba de pavor. ¿Pero por qué no tenía una respuesta lista para Don Simón? Jonotás no era así. Siempre tenía una contestación veloz para todo.

Antes de que pasara mucho tiempo, Don Simón logró obtener de Jonotás la información que quería. Ella le contó que el teniente Fausto D'Elhuyar llevaba un tiempo escribiéndole a Manuela y que ella se había enamorado de él. Quedé tan atónita como Don Simón.

Don Simón se puso lívido y de inmediato nos ordenó que saliéramos del despacho. Quizás le asaltó el pensamiento de que la historia se repetía y que recibía su castigo, tantos años después, por haberle arruinado la vida a la madre de Manuela.

ERA COMO SI Manuela hubiese muerto. Peor aún, como si nunca hubiese existido. Nadie se atrevía a mencionar su nombre en la casa, ni siquiera los sirvientes. Estos hablaban entre susurros y evitaban mirar a los ojos a los miembros de la familia. A todos los sirvientes, bajo la amenaza de ser despedidos, les fue ordenado no mencionar ni una sola palabra sobre la desaparición de Manuela a cualquier persona afuera de la casa. Los esclavos, por supuesto, fueron amenazados con una tanda de latigazos y con ser vendidos.

De noche, en el camastro que compartíamos en el cuarto, Jonotás y yo nos preguntábamos por el paradero de Manuela, y cuándo enviaría a recogernos. Teníamos la seguridad de que no nos iba a abandonar en casa de su padre.

Hoy en día, cuando la gente me pregunta por qué Manuela hizo algo tan estúpido, y así correr el riesgo de arruinar su vida de la misma forma en que lo había hecho su madre, lo único que se me ocurre a manera de respuesta es que Manuela se entregó al teniente con la intención de herir a su padre, y también para alejarse de él y su familia. Cuando regresó, nos contó brevemente a Jonotás y a mí acerca de su fuga sin entrar en muchos detalles. Después de eso, y durante todos esos años que viví con ella, nunca habló sobre el asunto, al menos no en presencia mía. No tengo ninguna duda de que Manuela le creyó al teniente cuando este le dijo que se casaría con ella. Y para nada me sorprende que ella hubiese decidido huir. La culpa la tienen esas novelas románticas que devoraba y que a menudo nos leía. Se escapó con el gallardo oficial de la misma forma que lo hacían las heroínas de aquellos libros. Estoy segura de que nunca le cruzó por la mente que después de que la novedad del amor carnal ya no fuera tan nueva, el teniente perdería interés en ella y la enviaría de regreso a casa de su padre, deshonrada, como suele pasar en esos libros.

EL ROMANCE CON Fausto D'Elhuyar duró muy poco. Casi al mes exacto de su fuga, un día cuando recién amanecía y aún estaba oscuro, escuché que golpeaban a la puerta de los sirvientes. Abrí creyendo que era el lechero, quien venía todas las mañanas a esa hora. Me encontré con Manuela que cargaba su baúl de madera. En esa oscuridad semejaba una aparición. "¡Manuela!" exclamé al tiempo que le daba un abrazo. "¡Gracias a Dios que has vuelto!"

Nos abrazamos y luego Manuela me preguntó si ya se había levantado alguien en la casa. Le respondí que sólo estábamos despiertos los sirvientes.

"Voy a mi alcoba," dijo. "Busca a Jonotás y ven con ella a verme. Y no le digas a nadie más que he regresado."

En ese instante, se escuchó otro golpe en la puerta. Esta vez sí era el lechero. Tomé el pedido diario de leche, lo llevé a la cocina y luego fui a despertar a Jonotás. Tuve que taparle la boca para amortiguar el grito de alegría que lanzó en cuanto le di las buenas noticias. De puntillas, para que nadie nos escuchara, nos dirigimos a la alcoba de Manuela y al entrar, trancamos la puerta. Jonotás y Manuela se abrazaron y se echaron a llorar, besándose una a otra en el rostro, y yo también lloré, al ver que las dos se alegraban tanto de estar reunidas de nuevo.

Cuando Manuela logró calmarse dijo: "Siento mucho haberme fugado sin antes avisarles adónde iba. No quería convertirlas en cómplices. Mi plan era enviar por ustedes tan pronto como me casara," dijo, e hizo una pausa en este punto. "Aquel miserable me llevó a la hacienda de un amigo, a una jornada a caballo desde Quito. Al principio," continuó mientras la ira crecía en su voz, "con lo idiota que soy, creí en todas las prome-

sas del canalla y fuimos felices. A duras penas, tres semanas
después de nuestra fuga, Fausto me contó que había recibido
órdenes de Quito. Luego agregó (como si yo fuera incapaz de no
percibir esa mentira tan evidente) que sería muy arriesgado
llevarme con él a su nuevo puesto antes de que le dieran el ascenso."

Fausto había dispuesto que un grupo, que venía a Quito, trajera a Manuela de regreso a casa y le prometió enviar por ella
tan pronto recibiera el ascenso, algo que sucedería en cuestión
de meses. "No me sorprendería si nunca vuelvo a saber de él,"
dijo Manuela con sarcasmo. Ya había tomado la decisión de no
derramar más lágrimas por Fausto. "Natán," dijo, "tú que eres
un ángel, ¿podrías traerme una taza de chocolate caliente y
una tajada de pan con mantequilla?" Luego se dirigió a Jonotás. "Tráeme una jarra con agua para que pueda lavarme. No
dejes que nadie te vea." Enseguida nos dijo a las dos: "Cuando
esté lista, haré llamar a mi padre."

La Manuela que se había escapado de casa apenas un mes
atrás, con su cabeza y su corazón llenos de ideas románticas,
había dejado de existir. No parecía sumisa o arrepentida, sino
más bien desafiante. La niña inocente que se había ido regresaba ahora como una mujer escaldada por el amor.

❧

6

Las cartas prometidas de Fausto nunca llegaron, tal y como yo me lo sospechaba. Pero aún en el caso de que me hubiera escrito pidiéndome regresar pronto y unirnos en matrimonio, yo habría rechazado su propuesta. Antes de su partida a Guayaquil, justo cuando caía de mi rostro el velo de la pasión que me cegaba, pude darme cuenta cómo era realmente ese hombre: un frívolo Don Juan, un cobarde que se aprovechaba de las jovencitas románticas, y lo peor de todo, perteneciente al campo de los enemigos, un Realista que nunca se pasaría a la causa de la independencia.

La situación en la casa de mi padre se había vuelto insostenible. A pesar de que la familia había hecho todo lo posible por mantener el secreto, las noticias de mi fuga ya estaban en boca de todo Quito. Las monjas no permitirían mi regreso al convento de Santa Catalina y mi padre se oponía a la idea de enviarme a Catahuango, donde no podría supervisar cada una de mis acciones.

Mi alcoba se convirtió en mi prisión. Mi madrastra y mis hermanas evitaban mirarme y hacían de cuenta que yo no existía. Mi familia nunca me incluía en sus visitas a la iglesia o a cualquier acto social al que eran invitados. Me ordenaban permanecer en mi dormitorio durante las tertulias dominicales y no me permitían salir hasta que todos los invitados se habían marchado. La única excepción era mi hermano. En la primera ocasión en que José María vino a casa durante uno de sus permisos de fin de semana, me visitó en la alcoba. Sus primeras palabras fueron: "Todo lo ocurrido entre tú y Fausto no va a cambiar el amor que te profeso, hermana. Pero ojalá no me encuentre jamás con ese canalla porque—te lo juro, Manuela—le pego un tiro."

"Si realmente me has perdonado, te lo prohíbo," le dije. "No arruines tu vida por culpa de ese perro despreciable."

Saber que Joche me había perdonado hacía más soportable toda la humillación recibida. Pero en términos prácticos, mi vida, como tal, se había acabado. Nadie se casaría conmigo en Quito, la ciudad en la que, al igual que mi madre, había sido deshonrada. Me convertiría en una anciana decrépita tras las cuatro paredes de mi habitación. La otra opción que me quedaba era encerrarme entre los muros de un convento, el equivalente emocional de ser enterrada en vida. La única e improbable esperanza que tenía era que mi tía y mi achacoso tío fallecieran pronto para así reclamar mi herencia. Podrían pasar años antes de que esto ocurriera, como yo bien sabía; años durante los cuales tendría que vivir bajo el mismo techo con mi padre, sentir su desdén, así como el que me profesaban su esposa y mis hermanas.

Le escribí varias cartas a Rosita en Santa Catalina, que le hacía llegar por medio de Jonotás. Nunca obtuve respuesta.

Era obvio que, o bien mis cartas habían sido confiscadas por las monjas o las misivas de Rosita habían sido interceptadas por mi familia.

Me la pasaba leyendo libros de historia, ya que mi padre había sustraído de mi dormitorio todas las novelas y había hecho con ellas una hoguera en el patio. Cuando no leía, me sentaba junto a la ventana de mi dormitorio y me dedicaba a hacer bordados a mano. Desde allí se podía ver el Cotopaxi. Aguardaba con ansia a que llegara el final de la tarde, cuando con el reflejo del sol sobre el pico nevado del volcán, parecía arder en llamas. Era emocionante observar cómo lanzaba al cielo enormes bocanadas de humo. Una parte de mí deseaba que hiciera erupción y enterrara a Quito bajo una capa de lava, para que así llegara el final de todo.

Leía junto a la ventana, cuando un sirviente entró para informarme que mi padre quería que lo encontrara en su estudio. Esto era un hecho inusual. Cuando entré, me dijo que me sentara.

"Como bien sabes, Manuela," comenzó, "desde hace algún tiempo tu madrasta y yo hemos pensado en regresar a España. He vivido en Ecuador durante casi treinta años. Me estoy haciendo viejo, echo de menos a mis parientes y quisiera terminar mis días de vuelta en casa. Lo único que anticipo para las naciones de los Andes son problemas en ebullición. Podrían explotar sangrientas guerras en los próximos años. Anhelo que mi familia esté a salvo del baño de sangre. Quisiera que tu madrasta y tus hermanas pudiesen vivir en paz y tranquilidad. Sin embargo, antes de regresar a España, necesito viajar a Panamá para solucionar algunos asuntos en ese país. Juana y yo creemos que sería aconsejable que me acompañases. Lejos de Quito, sería más fácil para ti dejar atrás todo lo sucedido."

¡Cómo detestaba que planeara mi vida por mí! No obstante, concluí que sería más prudente pasar por alto ese hecho. No estaba en una posición que me permitiera argumentar con él. Y, después de todo, uno de mis sueños había sido viajar y ver otros sitios del mundo. Además, ya en el punto en que me encontraba, habría consentido en bajar al mismísimo infierno con tal de alejarme de Quito donde me sofocaba.

"¿Cuánto tiempo piensas permanecer en Panamá?" le pregunté.

"Calcula que vas a estar fuera por lo menos un año."

"¿Qué va a ser de mí cuando se vayan a España?"

"Puedes venir con nosotros si lo deseas. Pero si prefieres quedarte en Ecuador, tendrás que regresar a Catahuango. No puedes vivir sola en la ciudad."

"Accedo a ir a Panamá, papá, pero sólo con una condición."

Mi padre frunció el ceño. "¿Y cuál sería esa condición?"

"Qué Jonotás y Natán vengan con nosotros."

Se quedó pensativo unos segundos. "No había pensado en ello, pero no me parece mala idea. Pueden ayudarme en la tienda y hacerte compañía."

Por un instante, llegué a sentir gratitud y cariño hacia él. Me levanté de la silla, coloqué mis brazos alrededor de su cuello y le di besitos en la mejilla. "¡Gracias, gracias, papá! ¿Cuándo salimos?"

"Saldremos hacia Guayaquil de hoy en dos semanas. Permaneceremos allí un par de días y luego nos embarcaremos hacia Panamá." Hizo una pausa y me miró con atención. "Tengo la esperanza, Manuela, de que esta va a ser una muy buena oportunidad para que olvides al teniente y recomiences tu vida."

"Sí, sí, papá," le contesté. Él no tenía la menor idea de que yo ya había olvidado a Fausto. "¿Puedo ir a contarles a Jonotás y Natán?"

"Sí, puedes hacerlo. Y diles que desde hoy deben empezar a prepararse para nuestra partida."

Salí de la habitación con la sensación de que me precipitaba hacia una nueva vida. ¿Cómo podría haber sabido que este viaje, que me llevaría a través de montañas y de mares, dominaría el sentido de mi vida durante los próximos veinte años? ¿O que terminaría mis últimos años sobre la faz de la tierra en un pueblo abandonado por Dios entre un cruel desierto y un océano indiferente?

7

PANAMÁ

1815

Mientras nuestra embarcación entraba al puerto de Panamá, no veía la hora de poner pie en tierra firme. Ya había tomado la decisión de no viajar a España con mi padre. Haría cualquier cosa con tal de quedarme en Suramérica.

De inmediato, sucumbí ante el hechizo de Panamá, con su exuberante vegetación tropical, las perfumadas brisas que venían del Atlántico y la variedad de personas de todos los colores y nacionalidades que habitaban allí. El negocio mercantil de mi padre estaba situado en la planta baja de un viejo edificio de dos pisos en la zona antigua de la ciudad. Comerciaba en productos importados de Europa: aceitunas, jamones, quesos, vinos, muebles, telas y los últimos inventos. A su vez, exportaba al Viejo Mundo objetos en oro y plata, espejos del Cuzco, joyas, cacao, maderas finas, pieles y animales exóticos.

Habitábamos un espacioso apartamento en el piso alto del edificio. La brisa marina se colaba por las habitaciones de nuestro apartamento, cuyas puertas y ventanas daban al patio central. Buganvillas blancas y púrpura colgaban de los muros del patio que además contaba con una fuente de agua potable, un par de altos cocoteros y un jardín en forma de rectángulo con abundancia de arrayanes de crespón, así como hibiscos rojos y amarillos.

El apartamento, con sus techos altos y pisos de baldosa de diseños moriscos, estaba decorado con toda suerte de finos objetos gracias a los negocios de mi padre. En el corredor que conectaba la sala y el comedor con la parte de atrás de la casa, colgaban jaulas repletas de loros, periquitos, guacamayas y coloridas aves de canto. A Natán le fue encargada la cocina, a Jonotás le correspondió la limpieza de la casa y yo me encargué de la limpieza de las jaulas de las aves, cambiarles a diario el agua y alimentarlas con las frutas y semillas que comían. Este nuevo mundo era tan fascinante que la traición de Fausto comenzó a perder su ponzoña. Muchas mañanas me despertaba con la sensación de que mis días en Quito habían sido un mal sueño que ya no lograba atormentarme, menos en este lugar tan bendecido por el sol y rodeado por un cálido océano.

El idioma inglés era el más escuchado en Panamá y fue allí que mis muchachas y yo lo aprendimos. Mi padre me mantenía ocupada: yo servía de contadora y recibía a sus clientes. Muchos de estos comerciantes que hacían negocios con su firma eran ingleses que no hablaban español. Mi padre decidió que yo debía aprender el idioma y recibía lecciones de un tutor todos los días al caer la tarde. Mi profesor era un inglés sin sentido del humor, por lo cual insistí en que Natán y Jonotás se sentaran a mi lado durante las clases.

Anteriormente, sólo había sido feliz por períodos de tiempo muy cortos: cuando montaba a caballo en Catahuango; durante

los primeros días con Fausto. En Panamá llegué a sentirme
contenta por un periodo extenso. En el istmo, todo parecía
conjurarse para mi florecimiento. Al menos D'Elhuyar había
permitido que pudiera descubrir mi cuerpo. Cuando caminaba
por la calle, la firmeza de mis senos, mi piel inmaculada, mi
sonrisa de labios de cereza y mis ojos negros enloquecían a los
hombres. Empezaron a aparecer de manera regular pretendientes que pedían mi mano, pero ni uno solo de ellos llegó a
atraerme, ni a conseguir la aprobación de mi padre.

Llevábamos un poco más de un año de vivir en Panamá, y yo
tenía la intuición de que antes del viaje de mi padre y su familia a España, tendría que casarme con alguno de los adinerados
pretendientes que él traía a casa, muchos de ellos europeos.
Como español, mi padre tenía una opinión muy pobre de todos
los criollos, con la excepción, por supuesto, de su esposa y sus
hijos.

Entonces conocí a James Thorne. Al principio, ni siquiera
reparé en él. Mi padre ofrecía cenas a sus asociados comerciales a menudo. James era el propietario de una flota de navíos
de carga con sede en Lima. Tenía los modales confiados y cauti-
vadores de un hombre que ha hecho su propia fortuna. Era alto
y delgado como un espárrago, con ojos de un azul acerado y una
cabellera de un rubio cenizo. Ciertamente, no era un héroe salido de alguna de mis novelas.

No era inusual que alguno de los conocidos de mi padre viniera a cenar en más de una ocasión, especialmente si su estadía en Panamá se prolongaba porque la mercancía no estaba
lista o las embarcaciones necesitaban reparaciones o el clima
no era apropiado para cruzar el Atlántico, como a menudo ocurría entre diciembre y marzo, cuando los potentes y glaciales
vientos alisios hacían encrespar al océano con enormes y fu-

riosas olas que ponían en peligro a muchos buques. Por esta razón, cuando James Thorne pasó a ser un invitado frecuente de la casa y lo encontraba sentado a mi lado en la mesa del comedor, nunca le presté mayor importancia al asunto. Y nunca di señales de que tuviera algún tipo de interés en él, excepto el que le otorgaría a alguien con quien podía practicar el inglés y mejorar mi pronunciación.

James le pidió permiso a mi padre para que yo le acompañase a un baile en el consulado británico. Mi padre se lo concedió, sin consultarme a mí, obviamente. James y yo parecíamos padre e hija, pero le seguí la corriente con tal de darle gusto a mi padre. Sentía interés por las personas a quienes podría conocer allí, no en el hecho de estar con James, por supuesto, un perrito faldero al cual podría hacer ir y venir a mi voluntad.

De allí que hubiese quedado estupefacta cuando James Thorne le pidió mi mano a mi padre, y todavía más estupefacta cuando mi padre aceptó y le entregó a James mi dote de ocho mil pesos. Cuando fui informada de esta transacción, corrí a mi dormitorio y le eché llave a la puerta. Lloré y grité y la emprendí a tijeretazos con todos los costosos vestidos, abanicos y chales que mi padre me había obsequiado en profusión. Rompí cuanto objeto de cristal había en mi tocador y juré que preferiría matarme antes de consentir un matrimonio arreglado con un hombre a quien no amaba. Cuando dejé que Jonotás y Natán entraran, pasaron horas recogiendo todo el desastre que mi furia había provocado.

Durante días enteros rehusé salir de mi dormitorio, rehusé probar bocado y rehusé abrir la puerta para que mi padre entrara a la habitación. James vino a visitarme, pero terminó en el despacho de mi padre, donde imagino que habrán hablado de mi situación. Dos semanas transcurrieron de esta forma, pero no di mi brazo a torcer y no accedí a ver a mi padre o a mi "prometido." Mis muchachas escuchaban mis desvaríos, pero no trataban de calmarme. Ellas sabían que tarde o temprano, a menos que me fugara de nuevo, no tendría otra opción que la de darme por vencida. No podía permanecer encerrada tras esas cuatro paredes el resto de mi vida—y aún en el caso de que escapara, ¿adónde podría ir? ¿Y con qué dinero? ¿Y qué tan lejos podría llegar antes de que necesitara ayuda? Mi esperanza era que Thorne abandonara sus propósitos y se embarcara de regreso a Lima. No podría quedarse en Panamá para siempre. Pero erré en mi juicio sobre la tenacidad de James; estaba dispuesto a esperar en Panamá el tiempo que fuera necesario. No sería la última vez que James me sorprendería.

Pasaron unas semanas. Un día, apareció mi padre frente a la puerta, y aunque no era de la clase de hombres que acostumbraba gritar, eso fue exactamente lo que hizo al tiempo que daba puñetazos en la puerta. "Manuela, he llegado al límite de mi paciencia. Si no abres la puerta, tendré que echarla abajo." Mi padre no profería amenazas en vano. Le hice esperar junto al umbral unos cuantos minutos antes de dejarlo entrar.

Cayó pesadamente sobre un sillón y suspiró. "Has hecho de mi vida una verdadera prueba," dijo.

"Por favor, papá, no me hagas casar en contra de mi voluntad," le rogué, arrodillándome en frente suyo. "Quiero tener la oportunidad de amar al hombre que sea mi esposo. Por favor, no me obligues a contraer un matrimonio que me va a hacer infeliz el resto de mi vida."

"Escúchame, hija," me dijo, mientras sostenía mi mentón en su mano y escrutaba mis ojos húmedos. "Tú tal vez no lo creas, pero he organizado un maravilloso futuro para ti. El señor Thorne es un hombre que tiene muchas cualidades buenas;

es muy acaudalado, en Lima vivirás como una reina y serás recibida por lo mejor de la sociedad. Goza del aprecio del Virrey y serás bienvenida en la corte. Cualquier jovencita en sus cabales daría lo que fuera con tal de acceder a todo eso."

"Esas cosas no me importan, papá. Esos son tus ideales, no los míos. ¿Por qué no casas a una de mis hermanas con James? Yo no estoy hecha para esa clase de vida."

"Manuela," dijo mi padre con severidad, "El señor Thorne no quiere casarse con una de tus hermanas. Quiere casarse contigo."

"Pero yo no lo amo, papá."

"¿De qué amor hablas, hija? ¿Un amor," dijo burlonamente, "como en aquellas historias de esas novelas necias que tú lees? ¡Amaste a D'Elhuyar y mira lo que sucedió! Déjame que te cuente una historia: cuando me casé con mi esposa no estaba enamorado de ella. La elegí porque admiraba su moral. Con el pasar de los años, he aprendido a amarla y ahora puedo decir que tengo un matrimonio de lo más feliz."

¡Cómo se atrevía a compararme con mi madrastra! "Nunca podría amar a un hombre como James Thorne, papá. No me importa lo maravilloso que sea. Él no es la clase de hombre a quien jamás pueda admirar, y mucho menos amar."

"Me parece que no entiendes tu situación, Manuela. En la sociedad de Quito, tu reputación está arruinada. ¡Arruinada!"

"Si eso es lo que te preocupa, me quedo aquí en Panamá."

"¿Para hacer qué, Manuela? No digas sandeces. No puedes quedarte aquí, una mujer joven y soltera, cuando yo me marche a España. De cualquier manera, todo esto no viene al caso. No pareces darte cuenta de que le he dado mi palabra al señor Thorne. Una vez que comprometo mi palabra, nunca me retracto. Si no te casas con él, quiero que sepas que no serás bienvenida nunca más en mi casa de Quito. Tu madrasta y tus hermanos no vivirán contigo bajo el mismo techo después de que has mancillado el honor de nuestra familia." Tomó una pausa para permitir que asimilara el alcance de sus palabras y luego agregó: "Si has pensado en ir a vivir a Catahuango, quiero que sepas que he sido informado por los Aispuru que tampoco eres bienvenida allí."

Me puse de pie al punto. "¡Que hipócrita eres!" exploté. "¿Cómo te atreves de acusarme de mancillar el nombre de tu familia? Sedujiste a mi madre cuando aún era una niña y tú eras un hombre casado, y luego la abandonaste. Sí, es cierto. No hagas esa cara. Deshonraste su nombre. Si existe el infierno, vas a arder allí para siempre."

"No me obligues a pegarte, Manuela."

La ira me cegaba. "Te juro que si me llegas a pegar, te juro que... " Las palabras se quedaron atrapadas en mi garganta. Quería decir que lo mataría, pero no fui capaz. La ira de ambos parecía flotar en el aire que nos separaba.

"No me gusta el giro que ha tomado esta conversación," dijo levantándose abruptamente del sillón. "Voy a dejarte sola para que lo pienses todo con cuidado. Por favor, no te encierres con llave en tu habitación, porque me veré obligado a derribar la puerta. Te vas a casar con el señor Thorne, y con el paso de los años me lo vas a agradecer. Y esta es la última palabra que voy a decir al respecto."

Salió precipitadamente de mi alcoba. La cerré de un portazo.

UN PAR DE DÍAS DESPUÉS, les conté a mis muchachas que una de las condiciones para casarme con James Thorne era que ellas vinieran a vivir conmigo en Lima. Me resigné a mi destino y comencé a esperar con anticipación mi mudanza a la Ciudad de los Reyes, la capital más magnífica de Suramérica, la ciudad en la cual, según se decía, transitaban por sus calles carruajes de oro.

No tenía ni idea de que este matrimonio arreglado y sin amor me pondría en el camino hacia un encuentro con Simón Bolívar. De haberme quedado en Panamá, probablemente nunca habría conocido la pasión o lo que significa vivir por un ideal.

Años después, en Paita, cuando Jonotás y yo pasábamos muchas noches enfrascadas en reminiscencias del pasado le confesé: "La verdad, Jonotás, es que para mí fue un alivio casarme con James, por el solo hecho de escapar de mi familia." Lo que me guardé para mí es que nunca fui capaz de perdonarle a mi padre el haberme traicionado. Nunca le perdonaría el haberme obligado a casar con un hombre al que nunca podría amar. Hasta su muerte, mi padre me escribía con cierta regularidad desde España. Quemé todas y cada una de sus cartas sin abrirlas, pero no sin antes maldecir su nombre.

8

LIMA
1817

Lima no era el trópico opulento y exuberante como Panamá, ni los Andes verdeantes de picos nevados como Quito. Mientras navegábamos rumbo al Sur por la costa del Perú, lo que veía era un desierto y una melancólica cadena de montañas pequeñas entre el desierto y los Andes. Aquellos paisajes descoloridos se veían espeluznantemente estériles, deshabitados. La quietud plomiza del Pacífico era espejo del desierto monótono, con la única excepción de las ocasiones en que las escuelas de peces voladores rompían su superficie plana e inmóvil, o cuando nos encontrábamos con manadas de cachalotes, que lanzaban al aire sus altos chorros de espuma blanca.

Nuestra nave atracó en el puerto de El Callao y en seguida respiré la fragancia de madreselva en el aire, y divisé en la distancia las cúpulas y minaretes de Lima, que me recordaban a los cuadros de ciudades árabes que había visto. Presentí que la ciudad podría contener posibilidades misteriosas.

Cuando nuestro carruaje pasaba por La Puerta del Callao, una de las once entradas en la muralla de adobe que rodeaba a Lima, sentí deseos de saltar del carruaje e inmediatamente empezar a explorar las calles y callejones de la ciudad. Los dos gratos años pasados en Panamá empezaban a parecer tan solo una escala en el camino hacia el futuro. Algo me decía que Lima sería un sitio definitorio para mí.

Construida sobre la margen izquierda del río Rimac, sus verdes parques y sus paseos públicos eran como agua refrescante para los ojos después de aquella desolada costa que se extendía por miles y miles de kilómetros. Las calles empedradas de la ciudad eran atravesadas por riachuelos pandos de aguas claras procedentes de manantiales en lo alto de las montañas y flanqueados por paseos sombreados por álamos y sauces llorones, que al final de cada tarde y todo el día los domingos se llenaban de gente que caminaba pausadamente o se sentaba en las bancas de piedra a recibir las brisas de la sierra y a intercambiar rumores y comentarios. La Plaza de Armas era más grande que cualquiera que hubiese visto hasta entonces. En ella se encontraban la imponente catedral barroca, el Palacio del Arzobispado, el Gran Palacio de Gobierno y un gran número de elegantes tiendas de moda frecuentadas por las damas adineradas. Pronto me enteraría de que los hogares de las familias ricas, con sus fachadas neobarrocas eran más palaciegos que cualquiera de los que había conocido en Quito o Panamá. Los edificios públicos de Lima tenían un aspecto imperial, apenas apropiado para la capital de un virreinato que en una época se había extendido desde Guatemala hasta la Tierra del Fuego.

La ciudad albergaba una plaza de toros donde alternaban célebres toreros, venidos de España, y el Teatro de la Comedia, en el cual zarzuelas y piezas dramáticas se sucedían continua-

mente y reinaba la legendaria actriz conocida como La Perri-
choli. La gran Universidad de San Marcos era la más antigua
de Suramérica y a ella asistían estudiantes de todo el continente. Y lo más emocionante de todo… había una librería, en
la cual podría comprar las más recientes novelas en inglés y en
español.

Me casé con James Thorne en la iglesia de San Sebastián de
Lima. Aunque James había querido una boda suntuosa, insistí
en una ceremonia privada. La excusa que le di es que yo no era
nada religiosa y que una elaborada ceremonia religiosa habría
sido para mí como una farsa. La verdad es que era incapaz de
pretender que la ocasión me deparaba la más mínima alegría.
Me entregó mi hermano, quien estaba estacionado en Lima con
el Ejército Real. También asistieron Jonotás y Natán.

La predicción de mi padre, de que gracias a mi matrimonio
me convertiría en una mujer de importancia, resultó acertada.
Por más faltas que tuviera el inglés—su devoción a la Iglesia
Anglicana, su quisquillosa reserva inglesa, sus opiniones políticas reaccionarias—conmigo se comportaba de manera mag-
nánima. Como regalo de bodas, James me obsequió uno de los
carruajes más finos en toda la ciudad. Para nuestro hogar, eligió una de las casas más encantadoras de Lima. Muebles artesa-
nales de finísima confección traídos de Inglaterra y de Francia
llenaban los cuartos de la casa, que estaba situada en la Calle
del Progreso, cerca del hogar del Marqués Torre Tagle. Nuestros
vecinos eran marqueses, condes y otros títulos y miembros
augustos de la nobleza peruana. Mi casa contaba con numerosos sirvientes y tenía a Jonotás y Natán como mis criadas personales.

Estaba decidida a llevarme bien con James y a acomodar sus
deseos. Quería ser una buena esposa. La mayoría de las mujeres

que conocía a James Thorne lo encontraba atractivo. No obstante, cuando sus manos rubicundas y huesudas y su piel blanca como leche, tibia y pecosa, entraban en contacto con mi piel, mi cuerpo se ponía tenso y frío. James parecía contentarse con tenerme como su esposa de adorno, exhibiéndome en público como la hermosa ama de su casa. A pesar de la indiferencia que yo le demostraba en la cama, cuando se sentía envalentonado por un par de copas después de la cena, asumía que yo debía estar ansiosa por cumplir mis obligaciones maritales y entraba a mi alcoba. Siendo como era un amante fogoso y habilidoso, trataba de despertar mi pasión con todos los trucos que debía haber aprendido en sus visitas a las casas de citas en distintos sitios del mundo. Pero cuando me tocaba, yo no estaba ni cerca de sentir el estremecimiento que había sentido con Fausto.

Dejé de sentirme culpable por mi falta de pasión cuando descubrí que James, como era la costumbre entre los caballeros casados de Lima, tenía una amante. Con la ayuda de Jonotás, que consintió en seguir a James un día, supe que la mujer vivía en una pequeña granja en las afueras de la ciudad y que tenían una hija.

Desde el primer momento, se presentaron tensiones en la casa: tuvimos una discusión sobre mi hábito de fumar. Había tolerado mi afición por el tabaco en Panamá, donde muchas mujeres fumaban. En cuanto llegamos a Lima, me informó que no aprobaba que su esposa fumara cigarros en público porque las limeñas de buena crianza no se permitían ese vicio tan sucio. Yo no dejé de disfrutar de mis cigarros y los fumaba dentro de casa, cuando él no estaba cerca.

Se produjo un desacuerdo más grave cuando rehusé acompañarlo a la misa del domingo. La agonía que significaron mis años con las Conceptas habían amargado de una vez por todas mi reacción a todo lo que tuviera que ver con temas religiosos. No tenía intenciones de convertirme en una anglicana practicante. Por fin, James aceptó el hecho de que yo no iba a ceder en este punto y comenzó a ir a misa solo; pero el resentimiento se marcaba claramente en su rostro cada domingo cuando salía camino a la iglesia, y no desaparecía hasta varias horas después de que regresara.

Las "tapadas" de Lima eran famosas en Suramérica: las mujeres que nunca se aventuraban en público sin un chal que les cubriera el cabello y la cara y dejaban al descubierto sólo uno de los ojos. A pesar de que deploraba aquella costumbre antediluviana, el hecho es que la ciudad era el sitio más excitante en el que hubiese vivido jamás.

La parte más feliz de vivir en Lima era el hecho de que mi hermano estuviese estacionado allí como capitán del Regimiento Numancia. Reunirme con José María después de no haberle visto durante los años que estuve en Panamá, era motivo de alegría en mi vida. Si bien desaprobaba vehementemente de la política pro-Realista de mi hermano, mi amor por él se sobreponía a las diferencias políticas. A menudo, venía a cenar a casa, y me complacía ver que José María y James se llevaban bien.

SE HIZO EVIDENTE PARA MÍ que nunca llegaría a amar a mi esposo. Para alivio mío, con frecuencia se ausentaba, ya fuese para ir al campo a visitar a su querida o para atender los asuntos de la hacienda, o bien para viajar a la costa a cuidar sus intereses mercantiles. Sí que hice un esfuerzo por convertirme en su amiga. No obstante, el pasado de James era un misterio

para mí, al igual que para la mayoría de las personas que lo conocía. Me dijo que había nacido en Aylesbury, un pueblo en el
condado inglés de Buckinghamshire, pero se mostraba reacio a
hablar de su familia, a la cual se refería como "terratenientes
rurales." Por qué vino a Suramérica y cómo llegó a adquirir su
flota de navíos comerciales y a acumular vastas extensiones de
tierra, eran temas sobre los que había elegido no hablar. Quizás
fuese su discreción lo que le permitió prosperar en Lima, una
ciudad en la que los ciudadanos ingleses, por lo general, no
eran bienvenidos por las autoridades españolas. Pero el Imperio Español se encontraba sumido en tal confusión en los primeros años del siglo XIX que su formidable poder marítimo de
antaño había quedado reducido a una pequeña flota de naves
obsoletas. De modo que James, con sus finos navíos comerciales
ingleses, proporcionaba al gobierno un servicio valioso: importaba bienes de Europa y exportaba productos peruanos.

PASABA BUENA PARTE de las mañanas con Natán y Jonotás.
Bordábamos y chismorreábamos en el balcón de mi cuarto de
estar, que miraba a la calle. Los balcones de las grandes casas de
Lima eran cerrados, de manera que las personas podían sentarse en ellos sin ser vistos desde abajo. Si uno quería llamar a
alguien que pasaba abajo, lo único que había que hacer era
abrir una ventana del balcón y asomar la cabeza. Los balcones
eran un excelente punto de observación para estar al tanto de
las vidas de los limeños.

Hasta bien entrada la tarde, las calles de Lima se veían po-
bladas de personas que pregonaban su mercancía. Era un espectáculo entretenido y lleno de vitalidad. Hacia las nueve de
la mañana, cuando ya el sol calentaba con fuerza, aparecían

los indios que vendían helados, y canturreaban: "Helado, dulce de leche..." Luego llegaban los vendedores de pasteles y de panes, que gritaban: "¡El delicioso y apetitoso pan de Guatemaaaaaaaaaaaaaala!" Estos eran seguidos por la aguda canción de las tisaneras que anunciaban sus jugos: "¡La tisanera trae fríos y deliciosos jugos de piña!" Hacia las diez empezaban a llegar las vendedoras negras, que avanzaban por las calles mientras balanceaban las canastas en la cabeza. En las canastas, llevaban ollas repletas de arroz y frijoles. "¡Arroz y frijoles, arroz blanco y frijoles negros!" cantaban. Los fines de semana y durante las festividades religiosas, transitaban por las calles ancianas negras, montadas sobre burros que cargaban enormes canastas llenas de tamales. El sonsonete de sus voces siempre me arrancaba una sonrisa: "Tamales, tamales ricos, tamales calientitos."

Los vendedores de frutas, con su surtido de naranjas, mandarinas, manzanas, chirimoyas y melones, llegaban al mediodía, junto con las adivinas, que aseguraban que podían leerte el futuro, interpretar el pasado y descifrar el presente. Gritos de "Agujas," "Dedales," "Botoncitos de nácar," resonaban a lo largo del día entero. Los vendedores de objetos de plata y porcelana iban de puerta en puerta, y ofrecían los preciosos espejos del Cuzco con filigranas de oro. A principios de la tarde, los dueños de la calle eran los vendedores de dulces y las mujeres que vendían los picantes ajiacos y las dulces humitas.

Cuando caía la tarde, las familias se sentaban en sus balcones a tomar las fragantes brisas que soplaban desde la sierra. El aire se llenaba con el aroma de las humeantes tortas de maíz, las galletas de mantequilla recién salidas del horno y las sensuales fragancias de las vendedoras de flores que ofrecían sus ramos de violetas y jazmines. A lo largo de todo el día, la calle que se extendía bajo mi balcón vibraba vivazmente con el coro de voces y tonadas. Algunos días, aquello era suficiente para hacerme olvidar que era la esposa de un hombre a quien no amaba y para recordarme que podía tomar deleite en una ciudad en la que la gente parecía inclinada a disfrutar de los placeres de la vida.

BRINQUÉ DE ALEGRÍA cuando me enteré de que mi buena amiga Rosita Campusano vivía en Lima. Habíamos perdido todo contacto desde que me fugué con D'Elhuyar.

Nuestra feliz reunión ocurrió después de la audiencia en la que fui formalmente presentada en la corte al virrey y la virreina. De inmediato, la invité a mi casa la tarde siguiente a tomar una taza de chocolate. Envié mi carruaje a recogerla y cuando llegó, salí a la carrera hacia la puerta para saludarla. Rosita se había convertido en una mujer de gran belleza, aunque seguía siendo de estatura diminuta.

"Después me enseñas la casa," me dijo mientras intercambiábamos besos y abrazos. "Vamos a un sitio en el que podamos estar a solas y hablar."

Pasamos directamente a la sala de estar y nos sentamos en una esquina que daba al jardín. Una vez que nos sirvieron el chocolate y los pastelillos, le pedí a Jonotás que cerrara la puerta y que no nos interrumpiera hasta que yo la llamara.

El padre de Rosita le había asegurado un sitio en la corte del virrey Pezuela y la Serna, donde había sido dama de honor durante algo más de dos años. "Es emocionante estar en ese sitio; no hay un instante de aburrimiento," me dijo. "Pero cuéntame de ti. Estoy ansiosa de saber todo lo que ha pasado en tu vida desde que te marchaste del convento… bueno… tan de prisa."

Nos echamos a reír. Aunque ella quería saber todos los detalles, le ofrecí un breve recuento del fiasco con D'Elhuyar. Simplemente, era algo en lo que ya no quería pensar más. "¿Y tú?" le pregunté. "¿Hay algún interés amoroso en tu vida?"

"No, ahora mismo no hay espacio para el amor en mi vida," contestó, sin ninguna traza de pesar.

Era difícil creer que mi romántica amiga hubiese cambiado tanto. "¿Ser dama de honor te mantiene demasiado ocupada como para enamorarte?"

"Eso y otras cosas," respondió enigmáticamente.

"Te envidio, Rosita," le dije con toda sinceridad. "Como puedes ver, a mí no me falta nada. Pero ya me conoces. No podría contentarme con ser tan solo una dama de la sociedad. Lo que anhelo es…" Me detuve, al no estar muy segura de qué era lo que anhelaba. "Algunas veces me aburre todo," tuve que confesar.

"Eso cambiará cuando tengas hijos, Manuela."

"Te voy a decir algo que no le he dicho a nadie. Después de mi fuga con D'Elhuyar, mi padre me hizo examinar para ver si estaba embarazada. El médico le informó que nunca podría tener hijos." Tomé una pausa para recordar aquel doloroso día. "En Panamá, me examinaron de nuevo médicos eminentes que corroboraron la opinión del doctor de Quito." Solté un suspiro. "Tal vez sea mejor así a final de cuentas. No sé por qué, pero nunca he deseado tener hijos."

Rosita tomó mis manos entre las suyas. "Me parece que te has casado bien. El señor Thorne es un hombre apuesto. ¡Y el virrey lo aprecia tanto!"

"Fue mi padre quien arregló el matrimonio, Rosita. Y James está satisfecho con la hija que tuvo con su amante."

"Ah, ya veo," dijo con un suspiro, y dejamos las cosas así.

ALֳ FINAL DE LA VISITA de esa tarde, cuando se marchaba, Rosita sacó un sobre de su bolso y me lo entregó. "Lee esto cuando tengas un minuto libre."

"¿Cartas de amor?" le pregunté en broma.

"Nada por el estilo. Léelo y después hablaremos de ello. Sólo te pido que te asegures," añadió, en voz baja que fue más un susurro, "de que los contenidos de este sobre no caigan en otras manos."

Me sentí entusiasmada. Desde luego que esto rompía la predecible rutina de mis días. Tomé el sobre en mis manos y acordamos encontrarnos el siguiente domingo en la corrida. En cuanto Rosita se marchó, abrí el sobre. Para sorpresa mía contenía una proclamación de Simón Bolívar. Había pasado años desde aquellos días en el colegio del convento cuando estaba obsesionada con Bolívar y las guerras de Independencia. Ahora habitaba en un mundo repleto de Realistas, y aunque la revolución se sentía en el aire y yo leía sobre las medidas represivas en los periódicos controlados por el gobierno, no tenía a nadie con quién hablar de los nuevos acontecimientos políticos. Y sin embargo nunca había olvidado a Bolívar. Ahora se encontraba en Nueva Granada, donde había inflingido derrotas aplastantes a las fuerzas españolas en una serie de batallas recientes. Era sólo una cuestión de tiempo antes de que el país fuese liberado. Los Realistas de Lima temían que después de Nueva Granada, Bolívar pondría su mira en Ecuador y Perú.

Sostuve en mis manos la proclamación de El Libertador con el anuncio de la creación de la República de la Gran Colombia. Me aprendí de memoria las palabras finales: "¡Yo contemplo con gozo inefable el glorioso período en que las sombras de la opresión serán dispersadas para que podamos disfrutar de los esplendores de la libertad!" Las palabras de Bolívar me llenaban de esperanza en el futuro. Quizás, después de todo, había algo que yo podría hacer para darle sentido a mi vida.

EL SIGUIENTE DOMINGO, Rosita y yo fuimos juntas al Circo de Acho, engalanadas con nuestras mantillas y peinetas más finas y allí nos sentamos en la primera fila de uno de los ochenta y cuatro balcones reservados por abono para los notables de Lima. Poco después de nuestra boda, James me había dicho: "Yo voy contigo adonde quieras, cariño, pero no me pidas nunca que presencie una de esas corridas barbáricas." Sentada junto a Rosita, mientras esperábamos a que saliera el primer toro, me inundaron de nuevo las memorias de la infancia... cuando Jonotás, Natán y yo jugábamos a las corridas con las mansas vacas lecheras del corral en Catahuango. Un día, la tía Ignacia nos sorprendió en el juego y me prohibió que volviera a hacerlo jamás, porque era un juego para niños, no para niñas. "Llegará el día en que no vas a poder impedirlo," le respondí. "Voy a ser la primera torera que el mundo ha visto."

Aquel día me apasioné por las corridas limeñas: el trompetazo a las tres y media, cuando el sol más calentaba y más brillaba, para anunciar el inicio de las faenas; las marchas militares y la música festiva que tocaba la banda; los gritos retumbantes de los aguardienteros que pregonaban su potente brebaje; el resplandor feroz en los ojos negros del toro; la fuerza bruta de los animales; los temerarios rejoneadores; los giros y saltos dancísticos de los banderilleros de largas piernas; el valor de los matadores en sus trajes de luces cosidos con hebras de oro y de plata; el final trágico, pero emocionante, cuando los nobles toros muertos eran sacados del redondel arrastrados por caballos, que dejaban un rastro de líquido escarlata en la arena ardiente, una imagen que me conmovía hasta las lágrimas.

Todavía me sentía emocionada por la corrida, cuando mi carruaje se detuvo para dejar a Rosita a la entrada del palacio del Virrey. Antes de bajarse, me tomó la mano y dijo: "¿Tuviste oportunidad de leer lo que te di?"

"Sí, y no sé cómo agradecértelo, Rosita. Me transportó de regreso a los días en que Bolívar era nuestro héroe. Su proclamación me hizo desear que hubiese algo que yo pudiese hacer para avanzar la causa de la independencia."

"Esa proclamación está prohibida en Perú," dijo Rosita, que ahora me hablaba en susurros. "Por favor destrúyela cuanto antes. Podrías meterte en líos tan sólo por poseer una copia de ella."

Se desvaneció cualquier pensamiento sobre la corrida. "No tenía idea de que…"

"Manuela, ¿de verdad quieres hacer algo por la causa de la independencia?"

"Si hubiera alguna manera de hacerlo," contesté, sorprendida por la convicción en mi voz.

Se inclinó un poco más hacia mí y colocó sus labios sobre mi oreja: "Hay una manera, Manuela. Y necesitamos mujeres como tú."

Rosita reunió sus cosas y se cubrió la cabeza y el rostro con su mantilla. "Vendré a verte esta semana," me dijo. "Entonces hablaremos más. Mientras tanto, no dejes escapar una sola pa-

labra a nadie sobre esta conversación. Ni siquiera a tus muchachas."

La siguiente vez que Rosita vino a verme, hablamos única
y exclusivamente de política. No había caído en cuenta hasta
entonces de qué tan necesitada estaba de sostener conversaciones de trascendencia. En Panamá, una ciudad de comerciantes
con mentalidad de piratas, todas las conversaciones giraban
alrededor de los negocios. Desde mi llegada a Lima, el mundo
en el que me movía estaba poblado de Realistas y enemigos de
la independencia.

Rosita me informó que trabajaba como espía para los independentistas. "Bolívar se encuentra muy lejos de Perú ahora
mismo. Pasará un par de años, por lo menos, antes de que llegue aquí," dijo, y añadió al punto: "La información que recojo,
por lo general mientras escucho las conversaciones o simplemente haciéndome la tonta, se la envío a los contactos del general San Martín en Lima. San Martín va a llegar aquí antes
que Bolívar. Emprenderá camino desde Argentina, y cruzará
los Andes para liberar a Perú."

Esto sí que era una novedad para mí. Las revelaciones de
Rosita me dejaron la cabeza dando vueltas. "¿No es peligroso?
¿Lo que haces?"

"Por supuesto que sí," contestó, mirándome perpleja. "Pero
alguien tiene que hacerlo. ¿Qué es lo peor que podría pasarme?"

"Podrían fusilarte."

"Exacto," dijo Rosita. "Qué precio más pequeño a pagar por
la libertad de nuestras naciones. Innumerables personas han

dado ya su vida por la lucha. Me sentiría honrada de sumarme a esas huestes."

La luz que brillaba en sus ojos me atemorizaba y me excitaba al tiempo.

"Escucha, Manuela. En cuanto a nuestro Virrey actual y sus funcionarios… te digo que una partida de asnos salvajes serían capaces de gobernar mejor al Perú."

Solté una carcajada.

"Y por lo que he oído decir sobre la corte española," continuó, "el rey Fernando suena tan degenerado como Calígula. Está rodeado por hombres ambiciosos, brutales, corruptos e ignorantes. ¿Son esas las personas que tú quieres que decidan cómo debemos vivir nuestras vidas? Mira todo el caos que han desencadenado en España. El país está en la bancarrota, las masas mueren de hambre y están asoladas por las enfermedades, la Inquisición está de vuelta." Tomó una pausa. "Perdimos una gran oportunidad de alcanzar nuestra independencia cuando Bonaparte envió a su hermano a gobernar España. No podemos perderla de nuevo. Ha llegado la hora de derrocar a los españoles. Si no lo hacemos ahora, solo Dios sabe cuánto tiempo pasará antes de que se vuelva a presentar otro momento tan propicio. Se encuentran tan debilitados, sus ejércitos tan desmoralizados, que no se va a necesitar demasiado esfuerzo para deshacernos de ellos de una vez por todas."

Aquel día comprometí mi lealtad total a la causa. Mi antiguo sueño de una Suramérica libre volvió a mí como si nunca se hubiese apartado. Me involucré por completo en la conspiración.

El efecto que tuvo en mí fue extraordinario. Bien sabía que al colaborar con los patriotas arriesgaba mi posición social y la propia vida. Cualquier persona acusada de ayudar a los rebeldes era encarcelada, colgada o fusilada, su cabeza cercenada era empalada en altas estacas en las plazas de Lima y en los principales caminos que llevaban a la ciudad, sus ojos eran desgarrados por los gallinazos y otras aves carroñeras. Las extremidades de los conspiradores, putrefactas y repletas de gusanos eran colgadas de los árboles en las plazas y de los balcones de los edificios gubernamentales.

Comprendí que había vivido toda mi vida en un mundo en el que la norma era el desorden, la revolución, la mortandad, y sin embargo como mujer, yo había sido una simple observadora de la historia. Los eventos que tenían lugar a mi alrededor no eran más que un tenue eco cuando por fin llegaban a los confines de mi fatua y protegida existencia. El vacío de mi matrimonio de alguna manera me envalentonaba. Las atrocidades cometidas por los españoles para suprimir la revolución no conseguían disuadirme de actuar como me lo exigía mi conciencia reavivada. No se conseguiría la liberación a menos que los patriotas estuviesen dispuestos a arriesgarlo todo, y vivieran como vivía el general Bolívar: arriesgar sus bienes y sus vidas en pro de un objetivo más elevado. La manera en que Bolívar había pasado sus últimos veinte años: combatiendo en innumerables batallas, no rindiéndose jamás, ni siquiera cuando era encarcelado, enviado al exilio o sufría derrotas apabullantes; no rindiéndose jamás a pesar de los atentados contra su vida, a pesar de las privaciones y enfermedades que le acarreaba el estar en incesante campaña. Me dije que prefería morir joven, por una causa en la cual creía, que vivir hasta una edad avanzada como súbdita española, atada a James Thorne.

ME CONVERTÍ EN UNA CONSPIRADORA. Mi papel primordial, tal como había sido definido por mis co-revolucionarios

era recaudar fondos para ayudar a financiar los ejércitos patriotas. Con este fin, me propuse cultivar la cercanía de los ricos de Lima. Realizaba visitas sociales, ofrecía cenas festivas e
invitaba a tomar el té a ciudadanos prominentes para descubrir quiénes favorecían la idea de la liberación de España. Una
vez que determinaba que sus simpatías estaban con la causa de
los patriotas, les pedía apoyo financiero.

Mi hermano había adquirido el hábito de venir a cenar con
nosotros las noches de los martes. Yo esperaba sus visitas con
anticipación y sobre todo cuando James estaba en casa. La presencia de José María me rescataba del tedio de cenar a solas con
mi esposo. Una noche, después de cenar, cuando estábamos en
la biblioteca, al calor del brandy francés preferido de James,
percibí que era un momento propicio para traer a colación el
tema del malestar político tan palpable en las calles de Lima.

Le pregunté a mi hermano: "¿Es verdad, José María, que San
Martín ya está de camino hacia Perú?"

"Si ese es el caso, estamos listos para esperarlo," respondió.
"Sus tropas estarán exhaustas después de recorrer miles de kilómetros. No tendrían la menor oportunidad frente a nosotros."

"Pero su ejército tiene una reputación de ferocidad."

"No son más que un hatajo de cobardes," interpuso James.

"Puedes llamarlos como quieras, James, pero cobardes no
son. Son soldados idealistas que luchan por una causa en la que
creen," dije.

"Te acordarás de lo que te digo, Manuela," contestó James.
"Si esa chusma alguna vez derroca a la monarquía, el baño de
sangre que sobrevendrá hará que la revolución francesa pa-
rezca en comparación una comedia de salón. Y si algún día

triunfan, no te olvides que tú estarás entre las primeras personas cuyas cabezas rodarán por el suelo."

"Quizás tu cabeza sí que va a rodar, James. Tu eres inglés. Yo soy criolla. Y ellos luchan por las personas como yo."

"¿Y qué me dices de José María? ¿No crees que como oficial del Ejército Real va a ser uno de los primeros objetivos de los revolucionarios?"

"James tiene razón, Manuela," coincidió mi hermano. "Tienes unas nociones muy románticas sobre los rebeldes. Son una turba sanguinaria."

El brandy se me había subido a la cabeza. "Nada de lo que hagamos puede impedir que nuestros países se independicen de España. No podemos evitar el paso de la historia." Me sorprendió la estridencia de mi voz.

James golpeó su vaso contra la mesa de caoba. "Escucha lo que dice tu hermano, Manuela. Esas novelas románticas que a todas horas lees te han perturbado el juicio."

"Estoy seguro de que Manuela no nos desea ningún mal, James," dijo mi hermano, que salió en mi defensa. "Sencillamente, tienes que aceptar que te casaste con una mujer apasionada."

"De ahora en adelante," continuó James impertérrito, "te prohíbo que nunca más vuelvas a expresar en esta casa cualquier sentimiento de simpatía por esos salvajes. Además, como tu esposo, te prohíbo que tengas contacto alguno con cualquier persona asociada con esa causa."

A partir de aquella velada, sólo abordé el tema con mi hermano cuando James no estaba cerca. Confiaba en que llegaría el día en que José María pudiese ver la causa de la independencia del mismo modo que la veía yo. En cuanto a James, iba a morir como un Realista incondicional. Y mientras más pronto me alejara de él, mejor.

Cada vez que tenía una oportunidad, trataba de convencer a mi hermano de que reconsiderara sus lealtades. "La hora ha llegado," le repetía una y otra vez, "de rebelarse contra España y tomar el partido de la justicia y la libertad." Al principio, José María me miraba como si hubiese perdido la razón. Pero poco a poco empecé a notar un cambio en él.

No podía contar con el dinero de James para engrosar los cofres de los patriotas, de modo que empecé a vender mis joyas, los candelabros y otros objetos de oro, así como la porcelana y la platería que nunca usábamos... él jamás se daría cuenta de que faltaban. Sabía que si James se daba cuenta de mi compromiso con la causa de los rebeldes, me repudiaría como esposa. Él dependía de la buena voluntad del gobierno para asegurar la prosperidad de sus negocios, y nada le importaba más que sus negocios. James era un hombre sin ideales, mientras que para mí la muerte había pasado a ser preferible a una vida sin ideales. A James sólo le importaba su dinero... su dinero y la Iglesia de Inglaterra.

Me volví extremadamente cauta para cerciorarme de que James no sospechara nada sobre mis actividades secretas. Una o dos veces a la semana, después de la cena, le avisaba que tenía planes para ir a visitar a una amiga enferma o para asistir a una tertulia de mujeres que organizaban eventos benéficos. "Asegúrate de que te acompañen tus criadas y que te lleven en el carruaje," me decía antes de regresar a su estudio para revisar sus cuentas. Siempre y cuando prometiera tomar las suficientes precauciones para mi seguridad, James no presentaba objeciones a mis salidas nocturnas.

Asistí a reuniones en casa de los conspiradores, en las cuales Rosita estaba a menudo presente con las últimas noticias obtenidas en la corte del Virrey. En estas reuniones, yo sentía que se trataba de una parte auténtica de mi vida, como si por fin mi existencia tuviese alguna importancia. Había encontrado una causa a la cual podía entregarme. En aquel momento en la historia de Suramérica, esta era la única causa por la cual valía la pena luchar.

9

Jonotás

Recibí un balazo por proteger a Manuela Sáenz; así quería yo a esa mujer. Ni El Libertador, ni James Thorne, y por supuesto tampoco Natán, habría hecho tal cosa. ¿Cómo no iba yo a amar a Manuela? Era la única mujer blanca que había conocido en toda mi vida que despreciaba la esclavitud. Podía estar segura de que nunca me vendería. Y mientras estuviese bajo su protección ningún hombre blanco me iba a violar y ningún amo me iba a marcar el rostro con un hierro candente, como era el caso de tantas esclavas desgarradoramente deformadas por este procedimiento que yo había visto en distintos sitios de los Andes.

A medida que Manuela se involucraba más con los revolucionarios, también lo hacía yo. Nos reclutó a Natán y a mi como sus cómplices. Natán no estaba nada contenta con aquello. "Si ella quiere que la descabecen, ese es asunto suyo," me dijo una noche desde su camastro en el cuarto que ocupábamos. "Pero, ¿por qué meternos a nosotras en esto? Yo no quiero terminar así. ¿No te das cuenta del riesgo que corremos, Jonotás?"

"A mí no me importa lo que me pase," le respondí, "siempre y cuando el general Bolívar libere a los esclavos cuando derrote a los españoles."

"¿Liberar a los esclavos?" se burló Natán. "Se va a necesitar más de un Simón Bolívar para que los blancos abandonen los prejuicios que sienten por los negros."

Natán mantenía bien oculto su resentimiento con Manuela. Pero también se volvió una conspiradora. Manuela empezó a escribir proclamaciones. Se aprovechaba de los viajes de negocios del inglés para salir en las noches con nosotras. Cubríamos las paredes de Lima con panfletos que incitaban a los peruanos a rebelarse contra las autoridades españolas. Mis panfletos favoritos incluían chismorreos libidinosos sobre la corte del virrey, como los amoríos de la virreina con el arzobispo de Lima. Todas esas informaciones íntimas venían de Rosita.

Empezamos a vestirnos con ropa de hombre cuando salíamos de noche, no por perversión, como muchos nos acusaban, sino porque vestidas así nos desplazábamos con mayor facilidad que con nuestros vestidos. Al abrigo de la oscuridad, nos armábamos con sables y pistolas.

Bien sabía que si Manuela era atrapada, sería puesta en prisión y luego enviada al exilio, en deferencia al servicio de su hermano a la Corona y también a la fortuna de Thorne. Natán y yo, por lo contrario, con toda seguridad seríamos colgadas o fusiladas. Natán no quería ser parte de ello, como ya dije. Pero no tenía otra opción. Decirle que no a tu ama era algo impensable. En cuanto a mí, yo sí creía en la causa. Sabía que los negros serían liberados mucho más pronto si los españoles eran vencidos. Y yo quería ver a los españoles destrozados por lo que le habían hecho a mi familia.

Cuando Manuela me enviaba a hacerle mandados, me unía a las personas que se encontraban enfrente de los panfletos. La mayor parte de la gente pobre no sabía leer, así que se juntaban a esperar por alguien que pudiera leerles los panfletos. Yo los leía en voz alta cada vez que tenía oportunidad, y me hacía la que los leía por primera vez. Con alguien que hacía las veces de centinela para asegurarme de que no hubiera soldados en los alrededores, les leía en voz alta a los demás. En respuesta, la gente se ponía rabiosa y refunfuñaba, luego se dispersaba rápidamente. Con frecuencia, al llegar la mañana, los panfletos habían sido arrancados de las paredes o blanqueados con cal. De cualquier manera, cuando pasaba en frente de algún panfleto, me sentía orgullosa al saber que había tenido algo que ver con ellos al ayudarle a Manuela y Natán a fijarlos en la pared. Tenía la sensación de que yo también trabajaba por la independencia.

Usualmente, salíamos de la casa a las dos de la mañana, una por una y en direcciones diferentes. De antemano, decidíamos el sitio de encuentro. De esa manera, si alguna de las tres era sorprendida mientras iba o venía, las otras dos no serían acusadas de traición. Cargábamos los panfletos, los tarros de goma y las brochas para aplicar la goma en bultos de papa que nos colgábamos de la espalda. Nos cubríamos con los sombreros de los indios para tener el aspecto de los campesinos que bajaban desde la sierra a Lima antes del amanecer para vender sus productos. Permanecíamos en nuestro vecindario, sin aventurarnos jamás más allá de las calles secundarias que llevaban hacia la Plaza de Armas. Nos manteníamos lejos de esa plaza, porque incluso a esa hora, estaba fuertemente protegida. Los sitios preferidos para fijar nuestros panfletos eran las paredes de las grandes mansiones así como los portones de los conventos y las iglesias y los edificios públicos.

Una noche, pegábamos un panfleto en la Calle del Carmen, a sólo una cuadra de nuestra casa, cuando escuchamos pasos que se acercaban. Manuela se volvió hacia mí y susurró: "Jonotás, es el guardián nocturno." Si el hombre llegaba lo suficientemente cerca para ver lo que hacíamos, soplaría su silbato para alertar a los soldados en la Plaza de Armas. Comprendí que tenía que hacer algo. "Corran," les dije a Manuela y a Natán. "Yo me encargo de él."

Antes de que Manuela o Natán pudieran frenarme, salí a la carrera hacia el guardián nocturno, que llevaba en sus manos un farol. Vaciló un instante, al ver lo que debió haberle parecido un indio peligroso que corría hacia él. "Alto o disparo," vociferó. Mientras el hombre amartillaba la pistola, arremetí contra él, y apunté mi sable hacia su corazón. Cuando caía de espaldas, su pistola se disparó. Sentí un ardor vivo en el hombro. Le había dado muerte. Pero el tiro había alertado a los habitantes de la calle así como a los soldados en la plaza. Manuela y Natán se abalanzaron sobre mí. Me dejé caer en brazos de Manuela, demasiado débil para tenerme en pie. Natán se arrancó la camisa y la apretó contra la mía, en el sitio por el cual se escurría la sangre. Luego me cargó sobre sus espaldas. Nunca me habría imaginado que fuese tan fuerte. Me llevó cargada todo el trayecto a casa, que afortunadamente no era muy largo. Alcanzamos a entrar justo antes de escuchar el estruendo de soldados a caballo y de vecinos que abrían de prisa las contraventanas y lanzaban gritos en medio de la noche.

"En la condición en que estás, no puedes ir a los cuartos de los sirvientes; no confío en ellos," dijo Manuela. "Natán, ayúdame a llevarla a mis aposentos."

En el fondo de la alcoba de Manuela había un recinto pequeño en el que guardaba sus baúles. En ese sitio improvisó una estera para mí, me desnudó y lavó y limpió mi herida. Pero yo no paraba de sangrar.

"Va a morir desangrada," dijo Natán.

"No menciones la muerte," dijo Manuela. "Seguro que Rosita sabe de algún médico. Pero a esta hora no podemos hacerle llegar un mensaje al palacio. Necesitamos que alguien venga antes. No podemos esperar hasta que llegue la mañana."

Manuela no sabía de ningún médico que profesara simpatías por la revolución. Así que no había nada más que hacer que esperar hasta que pudiera hacerle llegar un mensaje a Rosita. Yo no quería morir, pero empezaba a pensar que las posibilidades de que así ocurriera eran altas. También sabía que tenía una posibilidad de vivir si conservaba la calma.

En algún momento de la noche, un sirviente llamó a la puerta de la alcoba de Manuela para decirle que José María estaba en la planta baja. Cuando escuché esto pensé que me habían descubierto. Había venido a detenerme y en cuestión de días ya estaría muerta. ¿Sería posible que hubiese viajado toda esta distancia desde mi palenque tan sólo para morir así? Mientras estaba allí tendida, perdiendo sangre y esperando a ser arrestada, me sentía tan perdida y asustada como el día aquel en que los blancos llegaron a San Basilio y lo destruyeron. ¿Hasta qué punto estaría Manuela dispuesta a luchar para salvarme?

Me encontraba en un estado febril, agobiada de dolor, y sin embargo completamente consciente. Nunca había visto a Manuela tan agitada y nerviosa. "Dile a José María que suba a mi alcoba," le dijo al sirviente.

En cuanto la puerta se cerró, Natán dijo: "¿Pero qué haces, Manuela? Él se va a llevar a Jonotás. ¡Manuela, por favor!"

"No, Natán," dijo Manuela. "José María es nuestra única esperanza. Créeme… él no quiere mi perdición."

Manuela trajo a José María directamente hasta el pequeño nicho donde yo estaba escondida. No sabía que esperar de él. Siempre se había portado respetuosamente con nosotras, pero no profesaba por nosotras el afecto que nos tenía Manuela. Y yo nunca le había escuchado expresar simpatía por la emancipación de los esclavos. "José María," dijo Manuela, "Jonotás recibió un disparo y necesito que me ayudes."

Me echó un vistazo y su cara se puso roja de cólera. "¿Sabes la razón por la cual estoy aquí, Manuela?"

Manuela lo negó con la cabeza.

"Nuestros agentes sospechan que la persona que asesinó al guardián nocturno vive en esta área, ya que desapareció tan velozmente," dijo José María. "Los agentes están llevando a cabo un registro casa por casa. Dime la verdad, ¿lo mató Jonotás?" Antes de que Manuela pudiese hablar, explotó: "Manuela, ¡no puedes dar refugio a una esclava que es una asesina y una enemiga de la Corona! Tienes que entregarla o serás acusada de traición."

"José María, por favor, escúchame," dijo Manuela mientras tomaba su mano con desesperación. "Yo soy la responsable. Metí a Jonotás en todo este lío. Si ellos se la llevan, también tienen que llevarme a mí. Diré que asesiné a ese hombre. No podría vivir con el remordimiento si algo le ocurriese a Jonotás. Me conoces—sabes bien que cada una de las palabras que digo, las digo en serio."

A duras penas, podía respirar del miedo que sentía en ese instante.

José María retiró su mano de la de ella y empezó a caminar de un lado a otro de la habitación. "Podría estrangularte, Manuela. Tu osadía es aterradora." Hubo una larga pausa. Sentía el paso de cada segundo. "A pesar de todo, sigues siendo mi hermana. En contra de todas mis creencias, daré órdenes para que no registren esta casa."

"Nunca dudé que obrarías de otra manera, Joche. Nos queremos demasiado," dijo Manuela, y volvió a tomar su mano para besarla. Luego añadió: "Hay algo más que debo pedirte."

"¿Qué es?" preguntó él, incapaz de mirarla a los ojos.

"Quiero que vayas al Palacio y pidas ver a Rosita Campusano. Ella sabrá de algún médico que pueda venir hasta aquí. Me temo que la herida de Jonotás se pueda infectar y podría morir, por lo que no hay tiempo que perder."

"Estás demente," gruñó José María. "¿Me estás pidiendo a mí, a un oficial del ejército de su majestad, que me convierta en conspirador? Si me descubren, me mandarían a fusilar."

"No vas a ser fusilado, querido hermano. Tal y como te he dicho, el general San Martín estará aquí pronto y Lima será liberada. Te prometo que él será puesto al tanto de cómo ayudaste a los patriotas cuando necesitaban protección."

La discusión se prolongó un buen rato, con argumentos que iban y venían, y en algún momento debí perder la conciencia. Pero Manuela se salió con la suya y un par de horas más tarde llegó un médico. Extrajo la bala, limpió la herida, la vendó y dejó una medicina para el dolor.

Quizás ahora se entienda por qué habría sido capaz de morir

por Manuela. ¿Quién aparte de ella en la Gran Colombia podría haber hecho lo que ella hizo para salvar la vida de un esclavo? Si alguna vez dudé que ella me amara, desde ese día, mi lealtad hacia ella quedó sellada. Nunca la iba a dejar, sin importar lo que pasara. Sólo la muerte podría separarnos.

10

Rosita nos hizo llegar la noticia de que las tropas del general San Martín, las montoneras, famosas y temidas por la ferocidad que demostraban en batalla, se acercaban a Lima desde el sur. Todos los días explotaba algún disturbio. La gente desfiguraba las fachadas de los edificios públicos, saqueaba y quemaba las tiendas. En plena luz del día, las tropas españolas eran atacadas por los francotiradores desde las azoteas de las casas. En respuesta, el gobierno decretó la ley marcial. Los españoles de dinero tenían temor de ser vistos en sus lujosos carruajes y sólo se aventuraban a salir a la calle disfrazados como trabajadores.

En cuanto me enteré de la tan esperada noticia de que las tropas de San Martín habían lanzado un ataque contra las murallas de la ciudad, me dirigí a caballo hasta los cuarteles del regimiento Numancia. Sin esperar a que me anunciaran, entré de sopetón en el despacho de José María. En ese momento, se encontraban presentes otros oficiales. "Caballeros," les dije, "por favor déjenme a solas con mi hermano. Tenemos que hablar de asuntos familiares urgentes."

Cuando se marcharon, le eché llave a la puerta y me volví hacia José María. "¿Has escuchado las noticias sobre San Martín?" Sacudió la cabeza para negarlo. "¿Qué piensas hacer?" le pregunté. José María giró bruscamente y empezó a reorganizar papeles en su escritorio.

"Joche, te lo ruego. Si eres un patriota, sólo hay una opción... unirse a los rebeldes. ¿No estás harto de ser tratado como un ciudadano de segunda tan sólo por ser un criollo, mientras que aquellas sanguijuelas españolas tienen todos los derechos al dinero, a los mejores empleos, a todo, tan sólo porque nacieron en España? ¿No estás harto de someterte a los españoles y dirigirte a ellos como si fueran superiores a ti? ¿No estás harto de su virrey corrupto y sus generales sanguinarios y sus obispos impíos? ¿No estás harto de que nunca podamos tomar nuestras propias decisiones sobre lo que le conviene a nuestra patria? Yo sí que te lo puedo decir: estoy harta de todo eso... Y soy mujer. Bien puedo imaginarme lo humillante que debe ser para un hombre tener que lamerles las botas a los españoles y acatar lo que ordenen, tengan o no tengan razón."

"Manuela, ¿se te ha olvidado que nuestro padre es español?"

"Nuestro padre está de vuelta en España, Joche. Ha vuelto a casa. Pero Suramérica—de Norte a Sur—es nuestro hogar. Fue aquí donde nacimos tú y yo. Nuestro deber es liberar a nuestras naciones de sus opresores."

"Yo le he jurado lealtad a nuestro rey."

"A su rey, Joche. No al nuestro. ¿Cómo es posible que una persona de conciencia le jure lealtad a ese degenerado? Yo preferiría jurarle lealtad al diablo." Tenía la impresión de que la oposición de Joche empezaba a debilitarse. Seguí insistiendo. "En Suramérica no tenemos reyes. Luchamos por establecer repúblicas, y así acabar con un mundo en el que gobiernen las tiranías, sin importar lo depravadas que sean. Hermano, tú eres la persona que yo más quiero en el mundo. Ha llegado el momento de que pruebes lo que eres como hombre, de que ingreses en la historia, de que ayudes a alcanzar algo grandioso para los tiempos venideros."

Cuando me marché del cuartel, ya él había cambiado de opinión. Luego ese mismo día, José María y su regimiento desertaron del ejército español y atacaron a las tropas del virrey que custodiaban el palacio. El pánico se apoderó de los Realistas cuando vieron a sus propios hombres volviéndose contra ellos. El virrey y su corte huyeron de la ciudad en dirección de la Sierra. Su desconcertado ejercitó lo siguió.

El general José de San Martín entró a Lima sin encontrar oposición española. Su primera acción fue declarar territorio libre a la capital peruana. Todos los limeños, con la excepción de la aristocracia reaccionaria, le dieron la bienvenida como el libertador de Lima. El antiguo orden había sido destronado y algo nuevo y emocionante estaba a punto de comenzar. La gente bailaba en las calles, demostraban un nuevo espíritu de hermandad; desconocidos que jamás se habían visto se abrazaban y lloraban al unísono. "¡Que viva el general San Martín y sus héroes! ¡Muerte a los Realistas! ¡Que viva el Perú libre!"

CUANDO CAYÓ LA MONARQUÍA española en Perú, James Thorne se encontraba en Chile en viaje de negocios. Al regresar a Lima, no sólo se enteró del papel que yo había desempeñado en la revolución, sino también de que me habían otorgado la Orden de los Caballeros del Sol por mis esfuerzos para obtener la independencia de mi país adoptivo. El mismo hombre que me había prohibido asociarme con la causa de la independencia, ahora se mostraba radiante de orgullo con mi participación. Bajo el gobierno de San Martín, yo pasaba a ser para él de mucho provecho y con su esposa convertida en heroína de la Independencia, sus negocios prosperarían.

El día que se me otorgó la orden, Thorne me acompañó en un carruaje abierto hasta palacio, donde iba a recibir la medalla. Los limeños se habían apostado a lado y lado de la calle para vitorear a los héroes cuando pasaran. Grupos de gente humilde corrían hasta mi carruaje para ofrecerme ramos de violetas y coronas de laurel.

La ceremonia tuvo lugar en el Gran Salón del antiguo palacio del virrey. Asistió toda la gente importante de Lima, incluyendo a muchos que sólo un par de semanas antes habían sido enemigos abiertos de los patriotas. Cuando se anunció mi nombre y cuando San Martín describió y alabó mi modesta contribución a la lucha por la independencia, miré alrededor de todo el recinto para grabar aquel momento en el recuerdo. Rosita estaba allí, por supuesto, en el estrado con San Martín. Mi gratitud con ella era enorme—si el destino no nos hubiese reunido de nuevo, quizás no habría seguido este camino. También se encontraba presente José María, y me daba mucha alegría ver cómo su rostro resplandecía de orgullo por el honor que yo estaba a punto de recibir. Y si bien nadie podía sentir mayor orgullo por todo esto que Jonotás y Natán, a ellas no se les permitía entrar en el Gran Salón. Me habría encantado ver la cara que hacían en el momento en que yo recibía la faja negra con la medalla prendida. Jonotás y Natán habían arriesgado sus vidas para ayudarme. Era una injusticia que sólo se reconociera como héroes a los descendientes de españoles.

Por razones completamente distintas, me habría gustado ver allí a mi padre, a mi madrastra y a mis hermanastras, así como a la tía Ignacia, mi tío y mi abuela. A pesar de sus calamitosas previsiones para mi futuro, me había convertido en una mujer que había que tener en cuenta.

Los dos años anteriores no habían hecho más que aumentar mis ansias de trabajar en pro de la liberación de mi gente. Pensaba seguir la lucha por la causa hasta que todo Suramérica fuese libre. Y el primer paso en esa dirección era liberarme de James Thorne.

Una Mujer Adúltera

II

QUITO

1822

Bolívar hacía el amor del mismo modo que hacía la guerra: con una obsesión, una intensidad y una energía tal que yo a veces temía estar a punto de morir a causa de su pasión. Durante esa primera noche que pasé con el general, ya era casi de madrugada cuando por fin sucumbimos al agotamiento. Yacimos entonces por horas, los cuerpos entrelazados, ambos en silencio, a duras penas respirábamos.

Me desperté alrededor del mediodía, aturdida; la sangre me latía de prisa en las venas, el corazón lo tenía tan agitado que escuchaba su compás. Estaba sola en la cama. ¿Y él dónde estaba? Me salpiqué agua en el rostro y me vestí. Cuando me preparaba para salir, uno de los ordenanzas del general golpeó la puerta. Me informó que El Libertador había salido para ocuparse de algunos asuntos. Había dejado instrucciones de que fuese conducida a casa en su carruaje oficial. De camino hacia la casa de mi padre, sentía que el aire que entraba por la ventana me vigorizaba... como si caminara por una montaña de los Andes.

A partir de entonces, empecé a contar las horas del día hasta la caída de la tarde, en anticipación del momento en que de nuevo yacería en la cama con él. Nuestro apetito del uno por el otro resultaba insaciable. A causa de mis experiencias tan decepcionantes con el sexo, temía que si me entregaba a él sin ninguna reserva, me iba a abandonar. Presintiéndolo, Bolívar se propuso conquistarme de cuerpo y alma. Todo aquello que ponía en su mira, ya fuese un país o una mujer, lograba subyugarlo, y no cejaba en su empeño hasta que así fuera. Por primera vez, comprendí lo que era el fervor religioso, cómo los místicos se entregaban por completo a Dios: al capitular, encontraban una liberación que se superponía a todos los dolores del cuerpo y los anhelos del alma. Al someterme a él, encontraba consuelo en mi existencia. Toda mi vida me había sentido atormentada, deseosa de escapar el presente, donde quiera que estuviese, incluso durante la época en que había ayudado a mi pequeña manera en la liberación del Perú. Por fin, podía decir que me sentía feliz donde estaba, incluso si aquello no podía durar mucho.

Bolívar dedicaba sus días a los asuntos de Estado, pero las noches me pertenecían a mí. Nos dábamos cita en su cuartel general, y antes de terminar la primera copa, ya nos despojábamos el uno al otro de las ropas, tan impacientes por unir nuestros cuerpos que a veces hacíamos el amor en un sofá o en el mismo suelo.

Si comparábamos mi vida con la suya—él era casi veinte años mayor que yo—la mía parecía insignificante, como si apenas acabase de empezar. Con el paso de los días, le conté todo lo que valía la pena saber sobre mí. De manera particular

él quería enterarse de cómo había sido mi infancia en Catahuango. Cuando surgió el tema de mi esposo, le expliqué que
había sido un matrimonio arreglado por mi padre. "Ya veo,"
dijo Bolívar, y jamás volvió a preguntarme nada sobre James
Thorne.

Yo deseaba que Bolívar recreara para mí con lujo de detalles
sus triunfos militares, sus heroicas campañas cuando atravesó
los Llanos y los Andes, la derrota que le infligió al general Morillo, el enviado de la Monarquía española para pacificar a Venezuela y Nueva Granada, y quien había cometido atrocidades
indescriptibles. Quería escuchar de los labios del propio Libertador cómo había aplastado las fuerzas de Morillo en Boyacá.
Mis preguntas parecían causarle irritación. "Las batallas son
algo horrible, Manuela. Tomar las vidas de otros seres humanos no es motivo de jactancia." Todas mis idealizaciones sobre
el esplendor de una conquista fueron apabulladas con ese comentario. Después traté de hacerle hablar de su matrimonio.
Bolívar se torno frío y silencioso, negándose a hablar de su esposa y de su muerte trágica. Tampoco me atreví a preguntarle
acerca de las incontables mujeres que según se rumoraba había
tenido por amantes.

Sin embargo, se mostró más cálido cuando encontramos numerosas similitudes en las historias de la niñez de ambos. Su
padre y su madre habían muerto cuando él era un niño. Primero su padre; un par de años después su madre. Lo único que
recordaba de ella era que interpretaba a Mozart en el clavicordio y que la casa siempre estaba llena de música. Al igual que
yo, también había sido criado en el campo, bajo la custodia de
parientes muy poco afectuosos. El afecto y la calidez que expe-
rimentó en la niñez provenían de los esclavos a quienes había
sido confiado. Su esclavo José Palacios había estado con él desde

sus primeros recuerdos, al igual que a mí me ocurría con Natán y Jonotás. Se refería a su niñera, Hipólita, como si hubiese sido su verdadera madre.

En una de aquellas conversaciones nocturnas me habló de su amado tutor, Simón Rodríguez. "Un día un hombre se apareció a la puerta de nuestra casa en Caracas," me dijo. "Había escuchado que mi familia buscaba a alguien que me sirviera de tutor. Yo tenía siete años. Muchos profesores habían desistido de ser mis tutores debido a mi insolencia y mi falta de disciplina. Hipólita me llevó al cuarto de estar, donde mi madre y mi abuelo se encontraban en la compañía de un desconocido. 'Simón,' dijo mi abuelo, 'quiero que conozcas al profesor Simón Rodríguez, tu nuevo maestro.' Tuve que contenerme para no echarme a reír. Tenía en frente mío a un hombre alto y nervudo, vestido con ropas viejas que le quedaban demasiado grandes y calzado con unos zapatos desgastados y polvorientos. Sus ojos negros, no obstante, despedían una luz voraz que me resultaba nueva. Muchos años después, cuando leí *Don Quijote*, caí en cuenta de que si Don Quijote hubiese existido, habría tenido el aspecto del profesor Rodríguez."

Con su cabeza apoyada sobre las almohadas, acostado al lado mío, Bolívar parecía relajarse por completo al contarme la historia de una persona que había sido preciosa en su vida.

Continuó relatando: "Trataba de no reírme con el aspecto desgarbado de este hombre, cuando vi que lo acompañaba una perrita pequeña. Me solté de la mano de Hipólita y corrí a acariciarla. Ya la iba a recoger cuando el profesor Rodríguez dijo: 'Levántate, Lulú, y saluda a tu nuevo amigo.' Para mi gran delectación, el animalito se alzó en sus patas traseras y me ofreció su pezuña derecha. La apreté cautelosamente. El profesor Rodríguez dijo: 'Se llama Lulú y pertenece al grupo de los mamíferos, al igual que tú. Lo cual significa que creció en el vientre de su madre, como tú, y cuando nació se alimentó de los pezones de su madre, como tú.' Acababa de darme la primera lección… ¿puedes creerlo, Manuela? Lo que me habían contado todos, incluyendo los numerosos maestros que nunca duraban más de un par de días, era que yo había sido traído al mundo por la cigüeña. Nadie se había molestado en explicarme que yo era mamífero." Bolívar se echó a reír libre, gozosamente.

"¡Qué envidia me da de un maestro así!" le dije.

"Fue por puro azar que llegó a nuestra casa. Dudo que me hubiera convertido en la persona que soy hoy día si no lo hubiese conocido a él." Tomó una pausa. "Esto debe ser aburrido para ti."

"General, nada de lo que usted dice o hace me aburre. Lo digo en serio aquello de que me da envidia un maestro así. Las monjas Conceptas hicieron que mi educación fuese una tortura."

"Mi pobre Manuela… Por fortuna, ese no era el método del profesor Rodríguez. Después de que había estado un par de días en nuestra casa, le dijo a mi madre y a mi abuelo: 'Lo que este niño necesita es aprender del único libro que vale la pena estudiar… el libro de la Naturaleza. Necesito permiso de vuesas mercedes para llevar a Simoncito a vuestra casa de campo y así empezar a enseñarle todo lo que necesita saber.' Le dieron el permiso de muy buen grado, porque hasta ese momento yo me había negado a aprender nada de nadie.

"Cuando estábamos en el campo me despertaba al amanecer para empezar el día haciendo gimnasia, cosa que hacíamos prácticamente desnudos. Los esclavos se mostraban escandalizados. Hipólita estaba convencida de que yo había caído en las manos de un desquiciado. Empezó a tolerarlo cuando se dio cuenta de que yo había dejado de coger rabietas por la menor tontería. Nadar en el lago, aprender esgrima, montar a caballo, trepar palos de mango y cocoteros, tomar largas y arduas caminatas… en eso consistió mayormente, en sus inicios, mi educación. Para darme una lección de anatomía, me llevó a presenciar el sacrificio de una vaca. Cuando le arrancaron las entrañas, el profesor Rodríguez tomó los órganos en sus manos, aún sangrantes y calientes, y me explicó qué era cada cosa y qué función tenía en el organismo humano. Para enseñarme astronomía, dormíamos bajo las estrellas y él me indicaba las diferentes constelaciones hasta que me quedaba dormido."

Al recordar aquellos eventos del pasado, la sonrisa de Bolívar se hacía melancólica, distante, perdida en una época más feliz.

"A medida que pasaba más tiempo, el profesor Rodríguez empezó a prestar más atención a mi desarrollo intelectual. Primero que todo, estaba Jean-Jacques Rousseau. Había sido un hombre con ideas grandiosas, me dijo el profesor Rodríguez durante una de nuestras caminatas, pero la más importante de todas era que se acercaba el día en que el gobierno por la aristocracia sería reemplazado por un gobierno del pueblo. Aquello significaba, me explicó, que en un día cercano las personas como Hipólita, no los aristócratas como mi familia, gobernarían el mundo. Me dijo: 'Escúchame, Simoncito, y escúchame muy bien. Es en esto que el americano es diferente del europeo: en nuestro continente las revoluciones serán iniciadas por la aristocracia.' En seguida añadió algo asombroso, unas palabras que me marcarían por el resto de la vida."

Bolívar se enderezó en la cama. " 'Lo que eso significa,' me dijo el profesor Rodríguez, 'es que la liberación de los esclavos, la liberación de Venezuela, la vas a lograr tú. ¡Sí, tú!' Colocó su mano en mis hombros. 'Me temo que tú eres la persona elegida. Tú has nacido para liberar a Venezuela y para acabar la tiranía española en el Nuevo Mundo. Vas a ser tú quien libere a nuestra querida patria de la pésima administración de su majestad, el Rey de España.' "

A la luz de la vela, aquella fue la primera vez que vi que se humedecían los ojos de Bolívar. Me conmovió tanto su despliegue de emociones, que tuve que mirar hacia otro lado para ocultar mis lágrimas.

"Yo creía todo lo que me decía," continuó Bolívar. "Pero como podrás imaginarte, Manuela, estas noticias, aunque emocionantes, también me atemorizaron. ¿Cómo podría yo—tan solo un niño—arreglármelas para cumplir una tarea tan formidable? Como si me hubiera leído los pensamientos, el profesor dijo: 'Tienes que cuidar de tu cuerpo, y leer a Rousseau, y cultivar un buen corazón, y el resto vendrá por su propia cuenta. Recuerda, las únicas riquezas que vale la pena poseer son las de la mente y el espíritu. Esa es la fortuna de la que nadie te puede privar. Todo lo demás en este mundo es transitorio… *sic transit gloria mundi*.' "

Bolívar se acostó de nuevo junto a mí. Se quedó inmóvil un momento, luego se giró y me tomó en sus brazos, cerró los ojos y se quedó dormido.

Aquella noche tuve la sensación de que me hubiese entregado la llave que abría los secretos de su corazón.

DURANTE AQUELLAS NOCHES MÁGICAS en Quito, con frecuencia nos quedábamos dormidos en mitad de un beso prolongado. Cuando ya se acercaba el amanecer, me levantaba, me vestía y estaba de vuelta en casa de mi padre antes de que rayara el alba. Sabía que todo Quito me observaba, y trataba de mantener un mínimo de decoro tocante a esta aventura amorosa.

No pasó mucho tiempo antes de que comprendiera que Bolívar nunca me iba a pertenecer del todo. Él vivía y respiraba tan sólo por la causa de la independencia de España. Su verdadero amor era el campo de batalla. Probablemente me veía tan solo como un oasis, un descanso en el camino hacia mayores conquistas. Era difícil para mí aceptar que el amor no era más que una parte minúscula de lo que él pretendía. Tenía que preguntarme si esto resultaba suficiente. A veces me mentía a mí misma y decía que sí, y a veces estaba convencida de que haría cualquier cosa, por más imprudente que fuera, con tal de conservar a Bolívar.

Aunque no veía evidencias de que otras mujeres estuviesen tras él, no podía estar segura de que no tenía rivales en otras ciudades que también reclamasen su afecto. Había escuchado muchas historias sobre las mujeres que dejaba en cuanto avanzaba hacia la próxima campaña militar, la liberación del siguiente país, la siguiente batalla por lidiar. Mi única esperanza era que llegara a darse cuenta de la manera en que yo era diferente. Decidí no ser una de esas mujeres que él abandonaba. Donde quiera que fuese de allí en adelante, yo lo seguiría. Lo seguiría hasta capturar su corazón. Entonces ya no importaría dónde se encontraba él o cuánto tiempo tendría que esperar hasta que regresara a mí.

CUANDO SE INICIARON LOS PREPARATIVOS para el viaje de Bolívar a Guayaquil, estaba convencida de que me iba a pedir que fuese con él. Después de todo, yo conocía personalmente al general San Martín. Una noche, después de hacer el amor, abordé el tema.

"Pídeme cualquier otra cosa, mi cielo, pero eso no." Me apretó contra él. "No estaría bien visto. Además, esta expedición puede resultar peligrosa."

"A mí no me importa el peligro," dije apartándome. "Prefiero morir a que estemos separados."

"Por favor, Manuela," dijo con un tono que delataba una leve irritación; "va a ser difícil despedirme de ti. Pero será una breve separación. Regresaré a Quito muy pronto, te lo prometo."

Una vez que dejara de verme, ¿cuánto tiempo pasaría antes de que yo pasara a ser sólo un recuerdo agradable? ¿Y qué más daba que regresara pronto? Tarde o temprano se marcharía de nuevo y yo tendría que quedarme. Decidí no insistir más. La única manera de ganarme su respeto era comportándome con dignidad.

Interrumpió mis cavilaciones para decirme: "Hay algo que puedes hacer por mí, Manuelita." Era la primera vez que me llamaba así, la primera vez que un hombre se dirigía a mí por mi diminutivo. Fue por él que más adelante pasaría a ser "Manuelita" para aquellos que me admiraban y "la Sáenz" para aquellos que me odiaban.

"Ya sabe que yo haría cualquier cosa por usted," contesté precipitadamente, olvidándome de la dignidad. "Nada me haría más feliz que serle útil, mi general."

"Entonces quédate aquí, y conviértete en mis ojos en Quito. Si se presenta cualquier cosa que creas que yo deba saber, escríbeme inmediatamente. Si estás tú acá, será como si yo también lo estuviera. Me dará mucha paz de espíritu cuando me encuentre en Guayaquil saber que estás aquí cuidando de nuestros intereses."

La manera en que dijo "nuestros intereses" me causó un respingo. "Haré lo que usted me dice, mi general."

"Eso sí, mi Manuelita; ven," me dijo halagüeñamente. Salió de la cama y pisó con los pies descalzos el piso frío, "bailemos."

Empezó a tararear un vals mientras dábamos vueltas por el cuarto completamente desnudos, nuestros cuerpos iluminados por una vela solitaria que ardía sobre la mesa de noche. Al sentir su erección contra mi cuerpo, le dije: "Simón Bolívar, présteme atención, señor. Libertador o no Libertador, si yo me entero de que está haciendo el amor con otras mujeres, me apareceré en Guayaquil lo antes que pueda y"—le apreté el miembro—"le cortaré esto, lo pondré en salmuera y se lo enviaré de regalo al rey Fernando."

Se echó a reír. "Así es como quiero que me hables, Manuelita. Me gusta una mujer que sea boqui sucia. Háblame así cuando estemos haciendo el amor."

Yo también me reí, aunque detrás de mi regocijo se ocultaba el temor de lo que iba a ocurrir. Pronto, los volcanes de los Andes, las heladas tierras baldías de las cordilleras, los tumultuosos ríos del Ecuador, la selva de las Amazonas, el destino de millones de personas y miles de soldados en el Perú y la Gran Colombia, todo ello se interpondría entre nosotros.

12

Bolívar emprendió camino hacia Guayaquil. Me sentía vulnerable e inquieta. En Lima, tenía a Rosita con quien podía hablar de política y de libros, asistir a las corridas y el teatro y enfrascarnos en murmuraciones sin el menor pudor. Pero Quito no había cambiado en todos los años que viví fuera; era todavía un enorme convento, y la mentalidad estrecha de sus ciudadanos medía toda conducta humana a partir de las enseñanzas de la Iglesia Católica. La única excitación en este pueblo grande lo proporcionaban los rugientes volcanes de las inmediaciones, los temblores frecuentes y el riesgo de que pudiesen convertirse terremotos cataclísmicos.

Dejaron de llegarme invitaciones sociales. Para los quiteños yo era la amante que Bolívar había abandonado. Asumieron que me había dejado tirada y ya me habría reemplazado con alguna mujer que conoció en el camino. Para entretenerme durante las largas horas del día, me dedicaba a bordar a mano en el balcón, acompañada por Jonotás y Natán. La concentración que exige el bordado siempre me calmaba los nervios. Desde luego, no estaba dispuesta a empezar a asistir a misa todos los días, que era la manera en que socializaban las mujeres de mi clase. Cuando salía a dar un paseo a pie o a caballo con mis muchachas, podía escuchar cómo la gente se reía con disimulo a nuestras espaldas. Con frecuencia los veía señalándonos, como si fuéramos curiosidades. Si a mi retorno a Quito, como heroína de la independencia del Perú, los quiteños habían empezado a perdonarme mis pecadillos, ahora una vez más demostraban su antipatía hacia mí.

A pesar de que le escribía diariamente a Bolívar, no llegaba ninguna respuesta. Me consolaba al pensar que tendría cosas más importantes que hacer que escribirme. Estaba en juego el futuro del Perú. Pero con cada día de silencio, crecía mi incertidumbre. ¿Habría otra mujer que yacía con él de noche? Sabía que no me había olvidado por completo, pues cada día un oficial pasaba por mi casa para darme noticias de su marcha hacia Guayaquil. Al menos aquello me proporcionaba cierto alivio.

Una tarde, Jonotás y yo bordábamos en el balcón y parloteábamos sobre las murmuraciones del día, que había recogido mientras hacía las compras en el mercado, cuando me pinché un dedo. "Maldita sea," proferí abruptamente, y arrojé el aro de bordar al suelo. Me llevé el dedo a la boca mientras las lágrimas rodaban por mi rostro.

"Déjame ver," dijo Jonotás. Me tomó la muñeca y suavemente apartó mi dedo de los labios para examinarlo. "No estás sangrando, Manuela. ¿Por qué lloras?"

Aparté la vista, avergonzada de mi arranque. Jonotás se levantó, recogió el aro de bordar y lo lanzó a la canastilla de coser.

"Manuela, no puedes seguir así," me increpó. "No puedes desperdiciar la vida con solo esperar noticias de El Libertador. Tú tienes tu propia vida. ¿Te has olvidado que viniste a Quito a asegurar tu dinero? ¿Cuándo te vas a ocupar de eso?"

No me había olvidado de mi sueño de vender la hacienda y mudarme a Europa, lejos de Thorne, lejos del Ecuador, lejos de todo lo que había sofocado mi crecimiento como persona toda mi vida. Bolívar me había distraído de pensar en toda otra cosa.

"No te vas sentir mejor sentada ahí mientras bordas y comes dulces el día entero. Te vas a poner tan rolliza que cuando el general te vea de nuevo, no te va a reconocer. Tienes que salir de la ciudad por uno o dos días, Manuela. Una cabalgata larga en pleno aire libre te va a hacer mucho bien."

Mi tía no respondía a las notas que yo le había enviado. Trataba de impedir que yo le pidiera lo que por derecho era mío. "Diles que ensillen tres caballos para mañana por la mañana," le dije a Jonotás. No había acabado de decir esas palabras cuando empecé a sentirme mejor; era la primera vez desde que se marchó Bolívar que había tenido un pensamiento que no tenía que ver con él.

DURANTE TODA MI VIDA, Catahuango había parecido algo preponderante, el repositorio de tantos sueños. Cuando era niña, mis parientes a menudo empezaban las frases con "Como heredera de Catahuango," o "Cuando heredes Catahuango." Una vez que fui lo suficientemente mayor para entender lo que esto significaba, Catahuango, mi legado, empezó a simbolizar mi libertad. La hacienda había estado en poder de la familia de mi madre durante 200 años. Todo el terreno estaba en la lla-

mada Avenida de los Volcanes, en el corazón de los Andes. Era
una tierra que poseía poderes mágicos para los indios que habían vivido allí antes de que los españoles llegaran y los escla-
vizaran. Era un sitio envuelto en el velo de los fantasmas y en
el peligro debido a su proximidad a volcanes activos. Era también uno de los terrenos cultivados más valiosos del Ecuador,
con abundancia de granos, frutas y ganado.

Mi plan de vender la hacienda y mudarme a Francia o a Inglaterra con Natán y Jonotás me permitiría conocer grandes
hombres, viajar en sociedades en las que no me sintiera prisionera. A pesar de haber leído novelas y libros históricos y de
haber aprendido inglés, me sentía insegura en la compañía de
hombres educados. ¡Cómo quisiera escuchar a las grandes men-
tes de nuestro tiempo discutir los trabajos de Voltaire, las ideas
de Rousseau y de los filósofos de la Ilustración! ¡Cómo quisiera
aprender francés, ver las grandes ruinas de la antigüedad, hablar con el barón Alexander von Humboldt sobre sus viajes por
Suramérica, participar en los salones de las deslumbrantes damas parisinas! ¡Qué maravilloso sería ver las obras de teatro de
Racine y de Molière en los escenarios parisinos, asistir a la
ópera en Italia, escuchar los conciertos de los maestros del pia-
noforte, el clavicordio, el chelo, el violín! Si hubiese nacido
Manuel en lugar de Manuela, todas estas cosas habrían sido
parte de mi educación. La única manera en que lograría que
estos sueños se hicieran realidad sería con mi propio dinero.

Tendría que ingeniármelas para lograr que tía Ignacia re-
nunciara al control de Catahuango. Bien sabía que una confrontación directa con ella no me llevaría a ninguna parte.
Desde Lima le había escrito una carta ofreciéndole un generoso
arreglo financiero para que abdicara a sus pretensiones legales
como albacea de mi madre. La carta no recibió respuesta. Así

que había llegado a Quito preparada—pero sólo como último recurso—a enfrentarme a aquella vieja e insoportable arpía. Como todas las mujeres de la familia Aispuru, era cabecidura y un adversario formidable si se sentía arrinconada. Después de vivir en Catahuango durante más de un cuarto de siglo, Ignacia consideraba la hacienda como su propiedad exclusiva. Si se vendían el terreno y los animales, como yo proponía, significaba que ella ya no tendría un hogar.

Desde Quito, el viaje a caballo a Catahuango tardaba medio día. Mis muchachas y yo nos encontrábamos en el camino principal de la Avenida de los Volcanes, cuando empezó a salir el sol. Espoleé mi caballo y me alejé un poco de ellas. A media mañana los volcanes se alcanzaban a divisar perfectamente, excepto por los picos de los más altos, envueltos en un blanco velo. En la distancia, hacia la izquierda, se elevaba el imponente Cotopaxi, su penacho de humo con un aspecto siniestro a la luz de la mañana. Entre las alturas del Cotopaxi y el impecable cielo índigo no se veía una nube, nada más que el azul.

Cabalgué por una pradera flanqueada por plantas de fique, sus tallos coronados por flores amarillas, tan altos como los sauces llorones. Los sauces estaban todos doblados por el viento que soplaba en dirección de Quito. Pasamos grupos de indios que llevaban sus productos a la ciudad, mujeres de faldas rojas y sombreros negros con los bebés cargados a la espalda. Los hombres usaban pantalones blancos, unos ponchos cortos de color púrpura y sombrero blanco.

El sol se encontraba en lo alto del firmamento, su luz blanca casi enceguecedora, cuando dejamos el camino principal y entramos a una vereda de tierra volcánica negra flanqueada por flores silvestres de tonos morados. Esta vereda conducía a la casona familiar. Pasamos chozas de poca altura fabricadas con paja y barro en las que vivían los peones del campo. Desde los huertos de peras y duraznos llegaban los cantos de mirlos y palomas Zenaida. Me sentí inundada por las memorias de la época en que llegué a ser lo suficientemente mayor para montar a caballo lejos de la casona y las tres empezábamos a explorar a caballo los bosques de cedro y de palma de Catahuango, sus huertos de manzana y durazno, sus exuberantes praderas, donde pastaban el ganado y las ovejas, y los campos de aquel suelo lustroso de obsidiana atravesado por arroyos de aguas transparentes, plantado de maíz, trigo, alverjilla, cebada, papa, cebolleta y arracacha. A pesar de los relatos que habíamos escuchado acerca de los pumas que bajaban de la montaña para matar el ganado, y a veces a las personas, en esa época yo no podía resistir el cabalgar hasta las estribaciones de la cordillera en busca de manadas de las encantadoras, pero altivas, llamas. En un día despejado era posible vislumbrar en las estribaciones de las cordilleras familias de tímidas vicuñas, y dominándolo todo desde lo alto—y esto era lo que más me emocionaba—los cóndores majestuosos, sus sombras deslizándose a lo largo del paisaje.

Mi tía y mi abuela siempre protestaban airadamente por mis excursiones. Una tarde, regresé de una de mis correrías por la hacienda, perspiraba profusamente, y mi vestido estaba salpicado de lodo.

"¡Manuela!" dijo la tía Ignacia, en cuanto vio el estado en que me encontraba así como el aspecto de Jonotás y Natán, "montar a caballo como lo haces tú no es una conducta apropiada para una jovencita de buena familia. Si insistes en comportarte como un muchacho, les voy a prohibir a esas fulanas negras que te acompañen. Estoy harta de su arrogancia. Y sólo aceptan órdenes de ti. Un día de estos, les voy a dar su castigo, a ver si así les entra en la cabeza un poquito de sentido común."

¡Cómo despreciaba a Ignacia cuando insultaba a mis muchachas! Jonotás y Natán eran mis hermanas, las únicas personas en el mundo que yo quería.

"Te prohíbo que levantes la mano contra ellas," contesté. "Tengo que recordarte otra vez que mi madre me las dejó a mí, así que no son tu propiedad."

"Te lo advierto, Manuela," continuó Ignacia, "ningún hombre en sus cabales se casaría con una joven que anda de un lado para otro con negros y que se comporta como una amazona. Al menos, no lo haría ninguno de los hombres decentes que yo conozco."

"Yo no me voy a casar nunca. Voy a tener muchos amantes, pero nunca un esposo," le dije, encontrando deleite en su expresión escandalizada. Agarré a las muchachas de la mano y entre risas salí a la carrera de la habitación.

Mis familiares, tanto hombres como mujeres, se enfadaban con estos desplantes míos. Seguramente rezaban que cuando yo creciera no llegara a avergonzarlos tanto como lo había hecho mi difunta madre. Mi tía y mi tío amenazaron con retirarme el permiso de montar a caballo, pero yo me mofaba de sus amenazas. Volvía de las cabalgatas maloliente, tostada por el sol, hambreada. Era algo tan estimulante galopar en el tenue y vigorizante aire de las montañas y observar a los animales salvajes, que tardaba horas en calmarme. Me quedaba despierta hasta tarde en la noche con Jonotás y Natán, mientras planeábamos lo que haríamos cuando viviéramos bajo el mismo techo, lejos de la espantosa familia de mi madre. Sentadas juntas en la cama intercambiábamos historias. Les contaba sobre el colegio de las monjas y lo que había aprendido allá, sobre las otras niñas, sus mezquindades y sus preocupaciones estúpidas, y sobre las crueles monjas que tenía por maestras. A su vez, mis muchachas me contaban lo que pasaba en la hacienda mientras yo me encontraba lejos, en el colegio. Yo les leía pasajes de los libros de historia y les enseñaba a leer y escribir.

Cuando la tía Ignacia se dio cuenta de que yo les estaba dando lecciones a mis muchachas, por supuesto se mostró en desacuerdo. Pero mi abuela dijo una noche durante la cena: "No deberías oponerte a que Manuela les dé lecciones a sus esclavas. Dar clases es la primera actividad propia de una dama que jamás la he visto hacer. Déjala en paz. A lo mejor se hace monja y enseña en un convento de Quito."

"Ese sí que sería un milagro. Es más factible que todos los volcanes de Ecuador dejen de ser activos a que Manuela se haga monja," dijo despectivamente Ignacia, como si yo no estuviese presente. "Sólo me queda esperar que tengas razón, mamá, y que no vivamos para lamentar el día que esas fulanas negras aprendieron a leer y a escribir."

Hubiera querido agarrar a mi tía del cuello y meter su horrible cara en mi taza de sopa hirviendo.

SÓLO ME SENTÍA FELIZ de niña cuando estaba sobre mi caballo, y paseaba de un lado a otro. Cuando había sol y calor, mis muchachas y yo atábamos nuestros caballos a los rastrojos de zarzamora, nos desvestíamos y nos bañábamos en los estanques de aguas diáfanas que formaban los arroyos de las montañas. Después nos secábamos unas a otras con nuestros ponchos de alpaca, los extendíamos sobre la hierba y nos acostábamos desnudas para dejar que el sol nos secara el pelo. Con frecuencia jugábamos mi juego favorito. Improvisábamos espadas con cualquier cosa y nos imaginábamos que éramos soldados en los ejércitos revolucionarios. Después atacábamos los árboles. Blandíamos nuestras espadas y les lanzábamos tajos, ya que fingíamos que se trataba de soldados españoles a los que decapitábamos. Nunca nadie llegó a vernos enfrascadas en aquellas batallas, mientras hacíamos cabriolas y andábamos sin ropa; de otra manera, mi familia habría puesto término de una vez por todas a mis excursiones.

Una noche, me negué a rezar antes de empezar la cena. Cuando mi abuela me reprendió, le recordé a mi familia que yo era atea.

Mi abuela montó en cólera: "La gente era quemada por la Inquisición por decir mucho menos que eso, Manuela."

"Cuando Suramérica sea libre de la Corona española," le contesté, "les vamos a pagar a todos los curas y a todas las monjas con la misma moneda: quemándolos en la hoguera."

"Manuela, hija," dijo mi abuela, "¿quién te mete esas ideas en la cabeza? En nuestra familia, no se habla así. Tienen que ser esas brujas negras que andan siempre contigo. Es mejor que te bajes de esa nube antes de que te hagas daño a ti misma. Las mujeres insolentes como tú terminan mal."

"Yo pensaba que eran las mujeres que saben latín que ni se casan, ni tienen buen fin," le dije, mientras estiraba la mano hacia la bandeja de maíz asado.

SONREÍA CON EL recuerdo de esas escenas cuando pasábamos frente a las puertas que llevaban a la casa principal. Un hombre al que no reconocí y que guiaba un asno cargado de bultos de papa se nos acercó. Lo detuve. "Buenos días," le dije. "¿El señor sabe si Doña Ignacia está en casa?"

"Sí, señora, sí está," dijo el hombre, su mirada llena de curiosidad por descubrir quién era esta dama acompañada de dos mujeres negras cubiertas por turbantes.

Por entre las arboledas de eucalipto discurrían los riachuelos y su aroma me llenaba los pulmones. En los corrales pastaban ovejas, asnos y llamas. Aunque en este lugar se asentaban muchos recuerdos dolorosos, no podía negar el encantamiento que ejercía sobre los sentidos. La tierra era más verde que en ninguna otra parte que yo hubiese conocido, y el firmamento en lo alto de los volcanes distantes, con sus picos cubiertos de nieve resplandeciendo al sol, era de un azul más intenso que el aguamarina más puro.

Un grupo de perros que ladraba intermitentemente salió a nuestro encuentro cuando nos acercábamos a la casa. El atractivo edificio parecía en un buen estado de mantenimiento, pero circundado por un aura de tristeza. Sólo cuando Estelita, la cocinera india, apareció con su delantal en el pórtico delantero para llamar los perros, dejé de sentirme como una extraña en aquel sitio.

"La niña Manuela está en casa," gritó Estelita y con toda la velocidad que le permitían sus ancianas piernas se apresuró a bajar las escaleras para saludarnos. Desmontamos y nos abrazamos con ella.

Dejé a las muchachas charlando con Estelita y caminé hacia la casa. Los perros habían alertado a tía Ignacia sobre nuestra llegada. Apareció en el pórtico principal, vestida toda de negro, como si estuviese guardando luto, no por sus seres queridos, sino por el hecho de haber nacido. No era tanto que Ignacia se hubiese avejentado, sino más bien que se había marchitado, secado, como un tallo de maíz que se deja sin recoger al final de la cosecha.

"Bienvenida, Manuela," dijo y me ofreció una mejilla arrugada para que le diese un beso. El tono glacial de su saludo me dejó saber lo poco bienvenida que era. De cualquier manera, Catahuango era mi propiedad y no iba a permitir que la frialdad de mi tía me hiciera sentir como si hubiese sido un error hacer el viaje.

"Gracias, tía," le dije. El epíteto afectuoso me dejó en la boca un sabor amargo.

"Confío en que pienses quedarte un tiempo."

"Sólo vine por el día con Natán y Jonotás," contesté. No pudo evitar una mueca de desagrado a la mención de los nombres de mis muchachas. "Me gustaría pasar un par de horas en la hacienda antes de regresar a Quito esta tarde."

"Esta es tu casa, Manuela," dijo Ignacia. "Puedes quedarte aquí todo el tiempo que quieras. Pero debes estar cansada después de un recorrido tan largo. ¿Quieres acompañarme a tomar algo?"

Pasamos a la lóbrega sala de estar, tan fría como un mausoleo, para esperar que nos sirvieran el chocolate. Nada parecía haber cambiado desde mi última visita. Todos mis recuerdos gratos de Catahuango se situaban al aire libre; el interior oscuro de la casa siempre me había desasosegado.

Mientras esperábamos al sirviente que nos traería de comer, no hice mención alguna de mis cartas que no habían recibido respuesta, e Ignacia no hizo una sola pregunta sobre qué había sido de mi vida. Se comportaba como si la última vez que me hubiera visto fuese el día anterior. Me pregunté si hasta la hacienda habían llegado noticias de mi íntima relación con El

Libertador. Para romper con la incómoda situación creada por su silencio, le dije: "Te ves bien, tía."

"Estoy tan saludable como se puede estar a mi edad," respondió de una manera tan terminante que dejaba clausurado el tema.

Cuando le pregunté por los antiguos sirvientes, Ignacia dijo secamente: "O se murieron o se marcharon de Catahuango. Solo queda Estelita."

Como era la usanza en Ecuador, esperé a que fueran servidos el chocolate, los pasteles con jalea de mora, la pasta de guayaba y el queso. Ya después abordé la razón de mi visita.

"Tía, estoy en Quito por una temporada corta. No sé cuándo regresaré de nuevo al Ecuador." La mirada fija e impasible de mi tía no indicaba el más mínimo interés en mi existencia presente o futura, de modo que proseguí. "Hubo una época en que pensaba que podría vivir en Catahuango, pero ahora eso me parece improbable. ¿Qué piensas sobre la venta de la hacienda? Te entregaré la mitad del importe de la venta, y con eso puedes mudarte a Quito, donde vivirías cómodamente y más cerca de otras personas."

"Si es esa la razón de tu visita, ha sido una pérdida de tiempo venir aquí, Manuela."

Me había prometido a mí misma que por más desagradable que fuese su actitud conmigo, no iba a perder las casillas. De acuerdo con la ley, debería haber recibido dividendos de la hacienda desde el momento de llegar a la mayoría de edad. Habían pasado años sin que recibiera un céntimo. ¿Podía ser posible que las cosechas hubiesen fracasado año tras año, que los hatos de ganado hubiesen sido diezmados por las enfermedades? ¿O podría ser que los mayordomos de mi tía le estuviesen robando? ¿Cuál era la situación? "Si Catahuango ya no resulta lucrativo, ¿por qué no venderlo antes de que sea demasiado tarde?" le pregunté.

Ignacia se enderezó en la silla y se estrujó las manos. Las venas gruesas y nudosas de su cuello se veían alarmantemente tensas, como si estuviesen a punto de explotar. "Manuela, mientras yo viva, jamás voy a vender Catahuango. Nunca vas a percibir un céntimo de ella hasta después de mi muerte. Y si insistes en tratar de obtener control de la hacienda, estoy dispuesta a declarar en la corte que no eres la hija de mi hermana." Y como para clavar un estilete en mi corazón, añadió: "Permíteme recordarte que en tu acta de nacimiento, la identidad de tus padres aparece como 'desconocidos.' Además, me juré a mí misma cuando te fugaste con aquel teniente que de esta tierra sólo me sacarían muerta."

A pesar de que yo no respondí a sus insultos, Ignacia tenía más cosas qué decir. "Tú y tus compadres revolucionarios son responsables por la ruina de las haciendas de esta zona. Antes de que empezara toda esta porquería sobre la independencia, las familias decentes trabajaban duro y se ganaban la vida honestamente. Pero estas guerras ridículas han arrasado con el campo, y con todo el comercio. Cada vez que se entabla una batalla en las cercanías, los soldados incautan nuestro grano, y nuestras bestias son sacrificadas para alimentarlos. Tú y los de tu calaña son responsables de arruinar estas tierras que tu madre te dejó. Ecuador era la cola del mundo cuando lo gobernaban los españoles, pero ahora que está al mando de mestizos y de indios, ya nunca, jamás, llegará siquiera a ser una nación civilizada... jamás. Nada bueno ha resultado de tus llamadas guerras de independencia y nada bueno va a resultar jamás.

Acuérdate de lo que te digo. Estas naciones de mezclas podencas de indios y negros y mulatos nunca van a servir para nada."

"Tía Ignacia, por favor," le dije. "Te pido que respetes mis creencias. No vine aquí para ser insultada."

"Siempre supe que no servirías para nada, Manuela," continuó Ignacia, el volumen de su voz en aumento. "Desde el día de tu nacimiento bastardo, a nuestra familia sólo le has traído vergüenza. Mírate un momento, mira en lo que te has convertido… una mujer de la calle, que presta sus servicios a los generales. Gracias a Dios que mi madre murió antes de que pudiera ver que te convertías en la puta de los soldados." Se levantó para indicar que nuestra conversación había terminado. "Lo voy a repetir en caso de que no lo hayas escuchado bien: hasta el día que yo muera, no vas a ver un solo céntimo de Catahuango. Hasta el día que yo muera, te maldeciré. E incluso después de mi muerte, seguiré maldiciéndote por la vergüenza que tú y tu madre han causado al nombre de los Aispuru."

También yo me puse de pie, con las rodillas temblorosas. Aunque Ignacia era una mujer vieja y endeble—y a mí me habían enseñado a respetar a los mayores—no pude controlarme. Descargué mi palma abierta sobre la mejilla de Ignacia una, dos, tres veces, hasta que se derrumbó en su silla, tan sólo un montoncillo de odio enardecido. Salí de aquella sala a la carrera, derribando jarrones y baratijas de los estantes y las mesas en mi desespero por alejarme de ella.

13

1 8 2 3

Regresé a Lima con la esperanza de convertirme en la amante oficial de Bolívar. Para entonces, Bolívar gobernaba sin ninguna oposición significativa en la Gran Colombia y todavía era amado por la gente a la que había liberado de España. Nunca jamás El Libertador volvería a ser tan honrado y respetado como lo era en ese momento.

Un emisario del general me esperaba en el puerto de Callao con instrucciones de que debía proceder sin dilaciones a mi casa, que Bolívar me contactaría más tarde. No me esperaba una recepción tan desabrida y no me quedaba otra opción que volver a desempeñar el papel de la señora de Thorne.

James me recibió como si no estuviera al tanto de mi romance con Bolívar en Quito. Parecía jubiloso de tenerme de vuelta en Lima. El momento no era propicio para una confrontación, y por otra parte yo misma no estaba segura del papel que tenía en la vida actual de Bolívar, si es que tenía alguno. De manera, pues, que hablé con James solamente de cómo Ignacia se había negado a renunciar a su control de Catahuango.

"Lamento mucho que tuvieras que hacer un viaje tan largo para nada, Manuela," me dijo. "Me alegra que estés de vuelta en casa, cariño. Me aseguraré de que de ahora en adelante tengas más dinero para gastos del hogar, que compense por el egoísmo de tu tía." En seguida, me entregó los vestidos y las joyas que había comprado para mí mientras yo me encontraba lejos. Fingí gran alegría mientras desenvolvía sus costosos regalos.

El rumor en Lima era que Bolívar planeaba trasladarse del Palacio del Virrey a la Casona, que había sido la casa de campo virreinal y estaba ubicada en el vecino pueblo de La Magdalena. A medida que pasaban los días sin saber nada de él, mi cólera aumentaba. Una mañana, después de que James había salido de la casa, llegó un mensajero con una nota sin firma que decía: "Ven a la Casona esta tarde."

Acompañada por Jonotás y Natán, me desplacé en carruaje hasta la nueva vivienda del general. Habían pasado tres meses desde que Bolívar y yo nos despidiéramos. Mis esperanzas sobre nosotros dos habían sobrevivido, alimentadas en gran parte por mi imaginación y por el par de pequeños gestos suyos hacia mi persona. No tenía la menor idea de qué podía esperar de este encuentro.

Fui llevada directamente a su despacho, donde lo encontré examinando documentos en su enorme escritorio. Su ayuda de campo cerró la puerta y nos dejó a solas. Una vez en su presencia, lo único que yo quería era salir corriendo hasta el otro extremo del cuarto y arrojarme en sus brazos, pero me quedé inmóvil.

"Manuelita," dijo, incorporándose de su silla y apresurándose a mi lado, sonriente, "gracias por venir a verme."

Extendí mi mano. Bolívar la asió, la besó y en seguida colocó sus brazos alrededor de mi cintura y me atrajo hacia él. Me dio un beso en los labios, pero yo no abrí mis labios para recibir los suyos. No podía controlar mis lágrimas. Me di la vuelta... no quería que me viera así.

"¿Por qué lloras, Manuelita?" me dijo quedamente. "¿No te alegras de que estemos juntos de nuevo?"

Apreté mis palmas abiertas contra su pecho y me aparté de su abrazo. "Por supuesto que me alegro de ver de nuevo a su Excelencia. Es simplemente que..." Mis palabras se extraviaron. No quería tener una explosión de ira por la manera negligente en que me había tratado. Me senté en una silla, abrí mi bolso, saqué un pañuelo bordado que James me había traído de Chile y me empañé las mejillas. Luego saqué un cigarro y lo encendí. En Quito, el general me había permitido fumar en presencia suya. Me preguntaba si me lo iba a permitir ahora. Mi mano temblaba. Se sentó en la silla en frente de la mía y me miró con ternura. "Ya sé que no he sido el más dedicado de los amantes, Manuelita," dijo, "pero el hecho es que has estado en mis pensamientos todo el tiempo."

"Si su Excelencia me permite recordarle, yo no adivino los pensamientos ajenos," le dije, sin importarme que sonara demasiado brusca. "Si se hubiera concedido unos pocos minutos para escribirme una nota desde mi llegada a Lima, o para dictársela a alguno de sus secretarios, habría sido suficiente."

"Manuelita, me trasladé del palacio a este sitio para que pudiésemos tener privacidad. Si hubieras ido a verme allí, el escándalo habría sido mayúsculo. Aquí, si somos discretos, podemos encontrarnos sin causar un alboroto."

Seguí aspirando mi cigarro, la vista clavada en el techo.

"Manuelita," dijo suavemente, "no soy diferente de otros hombres: ansío la intimidad y la holgura de tener en mi cama a la mujer que amo. Más allá de eso, puedo ver claramente que no eres tan solo otra mujer que cruza por mi vida. Hasta que te conocí, Manuelita, nunca había conocido a una mujer que pudiera satisfacerme de tantas maneras."

Había aprendido de D'Elhuyar a no asignar credibilidad a las palabras de los hombres en lo concerniente al amor. Pero bien me daba cuenta de que hablar de precauciones era inútil. Haría cualquier cosa con tal de que Bolívar siguiera interesado en mí.

RESULTABA CONVENIENTE que los negocios de James le exigieran frecuentes viajes a otros puertos y a otros países. Durante sus ausencias, yo pasaba las noches con Bolívar en la Casona. A menudo, nos quedábamos despiertos hasta mucho después de la medianoche, y hablábamos sobre el carácter de los hombres en su círculo inmediato de cuya lealtad no tenía certeza. Cuando James estaba en Lima, me convertía en una experta en elaborar excusas creíbles para estar lejos de casa el día entero y poder pasar más tiempo con el general.

Día tras día, Jonotás y Natán iban al mercado, a las plazas públicas, a los parques, y volvían a casa con los rumores que no aparecían en los periódicos. Les di instrucciones para que formaran amistades con los sirvientes y los esclavos de aquellos en quienes Bolívar no confiaba, para así enterarse de lo que decían sobre él. Proporcionarle información útil era otra manera de hacerme indispensable para él. En mi calidad de señora de Thorne había conocido a las familias más importantes de Lima, y ya entendía una o dos cosas sobre los limeños.

A pesar de las precauciones que tomé, nuestros amoríos pronto pasaron a ser de conocimiento público en la ciudad. A medida que tenía mayor confianza en el sitio que yo ocupaba en los afectos del general, crecía mi indiferencia hacia James. Él nunca me dejó saber su opinión acerca del cambio en nuestra relación, quizás esperaba que tarde o temprano yo recapacitara y sentara cabeza. Nuestro matrimonio se convirtió en la convivencia de dos extraños a duras penas corteses el uno con el otro, unidos tan solo por las convenciones. James y yo dejamos de cenar juntos, y nos comunicábamos más que todo por intermedio de los sirvientes. Cuando sus asociados comerciales venían a cenar a la casa, yo me excusaba, y aducía que estaba indispuesta. No le dejé a mi esposo otra opción que la de confrontarme.

Una noche, en lo que me preparaba para visitar al general, James irrumpió en mi alcoba sin llamar a la puerta. "¿Es verdad lo que dice la gente sobre la intimidad que tienes con el general? ¿Es verdad, Manuela?"

Nunca antes me había alzado la voz. Me quedé asombrada de lo poco que me importaba. "Es verdad, James. El general y yo somos amantes."

"¿Te das cuenta de la manera en que me humillas públicamente, Manuela? Como tu esposo, tengo derecho a exigirte que dejes de verlo de una vez por todas," dijo, con mayor calma, la voz apenas un poco más alta que su registro normal.

"Mi querido amigo," le respondí en inglés, idioma en el que a veces nos comunicábamos. "No voy al encuentro de su Excelencia con el propósito de hacerte daño. Voy a su encuentro porque la vida sin él me resulta inconcebible. Prefiero morir a no estar con Bolívar."

"Muy bien. Entonces, si persistes en tu comportamiento insensato, tendré que enviarte de vuelta a la casa de tu padre en España."

Tomé un paso hacia él. "James, cuando era una niña siempre me daban órdenes: la familia de mi madre, las monjas, mi padre. Ahora soy una mujer adulta y no voy a aceptar órdenes de nadie. Ni siquiera de ti, seas o no seas mi esposo." Toda la frustración de este matrimonio obligado estaba a punto de estallar.

"Muchas mujeres aceptan el matrimonio como otro tipo de esclavitud," le dije con firmeza. "Yo no soy una de esas. Soy una mujer libre. Con mi padre todo se solucionó con dinero, pero no podrás hacer lo mismo con Bolívar. No hay suficiente dinero en el mundo para comprar mi separación del general."

"Si crees que Don Si-món Bo-lí-var está por encima de la ley, te equivocas, Manuela," dijo. Enunció despectivamente las sílabas del nombre de El Libertador. "Puedo causarle muchísimas dificultades. Hasta que llegue a lamentar estos amoríos absurdos. Sólo porque liberó de España a esta nación no le da el derecho a reclamar las esposas de los hombres del Perú."

"No seas ridículo, James. ¿Qué puedes hacer en contra del general? ¿Contratar a un asesino? Jamás harías nada que pueda perjudicar la buena marcha de tus negocios. Pareces pasar por alto que Bolívar es el gobierno. En cuanto a aquello de que te he convertido públicamente en un esposo cornudo, hasta ahora, y por deferencia a tu posición en la ciudad, he hecho todos los esfuerzos por ser discreta. Pero si insistes en atormentarme, escribiré una proclamación que anuncie mi amor por el general y empapelaré con ella los muros de Lima." Inferí por su silencio que había ganado esta partida, y añadí: "por favor retírate de mi alcoba; me estoy alistando para ver a su Excelencia."

El inglés se quedó congelado, el rostro enrojecido, los labios apretados en una finísima línea del color del hielo, sus puños cerrados estrujaban las piernas. Me senté en frente del espejo y continué cepillándome el cabello. Unos instantes después, James se marchó, cerrando la puerta suavemente a sus espaldas.

JAMES EMPEZÓ A PASAR más tiempo con su amante. ¿Por qué resultaba aceptable—de hecho, como una insignia de honor—que un hombre tuviese una amante, mientras que a una mujer le era prohibido?

No, no iba a dejar de ver a Bolívar mientras que él quisiera seguir viéndome. Tampoco iba a ser expulsada de la casa, no hasta que estuviera lista para marcharme y no regresar jamás. Después de todo, había llegado con una dote considerable. Además, seguía siendo de valioso provecho para James—seguía siendo la heroína de la independencia peruana con quien podía pavonearse del brazo en las funciones sociales, así como la anfitriona angloparlante que podía atender en casa a sus asociados comerciales.

LO QUE YO había temido finalmente ocurrió. El Libertador abandonó la ciudad para fundar Bolivia, el nuevo país que completaría su visión de la Gran Colombia. Era esta otra prueba de resistencia para mí, la segunda vez que se marchaba y me dejaba. En esta ocasión, sin embargo, Bolívar se aseguró de que supiera de él, si no por su propia mano, al menos por las noticias que me hacía llegar Santana, su secretario. A pesar de eso, nada decía de la posible fecha de su regreso.

Todo lo que me rodeaba en mi suntuoso hogar reflejaba la ausencia de El Libertador y mi matrimonio sin amor. Las habitaciones de altos techos y ventanas de múltiples cristales en los que tenía a la vista hermosos objetos de todas partes del mundo se hicieron opresivas y sofocantes; los corredores de azulejos tan glaciales como el viento de las montañas; mi alcoba una jaula de oro que por contrato debía compartir con el inglés.

Pasaba muchas horas al día leyendo poesía amorosa española. Memorizaba los versos de Francisco de Quevedo, su definición del amor: "Es hielo abrazador, es fuego helado... un cobarde con nombre de valiente, un andar solitario entre la gente..." En la biblioteca, sentada en una mecedora, leía poemas de amor en voz alta hasta quedarme ronca. Otras noches me encerraba en la alcoba con mis muchachas y bebíamos vino y cantábamos baladas románticas y tristes, hasta que yo caía en un grado de estupor.

Sólo Rosita podía entender la difícil situación en que me encontraba. Aunque Bolívar y San Martín no habían quedado como amigos después de su encuentro en Quito, Rosita y yo compartíamos el hondo vínculo de estar enamoradas de los dos hombres que le habían dado su independencia al Perú. Había pasado más de un año desde que San Martín viajara a Europa después de prometerle a Rosita que mandaría a buscarla. Pero incluso, después de la muerte de su esposa, no le había pedido a Rosita que fuese a su encuentro. Ella vivía en un apartamento en el piso alto de la Biblioteca Nacional, rechazada por su familia y por la sociedad limeña a causa de haber tenido relaciones con un hombre casado. Thorne consideraba a Rosita una mujer perdida y me prohibió que la invitara a nuestra casa. De manera que teníamos que encontrarnos en otros sitios.

Una mañana, fuimos en mi carruaje hasta el borde del mar, para tomar un refrigerio en la explanada que se extendía sobre el océano. Después del almuerzo, Rosita y yo recorrimos la explanada, con la vasta extensión grisácea e inmóvil del Pacífico junto a nosotras. Llevábamos mantillas negras de encaje colgadas de los hombros. Nos habíamos descubierto la cabeza porque no había otras personas en aquel paseo marítimo. ¡Teníamos tanto en común!... nuestro pasado en Quito, el ser ambas hijas ilegítimas, nuestro aspecto, si bien Rosita tenía una tez más oscura—sus facciones dejaban traslucir algún lejano ancestro africano—y ahora compartíamos también el dolor de que nuestros amantes se encontraran ausentes.

"Antes de conocer a Bolívar, todavía era capaz de vivir con el inglés. Ahora me resulta repugnante, Rosita. Con cada día que pasa, culpo más y más a mi padre por mi infelicidad."

"No me gusta verte triste," dijo Rosita mirándome con afecto.

Desde donde estábamos, alcanzamos a ver un navío ballenero que entraba al puerto de Callao en el que ondeaba la bandera estadounidense. Abajo, a decenas de metros, bandadas de estruendosas aves marinas se lanzaban en picada para pescar en las mansas aguas.

"Al menos vas a tener tu propio dinero cuando vendas la hacienda," me dijo Rosita. "Tú puedes sobrevivir sin Thorne."

Desde luego, lo que verdaderamente quería decir Rosita era, "Si Bolívar alguna vez se cansa de ti, no vas a quedar en la ruina como yo."

"Es verdad. Algún día voy a ser una mujer rica, si es que mi tía no se obstina en vivir más que yo. Cuando venda Catahuango puedes venir a vivir conmigo. Abriremos una sombrerería. Y al lado una dulcería. Haremos los dulces más deliciosos de todos los Andes."

Se echó a reír. "Conociéndote como te conozco, Manuela, tú te comerías todos los dulces antes de que apareciera el primer cliente. Pero si San Martín no me manda a llamar, la idea me gusta."

"Por supuesto que va a mandar a llamarte," le dije con convicción, para darle ánimos. Rosita quería de manera tan desesperada reunirse con él en Inglaterra.

"Ha transcurrido más de un año desde que quedó viudo, Manuela. Pensé que una vez que se instalara en Europa mandaría a llamarme. De cualquier manera, no te compadezcas demasiado de mí. Incluso, si nunca más vuelvo a ver a San Martín, no me arrepiento—y nunca me he arrepentido—de haber sido su amante. Darle la bienvenida a una Lima liberada durante aquel periodo embriagador después de la derrota de los españoles, fue un momento glorioso de mi vida. Incluso, si he perdido el respaldo de mi familia y mi lugar en la sociedad, todo vale la pena por aquellos catorce meses de gloria."

Tomé a Rosita del brazo y caminamos hacia mi carruaje. Cuando el cochero me ofreció su mano para ayudarme a subir al interior, giré para contemplar el pálido firmamento sobre aquel océano ceniciento y pensé: "el pasado de Rosita bien puede ser mi propio futuro."

Cuando nos acercábamos a la Biblioteca Nacional, tomé en las manos el bolso de seda de Rosita, deshice las cintas que lo ataban y dejé caer en su interior todas las monedas de oro que tenía en mi propio bolso. Volví a atar las cintas de su bolso y lo coloqué en su regazo. Apoyó su cabeza en mi hombro. "Yo fui propietaria de mi propio carruaje," me dijo. "Ahora vivo de la caridad de mis amistades."

"Rosita, no pienses en esto como caridad. Tú eres para mí la hermana que hubiera querido tener. Todo lo que yo tenga, es nuestro."

El cochero se detuvo en frente de las gradas de la Biblioteca Nacional. Nos abrazamos y nos besamos. Mientras el cochero abría la puerta, Rosita se cubrió el rostro y la cabeza con su mantilla, dejando a la vista tan sólo uno de los ojos, en el cual vi reflejadas señas de temor, el temor de una mujer que veía en su camino un futuro muy poco prometedor.

BOLÍVAR REGRESÓ victorioso de Bolivia. Una noche, cuando sentí deseos de verlo, hice ensillar mi caballo y cabalgué por las calles oscurecidas de la ciudad hasta la Casona. No había anunciado mi visita de antemano, y tuve la impresión, por el desconcierto de los guardias en la puerta, de que quizás había venido en un momento inoportuno. Los dejé atrás rápidamente, aparté de un empujón al centinela apostado a la puerta del general y entré en su alcoba.

Bolívar y una mujer estaban en la cama, desnudos. La mujer ocultó su rostro en una almohada.

"Manuela, por favor, espera afuera," gritó Bolívar, mientras se esforzaba por salir de la cama.

Me precipité sobre la mujer, a quien reconocí como Doña Teresa de Herrera y Alba, una limeña de alta cuna, muy prominente en su devoción por la Iglesia Católica. Ella había hecho lo posible por desairarme en los círculos sociales desde que me había hecho amante de Bolívar.

"¡So puta hipócrita!" arremetí contra ella. (Empezé a golpear su espalda con la fusta de mi caballo. "¡Te atreves a murmurar a mis espaldas por hacer abiertamente lo mismo que tú haces en secreto!"

Doña Teresa se cubrió con los lienzos de la cama y vociferó de manera histérica. Bolívar intentó moderar mi brazo enfurecido. Lo empujé a un lado, y arañe de paso su mejilla. "Traidor," le grité. "Ya veo que no soy para ti más que cualquier otra puta. Una sesión gratis para amainar tu insaciable lujuria. Eso es todo lo que significo para ti."

Doña Teresa recuperó sus vestimentas y sus zapatos y huyó de la habitación.

Bolívar me soltó el brazo y se sentó, un hilo de sangre le escurría por su mejilla. Al avistar la sangre, me refrené. Encontré una toalla y la sumergí en el jarrón de agua en su mesa de noche, y se la pasé. Se quedó sentado en silencio, con su cara cubierta por la toalla.

No lamenté lo que acababa de hacer...su traición era abrumadora. ¡Pensar que yo había arriesgado tanto por un hombre que me trataba como tan sólo otro botín de guerra! No era mejor que Fausto D'Elhuyar. Me dirigí hacia la puerta.

Bolívar se quitó la toalla del rostro y dijo: "Manuela, por favor, cierra la puerta. Ven aquí y aprieta la toalla hasta que deje de sangrar."

ESA MISMA NOCHE, Bolívar me pidió que dejara al inglés y me mudara a la Casona. Decidí dar por concluido mi matrimonio para salvar mi vida. El estar casada con Thorne era como haber estado sepultada viva en una existencia de preocupaciones insignificantes. Cuando me involucré en la revolución, había tenido la oportunidad de desempeñar un papel en un momento en que se forjaba la historia. Estaba dispuesta a pagar cualquier precio con tal de ayudar a que El Libertador concretara su sueño de la Gran Colombia. Si Bolívar me amaba tan sólo mientras se encontraba en Lima, yo correspondería a ese amor sin pensar en las consecuencias. Me consolaba con la reflexión de que tener su amor por el momento era más de lo que podría aspirar a tener la mayoría de las mujeres.

FUE ASÍ COMO se iniciaron los días de nuestra mayor pasión. Nunca más volveríamos a disfrutar del lujo de pasar tanto tiempo juntos, y nunca más Bolívar volvería a ser tan saludable y vigoroso. Me entregué a él como nunca me había entregado antes. Le permití poseerme de muchas maneras nuevas, también de la manera que él prefería, yo apoyada sobre mis manos y mis rodillas mientras él estallaba dentro de mí desde atrás. Nunca nos cansábamos uno del otro en la cama. Posponíamos el momento de la plena satisfacción, ávidos de explorar nuestros límites como amantes. Durante el día, yo caminaba de un lado a otro con la entrepierna adolorida. Era una incomodidad que llevaba con orgullo. En aquellas noches se cifraban los momentos más felices de mi vida. Fue entonces que llegué a entender que el cuerpo y el alma eran una sola y única entidad, que el amor verdadero sólo podía ser experimentado por el cuerpo si residía de antemano en el corazón. D'Elhuyar y el inglés habían creado en mi corazón un sitio gélido para los hombres. A Bolívar sólo le permití que me conociera en mi más profunda intimidad cuando vi que él sacrificaba algo por mí. Durante aquellos días de exaltación sexual en la Casona, llegué a ser la mujer que había querido ser, me convertí en Manuela Sáenz, y probé la gloria y la belleza de ser esa mujer. Aquello no tenía nada que ver con el hecho de que me había convertido en la amante oficial de Bolívar, ni con que el Perú entero sabía que me había mudado a la Casona, con mis muchachas, para ser la señora de la casa. En lugar de ello, yo era la mujer más poderosa del Perú porque ninguna otra mujer era amada con mayor intensidad. Más adelante habría otros días felices, pero serían esporádicos, entrecortados. En la Casona nunca me pasó por la cabeza que aquellos días podrían llegar a su final.

HABÍA SOLAMENTE un último paso a tomar antes de liberarme del pasado... mi asunto inconcluso con James Thorne. Un día que oí decir que salía de viaje por negocios, regresé a su casa por última vez, para recoger mis objetos de valor.

El inglés no había escatimado conmigo todos los menesteres y comodidades de las limeñas ricas. Mi alcoba desbordaba de riquezas. Monóculos de oro para ópera provenientes del Cuzco, peines y cepillos de plata de Potosí, perlas de Japón y Panamá, collares de esmeraldas de Muzo, relojes con perlas y rubíes, neceseres de nácar con esmeraldas y diamantes incrustados, abanicos hechos con plumas de aves exóticas, bolsos recamados en oro y plata, guantes chinos de seda, una cigarrera de oro con mis iniciales inscritas en diamantes, boquillas de marfil, una diadema de esmeraldas y diamantes que ostentaba piedras dignas de una virreina.

Cada anillo, prendedor o brazalete tenía su historia... un cumpleaños, un aniversario. En cuanto a los regalos de James, pues bien, mi padre le había entregado una copiosa dote, así que no debía tener escrúpulos por llevarme lo que por derecho me pertenecía.

Sabía en ese momento que seguramente me despedía de mi

vida de privilegio y riqueza. A la amante de El Libertador no le iba a faltar nada, eso no había ni que ponerlo en duda. Y sin embargo, dejar a Thorne por un futuro de incertidumbre era una apuesta arriesgada. De todos modos, ya no podía regresar a aquella sensación de estar muerta de cuerpo y alma. Durante toda mi vida, había disfrutado de las riquezas y me había sentido insatisfecha, vacía. Simón Bolívar me hacía sentir como la mujer libre que siempre había querido ser. Si había que pagar algún día las consecuencias de mi precipitación, que así fuera.

14

Natán

Estaba feliz de encontrarme de vuelta en Lima. Por primera vez, hasta donde alcanzaba a recordar, vivía una vida propia, y no la de Manuela. Antes de partir para Quito, me había enamorado de un esclavo liberto de nombre Mariano que quería casarse conmigo. Nos habíamos conocido en el mercado. Un día pasé junto al puesto en el que vendía clavos, martillos, serruchos y cuchillos. Acababa de alzar la vista en el momento de recibir el dinero de un cliente y nuestras miradas se quedaron fijas en el otro, ambos sorprendidos. En el pasado, me habían atraído otros hombres, incluso algunos me habían propuesto matrimonio, pero estaba resuelta a esperar hasta que apareciera el hombre que yo deseaba. Cuando nuestros ojos se toparon me sonrojé y seguí caminando. "Hola, belleza entre las bellezas," escuché a mis espaldas. Sabía que era él quien me llamaba. Me di la vuelta. "¿Dijiste algo?"

"¿Tienes nombre?"

"Negro tonto," le respondí al tiempo que le echaba una buena mirada. Su piel era bien oscura, no muy alto, con una pequeña barriguita y unas manos enormes. "Claro que tengo un nombre. ¿Por qué? ¿Tú no tienes?"

"Mi nombre es Mariano," contestó, mientras se recostaba en el mostrador de su puesto. "¿Cuál es el tuyo? Ven y conversamos."

"Yo no voy por allí diciéndole mi nombre a cualquier tipo que me habla," dije. "Y tengo cosas más importantes que hacer que quedarme a hablar contigo. Tengo mucho trabajo que hacer." Mientras me alejaba balanceando mis caderas, le escuché decir: "Sé que vas a regresar, bella desconocida. Te esperaré mañana."

Por lo general, tal atrevimiento, me habría molestado. Pero había algo en este Mariano. Ese brillo pícaro en sus ojos me atraía. Me gustan los hombres que me hacen reír. Los hombres graciosos siempre son inteligentes. Y yo ya tenía treinta años. Si esperaba mucho más, tal vez no llegaría a tener una familia... mi sueño más querido.

Al día siguiente, aunque no tenía necesidad de ir al mercado, me di un paseo por el puesto de Mariano, cargaba mi canasta de compras. Cuando me vio, me saludó de nuevo con un "belleza entre las bellezas," y exhibió dos hileras de dientes vigorosos. Yo no le devolví la sonrisa. "¿Tiene este tipo de clavo?" le dije al tiempo que sacaba un clavo de la canasta.

En lugar de tomar el clavo, Mariano me tocó la muñeca. "Sabía que te iba a volver a ver hoy," dijo. "Eres la cosa más hermosa que se ha visto desde que se inventó la seda."

No retiré mi muñeca. "¡Negro insolente!" le dije, y puse la cara más seria que pude. "¿Tienes o no tienes este tipo de clavo? Porque si no lo tienes..."

Mariano tomó el clavo de mi mano y luego puso mi mano en la suya y plantó sus labios sobre ella. Y eso fue suficiente. Nunca había conocido un negro con tanta confianza en sí mismo.

A PARTIR DE ENTONCES no pasaría un solo día en que no encontrara una excusa para ir al mercado. Mantuve nuestro romance en secreto, incluso a Jonotás. La idea de pedirle a Manuela mi libertad empezó a tomar forma. Mariano decía que quería casarse conmigo. "Natán, dile a tu ama que estoy listo para comprar tu libertad, si eso es lo que se requiere."

Estaba a punto de pedirle a Manuela la libertad que siempre me había prometido, cuando anunció que nos marchábamos a Quito para vender Catahuango. Ya que dijo que iba a ser un viaje corto, decidí esperar al regreso para contarle de la propuesta de matrimonio de Mariano.

A Mariano no le gustaron las noticias. "Si de verdad me amas," le dije, "esperarás por mí. Manuela me prometió que regresaríamos en un par de meses. Se va a sentir tan contenta cuando venda la finca que no va a dudar ni un segundo en dejarme ir."

EL DÍA DESPUÉS DE VOLVER A Lima fui a ver a Mariano. Por la forma en que sus ojos se iluminaron en cuanto me vio, supe que sus sentimientos hacia mí no habían disminuido durante mi ausencia.

"Ahora que estás aquí, casémonos lo más pronto posible, mi

negrita adorada," dijo Mariano, dándome un beso. "Dile a tu señora que estoy listo para comprar tu libertad."

"Mariano," le dije, "no tienes que hacer eso. Manuela no es como los otros blancos. Manuela se preocupa por mí. Es como una hermana para nosotros. Y quiere mi felicidad."

"Yo sé que ella ha sido buena ama contigo, Natán. Pero bondadosos o no, los amos blancos no renuncian tan fácilmente a sus esclavos."

No me cabía duda que se equivocaba. Yo había conocido a Manuela toda la vida. Siempre insistió en que la llamara Manuela, no Doña ni señora, incluso con gente blanca presente. Siempre había dicho que podíamos tener nuestra libertad en el momento en que lo quisiéramos, y yo le creía. El momento apropiado para pedirle mi libertad iba a llegar muy pronto. Después de eso yo podría irme a vivir con Mariano y tener una familia.

Manuela siempre estaba llena de sorpresas. En el momento en que por fin había reunido el valor para contarle de mis planes, de repente se mudó de la casa del Señor Thorne a la Casona, llevándonos a Jonotás y a mí con ella. De nuevo, tendría que esperar a que las cosas empezaran a volver a su cauce. Pasó un mes más, antes de que la situación en la Casona me ofreciera otro momento para hablar con Manuela.

Manuela nunca estaba más relajada que cuando se sentaba a coser. Una tarde, en que Jonotás estaba por fuera haciendo un mandado y las dos nos encontrábamos sentadas en el cuarto de costura escogiendo modelos y colores para un mantel, me pareció que había llegado el momento más favorable.

"Manuela, desde hace mucho tiempo quiero contarte algo." Ella sonrió y su rostro se llenó de curiosidad a medida que le contaba la historia de cómo había conocido a Mariano.

"Bueno," exclamó, "qué bien lo has disimulado, no tenía ni idea. Ay, Natán," me dijo abrazándome, "te mereces toda la felicidad del mundo."

"Eso no es todo, Manuela" proseguí, aprovechando que contaba con toda su atención. "Él es un hombre libre y quiere casarse conmigo."

"Mis felicitaciones, querida. Son noticias estupendas." Su regocijo por mí era genuino, como bien podía ver. "Va a ser el hombre más afortunado del mundo. ¿Cuándo puedo conocer a este Mariano? Tienes que traerlo aquí lo más pronto posible. Tengo tantos deseos de conocerlo. Pero si me parece que él no te merece, no dudes que te lo diré."

Manuela tenía muchísimas preguntas acerca de Mariano. ¿De qué vivía? ¿De dónde era? ¿Cuántos años tenía? ¿Se había casado antes? ¿Cuánto tiempo llevaba de ser liberto? ¿Era guapo? Y (una pregunta que casi me hizo estremecer) ¿le gustaría unirse al ejército del general? Cuando terminé de contestar todas sus preguntas, Manuela tomó mi mano y dijo: "Ven conmigo, Natán."

Me pidió que tomara el asiento frente a su tocador. Abrió la cómoda que contenía sus joyas y extrajo un collar de perlas, un broche de diamantes y una cadena de oro con un crucifijo hecho de esmeraldas. Las acomodó sobre la mesa para que yo pudiera admirarlas. Yo conocía las piezas. Eran alhajas muy hermosas y muy costosas. "Esto será parte de tu dote," dijo. Tomó el collar de perlas y lo acomodó alrededor de mi cuello. Me miré en el espejo y no podía creer que esa era yo. Las exquisitas perlas del Japón me hicieron olvidar que yo era una esclava.

"Mírate," Manuela aplaudió encantada. "Pareces una princesa africana. Natán, vas a verte majestuosa el día de tu boda."

Su generosidad era abrumadora, y sin embargo aún no había pronunciado las palabras que yo tanto quería oír. Notando mi decepción, Manuela dijo: "Claro que eres libre de casarte con Mariano. No tenías ni que preguntarlo. Sin embargo, debo pedirte que retrases un poco tu felicidad hasta que resuelva mi situación con el señor Thorne y el general. El Libertador ha decidido emprender la persecución de las tropas Realistas renegadas que se esconden en los Andes. La liberación del Perú no se habrá asegurado hasta que estas fuerzas sean derrotadas. El general ha prometido perseguirlas y destruirlas. Una vez que los Realistas sean aplastados, ese será el mejor momento para que te cases. Como patriota que eres, te pido que hagas este gran sacrificio por nuestra causa, Natán."

Me fue muy difícil ocultar mi decepción. Lo que quería era que ella me diera la libertad allí mismo y en el acto. Estaba harta de seguirla de un lado a otro. El Libertador y las batallas por la Independencia iban a salir adelante sin mí, con toda seguridad. Y probablemente sin ella también. Manuela quería que hiciera a un lado el tema de mi liberación y aplazara mi boda. Le había entregado a esta mujer casi todos mis esfuerzos y mis trabajos y casi todas las horas de mi vida, y la primera vez que le pedía algo, ella me decía que esperara. La batalla que yo quería luchar era por el fin de la esclavitud, y por el final de mi esclavitud, no por la liberación de los descendientes de los españoles en Suramérica, cuyo egoísmo no conocía límites.

Quizás Mariano había tenido razón después de todo: yo no iba a alcanzar mi libertad a menos que luchara por ella.

LA VIDA EN CERCANÍAS DE EL LIBERTADOR se palpaba en todo momento y no le faltaban sobresaltos y emociones. Se hacían preparativos para la nueva campaña. En esta ocasión, Manuela estaba decidida a unirse al general y sus tropas. Sin que quedara la menor duda, él le hizo saber que eso era imposible. Entre los dos estalló una especie de guerra. Manuela montó su propia campaña para hacer cambiar de idea al general. Se mudó de su cuarto en la Casona y rehusó sentarse al comedor con él. Jugaba un juego peligroso. Era evidente que él tenía que quererla mucho para aguantarle tanta arrogancia.

Un par de días antes de que el general estuviera listo para partir en su campaña, Manuela envió por Jonotás y por mí. La encontramos en su alcoba en un estado de excitación delirante. "Mis muchachas," dijo y se corrió hacia nosotras con los brazos abiertos. "Tengo excelentes noticias." En ese instante, lo que pasó por mi mente fue que la tía Ignacia había muerto. Una noticia que me habría alegrado mucho por Manuela. En lugar de eso nos dijo: "El general nos ha dado permiso para que sigamos a sus tropas. No vamos a marchar con el regimiento principal, pero sí en la retaguardia. Estaremos más o menos a un día de camino detrás de ellos, y atenderemos a los heridos. En todo momento debemos estar listas a enviarle refuerzos en caso de que los llegase a necesitar."

Para ella eran buenas noticias puesto que las mujeres que seguían a sus amantes en el ejército o se disfrazaban de hombres para enrolarse con las tropas o eran castigadas con cincuenta latigazos si eran sorprendidas. Obviamente, Manuela contaría con excepciones especiales.

Manuela y Jonotás saltaban de la alegría, pero yo ardía de la rabia. Ya me imaginaba con pavor el penoso recorrido por heladas montañas, trepando por resbalosos riscos, perpetuamente empapada, infestada de pulgas y piojos, quizás incluso comiendo roedores para sobrevivir. Había escuchado todas aquellas cosas de boca de esclavos que ayudaban a los oficiales que luchaban en las batallas. Y eso sin nombrar los impredecibles ataques de los indios, capaces de lanzar piedras con una puntería más acertada que la de cualquier arma que tuvieran los patriotas.

Manuela estaba feliz de dar su vida por la causa de la liberación; y Jonotás, claro está, feliz de dar la suya para proteger la de Manuela. Yo, por otra parte, cada día resentía más y más la guerra de liberación de España. Era cierto que el general y muchos de sus seguidores eran abolicionistas y que una de las promesas que él había hecho era que la esclavitud se acabaría una vez que Suramérica se liberara de España. No obstante, yo podía ver claramente lo que el fin de la esclavitud había significado para los indios. Ya su cuerpo y su mente no pertenecían a los blancos, pero los españoles trataban mejor a sus perros que a los indios. Todo lo que yo quería era estar con Mariano. Pero aun así, no podía musitar ni una palabra de estos pensamientos a Manuela, y ni siquiera a Jonotás.

Manuela tenía algo más que decir. "Mis muchachas, he decidido que si queremos ser tratadas con respeto por las tropas debemos vestirnos como soldados."

Para mí, vestirme con ropas de soldado solo era un juego tonto que había quedado de la infancia. Sin embargo, para Manuela y Jonotás era un asunto extremadamente serio. Vestidas como soldados, ellas sentían que tenían el mismo poder de los hombres. Como ocurrió tantas veces mientras vivía con ellas, les llevé la corriente, aunque prefería llevar un vestido. Disfrutaba la forma en que los hombres me miraban cuando llevaba un vestido, y sus piropos me hacían sentir bien.

TODA MI VIDA LA HABÍA VIVIDO en un mundo en guerra, en el que la violencia y la crueldad eran la norma. A pesar de esto, nunca había visto un combate en persona hasta aquella campaña peruana. En los remotos Andes, donde ahora nos dirigíamos, existían indios que nunca habían oído hablar de las guerras de Independencia. Estaban acostumbrados a la idea de tener un rey. Era en este lugar que los últimos regimientos españoles en Perú se escondían de Bolívar. Las altas cordilleras eran el lugar perfecto desde el cual lanzar ataques por sorpresa y después huir.

Todo mundo conoce el nombre de los grandes generales que condujeron a muchos hombres en contra de los españoles y liberaron Suramérica. ¿Pero qué se sabe de los hombres que estaban bajo su mando? ¿Quiénes eran? Los esclavos pelearon porque sus amos les ordenaron pelear de la misma forma en que Jonotás y yo seguíamos a Manuela donde quiera que fuese. El resto de los soldados—indios y criollos—eran mercenarios que peleaban para conseguir ropa nueva, tabaco y comida. Muy pocos de los soldados en los ejércitos patriotas creían que su suerte mejoraría después de derrotar a los españoles. A menudo, cuando se cansaban de pelear—sin ropa, sin zapatos, hambrientos y enfermos de escorbuto—muchos desertaban y huían para esconderse en las impenetrables junglas o en los páramos en lo más alto de los Andes, donde podían perderse de vista entre la niebla permanente, si es que no morían congelados primero. Yo creo que muchos de aquellos soldados peleaban porque el quitar vidas humanas era de los pocos placeres que les quedaban.

Durante el año siguiente, seguimos las tropas de El Libertador por los ardientes desiertos de la costa y por los helados picos de las cordilleras. A menudo, los indios nos atacaban por sorpresa, y provocaban avalanchas o lluvias de piedra con sus hondas. Cuando nuestras tropas entraban en un poblado indígena en busca de reclutas, todos los hombres aptos para enrolarse, habían huido para esconderse en cuevas situadas en lo alto de las nieves inaccesibles de las cordilleras, donde nadie se atrevería a ir a buscarlos. Así de enorme era el temor de los indios por lo que podrían hacer los españoles ante la sospecha de que pudieran estar colaborando con el ejército revolucionario. En nuestros recorridos escuchamos varios relatos de indios que se negaron a alimentar a los españoles y fueron quemados vivos en sus chozas. Esos indios resultaban ser los más afortunados. Otros fueron arrastrados y descuartizados por caballos que avanzaban en direcciones opuestas. Los cuerpos de los hombres eran desmembrados: sus cabezas y extremidades eran colgadas de los árboles, sus intestinos adornaban las ramas, los troncos de sus cuerpos eran cortados en pequeños cubos y cocinados en sopas que los españoles obligaban a tomar a los aldeanos. Las sobras eran arrojadas a los cerdos y a los perros. Las mujeres preñadas eran obligadas a reunirse en la plaza de la aldea donde los soldados españoles arrancaban los fetos de sus vientres y se los presentaban a sus padres. Después de eso, los hombres eran desollados vivos, sus penes y testículos cortados e introducidos en las vaginas de sus esposas e hijas. El resto de las mujeres de la aldea eran violadas. Se les perdonaba la vida para que les enseñaran a sus hijos lo que podía pasarle a todo aquel que se rebelase contra la Corona. Cuando escuché aquellas historias deseé que se murieran todos los españoles. Después de todo, fueron los españoles quienes secuestraron a mi gente en África, y fueron españoles los que arrasaron con mi familia. Por todo esto, los odiaría hasta el día de mi último suspiro.

Como esclava, se me había enseñado que nosotros los negros éramos superiores y más valiosos que los pequeños y reservados indios que nunca se adaptaron a la sociedad blanca. Los africanos tarde o temprano perdían sus idiomas mientras que los indios todavía hablaban entre ellos en quechua o Aymará. Tal vez los africanos pensábamos que ya no teníamos opciones de regresar a África, mientras que los indios—a sabiendas de que eran la mayoría de la población—secretamente se aferraban a la esperanza de que algún día podrían expulsar a los invasores de su tierra ancestral.

Nosotros los negros cumplíamos la función de exóticos sirvientes domésticos, mientras que los indios sólo eran valorados por sus conocimientos en el cultivo de la tierra. Después de que el rey los liberó, los indios se hicieron invisibles. A quienes peleaban las guerras de Independencia, y esto incluía a Manuela y a Bolívar, no podían importarle menos los indios. Al menos cuando eran esclavos, sus amos debían alimentarlos para que no dejaran de trabajar. Ahora, la mayoría de los indios varones que habitaban en las ciudades vivían en un estupor alcohólico, mientras sus esposas e hijos morían de hambre.

Por todo esto, no fue sorpresa para mí saber que la mayoría de los indios eran mercenarios en las filas de los Realistas. Ellos también debían haber comprendido, que después de siglos de dominio español, las guerras de Independencia, ya fueran ganadas por los españoles o por los patriotas, no eran luchadas en su nombre.

Fue durante esta campaña que Manuela aprendió a disparar un mosquete, blandir un sable y usar la lanza. Por primera vez, parecía satisfecha de sí misma. Había esperado toda su vida para convertirse en soldado. Se ganó la admiración de las tropas del general como una mujer, que en uniforme de soldado podía pelear como un guerrero en el campo de batalla, y, en vestido, transformarse en una dama. En la retaguardia, se ganó el cariño de los soldados por socorrer a los heridos.

Se esperaba que la campaña fuera una de las victorias más grandes de El Libertador. Sin embargo, antes de que el general pudiera cantar victoria, debía derrotar un enorme y bien armado regimiento español atrincherado cerca de Cuzco. Los soldados más valientes de El Libertador se dirigieron a entablar batalla contra los renegados. Nosotros, en la retaguardia, acampamos a orillas del lago Tumaca, para esperar noticias de una victoria para así poder llevar provisiones a las tropas y asistir a los heridos. Esperábamos la confirmación de la victoria, cuando llegó un mensajero: los Realistas habían arrinconado a nuestras tropas en una meseta al borde de un precipicio. Desde las laderas de una montaña estaban diezmando a nuestro regimiento con rocas, cañonazos y fuego de mortero. Nuestros soldados no tenían dónde buscar cubierta en esa meseta destapada en la cual su única defensa era cavar trincheras.

Manuela, al escuchar estas noticias le dijo al coronel Herrán, quien estaba a cargo de nuestra división: "No podemos perder ni un minuto, coronel. Si El Libertador es derrotado, todo por lo que hemos luchado, lo habremos perdido. Debemos salir todos a la defensa de nuestros hombres."

De inmediato, el coronel Herrán dio órdenes de preparar

una marcha contra el enemigo. Todo aquel que pudiera montar y usar un arma debía abandonar el campamento al galope. Sólo se quedarían los enfermos y los heridos. A ellos se les dejaban armas para defenderse en caso de que fueran atacados por indios poco amistosos.

Cabalgamos a todo galope y sin detenernos, alcanzamos el área donde se peleaba la batalla al final de la tarde. El coronel Herrán y Manuela decidieron que el ataque a los españoles no podía aguardar hasta la mañana. Tras estudiar un mapa de la zona, Manuela apareció con un plan tan simple como desquiciado. Ella proponía escalar por la parte de atrás de la montaña donde acampaban los Realistas y atacarles desde la retaguardia. Esto significaba una carrera suicida por plena ladera. Era posible que nos partiéramos el cuello antes de que los españoles pudieran dispararnos un solo tiro. Pero si por algún milagro teníamos éxito, armaríamos tal confusión que les daría a las tropas del general la oportunidad de reagruparse y contraatacar.

Cuando alcanzamos la cima de la montaña, nuestras menguadas y exhaustas tropas comenzaron a perder el ánimo. Necesitábamos caballos con alas para rodar por esa pendiente. Manuela tomó la bandera de Gran Colombia y se dirigió a los hombres: "Hermanos, nos restan dos opciones, o vivimos como héroes o morimos como cobardes. Si debemos morir hagámoslo con dignidad." A continuación, alzó la bandera contra el cielo que oscurecía y gritó: "Muerte a la tiranía," espoleó al caballo y se lanzó contra los españoles mientras disparaba su pistola al aire. Jonotás, sin vacilarlo, se lanzó tras ella y disparó igualmente su pistola. Viendo volar a Manuela por ese precipicio, dejó de ser una mujer de carne y hueso para convertirse en un personaje de leyenda. En ese momento, la perdoné por su imprudencia y por todo: no podía negar el heroísmo y el fuego de Manuela Sáenz. Yo espoleé mi caballo tras ella. Para no ser superados por tres mujeres, nuestros soldados nos siguieron. Yo rodaba aterrada por esa loma, y disparaba mi arma, pero honestamente puedo decir que nunca me había sentido tan viva.

Mientras los Realistas trataban de frustrar nuestro descenso, el general Bolívar observó ondear la bandera de Colombia por esa pendiente, y sacó provecho de la distracción para conducir a sus hombres en el ascenso a la montaña para enfrentarse cara a cara con los españoles. Los Realistas se habían confiado en su artillería para aniquilar a las fuerzas de El Libertador. Atrapados entre dos flancos, se hundieron en la confusión.

Hacia el amanecer, el enemigo había sido masacrado. Corrían ríos de sangre por la montaña. Los cóndores revoloteaban por el cielo como hambrientos ángeles de la muerte que esperaban hacer un festín con esa montaña de cuerpos.

Tarde esa noche, recogimos baldes de sangre de los prisioneros que eran decapitados, de tal forma que el personal de Bolívar, y quienes se habían quedado sin tinta, pudieran escribir cartas a Lima anunciando nuestra victoria. Ese día me acordé de un libro que Manuela nos había leído hacía mucho tiempo. La historia fluyó de sus labios de una forma que hacía ver más loco a Don Quijote, y a Sancho Panza más divertido, patético y astuto; a la gente que se encontraban en el camino más importante y vívida que cualquier persona que pudiéramos encontrar en la vida real; los caminos de Castilla, las ciudades de España, las cavernas, los molinos, ríos y bosques, más encantados que en cualquier cuento de hadas. La sabiduría de Sancho Panza y Don Quijote era filtrada por Manuela de tal manera que exprimía su esencia, su verdad más profunda. Ese día entendí que Don Quijote era su ideal y que Jonotás y yo, éramos su Sancho Panza.

Después de aquella victoria, las tropas de Bolívar bautizaron a Manuela con el apodo de La Coronela. Ella se convirtió, en efecto, en la mujer más admirada del Perú. Bolívar fue aclamado, incluso adorado, en toda América y en Europa. Se convirtió en el hombre más célebre del mundo, el Napoleón suramericano, y Manuela en su emperatriz.

LA GRAN COLOMBIA era un nido de avispones revueltos. A finales de 1826, se hizo imprescindible que El Libertador regresara a Bogotá, pues su vicepresidente, el general Santander, conspiraba en su contra. Manuela le rogó que le permitiese acompañarlo, pero él le recordó lo penosa que podría ser la marcha a Bogotá. Manuela, siendo como era, no cedió tan fácilmente: ¿Acaso no había probado que podía estar a su altura durante el episodio de los Andes? Él le recordó que ella se había convertido en una figura controversial, y lo que él pretendía era apagar el fuego del descontento, no avivarlo. La opinión de El Libertador prevaleció. Dejó a Manuela instalada en la Casona con la promesa de que enviaría por ella en cuanto llegara a Bogotá. Él sabía que al ausentarse, no podría protegerla y quedaría ella también a merced de sus enemigos políticos. Ella sintió un gran alivio al saber que quedaría bajo la protección de los hombres de más confianza de El Libertador.

El general se había hecho muchos enemigos nuevos al dividir Perú para crear Bolivia. Tan pronto como dejó Lima, en la noche del 25 de enero de 1827, las tropas en Lima, conducidas por el coronel Bustamante, encabezaron un golpe de estado que desbancó al gobierno de Bolívar. Los protectores de Manuela huyeron o fueron encarcelados. Su vida estaba en peligro. Muchos en Lima estarían encantados de verla morir colgada. Toda la correspondencia que entraba y salía de Lima era censurada; no había forma de hacerle llegar una sola palabra a Bolívar sobre el peligro en que ella se encontraba.

Manuela prefirió actuar antes que esperar a que Bustamante atacara primero. Muchos soldados en Lima, todavía leales a Bolívar, no olvidaban que ella había peleado cuerpo a cuerpo con ellos, había curado sus heridas y había recogido dinero para comprarles uniformes. Fue así que ella se caló su uniforme de coronela y se colgó del pecho la medalla de Caballero de la Orden del Sol. Jonotás y yo también nos vestimos con prendas militares y la seguimos a caballo hasta los cuarteles de Lima. Dirigiéndose a los soldados desde su caballo, Manuela los incitó a rebelarse y deshacerse del usurpador Bustamante. Los soldados la vitorearon a ella y a El Libertador y juraron que lucharían para proteger su legado. Esa noche, cerca de la medianoche, el destacamento de Bustamante irrumpió en la Casona, la sacó a rastras y la encerró en una celda en el convento de las Nazarenas. Las monjas recibieron la orden de privarla de pluma y papel.

Jonotás fue enviada a Casa Matas, una prisión para mujeres criminales, un lugar donde estaba rodeada por asesinas y mujeres que se habían hecho pasar por hombres. Tuve mucho miedo por ella. Y por mí también. La única razón por la que pude escapar del mismo destino la noche en que las arrestaron fue porque estaba en casa de Mariano. Tenía que hacer algo para ayudar a Manuela. Aunque Mariano intentó disuadirme, le dije que debía hacerle caso a mi corazón. No podía abandonar a Jonotás y a Manuela ahora que me necesitaban. Me conseguí un hábito de monja y me disfracé de hermana de la caridad de Santa Rosa de Lima. Luego me dirigí al convento donde ella estaba encerrada. Supongo que el tiempo que pasé con las dos no fue en vano... su osadía había resultado contagiosa.

Encontré a Manuela en una pequeña celda que sólo contaba con un catre, una silla y una bacinilla para sus necesidades. Estaba sucia, olía mal, tenía la cara hinchada y los ojos rojos como si no hubiera dormido en días. Sonrió apenas me vio. Su primera pregunta fue sobre Jonotás. ¿Tenía alguna noticia sobre ella? Manuela montó en cólera apenas supo que estaba encerrada en Casa Matas. Quería saber lo que la gente en las calles decía sobre El Libertador. ¿Había alcanzado a llegar a Bogotá?

"Ya no vivo por mí misma sino por Bolívar," me dijo. "Natán, él me necesita; debo escapar e ir a verlo."

Discutimos planes para ayudarle a ella con sus propósitos. Le sugerí que podría regresar con un hábito de monja escondido bajo mi falda y ella podría ponérselo y salir conmigo así vestida.

"Natán, no puedo permitir que hagas esto," dijo Manuela. "Si te capturan ayudándome, te van a colgar sin misericordia." Era verdad. Los esclavos eran rara vez perdonados en la Gran Colombia.

"No," dijo, "debemos esperar. Si puedes venir a verme nuevamente, tráeme pluma y papel para escribir cartas. Mientras tanto llévale recado a Jonotás de que no se desespere. Dile que no la voy a abandonar. Saldremos juntas de Perú. Te lo prometo. Saldremos de esta tierra de canallas para nunca regresar."

Yo no quería marcharme del Perú. Estaba cansada de seguir a Manuela de país en país y estaba cansada de la guerra. Lo que quería era casarme con Mariano y vivir en algún lugar, compartiendo un mismo techo. Y sin embargo, en los últimos dos años había visto convertirse a Manuela en una gran mujer, una mujer que sería recordada en la historia de Suramérica. Este no era el momento para decirle cómo me sentía. Manuela había sido un ama bondadosa, una hermana, una amiga y ahora me necesitaba. No iba a abandonarla, incluso si eso significaba posponer mi propia vida con Mariano. Después de todo, no era la primera vez que le pedía a Mariano que esperara por mí.

15

La puerta de mi celda se abrió y por ella entró James Thorne. Estaba atónita. Me levanté del catre, alisé mi cabello y mi vestido y le ofrecí la mano. Cuando sus labios rozaron mi piel no sentí la repulsión habitual. En el tiempo en que había vivido con Bolívar mi resentimiento hacia James había empezado a disminuir. Le señalé la única silla en la celda. Él la tomó y se sentó junto al catre.

"¿Cómo te tratan, Manuela?" Su tono de preocupación y no de reproche me sorprendió.

"Bueno, al menos las monjas de este convento no pueden hacerme arrodillar y rezar el rosario."

James sonrió y su rostro se relajó un poco. Siempre había disfrutado de mi sentido del humor y aparentemente así era todavía. Era admirable de su parte venir a verme cuando estaba tan desamparada y sin amigos. Yo suponía que Rosita había intentado visitarme y que las monjas la habían devuelto, pero aparte de él y Natán, nadie más se había tomado ese riesgo.

"Manuela, he venido para ofrecerte ayuda," susurró.

De repente, caí en cuenta lo difícil que debió haber sido para él hacer todo esto. Había hecho de él un cornudo, un hazme-rreír. Probablemente ningún otro hombre en los Andes habría acudido en ayuda de su esposa adúltera. "James, siento mucho lo de…"

"Aquello quedó en el pasado," dijo, deteniéndome. "Vine a hablar del presente, Manuela. Quizás sabes que en Lima se co-menta que vas a ser colgada. Estoy aquí para decirte que eso no va a ocurrir." Acercó su silla a la mía hasta que nuestras rodi-llas casi se tocaron y luego se inclinó. "Como bien sabes, la Igle-sia Católica me tiene en alta estima, a pesar que no pertenezco a ella. Por muchos años, he sido extremadamente generoso con el arzobispado de Lima. Puedo arreglar tu escape. Confío en que pueda negociar con el nuevo gobierno. Ellos necesitan mis barcos. Puedo sobornar a los oficiales del gobierno. Te prometo que no voy a rendirme hasta que lo consiga."

Yo temblaba con el esfuerzo que hacía por no llorar. "¿Y qué quieres a cambio?"

"Quedé muy lastimado cuando me abandonaste por Bolívar, no lo puedo negar. Pero con el tiempo, mi admiración por ti ha crecido al igual que mi amor. Cuando tú te fuiste, esa casa se convirtió en el lugar más solitario de la tierra. Si tú quieres, podríamos instalarnos en Panamá o en Chile. Yo…"

"He subestimado la clase de hombre que eres, James. Y estoy muy agradecida," le respondí. "Pero no puedo volver contigo. No te amo. Nada ha cambiado al respecto en los años que he-mos estado separados. Ni siquiera en el caso de que nunca más volviera a ver a Bolívar…"

"Bien," dijo bruscamente. "Muy bien. Entonces volvamos al asunto que tenemos entre manos. Debemos movernos rápidamente para gestionar tu salida y conseguirte una reserva para un pasaje a Ecuador."

"No puedo irme sin mis muchachas, James," le dije, aunque sabía que a él le inspiraban rechazo. "Hice la promesa de nunca abandonarlas. Ellas deben venir conmigo."

James tomó su sombrero y su bastón. "Como quieras. También me encargaré de eso. Ahora debo irme. Debemos movernos rápido."

Me levanté del catre para despedirme y le ofrecí la mano. "Gracias, James."

"Hice el juramento de ser tu esposo en la salud y en la enfermedad, Manuela. Mientras viva, haré todo lo que esté a mi alcance para protegerte. Nunca olvides eso."

DOS DÍAS DESPUÉS, acompañada de Natán y Jonotás, zarpamos desde El Callao en una fragata inglesa. Guayaquil era mi destino final. Mientras las áridas montañas detrás de Lima empezaban a desaparecer en la distancia, le dirigí un silencioso adiós a la Ciudad de los Virreyes. El dejar Lima me causaba sentimientos muy encontrados. Esta ciudad simbolizaba mi infeliz matrimonio, pero era también el lugar en el cual me había convertido en heroína de la independencia y en el soldado que siempre había anhelado ser desde mis días de colegio en Quito. Y lo más importante de todo: en Lima, Bolívar y yo llegamos a estar tan unidos como un solo ser, y así conocí la felicidad. En Lima, mi amor por Bolívar había madurado y él se había convertido en algo más que un amante, en un verdadero esposo. Mi destino era compartir su vida. En Ecuador estaría más cerca de Colombia donde, así lo esperaba, me uniría a Bolívar en cuanto me escribiera pidiéndome que lo encontrara en Bogotá.

Yo tenía veintiocho años y ya había visto mucho de la perfidia y la crueldad de los hombres y me había familiarizado con la naturaleza arbitraria de la vida. En los ocho años transcurridos desde que llegué a Lima para casarme con James Thorne, me había convertido en otra mujer: cansada, endurecida, pero no desilusionada. Tenía para vivir el aliciente de Bolívar y la futura gloria de la Gran Colombia.

La Libertadora de El Libertador

16

SANTA FE DE BOGOTÁ, COLOMBIA
1828-1834

En Quito tenía muy poco que hacer excepto soñar despierta sobre cómo sería nuestra vida a partir del momento en que Bolívar y yo nos reencontráramos. Para mantener la mente activa, leía en voz alta a Natán y a Jonotás los libros que leía a Bolívar en las noches de Lima: las historias romanas que él adoraba y a Don Quijote. Las aventuras del lunático caballero y de Sancho nos hacían reír estrepitosamente, dejándonos sin aliento y con los ojos llorosos. Empecé a imaginar a Bolívar como el Caballero de la Triste Figura y a mí misma como a Sancho Panza. Después de haber conocido a Bolívar, yo, al igual que Sancho, había pasado la mayor parte de mi vida en el camino. De cada expedición de la que salíamos airosos siempre regresaba apaleada, al igual que le sucedía a Sancho. Pero Sancho quería un alto cargo para él y sus hijos, y gobernar una rica isla, un reino que pudiera colocar en las manos de sus subalternos y así poder dedicarse a la molicie. ¿Y yo qué quería? Yo seguía a Bolívar porque lo amaba, y lo amaba porque al seguirlo, seguía un ideal, algo más grande que mi propia persona. Después de conocer la verdadera dimensión de la grandeza de El Libertador, era imposible volver a vivir la vida sin sentido de una mujer acaudalada. El deseo de estar a su lado era la razón principal de mi vida. Alejada de él me sentía inútil, como un miembro separado de su cuerpo. Cuando estaba con él, me hacía sentir que era el centro de su mundo. Me encantaba cómo pronunciaba mi nombre. Cuando decía "Manuelita," yo sentía que no sólo me llamaba, sino que también era una forma de nombrar mis atributos e incluso mis locuras. Me encantaba la manera en que se detenía en cada vocal, y prolongaba los sonidos, como si nombrarme fuera una especie de encantamiento, como si mi nombre fuera un talismán capaz de realizar encantamientos. Al pronunciar mi nombre con tanta emoción, no me cabía duda del poderoso vínculo de nuestra intimidad. Lo reconocía como el verdadero idioma de los enamorados, un idioma que sólo entendíamos nosotros y del cual los demás estaban excluidos. Habían pasado casi dos años desde la última vez que había escuchado su voz llamándome desde el otro lado de la habitación, o desde el otro lado de la cama, o susurrándome al oído. Era su voz, con esa cálida sonoridad que tiene el acento de los caraqueños lo que más extrañaba. Lo que me daba fortaleza para esperar por él, era la certeza de saber que no importaba cuántas mujeres se arrojaran a sus pies, ninguna era parte de su destino. Yo sí lo era. Sólo yo había capturado su corazón.

En el comienzo esperé pacientemente, y aguardaba el momento de reunirme pronto con él. Pero a medida que los meses pasaban, me sentía más angustiada. ¿Acaso me había enamorado de un hombre cuya verdadera amante era la guerra? Le escribí:

Señor:

¿Cómo puede usted seguir diciendo que me ama y ser tan inconsciente de mi difícil situación? Estoy empezando a creer que usted se ha olvidado de su Manuelita y me ha remplazado en su corazón por otra mujer.

No quería parecer patética: Quería la pasión del general, no su lástima. No podía contemplar seriamente la posibilidad de que se hubiera enamorado de otra mujer y ya no me quisiera como su amante. No quería que Bolívar me llamara a su lado por sentirse culpable. Pero no me quedaba otra opción.

"Dejé a mi esposo," proseguí, "para seguirlo a usted, para combatir al lado suyo en las batallas. Déjeme recordarle, con todo el respeto que se merece, que no puse fin a mi matrimonio para pasar el resto de mi vida aguardando por usted. Mi general, yo no soy una mujer nacida para esperar." Tenía que arriesgarme, así esta carta sonara como un ultimátum. La firmé: "Suya, Manuelita."

El mundo parecía estar quedándose sin aire durante los meses que aguardaba su respuesta. Por fin, llegó:

Su nobleza y sus encantos despertaron mi corazón dormido, Manuela. Su amor devuelve a la vida a un hombre que se hallaba cercano a la muerte. No puedo estar sin usted, ni puedo voluntariamente privarme de su compañía, Manuela. No soy tan fuerte como usted, necesito verla: la distancia que nos separa es insoportablemente cruel. Usted está conmigo aunque se encuentre lejos. Venga conmigo, venga pronto, lo más pronto posible.

ME ESCABULLÍ de Quito una noche. Los enemigos de Bolívar vigilaban cada uno de mis movimientos e intentarían asesinarme una vez me encontrara en camino. Tomé todas las precauciones posibles para eludirlos. Un par de días antes, un cuerpo de lanceros leales a Bolívar había partido hacia una hacienda de la vecina localidad de Cotopaxi para esperarme. Luego, una noche después de la medianoche, Natán había partido en un carruaje con mis cofres para encontrarse con los lanceros. La noche siguiente, vestidas como campesinas, caladas con sombreros, ruanas y las sandalias de lana que llevan las indias, Jonotás y yo abandonamos la casa de mi padre a lomo de caballo al abrigo de la medianoche.

En Lima, había vivido en palacios repletos de hermosos objetos. Ahora, todas mis posesiones se encontraban en media docena de baúles, pero ellos contenían lo que más apreciaba en el mundo: las cartas que Bolívar me había escrito al igual que otras escritas por sus ayudantes y asistentes personales en momentos en que el propio Bolívar estaba muy ocupado para responder mis misivas personalmente. Esas cartas eran la única prueba tangible que tenía del amor que Bolívar sentía por mí.

Después de viajar más de dos meses por caminos que serpenteaban por terribles precipicios, llegamos a Bogotá, la capital de Colombia, al final de una tarde de enero de 1828. Era verano, y el aire que nos daba la bienvenida era cálido y refrescaba como un bálsamo. Mi emoción aumentaba a medida que emergíamos de los bosques de robles cercanos al borde de la meseta y descubría, a muchas millas de distancia, los capiteles de las iglesias de la ciudad. Di un par de espuelazos a mi exhausto caballo, con Natán y Jonotás a mis espaldas. Me sentía mareada, tanto por la altitud como por la proximidad de Bolívar. Mientras cabalgaba a su encuentro, el cabello ondeando con la brisa, me olvidé de esos espantosos meses de viaje, de las dificultades, del cansancio que se había apoderado de mí tantas veces. Nada más el día anterior, mi espalda y mis posaderas me habían dolido tanto que me preguntaba si sería posible llegar a Bogotá en una sola pieza.

A la vera del Camino Real se alineaban sauces llorones, y las laderas bajas de las montañas que rodeaban la ciudad hacia el Este estaban cubiertas de alfalfa. Atravesamos campos plantados con maíz, trigo, quina, campos alfombrados por la flor púrpura de la papa, en donde trabajaban arrodillados los indios, junto a lo que parecían lagos lilas con un fondo azul profundo del atardecer.

La luz ya casi había desaparecido cuando llegamos a la ciudad. Sus calles estaban desiertas y las ventanas de sus casas estaban cerradas. La arquitectura morisca de Bogotá me recordaba la de Quito. Sin embargo, el escenario natural era diferente. Manantiales cristalinos descendían raudos de las montañas a las calles de la ciudad. El gorgoteo del agua precipitándose estaba en todas partes, como el canto de las aves que se escuchaba en las tropicales ciudades de Ecuador.

Sabía que La Quinta estaba ubicada directamente debajo de la montaña de Monserrate. Cuando llegamos a una calle que parecía atravesar la ciudad directamente desde el vientre de la montaña, detuve mi caballo, torcí bruscamente las riendas hacia la izquierda, le di uno, dos, tres, una docena de fuetazos y me encaminé raudamente a la casa antes de que oscureciera del todo. Cerca de La Quinta, aminoré el galope cuando descubrí varios letreros burdamente garabateados en las paredes de las edificaciones. El más incendiario de todos rezaba: "¡Muerte a Bolívar, tirano de los Andes!" Un escalofrío me recorrió y en ese instante decidí que enlistaría a Natán y a Jonotás para que al día siguiente me ayudaran a blanquear esas paredes.

SANTANA, EL SECRETARIO de Bolívar, salió a mi encuentro cuando desmontaba tras las puertas de La Quinta. "En estos momentos, el general sostiene una reunión muy importante, señora Manuela," explicó. "Él ha dejado órdenes para que usted sea conducida directamente a su aposento."

Acababa de darme un baño y colocarme un vestido que había mandado hacer especialmente para la ocasión, cuando escuché un discreto golpe en la puerta. "Entre," dije, pensando que era Santana que había regresado para llevarme directamente a su presencia. El general entró, y me levanté. Antes de que tuviera tiempo de decir unas palabras de recibimiento, me tomó entre sus brazos y puso sus labios sobre los míos. Yo estaba tan abrumada por el hecho de estar finalmente en su presencia que comencé a llorar.

"Vamos, vamos, Manuelita. ¿O quieres acaso que yo también comience a llorar?" dijo al tiempo que secaba mis lágrimas con besos en las mejillas. Tomó mi rostro entre sus manos y me miró con dulzura. Pero apenas nos sentamos en la cama y comenzó a preguntarme por los detalles del viaje, noté que estaba impaciente. De pronto, tomó mi mano y dijo: "Ven conmigo, quiero presentarte unos amigos. Quiero mostrarles lo hermosa que eres." Le seguí hasta una biblioteca en la que se encontraban reunidos un grupo de oficiales, quienes bebían y conversaban alrededor del fuego.

Una vez hubieron partido los oficiales, Bolívar me dio un recorrido por la casa: el pequeño salón con sus paredes decoradas con espejos dorados, adornado con candelabros; un salón con una enorme chimenea en mármol; el salón principal, pintado de oliva oscuro, para las reuniones oficiales; el salón rojo y dorado donde jugaba cartas y se distraía jugando al billar; y el largo y estrecho comedor donde cenaríamos esa noche. Todos los pisos de La Quinta estaban cubiertos con alfombras confeccionadas con paja recolectada de las lagunas de los páramos. Era un agradable toque indígena en medio de todos esos muebles estilo inglés y objetos traídos de Europa.

Mientras me daba el recorrido por la casa, Bolívar me hacía una pregunta tras otra sobre sus amigos y conocidos en Ecuador, las noticias que tenía de Perú y los incidentes de mi viaje. Para el momento en que nos sentamos en el comedor a cenar, ya tenía claro que el general intentaba simular que se encontraba de buen ánimo. A duras penas, podía disimular su turbación. Cuando sirvieron la sopa, él la probó, y en seguida, bruscamente, retiró el plato de su lado. Chasqueando los dedos llamó a su sirviente: "Esta sopa está helada, ¡maldita sea! Retírenla de inmediato."

Apenas tocó el resto de la comida. Los sirvientes parecían incómodos, como si temieran que algo inesperado fuera a ocurrir a continuación. Esa irascibilidad que le producía ese tipo de nimiedades era un lado de su personalidad que no había conocido anteriormente.

Las batallas que había librado le estaban pasando cuenta de cobro. Había partido de Lima como un conquistador, lleno de vitalidad y confianza en sí mismo, y ahora lo encontraba frágil, fatigado, inquieto, sus cabellos cenizos. Una señal igualmente alarmante era que ya no se reía con mis bromas.

Su pobre estado de salud era obvio; no me atrevía a tocar el tema. Como si leyera mi mente dijo: "No me he sentido bien últimamente, Manuelita. Confío en que tu presencia me ayude a recuperar la buena salud. Estoy feliz de verte."

Más tarde compartimos unas copas de champán en frente de la chimenea de mármol, disfrutando de la calidez del fuego en sillas situadas una en frente de la otra. Su ánimo pareció mejorar en el momento de brindar por nuestro reencuentro. Lo que más deseaba en ese momento era que me raptase. Aún sentía deseos por él. Amaba por igual lo que podía ver de él, tal como estaba, pálido, encogido, así como todo aquello que era invisible para el ojo.

Por meses, había soñado hacer nuevamente el amor con él. Pero esa noche, Bolívar no demostraba la urgencia de ser cariñoso a pesar del apasionado recibimiento cuando llegué. El Libertador se encontraba lejos. Por fin, descubrí la razón de su distanciamiento: estaba obsesionado con una próxima convención en Ocaña, una población en la frontera con Venezuela. Le rogué que me contara sobre el evento.

"Manuelita," dijo, "nuestro futuro depende de lo que suceda en Ocaña. Estoy convencido de que si es aceptada la nueva constitución que mis enemigos proponen, y la Gran Colombia se convierte en una federación y es separada en varias naciones, se producirá una gran catástrofe. La mayoría de nuestra gente, como bien sabes, es iletrada; necesitan un gobierno central fuerte. De no ser así en el futuro, estas naciones se enfrascarán en guerras civiles interminables y se sumergirán en la anarquía." Mientras pronunciaba esas palabras sus ojos brillaban, observaban algo que no estaba en el cuarto, quizás ni siquiera en este mundo. "De una cosa estoy seguro: mis enemigos se opondrán a cualquier posición que asuma." Hizo una pausa.

"Lo que ellos más ansían es aplastarme. Les interesa más derrotarme que el futuro de nuestra nación."

Busqué su mano y la así con firmeza. Él había trabajado tan arduamente por todo esto durante su vida. "¿Cómo pueden ser tan cortos de vista esos hombres?" dije con enojo.

"Manuelita, mi cielo, no tienes ni idea de lo cansado que me siento de lidiar con ellos. Las dos características principales de los colombianos son su orgullo desmedido y su deslealtad. Esta es una nación de indios incivilizados. Ahora entiendo por qué San Martín se marchó a Europa y se quedó allí. Pero debo hacer un esfuerzo e ir a Ocaña. Todavía no estoy listo para darme por vencido."

Recién había llegado, ni siquiera había pasado una noche con él y ya hablaba de dejarme nuevamente. "Me encantaría ir contigo a Ocaña," dije. "Necesitas una buena cama para dormir, ropa limpia, buena comida. También," dije con cautela, renuente a traer el tema a colación, "serás más vulnerable a tus enemigos cuando estés por fuera, sin importar lo bien protegido que estés. Además," agregué, ya incapaz de frenarme, "cuando me dejaste en Lima, dijiste que regresarías pronto. Bueno, debieron pasar dos años antes de verte nuevamente."

Bolívar se puso rígido. Aún a costo de causarle una gran irritación, necesitaba dejar salir estos pensamientos que me habían torturado por dos largos años. No era de esta manera que yo había imaginado nuestra primera noche juntos. Hubiese querido que fuese romántica, no cargada con mis recriminaciones.

"No es buena idea que vengas, Manuelita," dijo al tiempo que negaba con su cabeza. "El vicepresidente Santander usará tu presencia en mi contra entre los delegados indecisos. Él es el instigador de todo este resentimiento. Sé que trama un complot contra mí. No puedo quedarme en Bogotá porque tenga miedo, maldita sea. ¿Qué clase de líder sería si dejara que el miedo dictara mis acciones? Un líder militar no puede tener miedo," dijo, elevando la voz. "Santander y sus seguidores le dicen a la gente que yo me quiero convertir en rey. Y la gente les cree. ¿Acaso no he luchado toda la vida por derrocar a la monarquía española? ¿No es eso prueba suficiente de que nunca desearía ese título?"

"Claro que lo es," dije, tomando de nuevo su mano.

Bolívar, en estado de agitación prosiguió: "Te digo, Manuelita, me hiere que los colombianos idolatren a Santander porque redactó varios volúmenes de leyes bizantinas, y luego se burlen y me ridiculicen a mí, que combatí por su liberación y puse mi vida en riesgo por ellos."

"Los colombianos abrazan el mediocre sueño de ser ciudadanos de un insignificante país, en lugar de abrazar el sueño de ser una nación poderosa," le dije, intentando hacerlo sentir mejor. "Es el destino de los grandes líderes ser incomprendidos. Lo único que hay que hacer para ver esto es abrir cualquier página de Plutarco." Nunca se cansaba de leer *Vidas Paralelas*. Muchas noches en la Casona en Lima, durante la época que fuimos más felices, me pedía que le leyera Plutarco antes de acostarse. "Los colombianos no pueden entender su grandeza, mi general," proseguí. "En lugar de eso se quedan con Santander, que es pequeño e insignificante, como la visión que tienen." Estaba tan furiosa que mis manos temblaban. Aunque nunca había conocido personalmente a Santander, por muchos años desprecié al vicepresidente de Colombia. En todo el tiempo que llevaba de conocer al general, la mayor parte de las veces en las que no fue feliz se debía a las acciones de ese hombre. El poder que tenía sobre Bolívar era muy grande y se debía a que ejercía el control sobre los fondos públicos de Colombia, y podía retenerlos, y a menudo lo hizo, cuando Bolívar se encontraba en medio de una campaña militar. "Si alguna vez me encuentro cerca de este cobarde, voy a poner mis manos en su cuello y lo voy a estrangular."

Desde mi llegada era la primera vez que veía reír al general.

"Manuelita, no permitas que nadie te descubra hablando de esa manera. Además, los colombianos no son los únicos que me malinterpretan. Mis compatriotas venezolanos también me desprecian. En cuanto a Santander, debemos respetarlo por los servicios prestados a Colombia. Sus acciones tal vez están mal encaminadas, pero creo que trabaja por el bienestar de la gente." Se detuvo, intentando encontrar la mejor forma de explicarme todo. "La tragedia es que el exagerado código de leyes que ha creado se va a convertir en una burocracia de pesadilla que va a ser la ruina de nuestra nación: nunca podremos sacudírnoslo de encima. Estos países no están listos para la democracia, Manuelita. Santander se olvida que nuestra gente debe aprender primero a leer y a escribir antes de poder pensar por sí misma. No somos los Estados Unidos. Su modelo no funcionará para nosotros."

Dio un sorbo a su champán, y luego, sin previo aviso arrojó el vaso de cristal a la chimenea y este explotó en diminutos fragmentos. Mis manos volaron para cubrir mis ojos. Quedé temblando, pero Bolívar apenas se enteró. Su estado de ánimo era aún más sombrío. "Tal vez me resta muy poco tiempo de vida," dijo, y su voz sonó más áspera. Fijó su mirada en mí y agregó: "No puedo dejar de pensar ni un minuto en esa maldita convención. Créeme, Manuela, preferiría morir que vivir para ver cómo mi legado, el ideal de una Gran Colombia, es repudiado."

Busqué palabras para amainar su pesimismo, pero no encontré ninguna.

Bolívar empezó a convulsionar en medio de un ataque de tos. Escupió sangre en su pañuelo. Empecé a levantarme del sillón para ir a buscar ayuda, pero me hizo señas para que me quedara donde estaba.

No era sólo su cabello gris el que le hacía lucir más viejo. Ahora podía ver signos inconfundibles de tuberculosis avanzada impresos en sus facciones. La llamarada que despidió un leño en la chimenea me permitió ver unos prominentes pómulos y unas mejillas hundidas que le daban un aspecto casi de momia.

En el pasado, me había visto obligada a compartir a El Libertador con otras mujeres, con sus campañas militares, con su condición del hombre más poderoso de los Andes. Ahora mis rivales se habían metamorfoseado en algo más esquivo e insidioso. Era una abstracción, una idea, la incertidumbre de su futuro político, la cantidad limitada de tiempo que le restaba por vivir.

"Ven, amorcito," le dije, esperando romper la tensión. "¿Podríamos continuar esta conversación mañana?" Necesitas descansar y a mí me duele todo después de varios meses de montar a caballo. Mis posaderas piden a gritos un colchón blando. Esta noche no deberías preocuparte de nada: es nuestro reencuentro. Ya no estás solo. Ahora, yo me encargaré de brindarte una excelente atención. Esta noche necesito un poco de calor para sacarme este frío de los huesos."

Más tarde, cuando apagué la vela, Bolívar se giró hacia mí, me abrazó, besó mi barbilla, apoyó su mejilla en mis senos e instantáneamente se quedó dormido. Mi voraz amante se había convertido en un crío al que cuidar. Mientras descansaba, podía ver que la piel de su rostro tenía la poco saludable consistencia de un pergamino. Mientras escuchaba su pesada respiración, agradecí el haber venido antes de que fuera demasiado tarde.

Fui despertada por el rumor de las aguas que corrían y me llamaban en el aire como voces de nuevas alas. Era una canción del agua, el susurro de las corrientes que se precipitaban desde Monserrate y llenaban toda la habitación de Bolívar. Él aún dormía, de cara a la pared. Si cerraba los ojos y escuchaba con atención, podía imaginarme que estábamos en un bote, navegando por una caudalosa corriente.

A través de los intersticios de las ventanas y de la puerta se colaban grises jirones de luz. Sin hacer ruido, me levanté, peiné mi cabello y bebí un sorbo de un vaso con agua. El agua fría alivió mi garganta aún reseca por el polvo del camino. Me cubrí con una ruana, me calcé unas sandalias y salí en puntillas del cuarto, cerrando la puerta tras de mí.

Me senté en un muro bajo que daba al patio y desde el que me llegaban los sonidos provenientes de la cocina; los sirvientes ya trabajaban. El aroma del chocolate recién hecho y el de las arepas asadas flotaban en la fría corriente mañanera. Justo atrás de la casa, sobresalía Monserrate, mucho más grande de lo que se veía en la distancia, un gigantesco seno hinchado, cubierto de verde follaje hasta su cima, coronada por una capilla. El sol desplegaba sus rayos tras la montaña como una especie de abanico dorado. Esta casa era mucho más acogedora que la Casona, un adusto edificio virreinal de altos techos y un jardín que era apenas un rectángulo de tierra salpicado por parches de hierba y unas pocas rosas de aspecto anémico. Tan pronto como me mudé a la Casona, le sugerí a Bolívar que plantáramos una higuera como un símbolo de nuestra unión, pero también era la forma de empezar un jardín de verdad. La Quinta era un lugar íntimo. Rodeada de jardines, era una casa de campo amurallada, aislada, pero al mismo tiempo justo en las afueras de la ciudad.

La noche anterior, cuando recién llegaba, los jardines estaban envueltos por una espesa oscuridad; ahora me era posible ver los lechos de multicolores claveles que rodeaban la casa. Un velo de rocío mañanero cubría cada árbol, cada planta y cada flor, y una helada niebla se levantaba del suelo. Los pájaros le daban una serenata al nuevo día. Reconocí la canción de arrullo mañanero de las palomas; los otros cantos de aves eran nuevos para mí.

Me adentré en un sendero que parecía estar hecho con fósiles y piedrecillas. El jardín era tan compacto como un bosque y cada centímetro de terreno albergaba vida vegetal. Florecientes plantas salvajes crecían indómitas. Desde las alturas de Monserrate llegaban corrientes de agua hasta el jardín, en el cual unos puentes de madera hacían un arco sobre los traslúcidos arroyos. Nuevos senderos se abrían paso en todas las direcciones del terreno de tal manera que era imposible saber a donde se dirigían.

Enormes nogales, cedros, cipreses, robles, cerezos y pinos con sus troncos y ramas decorados con verde musgo, atestiguaban la edad de este jardín. Colibríes se alimentaban de florecientes arbustos de alcaparras, de camelias rojas y de lavandas de tonos púrpuras y fucsias. Orquídeas de muchos colores y formas crecían en las ramas de los árboles. En el jardín también florecían los papayuelos, cargados con amarillos frutos maduros, junto a borracheros con flores en forma de gigantescas campanas. En mi viaje por los Andes, los porteadores indios me señalaron estos pequeños árboles que crecían al borde del camino y explicaron que estas flores podían ser usadas para poner a una persona en trance, o, si se excedía en la ración, para envenenarla. La flor era también un alucinógeno usado por los sacerdotes indios para sus rituales especiales.

Tomé un estrecho camino que ascendía por la colina, rodeado de rosas salvajes y crisantemos blancos. La enredadera de la curuba tejía un enmarañado techo sobre mi cabeza que ocultaba el cielo. Al final del camino, se encontraba un apartado estanque protegido por altas paredes que formaban las aguas de un riachuelo. Las paredes que rodeaban el estanque estaban tapizadas con helechos color de limón.

Desde la colina, podía verse abajo a la ciudad. Hacia el Oeste, en la distancia, la sabana ilimitada era un plácido océano verde. Hacia el Sur ascendían los techos de tejas rojas de las casas de Bogotá, sobre las cuales se levantaban los campanarios de las iglesias. Estaba horrorizada de ver tantas iglesias. Esperaba que Santa Fe de Bogotá no fuero otro piadoso Quito. Cualquier cosa menos otro Quito. ¿Acaso me había mudado de la Roma de los Andes al Vaticano de Suramérica?

Me recosté contra el muro que rodeaba el estanque y respiré profundamente. El aire fresco de la mañana aceleraba el flujo de la sangre en mis venas. El cansancio de los meses de viaje comenzaba a disiparse. Por fin, estaba aquí con Bolívar. Mi misión era clara: estaba aquí para hacerle la vida más fácil, proporcionarle un hogar donde pudiera descansar, devolverle la salud. Debía demostrarle que merecía toda su confianza. Aún no estaba segura del lugar que ocupaba en sus afectos. Sabía que me deseaba, o que me había deseado cuando estaba bien de salud, por la forma apasionada en que me hacía el amor. Sabía que solo yo le había hecho feliz y le había hecho reír. Pasábamos horas bailando, él confiaba en mí y sus ideales de una Gran Colombia también eran los míos. Sabía también que eran innumerables las mujeres a quienes les encantaría ser amantes suyas.

Tendría que convertirme en alguien indispensable para él. Yo había pasado a ser como un paria en Perú y en Ecuador, y sin duda me ocurriría lo mismo en Bogotá. Todo por el privilegio de estar junto a un hombre que había hecho realidad mis sueños de una Suramérica libre. Él había alcanzado todo aquello que yo habría querido lograr por mí misma, pero que no podía hacer por el hecho de haber nacido mujer.

La felicidad que había imaginado durante el tiempo que esperé en Quito antes de encontrarme con el general en Bogotá era una quimera. Tenía esperanzas de que pudiéramos recapturar la naturaleza apasionada de nuestro amor, pero la lujuria de Bolívar había menguado. Su apetito carnal se había reducido. En uno que otro momento, reaparecían destellos de nuestra antigua intimidad. Así que en lugar de lamentarme por lo que ya no podía ser, atesoré cada uno de esos escasos momentos de felicidad, aunque cada vez temiera que fuera el último que compartiríamos.

En Lima, Bolívar había estado en el pináculo de su gloria. Cierto era que tenía muchos enemigos. Sin embargo, sus adversarios estaban empeñados en una batalla perdida, pues el curso de la historia estaba con el general. En el momento en que finalmente llegué a Bogotá, el poder de Bolívar se escurría de sus manos; peleaba una batalla que yo no estaba segura que pudiese ganar. En Lima, los españoles eran sus enemigos; aquí, luchaba contra los criollos colombianos, su propia gente. Sólo dos años atrás, la gente de la Gran Colombia compartía sus ideales de unidad, de una nación vasta y poderosa igual a cualquier imperio de Europa o de América. Pero para poder alcanzar la unidad necesaria para formar una nación poderosa, se hacía ahora necesario luchar y aplastar a los poderosos caudillos que habían aparecido por todos los Andes y que querían gobernar sobre amplias extensiones de tierra con el poder absoluto de señores feudales. Los colombianos ya no compartían los ideales de Bolívar porque esto significaba más guerras. La mayoría de las personas estaba dispuesta a dejar a un lado este gran sueño para poder vivir en paz. El hombre que más daño le había hecho al general y había socavado su autoridad era el vicepresidente Santander, quien con promesas de paz y prosperidad, había capturado la imaginación y los corazones de los colombianos y se había convertido en un enemigo formidable.

UNA NOCHE durante una cena con un pequeño grupo de oficiales, después de que Bolívar había pasado la mayor parte del día trabajando en su discurso que leería en la convención de Ocaña, con un gesto nervioso derribó su vaso de vino. Su cara se puso roja. "Esta gente no va a descansar hasta que haya destruido todo por lo que he trabajado en mi vida," vociferó en la mesa aunque no hablábamos de política. "No descansarán hasta que haya muerto, hasta que me haya ido. Yo les di el cielo que hay encima de sus cabezas, el agua que beben, la tierra donde van a ser enterrados. Y a pesar de todo esto, a la menor oportunidad que tienen, me recuerdan que soy un extranjero. Lo único que le han ofrecido a mi familia, a mis amigos y a mí ha sido desprecio y desdén." Temblaba por el esfuerzo que significaba este súbito ataque de ira. Corrí a su lado, pedí que nos excusaran y lo llevé a dar una caminata por el jardín. Los invitados se quedaron solos para terminar la cena.

NO IMPORTABA cuánto le llevara la corriente, cuán pacientemente le escuchara lanzar diatribas en contra de Santander y sus secuaces, cuánto intentara divertirlo con apuntes jocosos a expensa de sus adversarios, siempre me encontraba impotente ante su creciente pesimismo. Su indestructible auto confianza que se afianzaba en la liberación de cuatro países, la habían hecho añicos estos colombianos que lo habían calumniado, acusándolo de ser un déspota, de querer ceñirse una corona.

Cuando fue acusado en la prensa de ser un autócrata, y un dictador, igual o peor que el más sangriento virrey, se precipitó en un monumental ataque de ira, y comenzó a patear los muebles, a romper vasos de cristal importado contra el piso y las paredes y a romper documentos y alimentar con sus restos el fuego. Se rehusaba a comer y a ver a nadie, incluyéndome a mí, y permanecía encerrado en su despacho hasta que le pasaba la furia. Estos violentos arrebatos le dejaban debilitado y con fiebre. Con cada pataleta, mis esperanzas de ayudarle a que recuperara la salud disminuían.

Le pedí a Santana que me mostrara todos los periódicos que llegaban a La Quinta antes de que alguien más pudiera verlos.

Entonces los leía cuidadosamente y si encontraba comentarios insultantes sobre el general quemaba el periódico antes de que pudiera verlo. Hice una lista con los nombres de los que escribían tales piezas y le di instrucciones a Jonotás de averiguar quiénes eran estos hombres y dónde vivían.

BOLÍVAR ESTABA tan obsesionado con su discurso de Ocaña, que se olvidaba de comer y se encerraba con sus ayudantes en el despacho. Decidí tomar el problema en mis propias manos y concerté una cita con el médico. Él me confirmó lo que yo ya sabía sobre la tuberculosis: el mejor tratamiento para alguien en las condiciones del general era descanso, mucho aire fresco y comidas nutritivas.

Yo misma empecé a encargarme de las comidas del general junto a la cocinera, María Luisa. Insistí en que debía tomar las tres comidas del día. Si el general estaba en su despacho justo cuando servían el almuerzo, enviaba a José Palacios para que le avisara que su comida se enfriaba. Un día, Palacios regresó con el recado de que Bolívar estaba muy ocupado para dejar de trabajar. Me apresuré a llegar hasta su despacho y no me molesté en golpear.

"Manuela," dijo Bolívar, incapaz de ocultar su exasperación, "ahora no tengo tiempo para ti."

"Caballeros," les dije a sus ayudantes y secretarios, como si no hubiese escuchado ni una sola palabra suya, "la comida del general se enfría, y él necesita comer."

Con un gesto cortante de sus manos, Bolívar les indicó a los otros que debían salir. Mientras ellos salían uno por uno del salón, los ojos de él revelaban la desaprobación de mi conducta. Cuando estuvimos solos, Bolívar se levantó de la silla. Sus pupilas brillaban, sus labios temblaban. "No voy a aprobar esta clase de comportamiento público de tu parte, Manuela." Ya solo me llamaba Manuela cuando estaba enojado conmigo, pues de otro modo me llamaba Manuelita. "Nunca jamás me interrumpas cuando estoy trabajando. Y mucho menos enfrente de mis hombres. ¿Te queda claro?"

"Señor," le dije, "con todo el debido respeto, si sigue fatigándose de esa manera, si es incapaz de obedecer a sus médicos, no va a llegar hasta a Ocaña, ni a salvar a la Gran Colombia porque va a estar muerto. ¿Acaso debo recordarle que necesitamos que esté vivo para que pueda gobernar este país?"

Después de un incómodo silencio, una sonrisa se insinuó en sus labios. Bolívar dijo: "Vamos a comer el delicioso almuerzo que preparó María Luisa."

En poco tiempo, logré que comiera sus tres comidas regulares y que tomara una siesta después del almuerzo. Sin importar el clima que hiciera, cada tarde a las cinco y treinta, me acercaba al despacho de Bolívar y le recordaba que las labores del día habían concluido y lo hacía acompañarme al pórtico para tomarnos un agua aromática. Agotado de recibir personas, dictar cartas y de trabajar en su discurso de Ocaña, el general se sentaba conmigo en la terraza a la entrada de La Quinta, enfrente de la fuente, adonde patos salvajes se detenían para beber y juguetear alegremente en el agua antes de partir a los lugares donde anidaban. Mientras Bolívar y yo bebíamos té de hierbas, podíamos escuchar el murmullo de la fuente, inhalábamos el embriagante olor del romero que crecía junto al pórtico y observábamos los vívidos colores del atardecer sobre la sabana de Bogotá. El crepúsculo tenía un efecto relajante sobre los nervios de Bolívar y empezaba a preguntarme sobre mis actividades del día, y de esa manera, entablábamos una conversación, tan cómodos el uno con el otro, como si fuéramos una pareja de casados de muchos años. Muy pronto, el color retornó a sus mejillas y dejó de toser sangre.

A medida que la salud de Bolívar mejoraba, en tardes soleadas nos bañábamos en el retirado estanque rodeado de altos helechos. Jonotás y Natán vertían agua caliente y le agregaban lavanda y otras hierbas medicinales que habían recolectado en las montañas o que habían comprado en el mercado a los médicos indios. Solos en ese estanque, con Jonotás y Natán esperando tras los muros, a una discreta distancia, listas para traer cualquier cosa que el general y yo deseáramos, Bolívar me acariciaba, me besaba los senos, colocaba su boca en mis pezones erectos, apretaba mi excitado cuerpo contra su delgada humanidad, mientras yo le sobaba su espalda con un estropajo. A medida que el general enjabonaba mis partes más íntimas, el amante que había en él regresaba y yo aprovechaba su erección para cabalgarlo como una sirena en el océano.

En mi vejez, durante aquellas sofocantes tardes de Paita, en medio de esas largas siestas donde hasta las moscas dormitaban, podía sentir los residuos del deseo agitarse por entre mis adoloridos huesos y coyunturas y recordaba cómo después de bañarnos en el estanque, nos dirigíamos a nuestro cuarto donde una jarra de espumoso chocolate reforzado con clavos de olor y canela nos aguardaba. Bebíamos el reanimante brebaje y hacíamos el amor. No se trataba del acto sexual como en nuestros primeros años juntos, sino una especie de abrazo reposado y flexible, una comunión íntima. Bolívar exploraba mi cuerpo sin el ansia del deseo insatisfecho, me pasaba la mano como si fuera un objeto delicado del que conociera y apreciara todos sus detalles.

Años más tarde, cuando no me quedaba más que hacer en Paita sino recordar, volvían a mi mente aquellos primeros meses que viví con Bolívar en La Quinta, como la mejor época de mi vida.

17

Jonotás

Veinte años después de que mi gente y yo fuéramos separa-dos de nuestro palenque, arrancados de nuestra tierra— el momento más triste de mi vida—Natán y yo estábamos de vuelta en Nueva Granada, ahora conocida como Colombia. Aunque este era el país donde habíamos nacido, nunca pensé en él como mi hogar. Este era el país donde mis padres habían sido esclavos, donde se habían fugado y donde volvieron a la esclavitud. Una tierra así sólo podía ser odiada; llegar a su ca-pital despertaba mi cólera. Eso nunca podría olvidarlo.

Estábamos en Bogotá porque Manuela seguía a El Liberta-dor. De los hombres que había tenido Manuela en su vida, yo admiraba y respetaba solo a Bolívar. Él trataba a su esclavo, José Palacios, como otro miembro más de su familia. Palacios había estado con el general desde su niñez, así como nosotras habíamos estado a cargo de Manuela desde que era niña. Natán y yo nunca establecimos ninguna cercanía con José Palacios, quien se vestía y se comportaba como un hombre blanco. Y sospecho que tenía celos de la cercanía de Manuela con su amo. Pero El Libertador era amable con nosotras. Sabía de nuestra lealtad hacia Manuela. Yo lo admiraba porque quería abolir la esclavitud. En su Constitución Boliviana él se había referido a la propiedad sobre otras personas como "la más grande violación de la dignidad humana." Y agregaba que no podía haber igualdad donde existiera esclavitud. Incluso un esclavo ignorante podía saber el significado de esas palabras.

RECIÉN NOS habíamos instalado en La Quinta, cuando Manuela recibió una carta de James Henderson, el cónsul británico en Bogotá. Solicitaba una audiencia. Llamándome a su cuarto, con la carta en mano y los ojos brillantes, me dijo: "Gran Bretaña es la nación más poderosa en la tierra, Jonotás. Una apertura diplomática de su parte significa que otros dignatarios oficiales van a seguir su ejemplo. Esto," agregó, mientras saboreaba cada palabra, "le envía el mensaje al resto de los cuerpos diplomáticos de que yo soy la primera dama de Colombia, y no otra de las amantes de Bolívar." Me sentía feliz por ella. Manuela merecía ser respetada.

Por varios días, Manuela no pensó en otra cosa que no fuera los preparativos requeridos para atender al cónsul. Quería causar una buena impresión, ser una carta de presentación para El Libertador. Se serviría té inglés, acompañado de galleticas, pastel de ciruelas y emparedado de pepino. Estas eran comidas que ella había servido a los socios ingleses de James Thorne cuando visitaban su casa en Lima.

"Quiero que estés allí todo el tiempo, durante la entrevista.

Así que asegúrate de ponerte tu mejor vestido," me dijo. Protesté, y le dije que eso nunca se hacía.

"Es muy importante que tú estés allí, Jonotás," insistió. "Quiero que él entienda que no soy una mujer atada a ningún tipo de convención. Es más, quiero que le quede claro que La Quinta es mi hogar y que yo impongo las reglas aquí."

LAS HOJAS de eucalipto chisporroteaban aromáticamente en la chimenea en el momento en que se saludaban. El señor Henderson felicitó a Manuela por su inglés fluido, por su elegancia, por la belleza de las mujeres ecuatorianas, por el exquisito buen gusto del cuarto en donde estaban sentados y por la hermosura de las orquídeas que adornaban el lugar.

Manuela se disculpó por la ausencia del general Bolívar y su imposibilidad de recibir al cónsul. "Está sumergido de lleno en los asuntos relacionados con la próxima convención de Ocaña," le decía al tiempo que le servía un poco de té y una rebanada de pastel de ciruelas. El cónsul emitió sonidos aprobatorios al probar el pastel. Luego, y después de haber conversado sobre el clima de Bogotá, que le agradaba al señor Henderson, pues le recordaba a Londres, Manuela preguntó por la familia del cónsul. El señor Henderson pidió excusas por la ausencia de su esposa, pues no se encontraba bien de salud y no podía acompañarlo. Pero, le aseguró a Manuela que su mujer le enviaba un caluroso saludo. A continuación, fue el turno de Manuela de desearle una pronta recuperación a la esposa del cónsul. Concluyó extendiendo una invitación abierta a la esposa del señor Henderson por intermedio suyo, para visitar La Quinta cuando ella así lo deseara. Después de que parecieron haberse agotado las galanterías por intercambiar, Manuela le ofreció un cigarro, pero este no lo aceptó. Lo cual no impidió que Manuela encendiera uno. Después de saborear el embriagador aroma, los dos se sentaron en silencio, mientras miraban arder las ramas de eucalipto.

Me preguntaba cuál era el verdadero propósito de la visita del señor Henderson a La Quinta cuando él se aclaró la garganta. Tomó otro sorbo de té antes de hablar. "Como usted bien sabe, señora de Thorne," empezó, "siendo como soy el representante de su Majestad en Colombia, también me preocupo por los intereses británicos cuando estos requieren de mi ayuda."

Cuando llamó a Manuela de esa forma, señora de Thorne, caí en cuenta del porqué de la visita del señor Henderson. Cuatro años después de que Manuela abandonara a James Thorne, él aún no la había olvidado. Ella seguía agradecida por la manera en que él la había rescatado cuando estuvo en la cárcel en Lima. Algunas veces, decía cosas agradables sobre él. Incluso, mi opinión sobre él había mejorado. Después de todo, no sólo había salvado la vida de ella, sino la mía y la de Natán. ¿Entonces por qué no podía dejar tranquila a Manuela? ¿No era suficiente que él tuviese una amante y una hija?

"No conozco a su esposo," dijo el señor Henderson, "pero tenemos muchos amigos en común en Inglaterra." Se detuvo para dar un sorbo a su té. "En todo caso, el señor Thorne me ha escrito autorizándome a hacer todos los trámites necesarios para que usted viaje de vuelta a Lima."

Manuela puso sus manos en los brazos de la silla, se enderezó, echó hacia atrás los hombros y dirigió su mentón en dirección del cónsul. Era como si yo estuviese viendo dentro de la cabeza de Manuela. Henderson, un honorable cónsul inglés, que sorbía una taza de té ante una chimenea de mármol, con una actitud digna de su importante posición, se transformaba a ojos de Manuela en todo aquello que había amargado su vida. Se había transformado en la tiranía española, su propio padre, sus despreciables parientes Aispuru, la estupidez de la sociedad de Quito, en las monjas que ella detestaba. Peor aún, Henderson se había convertido en el James Thorne a quién su padre la había vendido, algo que ella siempre sacaba a colación: "Me hizo sentir peor que a un esclavo, porque los esclavos no venden a sus propios hijos."

Manuela aplastó el cigarro en su taza de té. Se levantó del sillón en el momento en que el cónsul probaba otro bocado del pastel de ciruela y le dijo: "Creo que por hoy ha sido suficiente pastel de ciruela para usted, señor Henderson." Le arrebató el plato de las manos, lo cual derribó su taza y derramó un poco de té sobre sus pantalones y luego arrojó una a una las piezas de la vajilla inglesa a la chimenea. "¡Jonotás, ven cuanto antes!" gritó. Todo este tiempo yo me había quedado parada frente a la puerta, congelada, apenas respirando, divertida, pero asustada con su osadía. "Mi revólver," pidió.

Yo corrí, saqué el revólver del armario y se lo entregué. Manuela lo tomó, soltó el gatillo y le apuntó al pecho de Henderson. "Señor," le dijo con una rabia que hacía brillar sus ojos como candela, "tiene exactamente cinco segundos para abandonar este cuarto." Empecé a contar con ella: "Uno, dos… "

Henderson se incorporó torpemente, su cara tan blanca como una capa de confitura para pastel, le hizo una reverencia a Manuela y, en su confusión, también me la hizo a mí, antes de salir a toda prisa del cuarto. Lo seguimos. Le pedí al mayordomo que trajera sus cosas. En el terraplén se colocó el sombrero, le hizo unas señas al cochero con su bastón. No esperó a que el muchacho le abriera la puerta sino que lo hizo él mismo. Mientras se trepaba en el coche, Manuela disparó un tiro en dirección del jardín. Una bandada de aves salió volando de los árboles como una nube oscura. Henderson se arrojó dentro del coche, mientras sus aterrorizados caballos se lanzaron hacia los portones y desaparecieron entre la lluvia helada que cubría la calle.

Manuela giró su rostro hacia mí y las dos caímos en brazos de la otra, temblando de la risa.

A la mañana siguiente, mientras le ayudábamos a colocarse el vestido, nos dijo que el general, al escuchar sobre el incidente comentó: "No creo que esto signifique que Inglaterra le vaya a declarar la guerra a Colombia, Manuelita. Pero, mi amor, tienes que intentar ser un poquito más diplomática." A continuación estalló en una sonora carcajada. "Hacía años que no lo veía reírse de esa forma," dijo.

18

James no estaba listo para reconocer la derrota. Envió una carta amenazante, un furioso documento que me recordaba que estaba atada a él por la ley, y que como esposa suya, había jurado siempre obedecerlo.

Me sentía muy agradecida con James por haber venido a ayudarme en Lima. Y, de hecho, él era mi esposo—pero ¡ay, cómo odiaba esa palabra! ¿Cómo era que este hecho le daba a James el poder de ser mi amo? ¿De gobernar mi alma? Yo había aceptado a un solo hombre como mi esposo y el infierno era no estar cerca de él. Con el propósito de alcanzar un rompimiento final con James, debía de una vez por todas quemar todos los puentes que me llevaran de vuelta a él.

Por varios días escribí y reescribí una carta en la que quería dejarle muy claro que me había perdido para siempre. Empezaba la carta para luego romperla en pedazos porque no me reflejaba y no decía lo que yo deseaba decir.

Una tarde lluviosa me senté junto a la chimenea de la biblioteca, me serví un vaso de Porto, prendí un cigarrillo y me decidí a terminarla:

Mi querido y distinguido amigo:

¡No, no, no más, señor, por Dios Santo! ¿Por qué me hace escribirle nuevamente haciéndome romper mi promesa de que nunca más volvería a hacerlo? ¿Qué logra usted, aparte de ponerme en la dolorosa situación de decirle no una y mil veces?

Señor, usted es excelente, inimitable. Nunca podría negar sus cualidades. Pero haberlo dejado por el general Bolívar no significa que desconozca sus muchas cualidades.

¿Usted cree que después de ser la favorita del general por siete años, la dueña de su corazón, preferiría ser la esposa del Padre, del Hijo y del Espíritu Santo, o incluso de la Santísima Trinidad?

Sé que nada puede atarme a él en nombre de lo que usted llama honor. ¿Cree usted que soy menos honorable por el hecho de que sea su amante y no su esposa? No me importan en lo más mínimo las convenciones sociales. Fueron creadas exclusivamente con el fin de que pudiéramos encontrar nuevas formas de torturarnos los unos a los otros.

Déjeme en paz, mi querido inglés. Tengo una idea: en el Cielo nos casaremos nuevamente; no en esta tierra. ¿Qué piensa de esa propuesta? Si no la acepta, va a ser muy infeliz. En el Reino Celestial viviremos una vida angelical, exclusivamente espiritual. En el Cielo, todo será hecho al estilo inglés, porque la vida monótona está reservada para la gente de su país (en lo concerniente al amor, quiero decir, porque en cuanto al resto, ¿quiénes podrían ser más talentosos para el comercio y los asuntos marítimos que ustedes los ingleses?).

Ustedes los ingleses experimentan el amor sin placer, la conversación sin gracia; ustedes caminan lentamente, se saludan los unos a los otros con reverencia; se levantan y se sientan cautelosamente, bromean sin reírse. Estas son cualidades divinas, pero yo, miserable mortal que soy, me río tanto a costa de mí misma, de usted y de todas las otras formalidades inglesas que tendría muchas dificultades en el Cielo. Para mí sería tan difícil vivir en el Cielo como en Inglaterra o en Constantinopla, pues aunque los ingleses no son tiranos con sus mujeres, ustedes son más celosos que los hombres portugueses. Yo no quiero nada de eso.

Suficiente de mi humor. Seriamente, sin reírme, con toda la seriedad, la sinceridad y la pureza de una mujer inglesa, lo puedo decir, que nunca regresaré con usted. Usted es anglicano, yo soy atea, y esta es una barrera religiosa que no se puede remontar. El que yo ame a otra persona es una barrera aún más grande y poderosa.

¿Se da cuenta lo formal y seria que soy cuando necesito serlo?

Siempre su amiga,

Manuela

Esa carta puso fin a cualquier clase de contacto con James por muchos años. Pero años después, cuando yo era vieja e indigente en Paita, y una que otra vez el pasado resurgía vívidamente en forma de noticias de aquellos que habían jugado un papel importante en mi vida, supe nuevamente de James. Diez o más años después de que me hubiera instalado en Paita, un par de semanas antes de Navidad, llegó una carta de Lima. De inmediato reconocí la letra de James y sin pensarlo dos veces abrí el sobre de color crema pálido. Mientras abría la carta, un pedazo de papel cayó en mi regazo. Era un cheque a mi nombre por doscientos pesos. La nota de James era breve:

> Un conocido relacionado con mis negocios que ha pasado por Paita me ha traído la noticia de que usted se ha instalado allí. Me alegra saber que se encuentra bien de salud. Por favor acepte, como prenda del cariño que tiene por usted un viejo amigo que le desea todo lo mejor, este pequeño regalo de Navidad.
>
> *Suyo por siempre,*
> *James*

Aunque en repetidas ocasiones a través de los años había despotricado de James, una vez más había aparecido en mi rescate en un momento crucial, en el que estaba atrasada varios meses en el alquiler y cercana a ser desahuciada; Jonotás necesitaba un par de zapatos nuevos; yo vestía trajes roídos por la polilla. Esta consideración de James me ayudaba a superar la tristeza que me invadía cada diciembre, el mes en que había muerto Bolívar. James me seguiría enviando un cheque por la misma cantidad, cada diciembre, hasta el día de su muerte. Al final de cuentas, empecé a pensar en él no como el esposo indeseado que me había comprado a mi padre, sino como un amigo al que apreciaba. Nuestra correspondencia, sin embargo, era bastante reservada en su contenido, más de su parte que de la mía. Yo no preguntaba sobre su vida personal y él no me proporcionaba ninguna información al respecto. Mi esperanza era que James, quien por ese entonces sobrepasaba los sesenta años, hubiera encontrado una mujer que se preocupara por él.

19

La atmósfera política de La Quinta era febril. Casi a diario nos llegaban noticias de un levantamiento que se gestaba en algún lugar de la Gran Colombia, de conspiraciones que buscaban derrocar al gobierno, de las maliciosas mentiras que se habían propagado sobre las intenciones de El Libertador de convertirse en rey. Aún más inquietante era escuchar constantes rumores de complots para asesinarlo. Estos últimos fueron tomados tan en serio que él sólo se atrevía a salir a las calles acompañado por un regimiento escogido personalmente. Persuadí a Bolívar para que doblara el número de guardas dentro y fuera de La Quinta.

A duras penas, me había aventurado fuera de los terrenos de La Quinta desde mi llegada a Bogotá. Pero en vista de que no había recibido ninguna amenaza de muerte y con la intención de distraerme de las intrigas políticas, decidí explorar la sabana a caballo. En Bogotá contaba con un buen establo de donde escoger un animal. Bolívar me sugirió que fuese acompañada en mis exploraciones por un grupo de soldados. Decliné su oferta, pues no me sentía en peligro inmediato. Como una medida de precaución, Natán y Jonotás se vistieron con uniformes militares. Yo llevaba botas de charol, pantalones de terciopelo negro, una ruana encima de mi blusa y un sombrero de Panamá. Llevábamos pistolas y sables. Por si acaso.

En aquellas tardes poco frecuentes en que no llovía, cuando el aire era calentado por corrientes cruzadas que llegaban desde los trópicos, cabalgábamos a campo abierto en las afueras de la ciudad. A veces llegábamos hasta muy al norte de la sabana, donde nos eran visibles los picos nevados de los volcanes. En estas áreas inhabitadas del campo, corríamos nuestras propias carreras de caballos, como lo habíamos hecho de niñas en Catahuango. En otras ocasiones parábamos a beber un trago de agua en los asentamientos donde los indios vivían en chozas circulares hechas de barro y bambú, sus costumbres inalteradas a lo largo de cientos de años, viviendo de la misma forma en que vivían antes de la llegada de los españoles. Me enamoré de los verdores sin límite de la sabana, asombrada de la variedad de delicadas y raras orquídeas que allí crecían y que me colocaba en el pelo los sábados de tertulia.

En nuestras excursiones diarias pude darme cuenta del impacto que causábamos entre los hombres de la ciudad, cuando nos veían cabalgar por las calles, vestidas con ropa de hombre y armadas. Las mujeres de Bogotá cerraban las persianas o nos daban la espalda. Sólo las más valientes de las prostitutas, aquellas que se atrevían a salir a la luz del día a buscar clientes, parecían no inmutarse. Yo había aprendido a distinguirlas por el hecho de que iban descalzas y en los dedos del pie lleva-

ban anillos y adornos, sus tobillos estaban decorados con brazaletes y sus pies los mantenían inmaculadamente limpios. A
diferencia de las otras mujeres de Bogotá, ellas no escondían
sus cabellos bajo absurdos sombreros. Cuando estuve al alcance
de sus miradas, no sentí el desprecio que encontraba a mi paso
por otras calles de la ciudad. Algunas veces les arrojaba monedas. De no haber sido la hija de una mujer rica, bien habría
podido ser una de aquellas mujeres.

La ciudad misma me parecía una Quito más grande y sepul-
cral. La arquitectura de la capital de Colombia no tenía nada de
la alegría andaluza presente en muchos edificios de Lima. A
diferencia de los amistosos limeños, los bogotanos hablaban en
forma silenciosa, se vestían de colores sombríos y caminaban
con los pasos cortos de aquellos seres congelados que han nacido lejos del mar. Quito, a mayor altura que Bogotá, estaba
más cerca del sol, por lo que su gente tenía una actitud más
cálida. Bogotá, con una enorme población de desempleados y
soldados heridos, era más pobre que Lima, su gente más sucia y
maloliente, sus calles infestadas de ratas y pulgas, en las que
todo el tiempo se apretujaban limosneros, lisiados y criminales y sus callejones hedían a orina y excrementos. La gente ex-
hibía orgullosamente la infelicidad en sus rostros. En las calles,
se respiraba esta atmósfera venenosa.

Las noches en Bogotá eran espectrales y morbosamente silenciosas. Tan pronto oscurecía, los bogotanos se arrodillaban
para rezar el Angelus, y se encerraban en sus casas para cenar
y luego ir a dormir. Solo una emergencia empujaría a alguien a
la calle, y en todos los casos acompañado por un sirviente que
alumbrara el camino con un farol. Los únicos lugares que per-
manecían abiertos eran oscuras cantinas donde los indios se

embriagaban de chicha hasta la inconsciencia total; las prostitutas erraban por las calles y encontraban el anonimato en la oscuridad.

Me quedaba despierta hasta tarde en la noche, preguntándome qué pasaría si los enemigos de Bolívar triunfaban y si el hombre que alguna vez había sido el dueño de mi cuerpo y mi alma volvería a ser el amante que una vez conocí. Estos pensamientos eran a menudo interrumpidos por los espeluznantes pregones de los vigilantes nocturnos que patrullaban por las desiertas calles. El tintineo que producía su campana, parecido al lamento de chillonas criaturas de la noche, era seguido por el anuncio de una hora: "Son las once de la noche," luego el clima, "está lloviznando y no hay luna," y luego el grito final, "todo está bien en Bogotá. Que Dios los guarde a esta hora."

El poder descansar en esa tibia cama y al lado de Bolívar me hacía sentir protegida. Pero afuera de los muros de La Quinta, imaginaba un vasto cementerio habitado por espíritus vengativos y criminales que se refugiaban en la helada negrura.

Tenía pesadillas. Las monjas me hacían permanecer en pie durante días enteros en los húmedos y helados corredores de mi escuela en Quito—mis pies anegados en sangre—privada de cualquier alimento o bebida y objeto de las burlas de otras niñas cuando pasaban cerca de mí de camino a sus clases. En mis sueños, era juzgada por encapuchados inquisidores que repetían todas las frases censuradoras de mi padre, mi tía, mi abuela y James Thorne. Los inquisidores me condenaban a la tortura en máquinas y artilugios que rompían mis huesos y me arrancaban la carne. Luego me quemaban o me atravesaban con una estaca; a veces ambas cosas. Moría rodeada de una multitud vociferante que me gritaba bruja y novia de Satanás.

Otras veces estaba en medio de un círculo de sangrantes Cristos en la cruz, su sangre empapándome, quemando mi piel.

Me despertaba temblando de esas pesadillas, boqueando para tratar de respirar, solo para encontrar a Bolívar, que roncaba a mi lado.

MIENTRAS DESAYUNÁBAMOS una mañana, Bolívar me dijo: "Manuela, debemos dejarnos ver, que los bogotanos nos vean juntos en público; de otra manera, van a pensar que estoy tratando de esconderte. Mañana por la tarde daremos un paseo por las calles de Bogotá en un carruaje descubierto."

Para esta ocasión me puse un traje, un sombrero y cubrí mis hombros con un chal, permitiendo que por primera vez, la población me viera vestida como una dama. A medida que entrábamos a la plaza Mayor, descubrí garabateado en las paredes de la catedral un letrero pintado con enormes letras negras que decía: "Simón Bolívar nació en Caracas, comiendo hierba como una vaca." Hice el mayor esfuerzo para que mi conversación mantuviera distraído a Bolívar. No quería que fuese humillado en mi presencia. Bolívar le pidió al cochero que se detuviera.

"Bastardos," grité antes de que él pudiera decir algo. "¿Cómo se atreven? ¡Que irrespeto! ¡Usted nació príncipe!"

"Manuelita, tienes que admitir que los colombianos tienen un perverso sentido del humor," dijo.

"Mañana me encargaré de que ese letrero sea borrado."

"¿Y luego qué? Va a ser una pérdida de tiempo y energía. Si tú haces eso, ellos van a pintarlo una y otra vez. Lo mejor que se puede hacer es ignorar este y otros insultos. La verdad es que nada me sorprende de los colombianos. Son gente maliciosa y egoísta. ¿Has oído lo que dicen de sí mismos? Dios hizo de Colombia la nación más hermosa del mundo… y para compensar por tanta generosidad la pobló con la peor gente de toda la tierra."

Me eché a reír, aunque seguía furiosa.

LA TARDE SIGUIENTE me senté junto a mis muchachas en el césped en un lugar soleado del jardín, detrás de la casa principal. Era evidente que Jonotás ardía en deseos por contarme algo. "¿Qué pasa, Jonotás?" dije.

"Manuela, debiste haber escuchado a esas mujeres esta mañana en el mercado. Mientras sus sirvientes hacían las compras, ellas se juntaban como gallinas chuecas a hablar del paseo en el coche con el general."

Aseguré la aguja en el chal que hacía y levanté la vista. "¿Qué decían?"

"Estaban diciendo… " Jonotás frunció los labios, levantó la barbilla y las imitó en su voz aniñada: "¡La conducta del general es una desgracia! Su comportamiento es inexcusable. Inapropiado para un jefe de estado. No sólo trae a su adúltera amante a vivir con él, sino que tiene la desvergüenza de pasearse con ella en público." "¿Viste ese carruaje? Ni siquiera los virreyes tienen esos carruajes tan finos. ¡Muy pronto van a pasearse en un coche de oro!"

Resoplé. "Qué imbéciles," dije. "Se les olvida que el general nació en el seno de la familia más adinerada de Suramérica. Si él quisiera montar en un coche de oro, tiene todo el derecho de hacerlo. ¿Qué más dicen?"

Jonotás no dudó en imitar a otra dama. "¡Esa mujer es una sinvergüenza! ¿Sabían que es una bastarda? Fue expulsada de Quito por fugarse con un soldado. Dejó a su esposo, un caballero inglés muy respetable, para ser la puta del general." "Lo siento Manuela," dijo Jonotás, cambiando a su tono normal de voz, "pero eso es lo que estaban diciendo."

"¡Las muy estúpidas! ¡Pueden irse al mismísimo infierno!"

"Primero las corto en pedazos, las frío como chicharrón y se las doy a comer a las ratas," dijo Jonotás y escupió.

Sin levantar la vista de su bordado, Natán dijo: "¿Por qué le quieres hacer eso a las pobres ratas?"

Me reí. "La próxima vez que vayamos a caballo a la ciudad, recuérdenme que me ponga unos bigotes. Si esas brujas están escandalizadas, démosles una verdadera razón para que se escandalizen."

"¿Yo también puedo ponerme un bigote?"

"Tú y Natán se pueden poner barba si así quieren," dije y retorné a mi costura.

Bolívar decidió que era el momento de ofrecer cenas y presentarme a las familias de Bogotá que simpatizaban con él. "Si vas a continuar viviendo aquí," dijo, "vamos a tener que presentarte oficialmente, por decirlo así. Los colombianos tienen que ir acostumbrándose a la idea de que estás aquí para quedarte."

Nunca le había contado al general de la conmoción que causaba en la ciudad cuando salía a montar con Natán y Jonotás, ni de las miradas de censura que recibíamos. A pesar de todo, quería ser una carta de presentación del general, no una carga para él. "Lo haré si es lo que usted desea," dije, y agregué de una forma extrañamente tímida de mi parte, "algunas veces creo que los bogotanos me desaprueban."

Él sonrió con malicia. "Bueno, estoy seguro de que ellos no

han visto muchas mujeres como tú por estos lados. Tienes una manera bastante original de aparecer en público. Cuando vas cabalgando por allí vestida de hombre, no es que pases inadvertida. Hizo una pausa. "Les gustes o no, Manuelita, eres la primera dama de Colombia."

LAS CENAS EMPEZARON en La Quinta. Yo me encargaba junto con María Luisa de preparar carne de res asada, lechona, pato cocinado en vino tinto, trucha arco iris—cuya carne rosada sabía a salmón y era pescada en los arroyuelos de la sabana— papas blancas hervidas y papas amarillas y moradas fritas, ensalada de remolacha, zanahoria, huevos de codorniz hervidos, alverjas, maíz, todo aderezado con aceite de oliva traído de Villa de Leyva, y pasteles rellenos de arequipe, guayaba y mermelada de mora. Para cada comida, ordenaba un surtido fresco de arepas de maíz dulce que a Bolívar le encantaban.

Jonotás y Natán iluminaban cada habitación de La Quinta con flores; eran muy talentosas para hacer exuberantes arreglos florales. Yo sacaba de mis baúles vestidos que no había usado desde mis días como esposa de James Thorne.

Una cena tras otra, los hombres aparecían solos, y pedían excusas por sus esposas súbitamente indispuestas. Por fin, unas pocas parejas nos concedieron el honor de su presencia. Yo me esforcé bastante por ser una anfitriona agradable, haciendo sentir bienvenidos a nuestros invitados y atendiéndolos en cualquier cosa que necesitaran. Si sentía que eran ambivalentes con la causa de Bolívar, intentaba generar apoyo. Estaba convencida de que si era hospitalaria, agradable y amable causaría una impresión agradable a mis invitados y ellos lo comentarían a sus amigos.

A pesar de todo, era casi imposible no sentir repulsión por las bogotanas que los hombres traían a nuestras cenas. La mayoría era de aspecto frágil. Ellas eran tan blancas que no parecían ser de carne, sino hechas con cáscaras de huevo. Las más hermosas me recordaban a las orquídeas del color blanco de la nieve, aunque la mayoría tenía la palidez enfermiza y la piel traslúcida de las criaturas que moraban bajo la tierra, nunca expuestas a los rayos del sol. Todas tenían hermosas cabelleras que brillaban a la luz de las velas. Me habían contado que las bogotanas lavaban su cabello con orina, que consideraban el mejor tratamiento para tener un cabello hermoso y saludable. ¿Sería por esta razón, me preguntaba, por la que apestaban a perfume? ¿Para tapar el otro olor?

Me esforzaba por lograr atraer la atención de estas mujeres en las conversaciones. Ellas respondían con voz aniñada, con risitas, y enrojecían si les hacía una pregunta directa. Todas las veces en que indagaba por sus opiniones políticas, respondían invariablemente que eran sus esposos quienes tenían una opinión política en sus hogares. El hecho de que yo tuviera mis propias ideas era visto como un indicio de malas costumbres y de falta de modestia. Podría jurar que a estas mujeres no les importaba quién gobernaba, si los españoles o los patriotas, con tal de que se les permitiera continuar con sus vidas privilegiadas, cuyos momentos más excitantes consistían en ir a misa y confesarse todos los días.

En más de una ocasión tuve que refrenar mis impulsos de agarrar a una de estas mujeres por los hombros, zarandearla y gritarle en pleno rostro: "¡Despierta! ¡No estamos en la España medieval! ¡Estamos en 1828!"

Aunque yo era atea, todos los días le agradecía a Dios el haber nacido con una mente escéptica. Yo sabía que estas criaturas, con aspecto de cáscara de huevo, eran el resultado de la misma detestable educación a la que yo había estado sometida por las monjas en Quito. A todas nosotras se nos había enseñado a desconfiar de los sentidos: los ojos, las orejas, la boca y las lenguas eran instrumentos del demonio. Esas monjas nos enseñaron a cerrar los ojos y rezar a la Virgen María, sosteniendo un rosario en nuestras manos en el momento en que nuestros esposos nos montaran y nos penetraran a través de un hueco en la sábana que cubría nuestros cuerpos. A la mañana siguiente, debíamos salir a la carrera donde nuestros confesores y rogarles que nos perdonaran por haber sucumbido a la tentación.

No me rendía en mi intento de ganar el favor de estas mujeres. Después de la cena, me sentaba y conversaba con ellas por un rato, hasta que anunciaba mi necesidad de aire fresco. Entonces me excusaba e iba a reunirme con los hombres que bebían y hablaban de temas que me emocionaban.

Estaba segura de que la mayoría de los hombres de Bogotá resentía mi desparpajo. Por otra parte, los oficiales de Bolívar, en especial los irlandeses, parecían disfrutar con mi compañía y me consideraban como uno de ellos. Estos hombres no me veían como la rareza que representaba para la mayoría de los colombianos; en Europa, debían haber visto muchas mujeres independientes como yo.

20

Natán

En Bogotá, al igual que en muchos otros lugares de los Andes, las señoras de la sociedad se reunían regularmente en sus grupos de costura para socializar y hacer vestidos para los santos de las iglesias y conventos.

Jonotás y yo estábamos en la biblioteca haciendo arreglos florales con Manuela, cuando llegó una invitación dirigida a nombre de ella para asistir al grupo de costura de Doña Ana María Holguín.

"Ustedes saben cuánto disfruto bordar y coser, pero ¿me pueden imaginar," dijo Manuela con tono burlesco, "vistiendo santos?"

Yo no podía imaginarlo y estaba a punto de asentir, cuando ella dijo: "El general va a querer que me comporte diplomáticamente y no desaire a la señora Holguín. Iré, una vez, y así ya no tendré que volver más."

MANUELA REGRESÓ de su salida de mal genio. Debimos esperar hasta la cena para averiguar cómo le había ido con el grupo de costura de la señora Holguín. Cuando Manuela y el general estaban a solas, Jonotás y yo nos ocupábamos de servir la cena.

A menudo, el general estaba cansado, de mal humor o comía muy poco. Manuela trataba de convencerlo de que probara la comida, recalcando que ella le había hecho el ajiaco, una de sus sopas favoritas. Luego se dedicaba a charlar sobre rumores que habían llegado a sus oídos, a menudo de boca mía o de Jonotás al regreso de las compras en el mercado, o le preguntaba sobre lo que había hecho aquel día. Pero esta noche era ella quien estaba malhumorada y no él. El general notó su estado de ánimo. "¿Qué tal la velada en casa de la señora Holguín?" le preguntó.

Manuela no le dio importancia a la pregunta al tiempo que me hacía señas para que le llenara nuevamente la copa del vino. El general insistió. Manuela tomó un buen sorbo de vino antes de responder: "Bueno, mi general, después de que nos tomamos el chocolate y nos comimos los pasteles—que estaban deliciosos—las damas comenzaron a intercambiar ideas sobre los vestidos que les harían a las estatuas de la Virgen de Chiquinquirá y del Señor de Monserrate en la catedral durante la próxima Semana Santa. De repente, tuve una inspiración maravillosa. Les dije: 'Tenemos muchos soldados heridos deambulando en harapos por las calles de Bogotá. ¿Por qué en lugar de vestir santos no los vestimos a ellos?' "

Manuela pescó una papa del hirviente ajiaco y la mordisqueó, tomándose su tiempo.

Yo me moría por escuchar qué había pasado.

"Una idea muy buena; ¿qué pasó?" dijo el general mientras sostenía la cuchara a la altura del pecho, sus ojos abiertos de par en par.

"No va a creer lo que sucedió a continuación, mi general," dijo Manuela mientras bajaba con un buen sorbo de vino la papa que acababa de llevarse a la boca. "Mi propuesta fue recibida con silencio total. Aclaré lo que había dicho, al pensar que tal vez necesitaban mayor explicación. "¿Por qué no hacer ropa para los pobres, para los mendigos, para los enfermos, para los hijos de nuestros soldados muertos? Hay muchos en la calle hambrientos y con frío. ¿Por qué no vestirlos a ellos? ¿Por qué coser vestidos para unas estatuas a las que no les importa si están o no vestidas?"

Debí taparme la boca para reprimir un ataque de risa. Bolívar continuaba observándola con una expresión divertida.

"Bueno, el grupo de costura de la señora Holguín me miró como si hubiera propuesto copular en público con el diablo."

Bolívar soltó una sonora carcajada.

Manuela continuó: "Todas siguieron mordisqueando los pasteles y el queso y dando sorbos al chocolate en sus relucientes tazas de plata, tal y como si yo no hubiera dicho una sola palabra."

"Me ofende que las mujeres de Bogotá no aprecien lo que vales," dijo Bolívar.

"No me importa lo que esas mujeres piensen de mí, mi general. La única aprobación que busco es la suya. Mientras usted esté contento conmigo, ellas se pueden ir al infierno."

"¿Aprobación mía?" dijo Bolívar y sus ojos brillaron. "Tú eres mi dicha más grande, Manuelita. No quisiera cambiar nada de ti. Tú eres perfecta tal como eres. Siento mucho que no puedas conocer aquí mujeres como Rosita Campusano. Hay

unas cuantas mujeres brillantes en la ciudad, pero desafortunadamente son admiradoras del general Santander."

"No pueden ser tan inteligentes si prefieren a Santander en
lugar suyo," dijo Manuela.

El general rio nuevamente. Disfrutaba con las bromas de su
Manuelita. Ella era la única persona capaz de hacerlo reír.

ERA VERDAD que Manuela no había hecho muchos amigos en
Bogotá, pero eso era muy poco comparado con lo impopular
que se había vuelto el gobierno de Bolívar.

A Bolívar le hacía hervir la sangre que Santander tuviera el
apoyo de la gente y él no. Bolívar era aristocrático, rígido, como
un inglés. Simplemente no era lo suficientemente colombiano.
Se sentía incómodo en presencia de la gente humilde. Los colombianos pensaban que era frío e implacable, y sí que lo era.
Una vez, escuché que Manuela le decía: "Señor, usted tiene que
ser más expresivo con ellos. Más tropical. Más caraqueño. La
gente quiere que nuestros políticos actúen en público, que sean
mejores demagogos. Interpretan su discreción como si fuera
arrogancia. Después de todo, ya están hartos de esa fría indiferencia de los virreyes españoles."

A pesar de todo el esfuerzo de Manuela, El Libertador no
cambiaba su forma de ser. Cuando una madre le ofrecía a su
bebé para que lo besara, Bolívar tomaba al infante como si temiera que sus manos se ensuciaran. Los colombianos lo descon-
certaban, nunca lograba entender por qué si él les había
liberado de España, aún lo seguían viendo como a un extraño.
La verdad era que en el mejor de los casos lo respetaban, pero
nunca se ganó el cariño de la gente.

Los colombianos preferían a Santander, un hombre sensato

y modesto que no parecía ser arrogante. Lo preferían porque era uno de ellos. Venía de la provincia y se había labrado su propio camino en Bogotá, usando su inteligencia y su amabilidad. Bolívar, por otra parte, era orgulloso y propenso a rabietas violentas cuando no obtenía lo que deseaba. Siempre iba a ser visto como un niño rico y malcriado, que había sido educado en Europa, como un futuro rey. Los colombianos desconfiaban de El Libertador porque siempre declaraba: "guerra a muerte a esto y guerra a muerte a aquello." La gente anhelaba la paz, de la cual Santander, después de la independencia les había dado una pequeña prueba. Aún más, los colombianos adoraban a Santander porque era un católico devoto.

Si los criollos desconfiaban de Bolívar, a los indios les era indiferente. Para los héroes de la independencia los indios eran gente impenetrable que hablaba lenguas extrañas y a menudo rehusaba aprender el español. Santander, sin embargo, estaba interesado en las raíces indias de la nación y en mejorar sus condiciones de vida, probablemente porque él mismo tenía sangre indígena. Manuela, Bolívar y sus seguidores despreciaban a Santander porque era de ascendencia indígena y no había sido educado en Europa. Es verdad que Bolívar trataba bien a sus esclavos, que quería a José Palacios y a los esclavos que le rodeaban, y también es cierto que quería acabar con la esclavitud. Y había escrito algo que Manuela nunca se cansaba de recordarnos: "La esclavitud es una gangrena que comienza en un miembro, y si el miembro infectado no se corta, se puede extender por todas partes hasta que el cuerpo muere." Pero cuando él hablaba de las "cadenas de la esclavitud" se refería principalmente en cómo los criollos se sentían esclavizados por los españoles. La esclavitud de los indios o de los africanos no era su preocupación principal.

Después de años de seguir a Manuela y a Simón Bolívar, llegué a mi propia comprensión de la realidad política de los Andes. Tal y como yo lo veía, tanto Bolívar como Santander ganaron las guerras de Independencia sin efectuar grandes cambios. Las guerras de Independencia habían sido iniciadas por el dinero y los negocios: los criollos estaban cansados de pagar impuestos altos y de que los españoles controlaran todo el comercio y se llevaran todas las ganancias. Estaban cansados de que sus hijos fueran excluidos de las escuelas a las que asistían los hijos de la aristocracia española. Y los criollos odiaban el hecho de que fueran considerados poco aptos para gobernar y aptos sólo para los trabajos manuales, al igual que sus esclavos y descendientes, fueran negros o indios. Lo que más ofendía a los criollos era ser colocados al mismo nivel que los negros y los indios. A cualquiera que no fuese 100 por ciento europeo, se le refería como perteneciente a "la raza de estas tierras."

Si Bolívar y Santander hubieran coexistido en un solo hombre, habría sido el gobernante ideal. La tragedia de Colombia es que al escoger a uno de los dos en lugar del otro, a los colombianos no les sería dado ver sino la mitad de la verdad.

21

A medida que se hacía inminente el viaje de Bolívar a Ocaña, crecía mi antipatía por Santander. Esa condenada convención no debería tener lugar. Ponía en riesgo la salud de Bolívar y lo alejaba de mí. El Libertador estaba trabajando en exceso y no dormía bien, por dedicarse a los preparativos del viaje. Y, a pesar de todo, continuaba con sus obligaciones de gobierno.

Durante una cena en honor de los oficiales que permanecerían en Bogotá, y por ponerle una nota liviana al ambiente, dije a los invitados: "Este elegante comedor, mis amigos, fue construido por órdenes de nuestro vicepresidente Santander. Denle un buen vistazo, noten los elegantes diseños de estas hermosas puertas y ventanas, porque este comedor es el logro más importante del vicepresidente. Este comedor, y solo este comedor, será recordado mucho tiempo después de que esas ridículas leyes, con las que él está tan obsesionado, hayan sido abolidas por obsoletas. Solo este encantador cuarto le va a asegurar un lugar en la historia de Colombia."

Algunos de los invitados estallaron en carcajadas. Otros se rieron nerviosamente. Bolívar frunció el ceño, pero yo esperaba en secreto que mi sarcasmo le hubiera divertido, que tan sólo fingiese que desaprobaba mi falta de tacto.

Tan pronto estuvimos solos al final de la cena me dijo: "Manuela, no te queda bien el provocar sin necesidad al vicepresidente y sus aliados. Tienes que cuidarte de las cosas que dices, especialmente cuando has bebido demasiado."

"¿No te das cuenta de que ese cochino perro te quiere muerto para poder ser él presidente? Es conveniente que se sepa qué clase de conspirador y traidor es."

"Eso puede ser cierto, Manuelita," admitió. "Pero si el vicepresidente escucha lo de esta noche—y en esta ciudad es muy difícil mantener un secreto—puede pensar que yo te puse en su contra. No debemos darle más municiones para que nos ataque."

Para nadie era un secreto que a veces mi mal genio se volvía en mi contra, especialmente cuando tomaba algunos tragos de más. A pesar de todo, no me sentía lista para la promesa de evitar mis críticas a Santander. Sabía que si él era retirado de su despacho se evaporarían muchos de los problemas que más agobiaban a Bolívar. Las intrigas venenosas del vicepresidente eran las que más agitaban ese nido de avispas en que se había convertido Bogotá.

"Mi general, sólo quiero que él sepa que cualquier enemigo suyo, es un enemigo mío. Si él me descarta creyéndome una estúpida y una mujer, entonces es cierto que no sabe absolutamente nada de mí. Y que comete un grave error." Al pronunciar esas palabras, me daba cuenta de lo absurdo que era estar obsesionada con un hombre al que no había conocido en persona. Santander no era bienvenido en La Quinta y él y Bolívar sólo se encontraban en presencia de otros oficiales del gobierno. Había visto sus retratos colgados en las paredes de edificios del gobierno y su imagen en los periódicos. Su presencia se había vuelto tan real que en algunas ocasiones soñaba con él. Estaba convencida de que si me lo encontraba aunque fuera una vez, iba a perder buena parte, si no todo, el poder que ejercía sobre mí.

Bolívar puso una mano sobre mi hombro y dijo: "Manuelita," mientras me acariciaba suavemente e intentaba detener mi llanto. "Dices esas cosas porque me amas. Pero debemos tener cuidado. Tenemos muchos enemigos. Tenemos que evitar que nuestros oponentes te acusen de interferir en los asuntos de Colombia. Recuerda que para ellos somos usurpadores que intentamos tomar el control de sus destinos, de su nación." Hizo una pausa. "Tengo una idea," dijo, y su semblante brilló. "Sé de algo que nos alegraría a los dos. ¿Por qué no tocas unas piezas al piano para mí? No sabes cómo me encantaría."

Aunque distaba de ser una pianista consumada—practicar ese instrumento me aburría mucho—mis interpretaciones de las danzas folclóricas de los Andes lo ponían de buen humor. Sólo en esas ocasiones me alegraba de haber sido sentenciada al colegio de las Conceptas, donde se les enseñaba a las niñas a tocar el arpa o el piano como una forma de prepararlas para la vida matrimonial.

Interpreté mi repertorio usual de pasillos, guabinas y bambucos. Después de cada tema, Bolívar aplaudía entusiasmadamente. "Ven acá," me dijo cuando terminé y me acercó a su regazo. Nos besamos, y nos quedamos sentados un rato sin hablar, sintiendo exclusivamente el contacto de nuestros cuerpos. Levanté mi cabeza de su hombro y dije: "Señor, hay algo que usted puede hacer por mí si quiere hacerme feliz."

"Pídeme cualquier cosa, Manuelita. Adelante."

"Lo voy a extrañar tanto, mi amor," dije. "Me parece que no logro mantenerlo a mi lado por mucho tiempo, ¿verdad?"

"Va a ser una separación corta, te lo prometo," sonrió tranquilizadoramente. "Estaré de vuelta en cuestión de semanas."

"General, lléveme con usted a Ocaña. Le prometo no ser una carga."

"Palacios me va a cuidar bien," dijo Bolívar. "Tú sabes lo estricto que es conmigo."

José Palacios iba a ocuparse de cuidarlo bien, eso era cierto. Tendría que usar otro argumento. "Usted necesita a una mujer en su cama al final del día, que sea su confidente y le mantenga abrigado en las noches. ¿Cómo puedo estar segura de que alguna mujer no se le va a lanzar encima?" dije. "Mejor que no escuche yo que otra mujer está tomando mi lugar porque, se lo juro, me voy cabalgando hasta Ocaña y con mis propias uñas le arranco los ojos."

Bolívar echó su cabeza hacia atrás y se rio. "No quisiera que arriesgaras ninguna de las uñas de tus dedos. Ya sé que pueden ser un arma muy poderosa." Nunca se cansaba de rememorar aquella noche en Lima cuando arañé su rostro al sorprenderlo en la cama con otra mujer. "Hablando en serio," continuó, "tú no deberías preocuparte de esas cosas, Manuelita. Esos días se acabaron. Sólo mírame. Soy un hombre viejo y enfermo," dijo sin mostrar una pizca de auto compasión. "Tú eres la única mujer en mi vida, cariño. Desde que llegaste, nunca había sido tan feliz desde mi juventud. Ninguna otra mujer se puede comparar contigo, y sería un imbécil si no me diera cuenta de eso."

Me enorgullecía no ser el tipo de mujer que acudía a las lágrimas con la intención de ablandar el corazón de un hombre, pero esa noche violé mi propia regla.

"Te prometo regresar pronto," susurró, abrazándome. "¿Por qué me privaría del placer de tu compañía? Si por alguna razón me retraso, enviaré por ti. Tú me crees cuando te digo todo esto, ¿verdad? Tienes mi palabra de honor."

"Eso fue lo mismo que dijo cuando me dejó en Lima." Me solté de su abrazo. "Y a final de cuentas, terminé encerrada como una criminal. Tuve suerte de escapar con vida. Tengo razones valederas para estar ansiosa sobre lo que pueda pasarme sin su protección en esta ciudad. Esta vez no esperaré dos años antes de verlo nuevamente. Soy tan devota a la causa de la Gran Colombia como su Excelencia, pero usted no se va a la cama por las noches con Colombia. Se va a la cama conmigo."

"Necesito tu ayuda, aquí," chasqueó los dedos, "no en Ocaña; necesito alguien en Bogotá en quien pueda confiar plenamente. Si quieres ser de ayuda para mí, es aquí en La Quinta donde te necesito. ¿Harías eso por mí?"

Una vez más debía aceptar que mis servicios como recolectora de información sobrepasaban cualquier preocupación suya en lo relativo a mi seguridad. Era egoísmo mío el seguir insistiendo que me llevara con él, sabiendo que sus enemigos usarían mi presencia en la convención para incitar en su contra a la población. Lo entendía todo. Sin embargo, tenía rabia. Coloqué mi mano en su mejilla y rocé sus labios con los míos. "Haré como me dice," susurré. "No lo defraudaré. Pero recuerde que estaré en esta poco amistosa ciudad contando los días y las noches hasta que esté de vuelta en nuestra cama."

"Tú sabes que mi gran felicidad es tenerte entre mis brazos toda la noche." Hizo una pausa. "Hay algo más que quiero pedirte. Voy a dejarte a cargo del coronel Croftson y de Pepe París, que se encargarán de protegerte. Sabes que si algo te pasa, para mí sería insoportable. Manuelita, prométeme que no vas a ser imprudente."

Su preocupación por mí era conmovedora. Después de que le prometí que no sería imprudente, empezó a besar mi cara, mi cuello, mi cabello y rugió como si fuera un león hambriento a punto de abalanzarse y engullirme presa a presa.

MUY TEMPRANO una mañana de marzo, dos meses después de mi arribo a Bogotá, el general y su regimiento vestidos de sus mejores galas y emblemas, partieron de Bogotá.

Jonotás y Natán, María Luisa, el jardinero y el resto de sirvientes se reunieron conmigo a las afueras de La Quinta para desearle una victoria en Ocaña. Una multitud de partidarios suyos, que incluía a las madres de los soldados, sus hermanas y hermanos, sus novias y otra serie de seguidores, los despidieron festivamente vitoreando al general con fuerza y en repetidas ocasiones.

Yo escondí mi aprensión y mi tristeza bajo una máscara de optimismo; no quería que Bolívar se marchara preocupado por mí. Necesitaba toda su fuerza para Ocaña. Me mezclé con sus oficiales y soldados deseándoles buena suerte, dando instrucciones de último minuto a José Palacios acerca de las medicinas y las comidas especiales para el general. Mientras Bolívar cabalgaba a lomo de Palomo Blanco, yo seguí a la multitud que coreaba: "¡A la victoria en Ocaña! ¡Que viva El Libertador! ¡Que viva la Gran Colombia!" Me quedé allí inmóvil, diciendo adiós, vitoreando y coreando eslóganes con sus seguidores hasta que Bolívar y sus tropas desaparecieron de la vista.

Al regresar a casa seguida de mis muchachas y de los ministros de estado que se habían quedado en Bogotá, en el momento en que las altas puertas de La Quinta se cerraban detrás de mí, sabía que no me podía permitir sumergirme en mis sentimientos de indefensión. De aquí en adelante, tendría que pensar en mi propia seguridad.

22

Mi situación en Bogotá empeoró rápidamente. A la mañana siguiente de la partida de El Libertador hacia Ocaña, me encontraba en el comedor leyendo los periódicos y tomando una taza de chocolate con almojábanas cuando entró Jonotás a la habitación, en sus manos una canasta con las provisiones del día. Arrojó la canasta sobre la mesa y sacó de sus bolsillos un pedazo de papel. Sin decir una palabra, me lo entregó, y se quedó de pie, sus ojos enrojecidos por la ira, esperando a que lo leyera. Parecía un anuncio arrancado de la pared. No podía ser un simple pasquín que calumniaba al general. Tenía que ser peor para que Jonotás estuviera tan iracunda.

Aquella hoja se refería a mí. Decía:

¡Bogotanos!

Desde enero de este año, una mujer extranjera y sus esclavas han estado desfilando por las calles de la ciudad, vestidas como soldados, exponiendo su degeneración a la vista de todos. Manuela Sáenz, una ciudadana ecuatoriana, una mujer de moral cuestionable, quien abandonó a su esposo en Lima para convertirse en la querida del general, ha estado viviendo en La Quinta, en donde ha instaurado una corte al estilo de las concubinas de Luis XV. Para nadie es un secreto que Bolívar ha tomado la determinación de convertirse en rey de Colombia, o quizás en emperador, y ha escogido a esta mujer para ser su Madame Du Barry. Al igual que Du Barry, la Sáenz, una intrigante y una conspiradora, sin duda espera el día en que pueda dictar las políticas de estado y nombrar a los oficiales del gobierno. De acuerdo con los informes recibidos sobre su despliegue de joyas en las recepciones oficiales que se llevan a cabo en La Quinta, en las que tiene el descaro de actuar como la primera dama de la nación, es posible deducir el despilfarro a que es sometido el tesoro de la nación, sólo para que ella pueda adornarse como la puta del rey. ¿Qué más podía esperarse de esta mujer de clase baja y poca educación? ¿De una mujer con unas esclavas que, según dicen algunos, son hermafroditas?

Madame Du Barry fue pasada por la guillotina. En nuestro país, no castigamos a los criminales de esa manera. Pero esperamos que cuando el dictador sea derrocado podamos colgar a la Sáenz de su enjoyado cuello como castigo por su insolencia, corrupción y degeneración.

¡Muerte a Manuela Sáenz!

No me sorprendía que se me hubiese declarado la guerra en cuanto Bolívar dejó la ciudad: el acosarme a mí era también una forma de acosarlo a él. Lo que me sorprendía era el grado de invectiva que habían alcanzado y la infamia de llamar a mis muchachas hermafroditas. ¡Era demasiado grotesco!

Me levanté de la mesa lentamente. Cerré los ojos para evitar que la habitación siguiese dando vueltas. Arrugué el pedazo de papel en mi mano.

"¿Cómo pueden compararme con Madame Du Barry? No soy una escaladora social que intenta robar a la gente," le dije a Jonotás, quien también parecía muy afectada.

"Como este, hay cientos pegados por toda la ciudad," dijo Jonotás. Sus ojos parecían a punto de descargarse como un relámpago. "Este lo quité de una pared con mi cuchillo."

"No fueron lo suficientemente hombres para hacerlo mientras el general estaba aquí. Si piensan que pueden calumniarme de esta manera, y creen que no voy a vengarme, no saben absolutamente nada de mí."

"A sus órdenes, mi coronela," dijo Jonotás, llamándome por mi rango militar de coronel. Hacía mucho tiempo que no me llamaban así: desde el Perú.

"Tienes toda la razón, Jonotás. Es hora de dejar de comportarse como una dama y empezar a actuar como un coronel. Si estos buitres nos quieren declarar la guerra, guerra les daremos. Primero debemos averiguar quién imprimió el pasquín y luego nos encargaremos de ellos."

Sospechaba que Santander estaba detrás de todo esto, aunque era demasiado astuto y calculador como para untarse las manos. Como ocurría con todas sus despreciables artimañas, sería imposible trazar hasta él el origen de las acciones. Aun así, no podía permitir que sus secuaces me ridiculizaran de tal manera. Cualquier ataque contra mí era un ataque contra Bolívar. Él no podía defenderse estando lejos; de allí que a mí me tocara mostrarle a sus enemigos que yo misma podía defenderme sola.

Necesitaba protección. ¿Y quién mejor para defenderme que los regimientos que Bolívar había dejado en Bogotá? Les hablaría de mi caso directamente. Sabía que si lo que quería era su respeto, no podía aparecer ante ellos vestida como una dama de sociedad. Debía buscarlos vestida como uno de ellos. Y así podían llamarme hermafrodita a mí también.

Jonotás desempacó mi arrugado y mustio uniforme de coronela para airearlo y plancharlo. El solo verlo me traía de vuelta recuerdos de cuando había luchado al lado de El Libertador en sus campañas por los Andes peruano, acudiendo a su rescate cuando estuvo en peligro de ser derrotado. Recordé cuando yo misma descendía por esa montaña al mando de las tropas, disparándole a los españoles que estaban diezmando nuestras fuerzas sin importarme si moría o vivía con tal de matar unos cuantos soldados del rey español. Disparándoles a ellos sentía que también le disparaba a mi padre, a mi tía, a mi abuela, a las monjas Conceptas, a Fausto D'Elhuyar, a la sociedad de Quito, y a James Thorne, por comprarme en contra de mi voluntad. Ese momento, esos pocos minutos que antecedieron a nuestro ataque contra los Realistas, había sido el momento más emocionante de mi vida, un momento en que me había sentido auténtica y que estaba cambiando el mundo.

Poco después del amanecer, a lomo de caballo y escoltada por un regimiento de tropas leales, me encaminé a la guarnición en la que estaban estacionadas las otras tropas de Bolívar. Me acomodé mi sombrero negro de tres puntas, una chaqueta roja, pantalones azules, y botas de cuero negro de marca a las que le había agregado unas espuelas de oro que mandé hacer especialmente en Lima. Me armé con una pistola y escogí, entre la colección personal de Bolívar, uno de sus sables. Me atravesé el pecho con una cinta de terciopelo de la cual colgaba la medalla de Caballero de la Orden del Sol.

Jonotás y Natán, vestidas como soldados, llevaban la ban-

dera tricolor de Colombia ondeando al viento a medida que cabalgábamos por la hierba esmeralda que alfombraba las calles
de Bogotá. Los transeúntes se detenían a vernos pasar, e intentaban adivinar de qué se trataba todo el asunto.

Había calculado mi arribo a la guarnición para que coinci-
diera con la revista matinal de las tropas. Me recibió mi amigo,
el coronel Croftson, a quien Bolívar había dejado a cargo de
uno de los dos regimientos de Bogotá. Yo le había hecho saber
que necesitaba dirigirme a las tropas, que necesitaba una muestra de respaldo. No le conté el porqué; sabía que Croftson no se
opondría a mi pedido. Habíamos afianzado un fuerte lazo ba-
sado en nuestra mutua lealtad a Bolívar y a sus ideales. Yo admiraba el temperamento apasionado de Croftson, la forma en
que su sangre inglesa hervía a la sola mención de los enemigos
del general. Más de una noche habíamos estado despiertos
hasta el amanecer jugando cartas y tomando un vaso tras otro
de whisky mientras discutíamos planes para aplastar a los enemigos del general.

Montado en su caballo, con ese marcado acento al hablar
español que yo encontraba tan divertido, el coronel Croftson se
dirigió al regimiento: "¡Soldados, patriotas, miembros leales
del batallón del general Bolívar, no necesito presentarles a la
señora Manuela Sáenz! Ustedes saben bien el lugar que ella
ocupa en los afectos y en la confianza de El Libertador. La señora Sáenz ha probado en muchas ocasiones su completa devoción a los ideales que todos compartimos. Con admirable valor,
ha peleado junto a ustedes en las batallas de los Andes, donde
ha probado ser uno más entre ustedes y uno más entre el pueblo. Hoy ha venido hasta aquí para solicitar nuestra ayuda.
Quiero que escuchen lo que tiene que decir y le prometan su

apoyo incondicional, porque en ausencia de Bolívar, ¡ella es Bolívar!"

Un silencio expectante se apoderó de las tropas. Hasta los caballos dejaron de relinchar y de golpear el suelo con los cascos. Yo sabía que no podía titubear, que un resultado favorable dependía de la autoridad que exhibiera en ese momento. Desde mi caballo alcé la voz lo más alto que pude: "¡Compañeros soldados! He venido hasta aquí como coronela y amiga a pedir ayuda. Me coloco frente a ustedes para reiterar mi promesa de continuar luchando al lado del general Bolívar para proteger vuestra libertad, la de sus familias y la libertad aún más grande de la Gran Colombia.

"Mis amigos, es posible que hayan notado que desde que El Libertador partió a Ocaña para garantizar que las fuerzas de la razón y de la moderación prevalecieran, Bolívar y yo hemos estado bajo el violento ataque de sus enemigos en Bogotá. Se presenta aquí una oportunidad para que ustedes demuestren su amor por él. De ustedes depende defender su legado mientras él está lejos, luchando por sus derechos. Si toman la decisión correcta, la historia los recordará como héroes. Yo daría voluntariamente mi vida por Bolívar y sé que ustedes también lo harían. Deben asegurarse de que los miopes enemigos de Bolívar no deshagan lo que él ha logrado para ustedes. Con el fin de hacerle daño al general, sus enemigos están resueltos a calumniarme y a herirme. Me encuentro aquí para pedir su protección y su lealtad."

Saqué el sable y lo alcé por encima de mi cabeza. Cuando su punta reflejó los rayos plateados del sol de la mañana, lancé un mandoble en el aire. Entusiasmada con mi propia audacia, grité: "Yo les aseguro, mis hermanos en armas, es posible que corten la cabeza de Manuela Sáenz, pero no podrán matar mis ideales. ¡Larga vida a Bolívar! ¡Larga vida a la Gran Colombia!"

Los integrantes de todo el regimiento irrumpieron simultáneamente en gritos de: "¡Larga vida a El Libertador! ¡Larga vida a la coronela! ¡Muerte a los traidores!"

Los ecos de los vítores de los soldados se extendieron por toda la sabana. Al día siguiente, a la luz del día, los soldados de Bolívar comenzaron a limpiar las paredes y puertas de la ciudad, removiendo todos los pasquines que nos insultaban a mí y al general. Luego pintaron de blanco las paredes. Era de hecho, un disparo de advertencia para Santander, aunque sabía que no sería suficiente para evitar un nuevo ataque.

EN SU AUSENCIA, LAS CARTAS de Bolívar me brindaban pequeños momentos de solaz. Sólo dormía bien cuando me llegaban noticias suyas en el correo del día. Le contestaba y le aseguraba que me encontraba bien. Nunca le conté de los pasquines ni del discurso a las tropas, aunque seguramente él ya se habría enterado. No le contaba de los momentos en que caminaba sola por el jardín sintiéndome triste, o cuando en mis sesiones de costura, me perdía en mis propios pensamientos, abrumada por el temor. Ni de los momentos en que sentía crecer mi rabia hacia él por haberme dejado sola en una ciudad donde era despreciada. Y sobre todo, no podía escribirle acerca de la cólera que sentía conmigo misma por haberme enamorado de un hombre que estaba casado con un ideal, o de cómo me odiaba a mí misma por comportarme igual que las damiselas de las que tanto me burlaba.

Un día llegó una carta que anunciaba que el general, en lugar de ir directamente a Ocaña, se detendría temporalmente en Bucaramanga, de tal forma que su presencia en la convención no fuera interpretada como una forma de ejercer presión sobre los delegados indecisos. Las noticias me alegraron sobremanera. En Ocaña, donde estaban reunidos muchos de sus enemigos, habría sido mucho más fácil asesinarlo.

SIN SU PRESENCIA, LAS NOCHES en La Quinta se tornaban deprimentes. Cuando los jardines quedaban sumergidos por la niebla, el intenso frío de las alturas se instalaba como una enfermedad del alma. Necesitaba compañía. Decidí seguir divirtiéndome e invitaba a los amigos de Bolívar en Bogotá, los integrantes de la Legión Británica. La hija de Pepe París, mi tocaya Manuelita, quien se había convertido, a pesar de su juventud, en mi única amiga mujer en Bogotá, llegó acompañada de su padre. Ella era la única mujer que aceptaba mis invitaciones, pero a sus diecisiete años era todavía una niña. Esas veladas eran la mejor manera de averiguar lo que sucedía más allá de los muros de La Quinta. Aparte de eso, tener la casa llena de soldados hasta tarde en la noche me hacía sentir más segura.

A pesar de todo, una vez que estaba sola en mi cuarto me entraba la preocupación. ¿Cómo podía estar segura de que algunos de estos soldados no eran espías de Santander y sus compinches? ¿O del general Córdoba, por ejemplo, un patriota que estaba celoso del lugar que ocupaba yo en los afectos de El Libertador y quien se habría alegrado muchísimo de verme borrada de la vida de Bolívar?

Cada noche dejaba una vela prendida hasta el amanecer. Una noche noté sombras oscuras bajo mis ojos: me veía demacrada, fatigada y de más edad. Ya era suficiente. Aunque imaginaba que mis sirvientes empezarían a chismosear, les pedí a mis muchachas que durmieran en el cuarto, como lo hacíamos cuando éramos niñas. La mayoría de las noches nos sentábamos en las camas, vestidas con nuestras batas de dormir, y al calor de una botella de aguardiente, nos dedicábamos a chismosear, a fumar y a reír hasta que yo me sentía lo suficientemente exhausta para irme a dormir.

Tan pronto los bogotanos se enteraron que las tres dormíamos juntas, comenzaron a extenderse maliciosos rumores. Mi enemigo más estridente era Monseñor Cuervo, quien desde el púlpito me denunciaba en sus misas diarias, acusándome de llevar a cabo depravadas bacanales en las cuales, mis esclavas y yo cometíamos actos inmorales, y en donde yo me entregaba a "actos inmorales como los que practican muchas mujeres viciosas en Lima." Monseñor era uno de los miembros más corruptos del clero de Bogotá, tenía varios hijos ilegítimos, y era un usurero que controlaba la venta al detalle de los productos básicos.

Jonotás lo convirtió en personaje de una de sus comedias improvisadas. Cuando era niña en Catahuango, Jonotás solía divertirme representando y ridiculizando a los sombríos miembros de la familia de mi madre. En Lima, era famosa por las parodias que hacía de los pecadillos de las damas de sociedad y los políticos corruptos. Estas parodias enfurecían a James Thorne, quien me exigió que se lo prohibiera. Temía que estas le crearan enemigos. Yo nunca le pedía que las hiciera, pero obviamente la estimulaba a continuar por el solo hecho de que me reía hasta las lágrimas con sus irrespetuosas imitaciones. Una cosa era cuando ella actuaba en privado para mí o

cuando lo hacía en la cocina frente a otros sirvientes. Pero yo
no tenía control sobre ella cuando salía a actuar en las esquinas de las calles o en las escalinatas de los edificios públicos,
atrayendo invariablemente una multitud y ganándose unas
monedas con su talento.

Una noche, me encontraba con unos invitados en el cuarto
de juegos, jugando cartas y billar después de la cena, cuando
uno de los visitantes mencionó que en el más reciente ataque
de Monseñor se insinuaba que yo tenía pactos con el demonio y
que La Quinta era un nido de brujas. Mientras conversábamos,
Jonotás y Natán estaban sirviendo tragos y vaciando ceniceros.
Nunca les había prohibido que intervinieran en la conversación con mis invitados—lo cual alguna gente me criticaba.
Contaban con mi licencia para opinar si creían que tenían algo
que añadir. Aun así, me sorprendí cuando Jonotás empezó a
dar palmas y a pedir un minuto de silencio.

"Señoras y señores," anunció, "Natán y yo nos hemos tomado la libertad de preparar un entretenimiento para ustedes.
Esperamos que lo encuentren divertido. Es acerca de cierto
Monseñor que ha estado calumniando a Doña Manuela. A ella
quisiéramos pedirle su permiso y a ustedes su indulgencia para
presentar nuestra comedia."

"Ay, no, no," dije. "No creo que sea una buena idea, Jonotás."

Pepe París me rogó: "Por favor, Manuela. Esto podría ser
algo divertido. Y no hay duda de que Monseñor se lo merece de
sobra. Y a todos nos hace falta una buena carcajada." El resto
de los invitados aplaudió como muestra de su aprobación.

"Está bien," dije, pensando que estábamos entre amigos, por
lo que no necesitaba preocuparme de que le llegaran a Monseñor noticias sobre la actuación de Jonotás.

"Por favor continúen con su conversación, damas y caballeros," dijo Jonotás. "Necesitamos unos minutos para prepararnos."

Tan pronto ella y Natán abandonaron el cuarto un sentimiento de nerviosismo se apoderó de mí. Sus parodias podían ser feroces. Prendí un cigarrillo y me tomé un vaso entero de Porto en un intento por calmar los nervios. Cuando se escuchó el repicar de una campana todos hicimos silencio. Hasta nosotros llegó el olor del incienso en el mismo momento en que Natán entraba al cuarto vestida de monaguillo, llevando una campana en una mano y agitando un incensario en la otra. Solté una risita nerviosa. Detrás de ella venía Jonotás, vestida con una tela morada para denotar que era un dignatario de alto rango de la iglesia. En sus manos llevaba una cruz de madera. Su rostro aparecía impávido.

Natán condujo a Jonotás hasta una silla, le ayudó a sentarse y después se sentó en la alfombra a sus pies. Jonotás empezó a hablar en una imitación del latín y con el tono propio de un sermón, leyendo de una Biblia que había sacado de su túnica púrpura. El tema del sermón eran los pecados de Sodoma y Gomorra. Comenzó a enumerar los pecados—todos de naturaleza sexual—a los cuales se entregaban los habitantes de Bogotá. Señalaba a los distintos invitados que se encontraban en el cuarto dirigiéndose a ellos con los nombres de reconocidos enemigos de El Libertador. "Usted, Julio Zamora, utiliza los servicios de inmundas prostitutas y le ha contagiado la sífilis y las garrapatas a su piadosa esposa. Es por eso que ella ha dado a luz hijos de cuatro pies y dos cabezas." En el instante en que Jonotás pronunciaba el nombre de cada persona, Natán se levantaba, se dirigía al público, golpeaba sus pechos y se mecía el cabello con ambas manos mientras gritaba: "Mea culpa, Mea culpa, Mea máxima culpa."

"En nombre del Padre, del Hijo y del Espíritu Santo," Jonotás continuaba. "Lo condeno al infierno, a miles de años en medio de llamas ardientes." Natán se arrojó al suelo, flagelándose y gritando. Jonotás continuó su sermón, citando el nombre de otros ciudadanos y acusándolos de otras depravaciones. Después de concluida la homilía, ofreció la comunión a los feligreses. Saco una taza de peltre de sus ropajes y le indicó a Natán que se acercara a recibir la hostia. Natán se aproximó de rodillas. Cuando abrió la boca, Jonotás, con un veloz movimiento, levantó sus faldas, e insertó en la boca de Natán un crucifijo, simulando un acto de felación. Mientras tanto, Jonotás sostenía un rosario y comenzó a recitarlo, con los ojos cerrados, interrumpiendo las oraciones con sus estruendosos gemidos de placer.

Con la misma rapidez con que habían comenzado se detuvieron y empezaron a rociar con "agua bendita" a los invitados mientras se alejaban del cuarto a la carrera.

Yo había contenido la respiración durante la mayor parte de la parodia. Cuando me giré a ver el rostro de mis invitados, descubrí que estaban petrificados; de hecho, pálidos, como si no pudieran creer lo que acababan de ver. Aún tratándose de un cuarto lleno de amigos, me parecía que la sátira había ido demasiado lejos. Sin embargo, comencé a aplaudir y llamé de vuelta a Jonotás y a Natán para brindar por sus dotes artísticas.

Monseñor Cuervo dejó de hacerme el blanco de sus sermones. Pero la atmósfera en Bogotá se volvió tan venenosa para mí que casi podía respirar los vapores tóxicos en el aire.

LAS PINTADAS EN MI CONTRA fueron remplazadas por volantes dentro de periódicos que atacaban a Bolívar. Aparecían en *El Conductor*, un periódico publicado por Vicente Azuero, un santanderista. Los volantes incitaban a la gente a protagonizar un asalto a los cuarteles donde estaban estacionadas las tropas y quitarles el control sobre la ciudad. Estos panfletos declaraban que era tiempo propicio para un levantamiento, sugiriendo que en otras ciudades las tropas se encontraban listas para levantarse contra el general y derrotar sus ideas "federalistas." Bolívar era acusado de ser un "dictador pretoriano," con planes de convertirse en emperador antes de que finalizara la convención en Ocaña. Otros panfletos declaraban que El Libertador se encontraba cerca de la muerte e invitaban a las tropas del general a rendirse pacíficamente y jurar lealtad a Santander como nuevo presidente a cambio de obtener clemencia. Afortunadamente, yo sabía por las cartas de Bolívar que su salud se mantenía estable.

Extrañaba salir a caballo. Se había vuelto demasiado peligroso para mí ir de cabalgata por la sabana, y la idea de salir a montar acompañada por un regimiento no era muy atractiva. Cabalgar era sinónimo de libertad para mí. ¿Cómo podía sentirme libre con docenas de hombres armados que me seguían? Las labores de costura me proveían de un respiro temporal a mis preocupaciones, pero necesitaba aire fresco, ejercicio, para calmar mi ansiedad. Comencé a sentirme atrapada en La Quinta. Incluso, sus jardines comenzaban a parecerme laberintos de pesadilla, sin salida.

EL ARRIBO del Coronel Andrés Fergusson, quien venía de Ocaña, me dio un pequeño contacto con el mundo exterior. Llegó en su caballo al comienzo de la tarde para encontrarse con los ministros del general. La reunión en la biblioteca duró varias horas. Una vez finalizada, le hice llegar el mensaje de que requería una audiencia suya.

Ya la noche había comenzado a caer en el momento en que Andresito Fergusson llegó al cuarto donde tejía con Natán y Jonotás. De inmediato, dejé a un lado mi labor de costura, corrí a abrazarlo e hice una seña a las muchachas para que nos dejaran solos.

"Coronel, dígame la verdad sobre la salud del general," le dije, mirándolo directamente a sus ojos azules.

Tomó una silla y me sostuvo la mirada. "Coronela, la salud del general es la misma que cuando salió de Bogotá. Me pidió el favor de decirle que espera retornar pronto. Está preocupado por su seguridad." Andresito hizo una pausa. "¿Cómo se encuentra, Coronela? ¿Hay algo que pueda hacer para mejorar su situación?" Con un cuantos tragos de whisky encima le conté sobre las pintadas en las que denigraban de mí y de cómo habían sido remplazadas por los incendiarios panfletos que atacaban al general e impresos por Vicente Azuero.

"Debemos detener a ese hombre," dijo Andresito, con la cara roja por la rabia. "Deme su bendición, coronela y le pongo de inmediato una bala en el corazón."

"No, Andresito, no tomes decisiones precipitadas de las cuales luego te puedas arrepentir. Eres demasiado valioso para el general y para mí para permitirte hacer algo tan tonto. Estoy de acuerdo contigo en que debemos mandarle una señal fuerte a Azuero. Déjame intentar primero mi plan. Si no funciona, solicitaré tu ayuda."

Bebimos hasta tarde en la noche. Andresito me describió la atmósfera en Bucaramanga y me dio los detalles de lo que pasaba en Ocaña. Consideraba una buena señal que José María Castillo, un seguidor fiel de Bolívar, hubiese sido elegido presidente de la convención. Yo estaba feliz de tener de regreso a un buen amigo en Bogotá.

Al día siguiente le di instrucciones a Alejandro, un lancero venezolano y un negro gigantesco que había luchado con el general en muchas campañas, de encontrar a Vicente Azuero, propinarle una buena paliza, y ordenarle que dejara de publicar de una buena vez los insultantes panfletos.

Quedé un poco alarmada un poco después cuando Alejandro vino a darme su informe y me contó que, llevado por la furia, había quebrado los dedos de la mano derecha de Azuero.

"No se preocupe, coronela," dijo tratando de calmarme. "Tuvo suerte de que no le cortara los dedos para alimentar a los perros."

COMO NADA se escapaba de la red de espionaje de Jonotás, muy prono escuché que el general Córdoba había hecho saber que se encontraba perplejo por lo que consideraba un acto de censura en contra de la libre información. Aparentemente, buscaba formas de disciplinarme.

Estaba sopesando la posibilidad de escribirle al general Bolívar y denunciar la conducta traicionera de Córdoba, cuando llegaron a Bogotá noticias de que uno de los hombres de Santander, el almirante Padilla, había encabezado una rebelión en Cartagena.

Padilla, un mulato que había luchado heroicamente durante las guerras de Independencia, y luego se había rebelado contra El Libertador, tenía reputación de brutal y sanguinario. Este levantamiento podría enviarles el mensaje a los enemigos de Bolívar de que había llegado el momento de levantarse en armas contra él. Quería con desespero unirme al general en Bucaramanga, estar a su lado en ese momento. Sin embargo, quedarme en La Quinta significaba que podía recoger información valiosa para el general sobre lo que se tramaba en Bogotá. Mi situación era más difícil que nunca: ahora debía temer no solo el ataque de los enemigos de Bolívar, sino de sus amigos. De los últimos podía ocuparme, pero los primeros, liderados por Córdoba, eran demasiados y muy poderosos para poder hacer algo contra ellos.

Le escribí a Bolívar:

Señor:

En mi última carta, no le mencioné nada de los sucesos en Cartagena para ahorrarle noticias desagradables. Ahora lo felicito porque los traidores fallaron. Santander es responsable por todo esto, como si todo lo que hubiera hecho antes no fuera razón suficiente para nosotros de fusilarlo. Quiera Dios favorecernos con la muerte del malvado Santander y de Padilla. Será un gran día para Colombia cuando estos viles hombres mueran. Esta es la solución más humana: que mueran diez hombres para poder salvar millones.

Si esta carta caía en manos de mis enemigos, sería mi ruina. Aun así, estaba segura de que la única ventaja que teníamos a estas alturas era el elemento de la sorpresa: atacar antes que nuestros enemigos lo hicieran.

DE REPENTE, LLEGARON noticias sorprendentes: ¡La Gran Colombia todavía estaba viva! Bolívar les había ordenado a sus delegados retirarse de la convención y disolverla por falta de quórum. Santander y sus seguidores habían perdido esta vuelta. Bolívar regresaría pronto a Bogotá y yo podría dejar de cuidarme las espaldas a cada segundo del día.

Ansiaba ver al general, escuchar su voz, que me tuviera entre sus brazos. Sin él a mi lado, sin vivir los alborotos diarios de la nación y los implacables asaltos a sus sueños de unidad, la vida se había reducido a la banalidad de las intrigas políticas y a noches muy frías y solitarias.

Antes siquiera de dejar Bucaramanga, la primera acción del general fue la de dejar vacante el cargo de vicepresidente, retirando a Santander del puesto. Los periódicos anunciaron que el canalla había sido nombrado embajador de los Estados Unidos, lo que significaba que pronto dejaría Colombia y estaría muy lejos del general para representar un peligro inmediato.

El júbilo que me produjeron estas noticias se redujo considerablemente cuando recibí una carta mucho más formal del general en la que decía que por razones que no le era posible explicar en una carta, no volvería a vivir en La Quinta; tomaría residencia en el palacio presidencial de San Carlos. Ya hacía tiempo había superado el punto en que asumiría que tales palabras eran una señal de que el general no quería estar a mi lado. Ya no necesitaba que me reconfirmara su amor, aunque a mis oídos había llegado el rumor de que el general planeaba coronarse a sí mismo como rey de Colombia a su regreso a Bogotá, y que como una forma de solidificar su posición se casaría con una princesa de alguna de las monarquías europeas. Se decía que El Libertador nunca volvería a ser mi amante, haciendo lo mismo que Napoleón le había hecho a Josefina.

Me rehusé a creer una sola palabra de ese rumor. Estaba convencida de que lo habían inventado para herirme. Si era

cierto, tendría que escucharlo de labios de Bolívar. Sin importar nada, yo seguiría siendo la más fiel seguidora, amiga y
amante del general. Preferiría seguir siendo la amante del general, la segunda mujer en su vida, antes que regresar a Lima y
a Thorne.

23

Natán

Manuela y todos los seguidores de Bolívar aplaudieron su decisión de declararse a sí mismo dictador de la Gran Colombia. Yo no creía que nada bueno pudiera resultar de eso. Me parecía que si él quería ganarse la confianza y el afecto de los colombianos esa era la peor forma de hacerlo. Es posible que Bolívar estuviera tan embebido en la total arrogancia del poder absoluto que pensara que no era necesario ser querido por la gente para poder gobernarlos.

Con el fin de preparar a la gente para las noticias, al gobernador de Bogotá, el coronel Herrán, se le ocurrió la estúpida idea de desfilar por las calles de Bogotá con el retrato de Bolívar. Desde la esquina de una calle, pude ver a los miembros del Concejo Municipal, que cargaban el retrato. En las cuatro esquinas del retrato, colocaron lazos dorados que sostenían los miembros del concejo mientras caminaban por las calles ensalzando a Bolívar y exaltando sus virtudes, como si se tratara de un dios. No hubo multitudes que siguieran a la procesión para aclamar la imagen del general. Incluso, hubo algunas personas que abuchearon el paso del retrato.

Esta procesión fue el primer paso dado por Herrán a modo de preparación del anuncio sobre los poderes extraordinarios que iba a asumir el general. Al día siguiente, el coronel, acompañado de al menos un millar de soldados, sostuvo una reunión pública en la Casa de Aduanas. Yo también me encontraba allí, por solicitud de Manuela, quien nos había enviado a Jonotás y a mí, con la idea de llevarle de vuelta un completo informe de todo. Durante la reunión, el coronel Herrán anunció que el general Bolívar, persuadido por ilustres patriotas, había asumido poderes dictatoriales para salvar del caos a la Gran Colombia. El coronel Herrán aprovechó la oportunidad para anunciar que se había revocado el mandato de los representantes elegidos por los bogotanos el año anterior. Para silenciar a la oposición, el coronel añadió que Bolívar se había mostrado renuente a aceptar la dictadura y la resolución aprobada por el Consejo de Ministros, y hubo que rogarle a El Libertador que asumiera el cargo como la única forma de mantener la unidad.

Esa resolución llegó a conocerse como el Acta de Bogotá. Si la procesión con el retrato había sido recibida sin entusiasmo, la nueva resolución fue como una bofetada en el rostro de los bogotanos. La gente se reunía en pequeños grupos en los espacios públicos de la ciudad y era obvio que se planeaba alguna clase de resistencia popular. Herrán no perdió tiempo en ordenar a las tropas de Bolívar que salieran a las calles y de esa forma mandarle el mensaje al pueblo de que el ejército estaba listo para hacer lo que fuera necesario para que se cumpliera la resolución.

Simón Bolívar, dictador de la Gran Colombia, llegó a Bogotá

el 24 de junio. El desfile de la victoria parecía más bien una procesión funeraria ya que muchos se encerraron en sus casas mientras las tropas entraban a la ciudad. Los bogotanos no estaban contentos de ver nuevamente a Bolívar. Sabían que siempre que El Libertador se aparecía por la ciudad, no muy lejos de él venía la guerra.

Bolívar envió por Manuela la noche antes de dirigirse a la gente en su nuevo papel de dictador. Jonotás y yo la acompañamos hasta el palacio. Permanecimos afuera de la puerta cerrada de la habitación de El Libertador, desde donde escuchamos a Manuela dirigirse con vehemencia a Bolívar, recordándole la importancia de sus palabras del día siguiente, implorándole cambiar el tono de su discurso de manera que los bogotanos aparecieran como los verdaderos salvadores de la Gran Colombia. "Esta es la mejor oportunidad que ahora tiene para ganarse su afecto y su confianza," Manuela le había gritado. "Si quiere seguir gobernando, los necesita como sus aliados." Después de una larga discusión a viva voz, mandaron a llamar a Santana. Ya había pasado la medianoche cuando completaron un nuevo borrador, uno que apelaría más al pueblo.

Jonotás y yo estábamos con Manuela durante la ceremonia, que básicamente podía equipararse a la coronación de Bolívar. Manuela se tuvo que conformar con ver la ceremonia desde el balcón de un edificio gubernamental en la Plaza Mayor, en frente de la catedral. Se cuidó de esconder su rostro de la gente. Estaban presentes en el sitio tanto los que amaban a El Libertador, como los que lo odiaban. Sé que Manuela habría dado cualquier cosa con tal de estar junto a él en el estrado cuando se dirigió a los bogotanos. Yo no podía evitar recordar—y la memoria era un tanto agridulce—en todo lo que había pasado desde la época en que desde el balcón de la casa de Manuela en Quito, sus miradas se habían topado por primera vez y ella lo había golpeado con una corona de laurel.

Una vez que el coronel Herrán le dio la bienvenida a Bolívar en Bogotá y le agradeció efusivamente que volviera a ayudar a preservar el orden en la Gran Colombia, El Libertador se dirigió a los miembros del Concejo de Gobierno que se encontraban con él en el estrado. Bolívar había regresado de la convención con un aspecto enfermizo, pero esa tarde, vestido con uniforme militar, lucía espléndido. Pronunció el discurso con una convicción que yo no le había visto desde su entrada victoriosa a Quito. Los ojos de Manuela rebosaban con la adoración que sentía por él. Yo estaba feliz por ella, por ese momento de triunfo.

"La República de Colombia," gritó El Libertador, dirigiendo su brazo hacia los miembros del concejo sentados en el estrado, "la cual fue dejada a su cargo por varios meses, gracias a ustedes ha conservado su gloria, su libertad y su felicidad en una manera que parecía inconcebible para aquellos que carecen de la nobleza de pensamiento."

Añadió que cuando peligrosas tormentas amenazaban nuestras vidas, la sabiduría del concejo había ayudado a proteger nuestra libertad. Las futuras generaciones estarían muy agradecidas y por siempre los alabarían, continuó, por la sabiduría que había mostrado el concejo para garantizar la seguridad de la nación. "La voluntad de esta nación es la suprema ley que todos los gobernantes deben obedecer," proclamó. "Someterse a esta ley suprema es el deber primero de cada ciudadano, y yo, como uno de ellos, me someto a esta ley."

Fue el mejor discurso público que escuché de los labios de Bolívar. El único en el cual reconoció a las masas, dándose cuenta, quizás por primera vez, que si quería gobernar, no era suficiente su sola sabiduría, que necesitaba la lealtad, el apoyo y el cariño de esas personas.

"Es la voluntad de esta nación que es nuestra verdadera gobernante, el único gobernante a quien yo sirvo," prosiguió. "En el momento en que las personas cesen de darme su apoyo, cuando ellos sientan que ha llegado el momento de negarme todos los poderes que me confiaron, quiero que me lo digáis y yo, de buen grado me someteré a la voluntad popular y sacrificaré por ustedes mi espada, mi sangre y, si es necesario, mi cabeza. Este es el juramento que hago en frente de esta catedral, en frente de los miembros del concejo y lo más importante, en frente de todos los colombianos."

Lo fervoroso del llamado de Bolívar para lograr su apoyo sacudió a los bogotanos de su sopor habitual, y vitorearon a El Libertador en el momento en que se convertía en su dictador.

24

Inmediatamente después de coronarse dictador, era de esperarse que los enemigos del general lo acusaran de convertirse en el Napoleón suramericano. Estos miopes y mediocres comentarios no atinaban a ver que la única manera de prevenir una inminente guerra civil era tener una figura central fuerte que pudiera hacerse cargo de la situación que día a día se deterioraba más. Sólo Bolívar tenía la autoridad moral y la prudencia para hacerlo. Yo estaba convencida de eso.

Para ayudar a reparar el sentimiento de antipatía que se había creado en torno a él por su decisión de convertirse en dictador, El Libertador tomó varias medidas para ganarse nuevamente el favor de las masas. Necesitaba el respaldo total de los militares para permanecer en el poder. De allí que su primer acto fue pagar los salarios atrasados y las pensiones de los soldados que lucharon en las guerras de Independencia y el aumentar los salarios de todos los integrantes de las fuerzas armadas. Luego, para apaciguar a los católicos rabiosos que lo llamaban apóstata decretó su apoyo al papel de la Iglesia Católica dentro del gobierno. Yo no estaba muy feliz por este decreto, pero guardé silencio ya que sabía lo importante que era tener la iglesia de su lado si quería permanecer en el poder. A los colombianos no les importaba pasar hambre con tal que la Iglesia Católica siguiera prosperando y pudiera seguir prometiéndoles justicia en la próxima vida.

Yo ESTABA FELIZ por ese momento de triunfo, cuando parecía que el general había derrotado a sus enemigos, pero estaba triste de que estuviéramos viviendo en casas separadas. La Quinta, sin Bolívar, ya había dejado de ser para mí el refugio idílico. Debía contentarme con visitarlo después de la medianoche, aunque nunca podía quedarme hasta la mañana. Me había convertido en una mujer de las sombras.

Bolívar había regresado de Ocaña con un aspecto frágil, sus nervios a flor de piel, y exhibiendo la agitación propia de los tuberculosos. Los tres meses que estuvo en el camino no habían hecho sino aumentar el daño. Nunca aprendería a descansar. La ansiedad se apoderaba de él cuando no estaba en el campo de batalla. Sin mi presencia no había manera de asegurar que comiera y descansara bien, por lo que su cuido le correspondía a Palacios, pero Palacios siempre se sometía a lo que dijera su amo. No se atrevía a indicarle qué hacer. Sólo yo podía actuar de tal manera, y ahora vivíamos en casas separadas.

En mis peores momentos, me preguntaba si esta distancia física era temporal o se volvería permanente. En cualquier caso, tenía que aclarar ante los bogotanos cuál era mi papel, dejarle saber a todos que de ninguna forma había sido relegada.

Aún era la única mujer en su vida y tenía su protección total. Una noche, en el palacio, abordé el tema de su cumpleaños cuarenta y cinco y le pedí permiso de celebrarlo en La Quinta.

"De ninguna manera," dijo, "no me encuentro muy bien como para celebraciones públicas. Lo que necesito es descanso."

Esto lo dijo de modo tan terminante, que daba a entender que la discusión se había acabado. No iba a darme por vencida. Necesitaba ser egoísta así me arriesgara a que se enfadase.

"Perdóneme mi general, pero solo por esta vez piense en mí," comencé. El alzó una ceja, irritado, pero yo estaba resuelta a ser escuchada. Me levanté de la mesa donde cenábamos y comencé a pasearme, al tiempo que sentía cómo una agitación incontrolable se apoderaba de mí. "Tiene que admitir que como amante no pido mucho de usted," dije. "Si usted dice Manuelita, ve, yo voy. Si dice, Manuelita ven a mí, yo vengo. Si usted dice, Manuelita quédate, yo me quedo y me quedo y me quedo. A todo accedo con felicidad, pues me siento honrada de ser su amante. Pero por esta vez le pido que me complazca."

Hice una pausa y esperé una respuesta. Bolívar permaneció en silencio. "Desde que regresó," continué, "he tenido que vivir con los rumores de que planea hacer una alianza con una casa real europea y casarse con una de sus princesas; y entonces detecto en las personas a mi alrededor una especie de lástima hacia mí como si usted ya me hubiera dejado por otra mujer. ¿No se da cuenta? Si celebro su fiesta de cumpleaños en La Quinta, sería enviarle una señal a todo mundo de que todavía me guarda mi sitio. Me parece que se le olvida, señor, que yo también tengo enemigos en Bogotá, y hay mucha gente a la que le encantaría deshacerse de mí, si me encuentran en una posición débil."

Mi voz empezó a temblar así que no dije más. Me dirigí hacia la puerta.

"¿Manuelita a dónde vas?" dijo. "Ven acá, por favor."

Yo permanecí quieta, con lágrimas rodando por mi rostro. Bolívar se levantó de la mesa y me tomó en sus brazos. "Deja de llorar, preciosa," dijo, pasando su mano suavemente por mi cuello. "Claro que tienes razón. Adelante, continúa con los preparativos del cumpleaños, tan sólo asegúrate que sea algo pequeño."

AL DÍA SIGUIENTE, empecé los preparativos para la celebración. Diseñé una invitación, la hice imprimir y la envié a todas las personalidades de la ciudad que eran amigas del general. Intenté hacer una lista pequeña, como él me había sugerido, pero aún con la eliminación de muchos nombres se enviaron casi un centenar de invitaciones.

Yo estaba entregada por completo a los preparativos de la fiesta de cumpleaños. El día de la fiesta, me encontraba en la tarea de supervisar los últimos toques, cuando recibí un mensaje de Bolívar: estaba demasiado enfermo para atender a su fiesta de cumpleaños. No tuve ninguna duda que fuera así, ni esperé por un escolta. Cabalgué hasta el palacio. Encontré a Bolívar en la cama, con una fiebre muy alta, escupiendo sangre y casi delirando. "Señor," le dije, "voy a cancelar la celebración."

"Si quieres hacerme feliz, Manuelita," dijo, "ten tu fiesta esta noche. Será un placer para mí saber que tú estás disfrutando. Sé lo mucho que te gusta ser anfitriona."

"Ni se me ocurriría llevar a cabo una fiesta estando usted tan enfermo, mi general," le dije. Era cierto. Sin su presencia en La Quinta, yo no quería celebración ninguna. "Me necesita a su lado para que lo cuide."

"Manuelita, esta es una orden. No te hablo como tu amante, te hablo como tu general. Continúa con la celebración. Sólo asegúrate de guardarme un pedazo de pastel. Y espero mañana un informe completo. Para asegurarme que la gente sepa que haces esto con mi autorización," añadió, "he dado órdenes para que un batallón salude a los invitados con honores militares a su llegada a La Quinta."

25

Natán

Le ayudé a Manuela a ponerse el vestido de terciopelo negro y dorado que la costurera había confeccionado especialmente para esta ocasión. Cuando le añadió los brazaletes, el collar y los aretes hechos con las más finas esmeraldas de Muzo lucía absolutamente espléndida.

Manuela siempre había sido consciente de los efectos que causaban sus atributos físicos entre los hombres. Ahora sabía además cómo beneficiarse de ellos. Cuando era mucho más joven, había sido hermosa; ahora a sus treinta y uno era una mujer con más encantos. El aura del poder la hacía irresistible. Cuando le ayudaba a ajustarse el corpiño, de tal manera que sólo se revelara una parte de sus senos, suficiente para tentar a los hombres, Manuela me dijo: "Natán, daría cualquier cosa con tal de tener al general a mi lado esta noche. Al saber que está enfermo... se me hace muy difícil ocultar mi tristeza."

Todos los que había invitado—miembros del concejo del general, al igual que las más altas autoridades de la iglesia, como por ejemplo Monseñor Cuervo, quien había difamado de Manuela públicamente—asistieron a La Quinta esa noche. Ninguno se atrevía a desairar al general porque sabían que al día siguiente, Manuela le daría un informe detallado de quiénes habían estado presente. A pesar de la ausencia de El Libertador, la celebración del cumpleaños fue un evento ameno y hubiera sido el gran triunfo de Manuela en Bogotá si no se hubiera interpuesto una broma de mal gusto a altas horas de la noche.

Manuela era la primera en admitir que le encantaba el vino de jerez. Cuando la gente comentaba lo mucho que a ella le gustaba beber, se reía y decía que podía beber como un hombre. Unas pocas copas de jerez tenían el efecto de hacerla más fogosa de lo habitual; y algunas veces, su comportamiento podía pasar por muy imprudente. El día de la fiesta, empezó a darse algunos sorbos del licor desde temprano. Una vez que los invitados llegaron, ella proponía un brindis tras otro por la salud del general y por el futuro de la Gran Colombia.

La celebración continuó durante horas. El canto de los gallos empezó a escucharse en los alrededores, pero unos cuantos rezagados y Manuela continuaban bebiendo bajo la carpa montada en el jardín; en ese momento, ella ya estaba bastante ebria. Alguien de la mesa pronunció el nombre del vicepresidente Santander. Fuertes chiflidos fueron seguidos por un brindis a su nuevo puesto de embajador en los Estados Unidos, a lo cual todos aplaudíamos, al igual que aplaudíamos su exilio de Colombia. Fue entonces cuando otro de los rezagados gritó: "Él no se merece ese cargo de embajador. Lo que ese traidor merece es el pelotón de fusilamiento."

Hubo un momento de atónito silencio hasta que escuché a Manuela que anunciaba a viva voz: "Ese va a ser nuestro regalo de cumpleaños para el presidente Bolívar. Le daremos el cadáver de Santander."

Todos se rieron y lanzaron vítores. Manuela nos pidió a Jonotás y a mí que trajéramos un costal de papas vacío y lo rellenáramos con trapos y periódicos. En la cocina le dije a Jonotás: "Ella está llevando este asunto demasiado lejos. Va a buscar problemas." Jonotás, quien nunca le encontraba faltas a Manuela y a quien además le gustaba proporcionar sus propias bromas pesadas, contestó: "Natán, ¿por qué estás siempre tan seria? Sólo estamos pasando un buen rato. Es una fiesta. Tómate un trago e intenta, por una vez, de pasarla bien."

Cuando trajimos el costal lleno, Manuela le pidió a uno de sus oficiales que le prestara su chaqueta militar y le pidió a otro su sombrero de dos puntas, igual al preferido por Santander. Mientras iba vistiendo al muñeco le pidió a Jonotás que le consiguiera un carbón de la cocina y se lo diera a Muñoz, un oficial al que le encantaba dibujar caricaturas.

Manuela estaba encantada con el espantapájaros con cara de Santander. Le pidió a un par de hombres que lo acomodaran contra la pared. Ahora, entendí: lo que iba a pasar era que el espantapájaros iba a ser fusilado por un pelotón. Alguien en la multitud gritó que a Santander debía dársele la oportunidad de arrepentirse de sus pecados. No fue muy difícil convencer a un cura borracho de que le administrara al espantapájaros los últimos ritos. Mientras el cura hacía la parodia, todos nos arrodillamos y nos pusimos en actitud de rezar. Un invitado bastante ebrio sugirió con voz fangosa que fuese Manuela la que tirara del gatillo. A pesar del estado en que se encontraba, ella tuvo la suficiente sensatez de rechazar la oferta. Pero ya los acontecimientos habían tomado vida propia. Notando la conmoción de Manuela, el coronel Croftson se apersonó del asunto.

Le ordenó a un improvisado pelotón de fusilamiento tomar posiciones para disparar. Por un momento, hubo un tenso silencio que se rompió con el perentorio grito de Croftson: "Fuego." La salva de disparos tronó con fuerza en la serena noche. Un coro de perros ladró y aulló en la distancia. El espantapájaros, envuelto en llamas, se desmoronó. Los invitados aplaudieron y abuchearon y propusieron muchos brindis para celebrar el triunfo de El Libertador y el fallecimiento de Santander. Yo sabía que esta broma podría traer graves consecuencias para Manuela.

26

Cuando por fin me levanté de la cama bastante tarde en la mañana siguiente de la fiesta y con una terrible resaca, ya el general Córdoba había ido al palacio a darle a Bolívar un informe completo de nuestra broma. Mis espías del palacio me contaron que le oyeron decir a Córdoba: "Mi general, sé del alto aprecio que usted siente por Manuela Sáenz. Sin embargo, es mi deber, como soldado leal y como amigo, hacerle ver que ella se ha convertido en motivo de vergüenza para usted y en un problema para el gobierno. Es una mujer fuera de control, señor. Y para usted es de vital importancia que corte todos los lazos con ella." Sentí un gran alivio cuando escuché que Bolívar había contestado que él no podía controlarme y que no pensaba pedirme que me fuera. A pesar de lo que dijo, esa misma tarde el general me envió una nota en que declaraba, que bajo ninguna circunstancia, a menos que él me lo pidiera, podía poner pie en el palacio.

Una semana después, su secretario Santana envió una nota escrita a mano con órdenes directas de Bolívar de desocupar La Quinta tan pronto como me fuera posible. No se ofrecía ninguna explicación y tampoco hacía falta. Este era el precio que pagaba por haberme burlado de Santander. Alquilé una casa en la Calle de la Carrera a una cuadra del Palacio Presidencial. La amoblé en un estilo que si no era propio de la primera dama de la nación, por lo menos sí lo era de la amante de Bolívar. Toda la cuenta la cargué al Tesoro Nacional. Esperaba que me criticaran por eso, pero yo no podía aparecer a los ojos de todo el mundo como un personaje que ya no fuera de alto rango. Fue muy doloroso aceptar lo precaria de mi situación. Estaba segura que Bolívar me daría otra oportunidad. Sólo que a partir de ese instante debería tener más cuidado.

Una gélida distancia creció entre el general y yo. Mi único consuelo era mi firme convicción de que ese atolladero sería temporal. Mis enemigos entre los seguidores de Bolívar, especialmente el general Córdoba, le hicieron saber que yo sería tolerada y se me permitiría permanecer en Bogotá, solo bajo la condición de que nunca volviera a aparecer en público junto al general. Si esta era la única forma en que podía estar junto a Bolívar, estaba dispuesta a aceptar la situación.

Pasaron varias semanas antes de que lo pude ver de nuevo. Durante ese tiempo, no volví a organizar fiestas y me mantuve quieta. Cuando por fin pude volver al palacio, debí hacerlo después de la medianoche y usar un chal que cubriera mi rostro de tal forma que la gente no pudiera reconocerme. Alimentaba la esperanza de que un día muy pronto, podría recuperar esa relación más pública que teníamos antes en lugar de la encubierta que ahora llevábamos. Sabía que a pesar del daño político que le había hecho a Bolívar, él no estaba dispuesto a terminar conmigo. Quizás ya no me amaba con la pasión física de unos años atrás, pero aún era su mejor amiga, la única persona en la que podía confiar completamente y aún le era muy útil.

Mi casa en la Calle de la Carrera se convirtió en un salón, donde los íntimos del general que eran amigos míos venían a visitarme. A estas alturas, lo mejor que podía hacer era usar a Jonotás, a Natán y a sus amigos para recoger toda la información posible en esa cloaca que era Bogotá. Empezaban a circular más y más historias acerca de planes para asesinar al general. A medida que los rumores se multiplicaban, los planes de asesinato eran más siniestros. Santander, esa fétida excrecencia humana, clamaba más tiempo para organizar sus asuntos, y de esa forma retrasaba su viaje a los Estados Unidos. Yo sabía, el general sabía, todos sabíamos que Santander conspiraba contra el general, pero esa maldita rata era demasiado astuta y llevaba muy bien su doble vida. Yo permanecía alerta, pues tarde o temprano, lo atraparíamos en algún acto de conspiración. Entonces, ya no viajaría a los Estados Unidos si no que iría directo al infierno, a donde pertenecía.

EL DIEZ DE AGOSTO, para celebrar el aniversario de la batalla de Boyacá, la batalla gracias a la cual Colombia había obtenido su independencia de España, después de que el general Bolívar derrotara al general Murillo, se llevaría a cabo un baile de máscaras en el Coliseo frente al Palacio Presidencial. Bolívar asistiría, lo que significaba que yo no podría ir.

La perspectiva de permanecer encerrada en mi casa mientras muy cerca se estaba celebrando el baile en el Coliseo era algo inaceptable. La noche antes de la fiesta, después de una deliciosa cena juntos, y aprovechando el buen ánimo de Bolívar le dije, en tono de súplica: "Mi general, puesto que es un baile de máscaras, y nadie puede verme, por favor, por favor deme permiso de asistir."

Sonrió: "Manuelita, luces tan encantadora esta noche, que no podría negarte nada. Debes darme tu palabra de honor de que asistirás sola, sin Natán y sin Jonotás, de tal forma que no te puedan reconocer. Y aún más, debes prometerme que no hablarás con nadie."

Salté de mi silla, puse mis brazos alrededor de su cuello y le di un beso. "Tiene mi palabra de honor, mi querido general."

"Palacios irá mañana en persona a entregarte una invitación. Esto quedará como un secreto entre los dos, ¿entendido?"

EL DÍA SIGUIENTE, me pasé horas en busca de una máscara, hasta que encontré una que cubría por completo mi rostro; ensayé varios disfraces hasta que encontré uno que cubriera mis brazos, mi cuello y que escondiera la forma de mi cuerpo. Esa noche estaba a punto de ponerme la máscara, el toque final de mi disfraz, cuando Jonotás golpeó la puerta de mi vestidor. "Acaba de llegar esto para ti. La mujer que lo trajo dijo que era sumamente urgente, una cuestión de vida o muerte."

Tomé el sobre y lo abrí. "Señora Manuela," leí, "soy un amigo del general que debe permanecer anónimo. Existe un plan para asesinar esta noche en el baile a su Excelencia. Esta noche, a las once en punto, diez hombres llegarán al baile con el propósito expreso de asesinar al El Libertador. Por favor, señora, si puede enterar de todo esto al general, hágalo sin tardanza." La nota estaba firmada "un amigo."

Mi reflejo en el espejo era tan palido como un fantasma.

"Por todos los cielos, Manuela, ¿qué te sucede?" preguntó Jonotás.

Le pasé la nota para que la leyera. Desde que había llegado a Bogotá, había recibido muchas advertencias sobre planes para asesinar a El Libertador, por lo que esta nota no era muy inusual. Sin embargo, algo me decía que si no actuaba con prontitud, la vida del general corría serio peligro.

¿Pero qué podía hacer? Le había dado mi palabra a Bolívar de que esa noche permanecería anónima en el baile. "Tráeme una pluma y un papel," le dije a Jonotás. "Debo asegurarme de que él reciba mi mensaje lo más pronto posible."

Mientras terminaba de escribir la nota, pude escuchar a la multitud afuera del Coliseo coreando el nombre de El Libertador. Había llegado al baile. "Debo ir enseguida," dije mientras me ponía la máscara. Salí de la casa por la puerta de atrás, la de los sirvientes, en caso de que hubiera espías observando en frente de la casa.

Una vez adentro del Coliseo, debí abrirme paso a través de la multitud de invitados enmascarados. Pude reconocer a muchos por sus voces, pero no le dirigí la palabra a nadie con el propósito de ocultar mi identidad. El Libertador estaba sentado en un estrado tapizado con terciopelo, construido especialmente para la ocasión. Miembros prominentes del gobierno, algunos acompañados por sus esposas, lo rodeaban. Sentí una punzada dolorosa y lamenté no estar sentada junto a él, donde pertenecía. Una hilera de soldados acordonaba el estrado. La protección alrededor del general no me reconfortó; era posible que algunos de los guardias fueran conspiradores.

El reloj, en lo alto de las escaleras, marcó las diez en punto. Era muy difícil acercarse al estrado, y cuando lo hice, los soldados me ordenaron a retroceder. Los discursos comenzaron. El

general Urdaneta leyó una interminable homilía en conmemo-
ración de la batalla de Boyacá y de sus héroes. El reloj seguía en
su tictac y los conspiradores quizás se hallaran en las vecinda-
des del Coliseo. Cuando terminó Urdaneta, Bolívar se levantó
para hablar. Se veía frágil, incómodo. La acostumbrada reso-
nancia de autoridad en su voz se había ido. ¿Acaso había tenido
una premonición del inminente peligro en que se hallaba? Sus
palabras no tenían la usual elocuencia. Agradeció lacónica-
mente a todos aquellos que habían aceptado la invitación para
celebrar una fecha tan importante y luego se volvió a sentar.
Los colombianos aman la pomposidad y el discurso tan falto de
emoción de El Libertador fue recibido con aplausos poco con-
vincentes.

La orquesta empezó a afinar sus instrumentos y la multitud
abrió un círculo de tal forma que Bolívar pudiera salir a la pista
para iniciar el baile. Caminó hasta donde la esposa de Pepe París y ella tomó su brazo. Faltaban quince minutos para las once
de la noche. No había forma de que pudiera atravesar toda esa
multitud y entregarle personalmente la nota. No podía perder
ni un minuto. Prefería perder a Bolívar como mi amante que
verlo asesinado. En el instante en que la señora París y el general avanzaban hacia la pista y se empezaban a escuchar las primeras notas de la contradanza, me quité la máscara del rostro
para que los soldados me abrieran paso. Tan pronto avancé lo
más que pude, grité: "General, diez hombres están en camino
con el propósito de asesinarlo. Se lo imploro, señor, salga de
esta habitación antes de que lleguen."

Un atónito Bolívar me miró sin entender nada. La orquesta
dejó de tocar y por un momento se hizo un silencio total. Sin
una sola palabra de agradecimiento para mí, Bolívar tomó a la
señora París de la mano y corrieron hacia la plataforma. La

confusión reinó. Los guardias de Bolívar formaron un círculo compacto a su alrededor y lo condujeron hasta una salida en la parte de atrás. En el salón de baile, los invitados corrieron en estampida hacia la puerta de salida. Me puse nuevamente la máscara y los seguí. Natán y Jonotás me esperaban afuera. En la multitud ya se había extendido la información sobre el complot de asesinato y se empezaban a escuchar los gritos: "¡Muerte a los traidores! ¡Larga vida a El Libertador!"

De regreso a casa le expresé en voz alta a mis muchachas el miedo que tenía de que el general no me perdonara. Había roto mi promesa de no dejarme ver en la fiesta. ¿Pero acaso no había salvado la vida de El Libertador?

"Deja de lloriquear, pequeña," dijo Jonotás. "Claro que te va a perdonar. Él sabe bien que no podías salvarlo a él y a tu trasero al mismo tiempo."

Me eché a reír y todas nos relajamos. Permanecimos despiertas toda la noche; tomamos aguardiente, cantamos y fumamos, mientras yo esperaba que me llegaran palabras tranquilizadoras de parte de Bolívar, pero no supe nada de él.

Al día siguiente, fui presa de una terrible ansiedad. ¿Qué tal si la nota hubiera sido una burla? ¿Cuántas veces podría avergonzar a El Libertador en público y seguir gozando de su gracia? Mi desespero crecía a medida que las horas pasaban y no llegaba una sola palabra del palacio. El tiempo avanzó con agonizante lentitud hasta ya entrada la tarde, cuando Jonotás, quien había salido para averiguar lo que comentaba la gente, llegó con la noticia de que uno de los conspiradores se había emborrachado en una cantina después del fallido intento de asesinato y había comenzado a jactarse del plan para asesinar a Bolívar. "Ese hombre está en custodia," dijo Jonotás, "pero aún no ha dicho el nombre de los otros conspiradores."

Esa noche, el conspirador delató algunos nombres. Bolívar ordenó la ejecución pública de los traidores al día siguiente en la Plaza de San Carlos. Sabía que me había reivindicado; que Bolívar me perdonaría por haber roto mi promesa.

Dos días después, estaba en la cocina discutiendo con la cocinera lo que se haría para la cena, cuando de pronto se produjo una conmoción en la casa y escuché el sonido de botas que cruzaban por el patio. Antes de tener tiempo de reaccionar el general entró a la cocina. "Mi general," grité en una mezcla de felicidad y confusión. Empecé a acomodarme mi cabello. Sin decir una palabra, Bolívar me tomó en sus brazos y me besó en frente de los sirvientes. Me besó de la misma forma en que me besaba cuando vivíamos en Lima. Allí mismo me tomó de la mano y sin pronunciar una sola palabra me llevó escaleras arriba hasta mi cuarto, donde hicimos el amor durante horas, hasta que la noche cayó y nosotros terminamos exhaustos en mi cama, justo como ocurría en los viejos tiempos.

EL GENERAL CÓRDOBA y los bolivarianos que me rechazaban habían sufrido un retroceso en su plan de separarme del general. Bolívar no me pidió que me mudara al palacio con él después de salvarle la vida, pero ahora podía ir y venir a la vista de todos, a todas horas, y él empezó a recibir amigos y dignatarios extranjeros, lo cual me permitió actuar como su anfitriona.

Una noche, a finales de septiembre, yo estaba en el palacio leyéndole a Bolívar *Las Meditaciones* de Marco Aurelio, un libro que siempre le había brindado consuelo. Llevaba varios días en cama con un fuerte resfriado. Mientras terminaba de leerle un segmento donde Marco Aurelio habla sobre "el gobernante interno," Bolívar se sentó en la cama.

"Léeme de nuevo ese párrafo donde habla de estar prepa-rado." En ocasiones como esta, me recordaba a un niño, uno que le pedía a su nana que le leyera nuevamente un párrafo que no se cansaba de escuchar.

Leí: "En una palabra, todo lo que lo distraiga de su fidelidad al gobernante interno significa perder una oportunidad de cumplir otra misión. Asegúrese entonces que el fluir de sus pensamientos esté libre de ideas ociosas o caprichosas, particu-larmente aquellas de naturaleza inquisitiva o poco caritativa. Un hombre debería habituarse tanto a esta forma de pensar que si intempestivamente le preguntan '¿Qué pasa por su mente en este instante?' él pueda responder con franqueza y sin dudarlo un instante."

"¿Lo ves?" dijo interrumpiéndome y dejando a un lado sus cobijas, "por eso no debo preocuparme tanto por mis enemigos, por las intrigas de Santander. Si quiero ser un buen gobernante de la Gran Colombia, todos mis pensamientos deben estar diri-gidos a lo que pueda hacer por el bienestar de la nación. Con razón no soy un buen gobernante. Estoy dejando que mi mente se llene de ideas conspiratorias y políticas mezquinas."

"Mi general," dije, "Marco Aurelio está hablando de un ideal. Dudo que él mismo pueda alcanzar lo que predica."

"Esa es una de las grandes diferencias entre los romanos y nosotros, Manuelita. Los profesores de Marco Aurelio eran filó-sofos. Para él no eran ideales inalcanzables. Eran preceptos que intentó seguir."

Yo iba a contestar que los romanos habían tenido su porción de gobernantes corruptos, cuando tocaron a la puerta. Un paje entró y dijo que una mujer que estaba allí insistía en que tenía que verme por un asunto extremadamente urgente.

Bolívar frunció el ceño. "No tenemos ni un solo minuto de paz. Dígale a esa mujer que vuelva mañana."

"No, espera," le dije al paje. Esto podía ser importante. Una mujer misteriosa había traído una nota a mi casa el día del baile en el Coliseo y había salvado la vida del general. "Quédese en cama y le sigo leyendo cuando regrese," le dije a Bolívar. Me levanté de la cama, me puse unas sandalias y me envolví un chal sobre los hombros.

Era una mujer común y corriente, desconocida para mí, vestida humildemente, con un chal negro que le cubría la cabeza. Dos guardias la flanqueaban.

"Perdóneme Doña Manuela, por venir de esta forma," dijo. "Pregunté por usted para que pudiera llevarme hasta el general. Tengo un mensaje importante para él, y el tiempo apremia."

Lanzó una mirada a los guardias que ya la habían requisado en búsqueda de armas.

Le pedí a la mujer que me siguiera a un pequeño salón. "Todo lo que le pido, Doña Manuela," comenzó a decir una vez que estuvimos solas, "es que mi nombre no sea mencionado. Por lo demás, no temo mucho por mí misma, porque cumplo con un deber patriótico, pero sí temo por mi familia."

Dándome cuenta de la importancia de su misión, le pedí que me esperara en el salón mientras iba a entregarle su mensaje al general.

Bolívar ya se encontraba en cama, dormido. Toqué levemente su hombro y le di el mensaje de la mujer.

"No me siento muy bien como para ver a nadie ahora, Manuela," dijo. "Por favor, averigua lo que esa mujer quiere decirme."

Volví y bajé por las escaleras para explicarle a la mujer y excusar al general. "Entonces no me queda otra opción mas que decirle a usted," dijo la mujer. "Sé cuánto ama al general y que ya salvó su vida en una ocasión." Hizo una pausa; a la luz de las velas, pude notar un pequeño temblor en sus labios. "Hay hombres que conspiran contra El Libertador, Doña Manuela," dijo en un susurro a pesar de que estábamos solas en el salón. "Están muy bien armados. Su plan es asesinarlo."

Mi corazón dio un brinco. Mi esperanza era que, al menos por un corto tiempo, no tuviéramos que preocuparnos por otra conspiración. "¿Quiénes son esos hombres? ¿Los conoce?"

"Son enemigos del general y quieren ver disuelta a la Gran Colombia. Se reúnen en diferentes lugares de la ciudad. Incluso, en la Casa del Tesoro. Son muchos, señora."

"¿Quién es el líder de estos hombres?" pregunté, aunque ya estaba segura cuál iba a ser la respuesta.

"El vicepresidente Santander los lidera; él no asiste a las reuniones, pero se mantiene informado de cada paso que dan." Hizo una pausa y luego añadió: "El general Córdoba es otro de ellos. Él sabe de la conspiración. Sus amigos le pasan información minuto a minuto."

Esta acusación en contra de uno de los amigos más cercanos de El Libertador sería un golpe terrible para el general. Le dije a la mujer que esperara y corrí escaleras arriba para darle las noticias a Bolívar.

Se mostró escéptico. "Debiste haber malinterpretado lo que la mujer decía, Manuelita. Confío plenamente en Córdoba. Es un patriota que ha demostrado su valor y su lealtad muchas veces. Dile a Fergusson que suba," exigió.

Cuando Andresito Fergusson apareció, el general dijo: "Interroga a la mujer en nuestro comedor. Necesito saber si Manuelita le entendió mal." Creo que el general ya sabía cuál iba a ser la respuesta, pero para él era demasiado doloroso aceptar que un hombre al que le tenía tanto cariño y confianza era su enemigo.

Cuando Andresito regresó, repitió lo que yo había dicho y añadió aún más detalles.

El general dijo: "Dile a esa mujer que se vaya; que es una desgracia difamar el nombre de un general tan valiente como el general Córdoba."

Yo estaba furiosa con el general, pero no dije nada. No podía creer que prefiriera poner su vida en riesgo antes que pensar mal de alguien a quien consideraba su amigo. Sin embargo, entendí por qué lo hacía. Si no podía confiar en sus amigos en una tierra en la que era odiado, ¿entonces en quién podría confiar?

UN PAR DE NOCHES después, estaba en mi casa cuando Bolívar me mandó a llamar al palacio de inmediato.

Había llovido todo el día y las calles estaban húmedas y envueltas en la oscuridad. El Libertador tomaba un baño caliente cuando entré en la habitación. Parecía más preocupado que de costumbre; sin ningún deseo de hablar. Cuando se encontraba en este estado, yo intentaba mantenerme callada. Planeaba tomar mi bordado y sentarme a hacerle compañía, pero él me pidió que le leyera mientras se bañaba.

Cuando terminó su baño se fue a la cama y de inmediato cayó en un sueño profundo. No había tomado precauciones diferentes a las de tener su espada y su pistola en el cuarto. No había guardias extras. Bolívar estaba satisfecho con las palabras tranquilizadoras del coronel Guerras, su jefe de personal, quien le había dicho que todo se encontraba bajo control.

Mientras Bolívar roncaba, yo me quedé en la cama luchando contra el sueño. Las campanas de la catedral justo habían señalado la medianoche cuando los perros del general empezaron a ladrar. Escuché extraños ruidos; una escaramuza que provenía de abajo, aunque no sonó ningún arma de fuego. Encendí una vela y le di un golpe en el hombro a Bolívar. "Señor, por favor despierte. Algo pasa." Él saltó de la cama en pijama, tomó su espada y su pistola y se dirigió hacia la puerta. "Le ruego, mi general," le dije, "que por favor no salga." Aseguré la puerta desde adentro. "Póngase ropa," le dije, al ver que seguía aturdido. Se vistió rápidamente. En sus ojos se reflejaba el temor, el cansancio y casi la resignación. Se veía viejo y frágil. Temí que estuviera demasiado cansado para responder al ataque y que pensara en rendirse. Se oyeron pasos que subían las escaleras. Alguna vez le escuché decirle a Pepe París que la ventana de su cuarto le sería útil si alguna vez tuviera que escapar en un apuro. Le dije al general: "Si quiere salvar la vida, la única forma de escapar es por esa ventana."

"Me parece que tienes razón," dijo.

Abrí la ventana y miré hacia fuera. En ese momento, vi un grupo de hombres que corrían abajo. Llegaron hasta la puerta principal del palacio y trataron de forzarla. Abracé a Bolívar intentando controlar mi agitación. El general dijo: "No te preocupes por mí, Manuelita. Sé donde puedo esconderme. Es por ti que me preocupo."

"Soy una mujer," contesté. "No me van a lastimar."

"Si algo te pasara a ti, jamás me lo perdonaría. Tal vez si me quedo…"

"Por favor, váyase," dije, parándome frente a la ventana abierta.

Armado con su pistola y su espada, el general saltó del balcón a la calle. Para darle tiempo a que escapara, tomé una espada, quité el seguro de la puerta de la alcoba y bajé las escaleras a la carrera, dispuesta a darle un sablazo a quien se atravesara en el camino.

Un grupo de hombres armados me detuvo y me apuntaron con sus pistolas. "Señora, suelte la espada o disparamos," gritó uno de los conspiradores. Solté la espada. "¿Dónde está Bolívar?" preguntó otro.

"Está en el Recinto del Concejo," dije tratando de ganar tiempo. Entre los hombres, reconocí al francés Agustín Horment y Carujo, oficial del ejército venezolano. Era el profesor de francés e inglés de Córdoba. La mujer que había implicado a Córdoba en el complot tenía razón. Todos eran hombres jóvenes, a los que apenas se les asomaba el bigote y pude oler su aliento alicorado—como si hubieran tenido que beber para poder tener el coraje de cometer este vil atentado.

Me arrastraron escaleras arriba hasta el cuarto del general. Uno de ellos señaló la ventana abierta y exclamó: "Se escapó."

Dije de nuevo, alzando la voz: "Si quieren encontrar al general, búsquenlo en el Recinto del Concejo."

Horment, que parecía ser el líder, preguntó: "¿Por qué está la ventana abierta?"

"La abrí cuando escuché ruidos abajo."

Un conspirador se aproximó a la cama y colocó su mano debajo de las sábanas. "Ella miente," dijo. "La cama todavía está tibia. Bolívar estaba aquí hasta hace un momento. Debe estar cerca."

La vida del general estaba en una balanza. "Yo estaba leyendo en la cama," dije, tratando de aparentar calma. "Esperaba que el general regresara del Concejo."

"¡Puta!" gritó Carujo y me dio una bofetada tan fuerte que trastabillé y fui a dar contra la pared.

"Venga con nosotros y muéstrenos dónde es el Recinto del Concejo," dijo Horment.

Yo no conocía la distribución del nuevo edificio. "Nunca he estado allí," dije. "Es en el ala nueva del palacio."

"Ven con nosotros, perra," dijo un traidor. Me entró tanto pánico que no pude moverme. El hombre me golpeó en la mandíbula con la culata de su arma y luego me apuntó. El dolor era insoportable. Probé mi propia sangre.

"Nosotros no matamos mujeres Lopote," dijo Carujo. "Ella no vale una sola de nuestras balas."

Fui empujada escaleras abajo, y allí encontré a Ibarra, herido en el pecho. Me arrodillé y puse mi chal sobre su herida, intentando detener el flujo de sangre. Me preguntó en un murmullo: "¿Mataron a El Libertador?"

"No, Ibarra," contesté. "El Libertador vive."

Un hombre al que llamaban Zuláibar me agarró, me inmovilizó contra la pared y me disparó más preguntas. Mis respuestas no los dejaron satisfechos por lo que me arrastraron de vuelta al cuarto. Les rogué a los hombres que trajéramos a Ibarra, que no lo dejáramos morir en las escaleras. Dos hombres me ayudaron a cargarlo por las escaleras y lo colocaron en la cama del general. Unos pocos se quedaron para hacer guardia en la puerta y los demás salieron corriendo.

Me senté en la cama, sostuve la mano de Ibarra y lo insté a que aguantara. Al escuchar el sonido de botas, me asomé por la ventana. El coronel Fergusson corría hasta la entrada del palacio. Esa noche, la luna llena vestía una capa nueva y dorada. Andresito me descubrió enfrente de la ventana y se detuvo.

"¿Dónde está el general?" gritó.

Le contesté que no sabía dónde estaba, que había escapado, que no podía hablar libremente, pues había guardias. "Se lo ruego, Andresito. Devuélvase," le dije. "Si entra, lo van a matar."

"Coronela," gritó desde la calle, "si las balas de los traidores me matan, habré muerto cumpliendo mi deber." Atravesó corriendo la puerta y luego lo perdí de vista. Se escucharon dos disparos. Puse la cabeza entre mis manos y por un momento sentí que esas dos balas habían entrado en mi corazón.

Todo el ruido y los disparos habían atraído la atención de los vecinos. Se abrieron muchas ventanas a lo largo de la calle y empezaron a asomarse personas que sostenían velas y lámparas y que preguntaban qué pasaba a los gritos a los pocos transeúntes. A medida que se aproximaban voces exaltadas por la calle, los conspiradores que hacían guardia en mi puerta desaparecieron. Me coloqué un chal sobre los hombros y corrí escaleras abajo, donde encontré a Andresito con una herida en el pecho. Sus ojos estaban cerrados, pero no había dejado de respirar. Había recibido un tajo sobre la piel del cráneo. Temiendo que se asfixiara con su propia sangre, doblé mi chal y lo coloqué bajo su cabeza.

Corrí al ala del palacio donde vivía el doctor Moore, el médico oficial de El Libertador. Estaba profundamente dormido, pero se despertó cuando golpeé una y otra vez en su puerta. "Ha ocurrido un atentado contra El Libertador, doctor Moore," le dije de sopetón apenas abrió la puerta. "Vamos abajo, Fergusson se nos muere."

El doctor Moore tomó su instrumental médico y, todavía en levantadora, me siguió escaleras abajo. En ese momento, me acordé de Don Fernando, el sobrino del general. Seguramente, no se había despertado a pesar de toda la conmoción. Corrí hasta su alcoba y golpeé en la puerta hasta escuchar que se despertaba. "Fernandito," grité. "Ha ocurrido un atentado en contra de tu tío. Pero logró escapar. Los conspiradores aún siguen dentro del edificio. Es mejor que te armes."

Don Fernando se despertó de inmediato y salió con dos armas, una de las cuales me entregó. "Por favor, por favor, Dios mío," supliqué, mientras corríamos escaleras abajo, "si me puedes escuchar, salva a Andresito." Era la primera vez en muchos años, desde que era una niña, que le rezaba a Dios.

Para cuando llegamos abajo, los guardias del general estaban en proceso de custodiar el palacio. Los conspiradores habían escapado entre las sombras. Aunque estaba desesperada por tener noticias de Bolívar, asistí como enfermera al doctor Moore mientras intentaba salvarle la vida a Andresito.

LA NOTICIA DEL atentado se había regado por toda Bogotá. Poco después de que el palacio estuviera protegido por los guardias, llegaron el general Urdaneta, el general Herrán y otros amigos de El Libertador. Yo estaba inconsolable: Andresito Fergusson, uno de mis amigos más queridos, había muerto. Y yo no sabía si el general estaba vivo.

Jonotás y Natán llegaron al palacio. Viendo el estado en que me encontraba, Natán me preparó una infusión de hierbas para calmarme los nervios. Ahora el doctor Moore intentaba detener el desangre que secaba la vida de Ibarra. Parecía que otro valiente patriota se iba a convertir en una nueva víctima del atentado. Estaba a punto de caer en un estado de desesperación total, cuando llegaron noticias de que el general había escapado ileso del atentado y se encontraba en la Plaza de San Carlos dirigiéndose a las tropas. Rompí en llanto. Natán me hizo terminar la bebida para que me calmara. Cuando me compuse un poco, le dije a las chicas: "Voy a la plaza. Acompáñenme."

"Déjame limpiarte la cara," dijo Jonotás. Tomó una toalla del baño del general, le puso un poco de agua y restregó toda la sangre que tenía en el rostro y en los brazos. "Así estás mejor," dijo. "Podrías causarle un ataque al corazón al general si te ve cubierta de sangre."

Ya corría por la calle empedrada que conduce a la plaza, cuando caí en cuenta de que aún llevaba puesta la levantadora. No me importó. Que miraran los curiosos.

El momento en que vi al general montado en Palomo Blanco fue el momento más feliz de mi vida. Hablaba con Córdoba y otro hombre a caballo. Era Santander. Lo reconocí de inmediato. Allí estaba, mi más grande enemigo, y lo primero que pensé fue en lo apuesto que se veía. Estaba en ropa de civil. No parecía que se hubiera vestido a toda prisa para salir, lo cuál interpreté como una prueba de su participación en la conspiración. Probablemente se encontraba muy bien vestido en la casa mientras esperaba las noticias de la muerte del general. Llevaba un sombrero redondo, una chaqueta negra, pantalones de terciopelo verde y botas de cuero. Su bigote, sus cejas y sus ojos eran negros como los de un cuervo. Movía su barbilla de hoyuelo mientras el general hablaba. Mi primer impulso fue tomar el arma de un soldado y dispararle. Una pizca de cordura me disuadió. Fue aún más difícil contener el grito de: "Allí están sus enemigos, mi general. Hágalos arrestar y fusilar." Me dije a mí misma que en el futuro habría tiempo de sobra para castigarlos. Entonces juré que Santander y sus seguidores pagarían por todo lo sucedido esa noche.

Cuando Bolívar me descubrió entre la multitud, se desmontó del caballo y corrió hacia mí. Me arrojé en sus brazos y comencé a llorar. Lloré por todas las veces en que quise hacerlo durante todos los años que lo había conocido; lloré por todas las veces en que me había abandonado; lloré por todas las veces en que había temido por su vida; lloré por todas las veces en que mi vida había corrido peligro, por todos los tiempos oscuros que aún nos aguardaban.

Yo temblaba con el frío de la noche. "Manuelita, mi Manuelita," repetía él una y otra vez, mientras besaba mis mejillas, mi frente, mi cabello, mis manos, mis labios que aún llevaban la sangre de Andresito y de Ibarra. Me tomó de la mano, me condujo al círculo que formaban Santander, Córdoba y los integrantes militares de su entorno, que habían comenzado a llegar a la plaza.

"Caballeros," dijo El Libertador en voz alta dirigiéndose a los hombres que nos rodeaban, "estoy vivo gracias a la valentía de Manuela Sáenz." Mientras decía estas palabras, le dirigí una mirada de odio a Santander. Él parpadeó cuando nuestras miradas se encontraron, pero sus facciones permanecieron inalterables. Todavía hablaba en voz alta para que todos escucharan y fue entonces que el general me bautizó con un nuevo nombre. "Manuelita," dijo, "tú eres La Libertadora de El Libertador."

Había amanecido cuando regresamos al palacio. El general ardía en fiebre. Aunque habíamos tenido muchas noches difíciles en los años que llevábamos juntos, podría decir con toda certeza que esa noche de septiembre fue la más horrible de mi

vida; y que ese amanecer, cuando le colocaba vendas a sus heridas, lo llevaba a la cama para que se acostara y le daba el beso
de las buenas noches, fue uno de los más felices.

BOLÍVAR Y YO comenzamos a dormir juntos de nuevo. Una
noche, no mucho después del atentado, no conseguía conciliar
el sueño. El temor de que en la oscuridad llegaran hombres a
matarnos mientras dormíamos me mantuvo despierta muchas
noches. Ese temor me acompañaría por mucho tiempo de allí
en adelante y no sería hasta mi vejez en Paita que podría volver a dormir bien, pues sabía que ya no había nadie en el mundo
que quisiera asesinarme. Como me sentía inquieta, me levanté
de la cama mientras Bolívar roncaba, encendí una vela y me
dirigí a su estudio a fumar un cigarro. Una carta sin terminar
encima de su escritorio despertó mi curiosidad. Era una carta
a su amigo José Fernández Madrid, el encargado de asuntos
exteriores en París y en Londres. Le di un rápido vistazo a la
carta hasta que llegué al último párrafo:

> Un hombre luchando contra todos no puede hacer nada.
> Mis esfuerzos del pasado han agotado mi energía. Esta
> lucha me ha dejado extenuado y estoy vivo no porque
> tenga la fuerza para continuar o algún deseo de que así
> sea. No, mi amigo, yo sigo en este mundo como si fuera
> un hábito, como un hombre muerto que no puede dejar
> de caminar.

En Paita, donde por veinte años no tuve otra cosa que hacer
que rememorar, bloqueé todos los recuerdos de esa dolorosa noche y del período que siguió inmediatamente a la conspiración

de septiembre. Los bloqueé porque a pesar de que Bolívar había sobrevivido al atentado, su corazón—como lo dejaba ver en su carta a Fernández—había sido hecho pedazos por la traición de Córdoba y de la gente que amaba. Bolívar nunca pudo entender por qué, a pesar de que había entregado su fortuna, su salud y su felicidad para darle la libertad a los colombianos, ellos en cambio querían verlo muerto. Los conspiradores habían fallado en su intento de matar a su cuerpo, pero habían logrado asesinar su espíritu.

27

Natán

La conspiración de septiembre fue lo que precipitó el fin. A pesar de que El Libertador se sintió vindicado ya que por fin tenía pruebas de que Santander y sus seguidores trataban de asesinarlo, el atentado contra su vida lo despojó de su voluntad de vivir; se convirtió en menos de la mitad del hombre que había sido. Bolívar no hacía el menor esfuerzo por ocultar su infelicidad, y la existencia parecía tener para él muy pocos gozos.

Un consejo de guerra encabezado por Croftson fue convocado para encargarse de los conspiradores. Salió a relucir que el grupo de jóvenes traidores había formado un grupo al que dieron el nombre de la Sociedad Filológica para poder reunirse sin crear sospechas. Se encontraban de manera regular bajo el pretexto de estudiar trabajos literarios y lenguas extranjeras.

Los conspiradores estaban convencidos de que el objetivo final de El Libertador era convertirse en emperador de los Andes, y ellos detestaban la monarquía. Eran santanderistas, creyentes en las instituciones democráticas. El gobierno de los Estados Unidos de América era el modelo que Santander quería adoptar para Colombia. A los estudiantes universitarios les repugnaba la crueldad de los militares al servicio del general Bolívar, y de qué manera, en el nombre de preservar el orden publico, las fuerzas armadas aplastaban cualquier señal de descontento.

Como jefe del consejo de guerra, Croftson hizo publicar un edicto que amenazaba a muerte a cualquiera que diera abrigo a los conspiradores. Croftson siempre estaba al borde de dejar que su influencia militar se desbordara sin supervisión, y ahora no había nadie para frenarlo.

El poder de Bolívar era absoluto, y Manuela reinaba como su emperatriz.

Manuela no tuvo ningún reparo en impartir órdenes para que trajeran a rastras desde sus casas o sus celdas a los hombres acusados de la conspiración para poder interrogarlos personalmente.

Una mañana, yo estaba en la alcoba de Manuela cuidando de ella, pues tenía un resfriado, cuando llegó Croftson en compañía de un prisionero y varios guardias. Croftson le informó a Manuela que el nombre del prisionero era Ezequiel Pérez. Era un muchacho flacuchento, que no tenía más de quince años, con una pelusa como de durazno en el mentón. Sus ojos estaban dilatados de temor. Manuela lo recibió con toda cortesía y le pidió que se sentara. Las piernas del muchacho temblaban de manera incontrolable. Sus uñas estaban recubiertas de sangre, como si se las hubiese mordido hasta la base. Manuela le dijo: "Ezequiel, me cuentan que trabajaste para el general Santander como su paje, y que estabas presente cuando los conspiradores discutieron el atroz plan para asesinar al general Bolívar. Te doy mi palabra de honor de que si me dices los nombres de todos los conspiradores, incluyendo el del general Santander, te perdonaré la vida."

El aterrorizado muchacho respondió que era verdad que había trabajado para Santander, pero que el vicepresidente nunca lo había tenido entre sus hombres de confianza y que no había estado presente en ninguna reunión en la que se hubiera hecho planes para asesinar a El Libertador. Un par de veces, se le quebró la voz mientras hablaba.

La respuesta del muchacho enfureció a Manuela. Me indicó que me acercara y me dijo: "Baja y dile a su madre que suba."

Encontré a la mujer en el patio y le pedí que me siguiera. Estaba vestida con ropas limpias, pero raídas; probablemente era una empleada de alguna casa de familia. Cuando entró a la alcoba de Manuela, se abrazó a su hijo, que no paraba de temblar.

"Señora," dijo Manuela, dirigiéndose a la madre de Ezequiel, "si usted quiere que su hijo viva, debe ordenarle que me diga la verdad y que revele la parte que tuvo el general Santander en la conspiración."

"Por favor, Ezequiel," le rogó la mujer, "haz como te dice Doña Manuela. Si de verdad amas a tu madre, dile todo lo que sabes."

"Pero no puedo, mamá," respondió el muchacho entre sollozos; "no puedo."

"Tienes que ser un buen hijo, Ezequiel, y hacer feliz a tu madre," dijo Manuela.

Apenas me puedo imaginar lo que sintió aquel muchacho cuando vio el destello en los ojos de Manuela. Para entenderla, habría que haber visto bien sus ojos, pues revelaban su verdadero ser. Eran su rasgo más impactante, y ella lo sabía de sobra. Todos aquellos años en Lima, cuando salía de la casa con su cabeza y su rostro ocultos excepto por un ojo, le enseñaron el poder que podía tener un solo ojo. Había aprendido a dominar la intensidad de su mirada. Sus ojos podían seducirte y acariciarte, como una pluma, o podían hacerte sentir que no valías nada, o bien podían darte tajos, como un cuchillo.

"No puedo hacer lo que me pide Su Merced, Doña Manuela," dijo el muchacho sin parar de sollozar. "No puedo nombrar al general Santander como conspirador, porque yo no estaba presente en las reuniones de las que habla Su Merced."

Manuela le dijo a Croftson abruptamente: "Llévatelo y hazlo fusilar con todos los demás."

La madre de Ezequiel se arrodilló en el suelo a los pies de Manuela, como si estuviese rezando. "Es mi único hijo, Doña Manuela," le imploró, gimiendo de una manera tal que sentí deseos de salir corriendo del cuarto. "Es toda mi vida. Sus dos hermanos mayores, mi esposo, y mis propios hermanos murieron combatiendo a los españoles. Mi hijo es lo único que me queda. Por favor, Doña Manuela, le ruego a su Merced misericordiosa como sólo puede hacerlo una madre."

"Señora, por favor, levántese," le dijo Manuela con voz suave. "Créame si le digo que hacer esto es algo que me rompe el corazón. No quisiera hacerla sufrir. Mucho me gustaría perdonarle la vida a su hijo. Y que Dios me perdone por lo que estoy a punto de hacer. Pero su hijo debe morir con todo el resto de los conspiradores. Si lo dejo con vida, El Libertador nunca podrá estar seguro." Ladeó la cabeza, y le dijo a Croftson: "Llévatelo."

Nos quedamos las dos solas en el cuarto. Fijé los ojos en el suelo, y esperé que me dijera lo siguiente que tenía que hacer.

Cuando levanté la vista, Manuela me dijo bruscamente: "¿Por qué me miras con esos ojos acusadores? Tú crees que es fácil hacer lo que tuve que hacer? Vete de aquí. Déjame sola. No quiero verte en todo el resto del día."

Cerré la puerta tras de mí y me quedé congelada. Era un reflejo casi instantáneo. Escuchar a escondidas era algo que había hecho toda mi vida, algo que hacíamos todos los esclavos caseros. Dado que nuestras vidas dependían de los caprichos y las acciones de nuestros amos, y éramos siempre los últimos en enterarnos de las decisiones que nos afectaban, muy pronto durante nuestra servidumbre aprendíamos que escuchar a escondidas era uno de los pocos medios para tener un poco de control sobre nuestras vidas. Cuando me acordé de que no había nadie más en su alcoba con Manuela, empecé a alejarme. Pero antes de que hubiera tomado dos pasos, escuché que Manuela gemía adoloridamente. Nunca la había escuchado emitir ese sonido.

A menudo le escuché decir a El Libertador, después de que lo criticaran por un acto autoritario, que en la guerra, el fin justifica los medios. Aquel día comprendí con claridad que si Bolívar y Manuela hubiesen permanecido en el poder, habrían llegado a ser tan crueles como los dictadores españoles más sanguinarios. Nadie que hubiese tomado parte en la epopeya de la independencia podía reclamar que tenía las manos limpias de sangre.

DÍAS MÁS TARDE, un hombre llamado Florentino González lo confesó todo, e implicó al general Santander. Aunque el vicepresidente declaró bajo juramento desde la cárcel que no había tenido ningún conocimiento de la conspiración, fue despojado de todas sus posesiones y condenado a morir fusilado.

Las masacres, levantamientos y guerras que siguieron a la llegada de los conquistadores habían hecho de la gente de Colombia una gente sanguinaria... como esos jaguares que una vez que prueban la carne humana no podían ser saciados nunca más. La vida humana no valía mucho. Cuando tantas personas habían muerto, una sola vida no tenía valor alguno. Las grandes masacres apenas provocaban que algunas personas enarcaran las cejas. Los colombianos constantemente buscaban excusas para verter más sangre. De quién era esa sangre, daba igual. El derramamiento de sangre se convirtió en la principal fuente de entretenimiento, un espectáculo cruento e incesante que todos se podían permitir. Las cosechas de los campos colombianos se fertilizaban con sangre y carne humana en descomposición. A veces parecía que por los arroyos y ríos de la Gran Colombia corría más sangre que agua. Nadie en la Gran Colombia—fuese rico o pobre, español o criollo, hombre libre o esclavo—podría proclamarse inocente. No había una sola familia en la Gran Colombia que no estuviese lamentando la pérdida de algún pariente muerto en batalla, o ejecutado, ya fuese por los españoles o por los criollos, o preso y torturado, o exiliado de por vida. Los huérfanos, las viudas y los padres que habían perdido a sus hijos eran la mayoría de la población de Colombia. Este era el resultado de las guerras de Independencia... una nación de gente con los corazones duros, un lugar en el que el odio era lo que hacía latir los corazones. Una nación de gente cegada por la ira, una raza de bestias feroces indiferentes al sufrimiento humano. La gente vivía para las venganzas y los ajustes de cuentas. Lo que se buscaba no era el final del sufrimiento sino su continuación.

El 30 de septiembre al mediodía, en la Plaza Mayor de Bogotá, los conspiradores que habían sido atrapados—con la ex-

cepción de Santander, a quien se le había conmutado la
sentencia de muerte—fueron fusilados en frente de centenares de bogotanos que vitoreaban entusiasmadamente. Se dieron órdenes de que debían dejarlos atados a sus sillas, mientras
se desangraban. Quedaron charcos de sangre alrededor de ellos
durante el resto del día como una advertencia para todo aquel
que en el futuro se le ocurriera conspirar contra Bolívar.

ESA NOCHE CAYÓ UNA GRANIZADA, con pedriscos tan grandes y sólidos como guijarros que golpeaban la ciudad, rajando y
partiendo muchas tejas en los techos de las casas y destrozando
los vitrales en las iglesias y los edificios públicos. Algunas personas que fueron sorprendidas en la calle por la tormenta murieron de conmoción cerebral. Aterrados por la intensidad de
una tormenta que sin duda mataría muchas reses y destruiría
todas las cosechas que crecían en la sabana, los bogotanos empezaron a rezar. A lo largo de toda la noche, una oración lúgubre se extendió como un eco sobre Bogota, mezclándose con los
sonidos crujientes del granizo que golpeteaba sobre los techos
de la ciudad. Yo había presenciado oraciones por el estilo en
Ecuador, cuando un volcán cercano a Quito amenazaba con entrar en erupción y la gente se lanzaba a las calles portando
imágenes de los santos, implorando clemencia; también en
Lima presencié lo mismo, después de un devastador terremoto
que dejó a su paso saqueos y pestilencia.

En la mañana, cuando salí de casa con mis canastas para ir
al mercado, todo Santa Fe de Bogotá, incluso los tejados de arcilla roja de las edificaciones, se veía blanco e inmaculado. Las
montañas que circundaban la sabana parecían hechas de hielo
sólido. Cuando llegué a la Calle de la Carrera y empecé a cru-

zarla, eché un vistazo en la dirección de la Plaza Mayor, y tuve que contener la respiración. El día anterior, la plaza entera había estado empapada con la sangre de los conspiradores. Esta mañana, la plaza de nuevo se veía recubierta, pero de un estrato de hielo. Luego, a medida que el sol se elevaba por encima del cerro de Monserrate, la capa de hielo sobre la sangre coagulada hacía que la plaza pareciera un lago congelado repleto del zumo carmesí del fruto del corozo.

28

Habría podido pensarse que el período después de la conspiración de septiembre, cuando los traidores fueron ejecutados y Santander fue arrojado en un calabozo en Cartagena y luego exiliado a Europa, traería con sí un respiro de paz para el general. Pero los colombianos—por pura y simple estupidez, o por un estrecho sentido de nacionalismo—sencillamente no querían que Bolívar los gobernara.

El Congreso exigió nuevas elecciones—y Bolívar accedió a ello. Uno de los secuaces de Santander, Joaquín Mosquera, fue elegido presidente de Colombia. Bolívar cayó en una profunda melancolía y, a pesar de mis mejores esfuerzos, rehusó cuidar de su salud. Pronto estaba tosiendo y escupiendo sangre de nuevo. Después de la elección de Mosquera, copiosos grupos de bogotanos empezaron a desfilar diariamente en frente del Palacio Presidencial, portando carteles en los que se burlaban de la fragilidad de Bolívar: "Vuélvete a Venezuela, salchicha arrugada," coreaban. "Que regrese Santander."

Esta era una conducta tan exasperante, que terminé por decirle a Bolívar, "Señor, tiene que enviar a las tropas para dispersar a esta gentuza."

Sacudió la cabeza. "Lo último que quisiera hacer, Manuelita, es comenzar a comportarme como un virrey tirano. Es cierto que no me quieren, pero es mi gente. No puedo olvidarme de eso." Bolívar ya no me escuchaba a mí, sino a una voz que solo él podía oír que lo alentaba a preparar su partida de la ciudad, incluso antes de la fecha en que Mosquera debía mudarse al Palacio Presidencial. La mayor parte de la noche permanecía en vela recorriendo su cuarto de un lado a otro. La virulencia de sus accesos de tos lo dejaban lánguido y jadeante, y empecé a temer que sus días podían estar llegando a su final. Por más que la idea me aterrorizaba, llegué a aceptar que debía marcharse al extranjero, a algún sitio en donde pudiese sobreponerse a la ingratitud de aquella gente que a él debía su libertad.

Fue así como, después de un largo día durante el cual los manifestantes afuera lanzaban piedras contra las ventanas del palacio, y una larga noche durante la cual él tosía sangre, le dije: "Mi general, debemos empezar a prepararnos para su partida sin más dilaciones." No le pedí que me llevara con él. Por primera vez en muchos meses, me pareció ver que algo parecido a una sonrisa cruzaba por su rostro.

"Quiero que vengas conmigo a vivir en Italia," dijo Bolívar, apaciguando mis temores de quedarme sola sin él. "Pero no podemos salir juntos de Bogotá. Una vez que yo llegue a la costa, puedes seguirme."

Muchas veces antes se había marchado sin mí, y siempre habíamos logrado reunirnos, así que aproveché ese rayo de esperanza de un futuro libre de intrigas políticas, un futuro en el cual envejeceríamos juntos y disfrutaríamos de los pequeños placeres de la vida.

Bolívar estaba tan impaciente que casi contaba los minutos hasta que pudiera marcharse de Bogotá, y de Colombia de una vez por todas. No obstante, sus planes de viaje dependían en buena medida de la venta de sus minas de plata en Venezuela. Desafortunadamente, ciertos problemas legales demoraron la venta a un sindicato británico. Entretanto, Bolívar estaba corto de efectivo. En un arranque de desesperación febril, el general vendió sus objetos de plata, sus joyas y sus caballos más finos por una fracción de su valor verdadero para poder recolectar fondos para el viaje.

UN AMANECER GRIS Y SOMBRÍO, al igual que todos los amaneceres cuando él no estaba a mi lado, montó en su caballo y se marchó de Bogotá, escoltado por un pequeño grupo de oficiales leales a su causa. Mientras miraba su figura que se desvanecía en la niebla matinal, una capa de adormecimiento me envolvió de tal manera, que no sentí ni tristeza ni dolor, tan sólo una especie de insensibilidad que me decía que todas las mañanas de mi vida que me quedaran, cuando me despertara en mi cama y abriera los ojos, iba a encontrarme sola. Pasarían años y años antes de que me librara de ese adormecimiento, antes de que empezara a sentir que el hielo que recorría mis venas se derritiera.

Un par de días después de su partida, como para alejar mis dudas de que no pensaba en mí, el general me escribió una carta fechada en Guaduas que en los años venideros muchas veces repetiría en voz alta cuando sentía que me abandonaban los ánimos:

Mi amor:

Tengo el placer de informarte que mi viaje avanza bien, excepto por la tristeza que ambos sentimos cuando no podemos estar juntos. Te amo enormemente, eres mi bienamada, pero llegaré a amarte aún más si ahora, más que nunca antes, te comportas con prudencia. Ten cuidado de todo lo que haces; si algo te llegara a pasar, yo sería incapaz de soportarlo.

Ahora y siempre el más leal de tus amantes,

Bolívar

Coloqué esa carta en el pequeño cofre de caoba en el que guardaba todas las cartas que él me había escrito, cartas que eran la prueba de su amor por mí. Conservé esas cartas por el resto de mis días.

MUCHOS DE LOS HOMBRES DE BOLÍVAR que no se marcharon con él fueron asesinados. Los conspiradores exiliados comenzaron a regresar a Bogotá, con recibimiento de héroes. Cada vez que escuchaba noticias de que un traidor había regresado, sentía deseos de agarrar mi pistola y fulminar al cobarde. Con la ayuda del par de amistades que todavía me quedaban, volví a la escritura de acusaciones virulentas—denuncias del nuevo gobierno corrupto—que pegaba en las paredes de la ciudad. Involucrarme en aquello me hacía pensar que quizás no todo estaba perdido.

Me parecía estar viviendo cada etapa del viaje de Bolívar, a medida que descendía por el río Magdalena hacia la costa, dejando atrás las montañas y adentrándose en las selvas tropicales. Encontraba consuelo al pensar que viajaba por un sitio en el que el aire era cálido, las noches fragantes y luminosas, en el que los vívidos colores de las flores y el verdor de los árboles se convertían en festín para los ojos. Bolívar tan sólo podría empezar a recuperar la salud en un paraje así, cada vez más cerca de aquella fuente de vida que era el Océano Atlántico.

Y sin embargo, los informes que recibía sobre la salud de Bolívar apagaban mis esperanzas. Me enteré de que era incapaz de subir sin ayuda un tramo de escaleras, que seguía siendo el testarudo de siempre, ignorando las órdenes de sus médicos, incluso cuando volvía a escupir sangre, que sus arrebatos de mal genio se hacían cada vez más violentos, que a menudo caía en un estado delirante, que sufría de un insomnio debilitante, que se la pasaba hablando consigo mismo.

Cada nuevo informe que recibía aumentaba mis ansias de salir de Bogotá sin permiso suyo y unirme a su partida de manera que pudiese cuidar de él hasta que recobrara la salud, como tantas veces había demostrado que podía hacerlo. Le escribí:

> Señor, por favor, se lo ruego. Permítame que llegue a su lado y le preparare todos aquellos dulces que tanto le encantan. Me han dicho que a duras penas está comiendo. Me preocupo por usted día y noche. No poder verlo, no poder estar a su lado, es el peor de los castigos que puede haber.

Mi carta no recibió respuesta.

Apenas unos días antes del año nuevo, por las calles de Bogotá se propagó el rumor de que Simón Bolívar había muerto en La Quinta de San Pedro Alejandrino, en las afueras de Santa Marta. Me dije y me repetí que estas eran solo malvadas habladurías esparcidas por los santanderistas. No era posible imaginar que aquella luz resplandeciente se había extinguido. Un mundo privado de la nobleza de su visión, una vida carente de su desprendimiento y generosidad, resultaba inconcebible.

Hube de tragarme toda la verdad cuando llegó una carta del puño y letra de Peroux de Lacroix, el médico que había atendido a Bolívar cuando su muerte parecía inminente. Leí y releí la carta que envió de Lacroix una y otra vez, deseosa de encontrar en ella un mensaje oculto, algo que pudiese cambiar aquella última y terrible línea…

> Permítame, mi gentil señora, sumar mis lágrimas a las suyas por esta pérdida enorme.

Después de su muerte, volví a ver al general cuando cruzaba alguna calle, cuando me sentaba a sorber un plato de sopa, cuando encendía un cigarro, cuando me cepillaba el cabello, cuando apagaba la vela sobre mi mesa de noche. En mis sueños, su imagen era tan verosímil, tan vibrante de vitalidad, tan reveladora de su alma, que yo comprendía que se me aparecía de esa manera para que pudiese grabarlo en mi mente así para siempre.

Dediqué días, semanas, años enteros, décadas, pensando en las cosas que podría haber hecho de una manera diferente.

¿Cómo era posible que nunca hubiese podido llamarlo Simón, tal como puede hacerlo cualquier mujer con el hombre que ama? Siempre era "mi general," o "Señor" cuando estábamos a solas, y "Bolívar," "el general" o "El Libertador" cuando mencionaba su nombre en presencia de otros. En nuestros momentos de pasión, a veces yo asía su órgano y lo llamaba "mi palo santo," pero ni una sola vez me sentí capaz de decirle: "Simón, ven aquí," "Mira, Simón..." o tan siquiera "Simoncito."

¿Quién había sido verdaderamente este amante que yo había tenido? ¿Hombre o héroe, hombre o monumento, hombre o quimera? Yo era incapaz de distinguirlos. A todos los había amado. Bolívar había sido como un cometa que atravesó mi vida con tal velocidad y ardor que era imposible verlo sencillamente como un simple mortal. Después de su muerte, cuando quedé en la indigencia, sin nación, sin familia, con el resto de la vida dedicada a pensar en mis días con él, no estaba segura si lo mejor que podía haber hecho era amar a la multitud de personas que llegó a ser Bolívar... Quizás había amado a un espejismo, no a un hombre.

LUEGO LA GENTE DIJO que yo había conseguido una víbora mapaná, la más venenosa de las serpientes colombianas, y había tratado de que me picara en un seno—como si él hubiese sido mi Marco Antonio y yo su Cleopatra; que yo vagaba de noche por las calles de Bogotá como alma en pena, y que llamaba su nombre en voz alta, una versión colombiana de Juana la Loca; que en un acceso de locura, había disparado mi pistola con desespero, que había atacado a los soldados que habían erigido una efigie burlesca de Bolívar; que con mi espada me resistía a ser arrestada. Ni una sola de estas historias llegaba a acercarse a la desolación que sentía, pues ni yo misma conocía sus profundidades. Era como si la tierra hubiese dejado de girar alrededor del sol y yo hubiese quedado suspendida en mitad del aire, encerrada en una burbuja estacionaria. Todo lo que yo hacía, todo lo que probaba y veía, todo lo que tocaba, me recordaba a Bolívar. Por unos instantes, me despertaba de mis sueños sonriente, feliz, pensando que él todavía vivía, que dormía a mi lado. La sonrisa se desvanecía en cuanto abría las ventanas y dejaba que entrara la luz del día en mi alcoba.

Pronto se inició una cruzada para erosionar su gloria y mancillar su memoria. Me gustaría decir que me quedé en Bogotá para luchar porque se restaurara su buen nombre, o porque deseaba que sus detractores quedaran al descubierto como los cobardes reaccionarios que eran. La verdad es que me quedé en una ciudad que detestaba, rodeada de gente que aborrecía, porque no tenía ningún otro hogar al cual regresar. Mis deseos eran ir al Ecuador a reunirme con mi hermano, quien ahora era un general, y quien había unido fuerzas con otros Bolivarianos para continuar la lucha por los ideales que El Libertador nos había dejado como legado.

José María me envió un recado diciéndome que no era conveniente que viajara al Ecuador a reunirme con él. El hombre que me trajo la noticia me dijo que mi hermano y sus subalternos estaban siempre desplazándose de un lado a otro y que el terreno en el cual operaban era tan inhóspito que ninguna mujer podría haberlo resistido durante mucho tiempo. Las palabras del mensajero, sin embargo, daban la impresión de que las fuerzas a cargo de mi hermano se hacían más fuertes, que contaban con el apoyo del pueblo y que era cuestión de tiempo antes de que fuesen derrocadas las fuerzas reaccionarias. Empecé a permitirme soñar con el día en que pudiese reunirme con mi hermano, y posteriormente reclamar Catahuango. Me gustaba la idea de envejecer cerca de mi hermano. En aquel punto de mi vida, lo único que quería era vivir en paz los días que me quedaran sobre la tierra.

La situación en Ecuador se hizo todavía más turbulenta y menos propicia. Me llegaron informes de que José María y sus hombres se encontraban ocultos y lanzaban ataques desde su escondrijo en cercanías del volcán Imbabura. Pero entre sus soldados, se hallaba un traidor que lo delató. Cuando José María, oculto tras un disfraz y acompañado de su sirviente, bajó a una aldea a adquirir provisiones, sus enemigos lo esperaban. Al darse cuenta de que había caído en una emboscada, mi hermano trató de huir, pero su caballo se tropezó y José María fue arrojado al suelo. Su sirviente, Zaguña, levantó el brazo con una bandera blanca en alto como señal de rendición. José María fue hecho prisionero por un capitán de apellido Espinosa, en cuya custodia permaneció hasta que un tal teniente Cárdenas arribó portando órdenes de que José María debía ser fusilado sin más dilaciones. Se llevó a cabo esa acción abominable. Mi dolor al enterarme del cobarde asesinato de mi hermano, y mi desconsuelo al comprobar que se me esfumaba mi última esperanza, llegaron a ser insoportables. Me encerré en la casa y dejé de recibir a los visitantes. Lo único que quería era cuidar bien mi dolor. Era todo lo que me quedaba. Sin mi pena insondable, yo no era nada.

ROSITA CAMPUSANO, con quien había perdido contacto después de que escapé de Perú, escuchó las noticias de la muerte de José María y me escribió una extensa carta fechada en Lima. Un tiempo atrás, cuando había llegado a vivir en Bogotá e intenté averiguar su paradero, me enteré de que ya no vivía en los altos de la Biblioteca Nacional en Lima, pero nadie supo decirme dónde había ido. Mi consuelo entonces fue saber que no había muerto, pues de ser así, con seguridad, las noticias habrían llegado hasta mis oídos. Durante todos aquellos años, permaneció inalterable mi afecto por la amiga con quien había compartido tanto los desdichados días escolares como los espléndidos momentos de gloria cuando San Martín liberó a Lima.

Una tarde, me encontraba en el patio bordando, cuando Jonotás me trajo una carta. Le indiqué que la dejara sobre la mesa, pero me dijo: "Me parece que esto te va a alegrar, Manuela." De inmediato, reconocí la caligrafía tan familiar de Rosita. Su carta se iniciaba con una sentida expresión de pésame por la muerte de José María. Se enteró de que me había quedado en Bogotá después de la muerte de El Libertador y durante largo tiempo había querido escribirme, me contó, pero durante un período, su propia vida había estado tan repleta de incertidumbres que no había querido agobiarme con sus dificultades. Se encontraba casi en la indigencia, y se alojaba con distintos amigos que durante unos días podían ofrecerle un espacio en algún rincón de sus casas, cuando le llegó la noticia de que su padre había fallecido y le había dejado una herencia. La cantidad de dinero no era lo suficientemente cuantiosa para sostenerla cómodamente el resto de su vida sin necesidad de trabajar, explicaba la carta. Pero sí alcanzaba para empezar algún negocio. De modo que abrió una escuela para las hijas de familias de recursos modestos. Sería una alternativa a la educación punitiva que sufría la mayor parte de las niñas peruanas a manos de las monjas, como había sido nuestro caso, una educación que de todos modos estaba disponible sólo para las niñas de familias ricas. En su carta hablaba de un nuevo currículo escolar que había diseñado con el propósito de dar rienda suelta a la imaginación de las estudiantes. Por ejemplo, todas debían aprender a jugar ajedrez, una preparación para las partidas de lógica que encontrarían en la vida. Ese punto me hizo sonreír. Era característico de Rosita que se le ocurriera emprender algo tan quijotesco como esto. Además, había un concurso anual, seguía contando, en el cual se debían ascender las montañas que se elevaban a espaldas de Lima. "Queridísima Manuela," escribía, "nada me haría más feliz que tenerte en mi escuelita como maestra y asociada. Podrías enseñarles a las niñas sobre la Independencia y sobre el general Simón Bolívar, y serías un ejemplo para ellas de lo que pueden hacer con sus vidas las mujeres. Tú y Jonotás podrían vivir en la escuela. Nada me daría mayor gozo, Manuela, que tenerte aquí para que las dos pasemos los últimos años sobre la tierra viviendo bajo el mismo techo."

Le respondí de inmediato, expresándole mi inmensa alegría de volver a saber de ella y mi profunda gratitud por su gentil invitación a ser maestra en su escuela. Que hubiese logrado forjarse una vida útil para sí misma sin tener que depender de la ayuda de nadie era la mejor de las noticias que habría podido imaginarme. Pero a pesar de que su invitación era tentadora, le dije que todavía no estaba lista para marcharme de Bogotá. Quizás en el futuro.

Rosita y yo mantuvimos correspondencia durante años. Más adelante, cuando yo ya vivía en Paita, de vez en cuando me enviaba una novela (si bien para ese entonces ya había perdido el apetito por las novelas románticas) y a la vez yo le enviaba cajas con confites de papaya y piña que yo misma hacía. Esto continuó a lo largo de muchos años, hasta que un día me llegó una carta de una de las maestras de la escuela de Rosita, informándome que había muerto la más antigua de mis amigas.

¿Podría ser que me quedé en Colombia para aprender una lección de las mujeres de Bogotá, las mismas mujeres a las que había ridiculizado a sus espaldas tantas veces, tachándolas de banales y cabezas huecas? Fueron las mujeres de esa misma ciudad las que acudieron en mi defensa cuando el gobierno trató, en repetidas ocasiones, de encarcelarme. Fueron ellas quienes, en un virulento cartel pegado sobre los muros de los principales edificios de Bogotá, les recordaron a los ciudadanos y a las autoridades que cuando yo había sido la mujer más poderosa en toda la Gran Colombia, había usado mi poder para ayudar a nuestros soldados.

Cuando continuaron a escalar las exigencias de los santanderistas de que yo fuese castigada, esas mismas mujeres del Partido Liberal redactaron un documento aún más enérgico, recordándoles a los bogotanos que a pesar de mi altivez, mis provocaciones, mi temeridad y sobre todo mi imprudencia, yo no era una criminal. "¡Qué heroísmo ha demostrado! ¡Qué magnanimidad! Si la Señora Sáenz ha escrito o gritado: '¡Viva Bolívar!' ¿dónde está la ley que lo prohíbe?" decía el cartel. Era para mí una lección en humildad que las mujeres a quienes había descartado como simples marionetas me hubiesen perdonado mi arrogancia, mi exaltado orgullo, y me conmovía descubrir que había sido admirada desde la distancia por miembros de mi propio género.

¿Qué otras cosas pude haber juzgado erróneamente? ¿Ante

qué otras cosas me habría portado de manera ciega cuando fui la emperatriz de los Andes? Si hubiese permanecido en el poder, es posible que hubiese llegado a ser insensible e injusta, como todos los tiranos a los que aborrecía. Quizás la tiranía no era otra cosa que la expresión extrema de un corazón que se ha enfriado del todo. Y uno podía convertirse en un tirano incluso mientras trabajaba desinteresadamente en corregir las maldades del mundo.

29

Jonotás

Manuela empezó a beber mucho para adormecer el dolor por la muerte de El Libertador. Con el tiempo, dejó de beber en exceso, pero de todos modos parecía seguir en un trance, como si su alma hubiese sido capturada por sus enemigos. Lo había perdido todo con excepción de nosotras.

"Jonotás, ojalá me hubiera quitado la vida cuando me enteré de que el general había muerto," me confió un día. "No sé si tenga el arrojo para hacerlo ahora."

Nosotros los esclavos aprendemos a ser pacientes. Bien sabía yo que el destino era el amo libertador supremo y, que el tiempo era el mejor curandero, que tarde o temprano la situación cambiaría y Manuela se incorporaría de nuevo al mundo de los vivientes. Yo todavía no quería morir, por más que a veces sentía que mi única razón para vivir era Manuela. Al menos una cosa la tenía clara: si ella moría, yo no quisiera seguir adelante sin ella. ¿Qué tipo de vida podría tener por mi cuenta, incluso si era libre? Desde que perdí a mis padres, solo había querido una cosa—estar junto a Manuela.

PERMANECER EN Bogotá llegó a ser demasiado peligroso. Estábamos convencidas de que tarde o temprano se produciría un atentado contra la vida de Manuela. Con excepción del par de joyas que no había vendido, Manuela se encontraba virtualmente en la indigencia. Así que alquiló una casita en Fucha, una aldea en las afueras de la ciudad. Allí pasábamos las tres la mayor parte del tiempo bordando manteles, sábanas, fundas de almohadas o pañuelos para damas, con el fin de poder sostenernos. Natán y yo vendíamos esos objetos en el mercado, o de puerta en puerta.

Fue alrededor de esta época que comencé a ponerme ropa de varón, al principio porque la ropa de hombre era más barata, y luego porque vestida de hombre tenía la sensación de que podía proteger mejor a Manuela que como una simple mujer esclava. Me habitué tanto a vestir pantalones y camisas que llevé mis vestidos al mercado y los vendí, hasta el último. Al principio, conservé mi cabello ensortijado y espeso, últimos restos de mi vanidad femenina. Un día, me inundó una urgencia irreprimible, agarré un par de tijeras y me corté el cabello. No contenta con el aspecto que tenía así trasquilada, fui a ver a un barbero y le dije que estaba harta de los piojos y quería que me rapara la cabeza.

Cuando volví a casa, Manuela se echó a reír y comentó: "Qué bien te ves, Jonotás." A partir de entonces, una vez a la semana me sentaba a sus pies para que me afeitara la cabeza. Pasado un tiempo, la gente se fue olvidando de que yo era una mujer y se dirigía a mí como "muchacho," si era gente de prejuicios racia-

les, o "señor," si quien me hablaba era otro negro; y años después, en Paita, cuando ya había alcanzado una edad avanzada,
como "viejo." Jamás los rectificaba.

Tomé la decisión de que me quedaría con Manuela mientras
ella siguiese deseando que estuviese a su lado. Natán, por lo
contrario, seguía llena del resentimiento de no poderse reunir
con Mariano en Lima. Este sentimiento se lo ocultaba a Manuela, pero no a mí. Natán era una criatura noble, tan noble
que consideraba que su deber era quedarse junto a Manuela
mientras su futuro siguiese siendo tan incierto. Pero también
estaba comprando tiempo hasta que llegara el momento pre-
ciso en el que de nuevo pudiese pedirle la libertad para empezar una familia por su propia cuenta. Yo también quería que
Natán cumpliera ese deseo, pero me preguntaba cuándo y en
qué forma llegaría su libertad.

HABÍAMOS ESTADO VIVIENDO en Fucha durante tres años,
cuando a principios de diciembre de 1833, nos llegó la noticia
de que Santander había regresado a Bogotá. Fue un regreso
triunfal, algo que resultaba devastador para Manuela. Presenciar cómo el enemigo de El Libertador retornaba como el salvador de Colombia era un insulto en exceso doloroso para
aguantar. Durante días, permaneció sentada en una silla en el
patio; fumaba cigarros, miraba hacia las montañas y seguía el
recorrido de las nubes. Solamente nos hablaba para responder
a una pregunta.

Al cabo de unos días, empezó a recuperarse y a tomar sus
comidas con nosotras. Una noche, cuando acabábamos de comer, nos dijo que tenía algo que decirnos. "Mis muchachas,"
comenzó, "Santander no es el tipo de persona que perdona fá-

cilmente. He estado pensando que ha llegado la hora de marcharme de Colombia. Ahora soy una mujer pobre y no puedo permitirme mantenerlas. Mañana iremos al pueblo y preparé los documentos para dejarlas en libertad. Viajaré a Jamaica para quedarme con viejos amigos del general, y allí esperaré hasta que mi tía muera y pueda vender Catahuango. O sea, si yo no muero antes que ella."

Inmediatamente le dije: "Yo me quedo contigo, Manuela. Puedo ser de ayuda en Jamaica."

"Es posible que allá seamos incluso más pobres de lo que somos aquí, Jonotás."

"A mí no me importa. Yo quiero ir adonde vayas tú."

Yo sabía, y sospecho que Manuela también, lo que iba a decir Natán. Le agradeció de todas las formas a Manuela por hacerla una mujer libre. "Me iré a Lima para estar con Mariano," dijo. "Él todavía está esperándome. Mientras llega ese momento, no quiero ser una carga para ti, Manuela. Me quedaré esperando aquí hasta que Mariano me envíe el dinero para el viaje."

"No, ni se me cruzaría por la mente que te quedaras aquí sola y por tu cuenta," dijo Manuela. Se levantó de la mesa y nos hizo señas de que la siguiéramos hasta su alcoba. Una vez allí, me pidió que sacara el baúl de caoba que estaba debajo de la cama y en el cual guardaba las pocas joyas que no había vendido, los documentos que Bolívar le dejó para que estuvieran en lugar seguro y todas las cartas que le había escrito a ella. "Aquí está," dijo, sacando de debajo del fajo de cartas atado con una cinta azul, una medalla… ¡La medalla de Caballero de la Orden del Sol! "Es de puro oro," dijo, alzándola para examinarla, como para asegurarse de que seguía siendo de oro. "Esto pagará el viaje de Natán. Sabía que algún día iba a ser útil."

Enseguida las tres nos abrazamos y nos echamos a llorar

como no habíamos llorado desde que éramos unas niñas y vivíamos con los Aispuru.

La mañana siguiente, Natán y yo acompañamos a Manuela a la casa de Pepe París, quien había seguido siendo un fiel amigo durante la época de adversidad. Le compró la medalla, además de un collar de esmeraldas que El Libertador le había dado como regalo de cumpleaños. Luego ese mismo día, firmó los documentos que nos hacían libres. Al contrario de Natán, que estaba radiante de felicidad, me sentía triste. Manuela y Natán eran mi familia. Y ahora mi familia se estaba deshaciendo.

Nos dedicamos a preparar a Natán para su viaje. Poco más de una semana después de convertirse en una mujer libre, Natán se marchó de Bogotá con una caravana que se dirigía a Lima.

Pensé que nunca más volvería a verla. ¡Qué tan poco podemos anticipar lo que el futuro nos reserva! Muchos años después, en Paita, volveríamos a reunirnos.

Durante el par de años que siguieron a nuestra separación, nos escribimos con frecuencia, dondequiera que estuviésemos. A Natán le preocupaba que hubiese esperado demasiado para casarse, que tal vez era demasiado tarde para tener familia. Afortunadamente, en el transcurso de dos años dio a luz, primero a un varoncito, Mariano Nemesio, llamado así en honor del esposo y del padre de Natán, y el año siguiente a un par de mellicitas, Julia Manuela y Julia Jonotás, en honor de su madre y de Manuela y yo. Aunque sabía lo mucho que nos disgustaba la Iglesia Católica, nos pidió que fuéramos las madrinas de las niñas. Aceptamos, aunque quedaba entendido que no podríamos asistir a la ceremonia de bautizo. A Manuela y a mí nos sorprendía mucho que Natán se hubiese convertido en una católica devota, y nos sorprendía aún más que hubiese elegido como madrinas de las niñas a dos ateas.

Durante años y años después de nuestra llegada a Paita, en el extremo norte de la costa peruana, Natán hablaba en las cartas de sus deseos de venir a visitarnos. Manuela le respondía todas las veces, diciéndole cuánto nos encantaría verla de nuevo, que nuestro hogar era también el suyo. Pero Natán siempre posponía la visita... un año por problemas de dinero, otro porque una de las niñas se había enfermado justo antes de la partida; un tercero porque las ventas iban tan bien que no conseguía apartarse de la panadería. Yo ya empezaba a pensar que no la volvería a ver más, y que nunca iba a conocer a mi ahijada.

Doce años después de que Manuela y yo nos instaláramos en Paita, un día de principios de enero, Natán y sus niños desembarcaron en el pueblo. Llegaron con un baúl enorme lleno de regalos para nosotras. Sabíamos por las cartas que a Natán y Mariano les había ido bien. Pero ella seguía siendo una persona sencilla y no se daba aires a pesar de su prosperidad. Debió haberse gastado una pequeña fortuna en implementos femeninos para Manuela y en pantalones y camisas para mí.

Natán también nos trajo dos lámparas de aceite, ollas y sartenes, un juego de porcelana china muy hermoso, lencería inglesa y una encantadora palangana de porcelana así como un aguamanil. Manuela era demasiado orgullosa para mencionar en sus cartas lo pobres que éramos y en un principio Natán estaba obviamente desconcertada al ver los limitados medios con que contábamos. Las niñas, que debían haber escuchado muchas historias sobre el grandioso pasado de Manuela, parecían perplejas. Sin embargo, Natán y Mariano se habían encargado de darles una educación esmerada y tenían unos modales preciosos. Nada dijeron del colchón de paja que era mi cama. En la discreción se parecían mucho a su madre.

No era fácil acomodar tantos huéspedes en nuestra pequeña casa, pero Manuela no quiso prestarle la menor atención a la sugerencia de Natán de que se podían quedar en una posada en el pueblo, la única que aceptaba negros. Así que nosotras tres dormimos en la cama grande de Manuela, las dos Julias compartieron mi cama, y colgamos una hamaca en el salón para Marianito.

Las dos semanas que pasaron con nosotras las recuerdo como la época más feliz que viví en Paita en toda mi vejez. Cada noche, con la puerta del balcón abierta hacia una franja del cielo estrellado, Manuela, Natán y yo nos quedábamos hasta bien pasada la medianoche, fumando, tomando pisco y rememorando. Nos reíamos a las carcajadas de nuestras aventuras pasadas, hasta que empezaban a rodarnos lágrimas por las mejillas y ya después caíamos dormidas, exhaustas de tanto hablar y recordar.

Los niños nos llamaban tía Manuela y tía Jonotás. Aunque no había estado presente para verlos crecer, sentía por ellos un amor que iba mucho más allá del afecto que me despertaban los niños a quienes les vendía dulces en Paita. Esas dos niñas y Marianito eran como mi propia familia.

Natán se apoderó de la cocina, donde no toleró durante esos días la presencia mía, de Manuela o de los niños. Se despertaba antes que nadie más en la casa y nos daba de desayuno un pan tan caliente que cuando lo cortabas y le echabas mantequilla, esta se derretía de inmediato en un charquito dorado en nuestros platos. Entre las deliciosas comidas que preparó para nosotras, nuestra favorita era la parihuela, una sopa espesa, con moluscos y trocitos de pescado hervidos a fuego lento hasta la perfección. También preparaba arroz con coco y dulces, como, por ejemplo, la pasta de coco—el preferido de Manuela—así como galletas al horno y pasteles. Natán cuidaba del fuego en el horno como si fuese un santuario sagrado y ella su sacerdotisa, encargada de mantenerlo siempre vivo.

"Muchacha," le decía a veces Manuela, "toma un descanso de esa cocina antes de que te cocines a ti misma."

Al final del día, antes de que la cena fuese servida por las Julias, Natán se iba a la caseta de baño en la parte de atrás del patio y se aseaba un buen rato, entonando canciones de nuestro palenque que a mí me traían tanto memorias dolorosas como felices. Volvía del baño plácida, oliendo a espliego.

Mientras Natán se pasaba el día entero en la cocina, los demás alquilábamos caballos y nos íbamos de excursión a los pueblos vecinos para mirar las ruinas de iglesias y de fortalezas construidas por los conquistadores a su llegada al Perú. Un día, cabalgamos durante toda la jornada por el desierto hasta llegar a un oasis cerca de las ruinas indígenas de Narihuala. Íbamos a la bahía al menos una vez por día. Las niñas se divertían muchísimo jugando en el agua. Manuela y yo buscábamos refugio del calor a la sombra escasa de un cocotero, desde donde las vigilábamos.

Al final de la tarde, antes de que se sirviera la cena, Manuela se hundía en su silla mecedora, y los niños se reunían a su alrededor a hacerle preguntas sobre los viejos tiempos cuando estaba con su madre, o a contarnos lo que habían aprendido en la escuela. Allí habían estudiado sobre Simón Bolívar y sus grandes triunfos. Se sentían fascinados al saber que su madre había conocido a una persona sobre la cual se hablaba en los libros. Los niños querían saber si era verdad que Natán había participado en campañas militares y combatido en alguna batalla.

"Así de pacífica como la ven, su mamá es tan valiente como el más valiente de los soldados en las guerras de la Independencia," les dijo Manuela.

Marianito tenía muchas preguntas sobre El Libertador y sus combates. "¿Alguna vez le habló de la batalla de Boyacá, la batalla que liberó a Colombia?"

"¿Te interesa el ejército?" le preguntó Manuela.

"Sí, tía," contestó Marianito con los ojos brillantes. "Quiero luchar por la nación. Defenderla de sus enemigos."

"Escúchame, Marianito," le dijo Manuela mientras fruncía el ceño. "Si tu tía Manuela alguna vez se entera de que te metiste al ejército, se irá derechito a Lima en un barco para darte una buena tunda en público. Si no quieres partirme el corazón, y partirle el corazón a tus padres, olvídate del ejército."

"Pero tía Manuela," contestó Marianito, pleno de fervor, "si El Libertador estuviera vivo, ¿qué cree que habría dicho?"

"No voy a presumir de saber lo que él habría dicho," dijo Manuela. "Pero déjame que te cuente un secreto, Marianito. El Libertador odiaba la guerra y la destrucción de la vida humana. Él mismo me lo dijo una noche poco después de conocernos, cuando mi cabeza—igual que la tuya ahora—estaba llena de sueños de gloria militar. Si quieres hacer algo por tu país," agregó, suavizando el tono, mientras paseaba sus dedos por entre el pelo ensortijado del niño, "debes ser un hombre de paz. Las batallas las debes librar con tus palabras. Lo último que nuestros pobres países necesitan es más guerras."

Poco antes de que regresaran a Lima, por insistencia de los niños, Manuela abrió el cofre de caoba que contenía las cartas de amor que le había escrito El Libertador. Eligió un par de pasajes para leerles a los niños atónitos. Natán y yo estábamos igual de asombradas. Nunca habíamos sabido lo que decían esas cartas, que Manuela llevaba a todas partes y protegía con celo feroz.

No tuvimos tiempo de lamentar la marcha de Natán. Aquella misma tarde, Manuela recibió una nota de Santander que le ordenaba presentarse en su despacho del palacio de San Carlos el día siguiente a las diez de la mañana.

"Esa va a ser mi última humillación en este país aborrecible," dijo Manuela. "A partir de mañana, comenzaremos los preparativos para viajar a Jamaica."

Por primera vez, desde la muerte de Bolívar, apareció una sonrisa en su rostro. Era como si se hubiese retirado su velo de tristeza. La perspectiva de marcharse de Colombia era como una liberación.

Después que murió El Libertador, a Manuela dejó de importarle su aspecto físico. Evitaba mirarse en los espejos y de las paredes de nuestra casa no colgaba ni uno solo. A pesar de que ya no era joven y estaba un poquito rolliza, seguía siendo hermosa, e incluso en la vejez, sería también hermosa, gracias a sus ojos color de carbón y su piel clara como porcelana.

No obstante, Manuela pensó detenidamente qué vestiría para su encuentro con Santander. No es que tuviese mucho de dónde elegir, pues había vendido todos sus trajes elegantes; pero le quedaban los suficientes restos de vanidad para no querer aparecer desaliñada enfrente del hombre que había aplastado el sueño más querido de Bolívar: la Gran Colombia. Santander era el hombre que más infeliz había hecho a Manuela, más que Fausto D'Elhuyar, más que su propio padre, más que James Thorne. Manuela eligió un vestido de seda amarillo pálido que no se había puesto en años.

Aunque aquella mañana de enero que nos dirigíamos al palacio era soleada, ninguna de las dos nos sentíamos capaces de disfrutar el trayecto a caballo. Nuestro ánimo era oscuro y aprensivo. Manuela debía estar hirviendo por dentro en el momento de entrar al palacio, el mismo palacio al que tantas veces había entrado libremente para ver a El Libertador. El palacio en el que ella tantas veces había sido la anfitriona era ahora el hogar de Santander.

"¿Qué es lo peor que puede hacerme, Jonotás?" me preguntó Manuela de camino a su cita. "Ser deportada de Bogotá no es castigo ninguno, y sospecho que ese es el motivo de este encuentro."

Deseé que tuviera razón. Yo no podía olvidar que después de la conspiración de septiembre, Santander había estado encerrado más de un año en una mazmorra en Cartagena. Yo estaba segura de que le habían llegado las historias de que Manuela había jurado en público que le pegaría un tiro. Y seguramente recordaría las historias.

Estuvimos sentadas durante horas en la sala de espera del despacho presidencial, viendo el entrar y salir de gente. Afortunadamente, se me había ocurrido traer la bolsa de tejer con el hilo y las agujas. Nos entretuvimos haciendo bufandas que trataríamos de vender antes de marcharnos de Bogotá.

Ya había pasado mitad de la tarde cuando llamaron a Manuela para que siguiera al despacho. Durante las largas horas de espera, a duras penas nos habíamos dirigido la palabra, excepto para comentar cómo iba saliendo lo que tejíamos. Lo que sea que estuviera pensando, no me lo dejó saber. Yo tenía una cosa muy clara: nuestro destino estaba en manos de Santander.

"Jonotás, ven conmigo," dijo poniéndose de pie, mientras se acomodaba el cabello y se alisaba los pliegues del vestido. "Esto no lo puedo hacer sola."

En cuanto entramos en su despacho, Santander se levantó de su escritorio. Me echó un vistazo, y empezó a hacer un gesto como para indicar que me saliera, pero en seguida cambió de parecer. Quizás quedaba un destello de compasión en aquel corazón de bestia. Podía permitirse ser amable habiendo llegado ya la hora de la humillación para Manuela.

El presidente de Colombia la saludó y le ofreció una silla. Yo me quedé parada detrás de ella. Mientras se sentaba, Manuela paseó la mirada por todo el recinto, como si buscara algún vestigio de Bolívar. No había ninguno.

"Reciba mis disculpas por haberla hecho esperar tanto, señora de Thorne," empezó a decir Santander. "Pero asuntos de importancia exigían mi atención." Pude ver cómo los hombros de Manuela se ponían rígidos. Nadie se dirigía a ella por su nombre de casada. ¿Sería esta la forma que esa rata que teníamos en frente utilizaba para negar la existencia de Manuela Sáenz?

Una mujer entró con la bandeja del café. Manuela aceptó una taza, pero Santander no. Era su manera de decirle que la reunión sería breve.

"Como dudo mucho que tengamos otra oportunidad de encontrarnos en el futuro, señora de Thorne, la he invitado aquí hoy para informarle que debe marcharse de Colombia sin ninguna tardanza," dijo. "Quería despedirme personalmente antes de su viaje." Se detuvo para aclararse la garganta y luego continuó: "Aunque entre nosotros dos ha existido una gran animosidad durante años, quisiera recordarle que hubo una época en que el general Bolívar y yo éramos amigos cercanos, así como camaradas en armas. De buena gana, habría dado mi vida para protegerlo. Es por ello que mis desacuerdos posteriores con él me resultaron tan dolorosos. Yo siempre admiré al general, en todas las maneras, por todo lo que hizo. Eternamente le estaré agradecido por sus grandes servicios a la nación. Si no hubiese sido por el general, seguiríamos siendo súbditos de España."

"A El Libertador le habría alegrado mucho escuchar esas palabras de sus labios," dijo Manuela. Lo decía en tono de burla, pero Santander no pareció darse cuenta. La Manuela de antes habría dicho algo así como: "¿Por qué no le dijo eso al general cuando estaba vivo? ¿Antes de que muriera con el corazón roto?"

"Lo crea usted o no, también siento una enorme admiración por usted, señora," continuó Santander. "La admiro por su desinteresada devoción al general, y por haber demostrado su amor por la gente de este país cuando El Libertador era presidente. Aprovecho la ocasión para decirle que también la admiro profundamente como mujer... su ejemplo le ha mostrado a las mujeres de Colombia lo que es posible alcanzar."

¿Sentiría de verdad una sola palabra de lo que decía? ¿Estaría pensando que Manuela era tan tonta que iba a creerlas?

"Gracias, señor," dijo ella. "Es usted muy gentil."

"La gentileza no tiene nada que ver con ello, señora de Thorne. Tengo la certeza de que en el futuro, la historia la recordará como una de las heroínas de la Independencia. Y aunque personalmente me ha causado usted mucho sufrimiento, lo que sucedió entre nosotros es cosa del pasado."

Tal vez fuese así. Yo estaba convencida de que hasta el día de su muerte, Manuela lo despreciaría. Y yo también.

"A pesar de mi admiración por usted, señora de Thorne, va usted a ser deportada de Colombia y exiliada por el resto de su vida. Usted ha seguido expresando su oposición al gobierno. Eso es algo que yo encuentro inaceptable. Y no se vaya a equivocar en esto, señora: si se le ocurre regresar, bajo cualquier pretexto, será ejecutada. Desde el fallecimiento del general, usted se ha negado a aceptar que la Gran Colombia está difunta, que el legado de El Libertador murió con él, que sus ideas han sido rechazadas por el pueblo, que es hora de que esta nueva nación empiece a avanzar."

Manuela tomó un último sorbo de su café, miró fijamente el interior de la taza como si estuviese tratando de leer su futuro en las formas que creaban los granos de café. Luego colocó la taza en todo el centro de la mesita que estaba al lado de su silla y se levantó para dirigirse a Santander.

"Señor presidente," dijo, "la razón por la que su Merced detestaba tanto a El Libertador es que en lo profundo de su ser usted sabía que sin que importara cuánto el pueblo lo prefiriera sobre él, usted nunca podría ser la mitad del hombre que él fue. Incluso, pasados todos estos años, le debe atormentar pensar que la historia lo recordará solamente como una nota al pie de la página en la vida de Simón Bolívar."

Cuando se giró para marcharse y empezó a caminar hacia la puerta conmigo detrás suyo, escuché que Santander decía: "Bon voyage, señora de Thorne. Que Dios la acompañe."

TARDE ESA NOCHE, cuando estábamos sentadas en el salón, fumando nuestro cigarro nocturno, Manuela dijo repentinamente: "Su aspecto mejora inmensamente con sus ropas elegantes." Tardé un instante en comprender que hablaba de Santander. "Evidentemente, aprendió a vestir como un caballero durante su estadía en Europa. Pero ¿sabes una cosa, Jonotás? A pesar del aura cosmopolitana de poder que proyecta ahora, nunca llegará a ser un príncipe natural como lo era Bolívar. Sin embargo, me siento orgullosa de mí misma. Anoche decidí que pasara lo que pasara durante nuestro encuentro, no le pediría disculpas por el pasado." Se detuvo un momento. "Jonotás, si me hubiera quedado allí otro minuto, ese rufián habría sido capaz de jurar que no tuvo parte alguna en la conspiración de septiembre. Mi único remordimiento es que no hubiese sido fusilado con los otros conspiradores." Manuela soltó un prolongado suspiro, aspiró profundamente del cigarro, exhaló el humo, y añadió en un tono tan dolorido que me partía el corazón: "Han borrado de la historia a El Libertador, Jonotás. Es como si nunca hubiese existido. Y si Bolívar no existió, entonces yo no soy nada más que un fantasma."

30

Era la estación seca en la cordillera. En esta época del año, el salto del Tequendama se convertía en un simple hilo de agua, pero al final de la tarde del día anterior había llovido sobre la sabana, un aguacero de gotas enormes repentino y violento, y hoy el río Bogotá se veía crecido y furioso. El clamor de las cascadas llenaba los espacios entre las montañas, y producía un eco interminable que retumbaba como una multitud que aclama a un general victorioso al entrar en una ciudad liberada.

Nuestro grupo—dos portadores indios para guiar las mulas cargadas con mis baúles, ocho soldados asignados por el gobierno de Colombia para escoltarme al salir de Bogotá, Jonotás y yo—nos habíamos detenido a pasar la noche en un claro cerca del salto del Tequendama.

Jonotás descabalgó la primera. Esta noche la expresión que marcaba su rostro era severa, sus facciones rígidas, como labradas en piedra. Estaba vestida con un uniforme verde oscuro de húsar, con sable y todo.

Yo vestía mi uniforme de coronel: un sombrero de tres picos, una chaqueta de color azul marino ahora despojada de las medallas que me había visto obligada a vender—una por una—y pantalones de terciopelo rojo. Había pasado demasiado tiempo desde la última vez que usé uniforme militar, y ya no me sentía cómoda enfundada en él, como si fuese una piel que había soltado hace mucho tiempo. La noche anterior, después de empacar los baúles, la única decisión que faltaba por tomar era la de las ropas que dejaríamos afuera para el viaje.

"Yo tengo muy claro lo que voy a vestir," dijo Jonotás. "Me voy a marchar de aquí vestida de soldado."

Hasta ese momento, no se me había ocurrido pensar en mi vestimenta. "Me parece bien," dije. "Vamos a desempolvar mi traje de coronel." Decidimos salir de Bogotá vestidas de esa manera para afrontar, por última vez, a una sociedad y una gente que las dos despreciábamos.

Después de asegurar los caballos y de apostar dos soldados como centinelas, nuestro grupo descendió el estrecho sendero hacia el saliente que se proyecta por encima de las cascadas. Al amanecer, la caravana tomaría el camino que llevaba a la ciudad de Honda, a veinticinco kilómetros de distancia, sobre las márgenes del río Magdalena. El decreto gubernamental especificaba que desde Honda debía viajar río abajo hasta la población de Arjona en la costa Atlántica. De allí, sería llevada como prisionera a Cartagena donde quedaría detenida hasta que una embarcación que se dirigiese a Jamaica me apartara del suelo colombiano.

Nos dividimos en tres grupos para pasar la noche. Los soldados acamparon junto al camino. En medio del claro, los porteros indios se acuclillaron alrededor de una fogata y allí asaron papas amarillas y mazorcas de maíz aún envueltas en sus vainas verdes. A Jonotás y a mí se nos ordenó acampar más cerca de la cascada que el resto. Jonotás eligió un lugar cubierto de musgo en el extremo del bosque, un paraje en el que un grupo de robles proporcionaba abrigo de la neblina creada por las cascadas al arrojar sus aguas hacia la zona templada.

Mientras Jonotás reunía ramitas y leños secos para hacer una hoguera, salí a dar una vuelta para estar a solas. Abajo, una espesa capa de niebla rodeaba la roca en lo alto de la cascada donde se encontraba el santuario de la Virgen. Junto a la barandilla de madera construida en el borde del precipicio, recogí un guijarro, lo lancé al espacio abierto y traté de seguir su trayectoria, pero la configuración cambiante de la neblina muy pronto se la tragó. Mis ojos se pasearon por la gigantesca brecha del cañón. Quería memorizar este momento, este lugar. Me apoyé en la barandilla y por un instante alcancé a vislumbrar el río, cientos de metros abajo, lanzándose sobre las rocas y los cantos rodados antes de desaparecer en la luz escasa del ocaso. La llovizna helada del Tequendama me salpicaba el rostro, y sin embargo, lo sentía como si estuviera ardiendo.

Esa noche, el rugido de la catarata me provocaba un anhelo de convertirme en parte de su misterio. En tiempos precolombinos, los indios chibchas que habitaban la sabana utilizaban el Tequendama como una entrada sagrada en el mundo de los antepasados. Mis sirvientes indígenas en Bogotá aseguraban que el suelo alrededor del Tequendama estaba embrujado por los espíritus de aquellos centenares que habían suspirado en el charco a los pies de la catarata. Los indios aseguraban que en las noches de calma, se alcanzaban a escuchar los llantos de los muertos muy lejos de allí, incluso en la propia Bogotá. En las tardes claras y soleadas, cuando recorría las montañas con mis muchachas para recolectar hierbas y flores silvestres, se alcanzaba a ver en el fondo el brumoso penacho de las cascadas que se elevaba hacia el firmamento. Esta vista era acompañada por un arco iris, a veces un arco iris doble, que formaba arcos perfectos sobre el Tequendama justo antes de que se ocultara el sol. En momentos así me olvidaba de que vivía en Bogotá—más bien, me sentía en una tierra mágica.

Una parte de mí habría querido saltar al vacío que se abría a mis pies. Habían pasado cuatro años de agonía desde la muerte de Bolívar. Tan sólo su memoria me anclaba a la vida, y al igual que siempre, sentía una resolución inquebrantable de defender su buen nombre de aquellos que lo vilipendiaban. Aunque fuera sólo por eso, yo debía vivir el tiempo suficiente para ver el día en que el nombre del general sería restaurado en toda su gloria. Si lograba esto, entonces mi existencia estaría justificada.

Media década atrás, en una de mis cotidianas tertulias nocturnas en la casa que ocupaba frente al Palacio Presidencial, y en vista del agradable clima de verano que gozábamos por entonces, les propuse a mis invitados hacer una excursión la mañana siguiente hasta el salto del Tequendama. Este grupo exclusivamente de hombres—integrantes de la legión británica, oficiales del ejército de Bolívar, irlandeses y franceses que habían venido a Suramérica a luchar por la causa de la libertad—aceptó mi invitación con presteza. De joven, cuando vivía en Quito, ya había soñado en visitar las cascadas que Alexander von Humboldt había hecho célebres en su libro *Narrativa Personal*. "No nos excedamos esta noche con las copas, caballeros," les dije a mis invitados, "para poder despertar a tiempo y sin resaca." Pero a pesar de mis pedidos, la tertulia, como de costumbre, se extendió hasta bien pasada la medianoche.

A la mañana siguiente nos reunimos en frente de la vivienda del capitán Illingsworth. El sol bañaba las montañas alrededor de Bogotá con una brillante luz blancuzca. A pesar de que nos habíamos puesto de acuerdo la noche anterior en vestir los trajes civiles para evitar la curiosidad al salir de la ciudad, en el último minuto cambié de opinión, y me enfundé mi traje de coronel. Para agregarle un poco de diversión al asunto, me pegué un bigote fabricado con el cabello de soldados españoles muertos durante la batalla de Pichincha.

Resultó ser un paseo muy placentero. Al llegar a las cascadas, extendimos los manteles de lino que había empacado Jonotás y sobre ellos coloqué jamón, queso, aceitunas, pan, confites, copas de plata y botellas de champán francés. La cabalgata, con aquel clima soleado que hacía, me había acalorado y para refrescarme empecé a beber copa tras copa de champán. Más tarde, embriagada, excitada por las conversaciones de los hombres sobre sus viajes en Europa y sus aventuras en Suramérica, las batallas que había librado y las conquistas románticas (noté que hablaban sobre las damas como si yo no estuviese presente, y esto me halagaba), me dirigí hacia lo alto de las cascadas. Las aguas heladas que pasaban raudas a mi lado se me hacían tentadoras y mojé mis pies en ellas, sin darme cuenta de lo cerca que me encontraba de resbalarme y caer. Dos de los hombres del grupo me vieron, se acercaron desde atrás, y me apartaron de lo que habría sido una muerte segura.

LA LUZ se desvanecía rápidamente. Me quité el sombrero, retiré el alfiler que sostenía mi pelo en un moño y sacudí la cabeza para dejar que me cayera el cabello libremente sobre los hombros. Lancé el sombrero en dirección del sitio en que Jonotás alistaba la cama para pasar la noche.

Me volví para mirar el torrente y extraje del bolsillo de los pantalones una copia de la carta que el gobierno había enviado por adelantado a las autoridades en Cartagena, que explicaba las razones para expulsarme de la Nueva Granada, nombre que de nuevo recibía Colombia. Recosté los brazos sobre la barandilla para examinar el arrugado papel que había leído y releído muchas veces desde que lo había recibido.

COLOMBIA. País miembro de la Nueva Granada.
Secretaría del Interior y de Relaciones Exteriores.
Bogotá, 7 de enero de 1834.

Para su Excelencia el Gobernador de Cartagena:

El despacho del gobernador de Bogotá, en cumplimiento con las leyes vigentes, ha ordenado la partida de esta capital de la señora Manuela Sáenz, quien ha elegido el puerto de Cartagena para salir del territorio colombiano. La escandalosa historia de esta mujer es bastante conocida, al igual que su carácter arrogante, desasosegado y atrevido. El jefe político de esta capital ha tenido que recurrir a la fuerza para alejarla de aquí, pues esta señora, ocultándose en su condición femenina y su altivez, se ha concedido la licencia para burlarse de las órdenes impartidas por las autoridades, cosa que ha hecho desde 1830 hasta el presente.

El poder ejecutivo me ha ordenado que le informe de estos acontecimientos para que esté usted al tanto de cualquier infracción en la conducta por parte de esta mujer, y esté preparado para obligarla, sin que valga excusa ninguna, a salir del territorio bajo el gobierno suyo, en concordancia con el pasaporte que posee, y prevenir cualquier trastorno que pueda causar en los asuntos políticos. Se jacta de ser enemiga del gobierno y, en 1830, utilizó sus poderes para contribuir a la catastrófica revolución que tuvo lugar ese año.

Además, su Excelencia me ordena que le advierta a usted que bajo ninguna circunstancia puede usted permitir que la mencionada señora se quede en Cartagena. Si no hay un barco próximo a salir en el que pueda viajar como pasajera, debe quedar entonces detenida en Arjona, donde debe ser escrupulosamente vigilada, asegurándose de que no se le permitan siquiera visitas de cortesía por parte de ningún oficial del ejército.

Que Dios le conceda salud.

A continuación venía la firma de Lino de Pombo, un burócrata gubernamental, un enemigo de Bolívar y un cerdo inmundo. Aplasté la carta entre mi puño y la arrojé hacia el abismo.

El frío de la noche andina se me metía por la piel. En el horizonte, el cielo resplandecía de escarlata a causa de los volcanes humeantes del Sur. Las estrellas palpitaban en el firmamento como luciérnagas. Directamente encima de mí, se divisaba la Cruz del Sur. Las estrellas fugaces, repletas de luz, rompían aquella vastedad de azul cobalto. Pero yo no tenía ningún deseo que pedir. Ni siquiera uno. Desde niña, me había encantado el cielo de los Andes cuando caía la noche, e incluso lo prefería al firmamento diurno. De joven, la soledad y la quietud de la noche me concedían una sensación de libertad. A menudo, me quedaba despierta para contemplar el firmamento hasta que el amanecer se llevaba la oscuridad. Esta noche, toda esa belleza y toda esa promesa se perdían en medio de mi desconsuelo.

Me asombré al sentir un golpecito en el hombro. Era Jonotás, que quería arroparme con un chal de alpaca. "Ven aquí, niña Manuela," dijo, su voz llena de inquietud por mí. "Tienes que comer algo. Mañana va a ser una jornada muy larga." La última vez que Jonotás me había llamado niña había sido en Catahuango, cuando de verdad lo era.

Nos servimos queso, pan, chorizo y vino, que tomé directamente de un odre, y luego me recosté en el jergón que Jonotás había preparado para las dos en una zona donde el musgo serviría de cojín. Me metí entre las gruesas ruanas que traíamos. Aunque no tenía sueño, cerré los ojos y me fui adormeciendo. Pasado un rato me desperté. Jonotás, que dormía al lado mío, roncaba sonoramente, con su cabeza rasurada rozándome la cara.

"Mañana, mañana," dije para mis adentros. Mañana me iba a despertar e iniciar el viaje río abajo, hacia la costa, hasta llegar al Océano Atlántico, donde Bolívar había muerto y donde estaba enterrado. Me vinieron a la mente unos versos de Jorge Manrique: "Nuestras vidas son los ríos/que van a dar en la mar/que es el morir." Con la llegada del nuevo día, la oscuridad de la noche se dispersaría para que empezara el nuevo día. Pero para mí, no. Para mí no. Y así seguiría siendo mientras viviese y pudiese respirar. En los días por venir, en un futuro repleto de mañanas, no veía más que una oscuridad incesante... sin luna, sin estrellas. Sin embargo, esa oscuridad que me esperaba no me causaba temor, porque sabía que nunca se iba a disipar, nunca iba a cambiar, nunca me iba a engatusar con la ilusión de un nuevo comienzo en el cual era posible que floreciera la promesa del amor, y que de nuevo la felicidad se convertiría en dolor. Mañana me iría flotando por el río hasta el día en que se adentrara en el mar, una mujer sin vida flotando sobre una balsa, avanzando hacia la eternidad. En el momento de cerrar los ojos, sabía que si elegía vivir, tendría que perseverar y perseverar hasta llegar a la oscuridad total que me reclamaba al final del largo trayecto que aún debía cumplir. Entretanto, esta noche, sentía alivio y gratitud de no poder anticipar lo que ya maduraba para mí en el oscuro e inescrutable vientre del tiempo venidero.

Los Años Junto al Mar

31

PAITA

1 8 3 6

Me encontraba en la proa del bergantín *Santa Cecilia* mientras los chillidos de una oleada creciente de gaviotas, pelícanos, fragatas y cormoranes me atronaban los oídos. Aves tijereta flotaban suspendidas entre el agua y el cielo, con sus largas colas blanco y negras colgando como pares de tijeras flexibles que atizaban el aire. La multitud de aves se henchía por encima de las velas de la embarcación, y oscurecían el pálido cielo, que tenía el color del desierto.

Mientras el barco entraba en la bahía de Paita, y las aguas se revestían con espirales de algas de un color verde oscuro, el nombre de aquel pueblo se me pegaba a los labios. Paita me hacía pensar en otras palabras igualmente desagradables, que también comenzaban por P: puta, perra, como yo había sido llamada una y otra vez en muchas ciudades y muchos países. También sonaba como "pedo," que fue el nombre que terminaría por conferirle a Paita: el pedo del mundo. Había llegado a

Paita para morir. Apenas tenía cuarenta y siete años, pero mi vida había concluido. Seis años habían transcurrido desde la muerte de El Libertador, y ahora yo venía a enterrarme en vida.

Paita apestaba a pescado putrefacto. Un matadero en el cual los cachalotes eran arrastrados hasta la orilla, cuarteados y hervidos para iluminar la oscuridad del mundo.

Paita petrificada. Su desordenado puerto acunado en una bahía enclaustrada por unas montañas desnudas y blanquecinas. Su cielo ceniciento, indiferente a las nubes, lo descolorido del paisaje y la arena blanca que cubría las calles me hicieron sentir como si estuviese entrando en mi propio mausoleo. Había llegado a un puerto de pesca que más parecía una isla desierta.

Llegue a Paita después de haber combatido todas mis guerras, con la excepción de dos de ellas. Quería seguir con vida para reclamar la herencia de mi madre. Y más importante, quería seguir con vida para ver morir a los enemigos de Bolívar, uno por uno, y para ver que su nombre fuese restaurado a su antigua gloria; restaurado después de haber sido mancillado una y otra y otra vez en los años que siguieron a su muerte.

En jamaica, donde nos habíamos instalado después de nuestra expulsión de Colombia, la mano mugrienta de la penuria había venido a llamar a nuestra puerta más y más fuerte cada vez. Jonotás y yo sobrevivimos con la venta de las pocas joyas que me quedaban. Antes de marcharnos de Bogotá, mi tía había convenido en comprar Catahuango con el entendimiento de que durante dos años me enviaría los intereses de las ganancias anuales, y al cabo de ese tiempo me pagaría 10,000 pesos por la propiedad. Pasados dos años, Ignacia no me había enviado ni un peso de los intereses ni tampoco los 10,000 pesos prometidos, y Catahuango fue subastada en Quito. La compró un individuo que me firmó unos pagarés que se vencerían en el transcurso de un año.

Estaba desesperada por volver a Ecuador y recolectar los pagarés que el hombre había firmado. Se interpusieron muchos obstáculos que impidieron el viaje. Las memorias de la prolongada y feroz guerra que José María había librado contra el régimen actual en Ecuador todavía estaban frescas. El gobierno de Rocafuerte temía que yo quisiera regresar para infundir ánimos a los seguidores de José María, quienes ahora clamaban venganza. Cuando por fin se me concedió el permiso de regresar y pude desembarcar en Ecuador, mis enemigos prevalecieron, se me prohibió poner pie en Quito y se me dijo que debía abandonar el país inmediatamente bajo riesgo de ser ejecutada si no lo hacía. Perú parecía la opción más lógica para retirarme y el gobierno de Lima me permitió ingresar al país con la condición de que no me moviera de Paita, un puerto cerca de la frontera con Ecuador, a menos que viajara a otro país del extranjero. Pudimos embarcarnos hacia Paita gracias a un préstamo de 300 pesos que me hizo mi amigo, el general Juan José Flores.

Alquilé una pequeña casa de dos pisos de paredes de bambú, con balcón y una buena vista de la bahía, y allí me instalé a escribir cartas. Cada semana, le pedía a Jonotás que bajara a la playa para entregar mis cartas al barco que zarpaba hacia Guayaquil. Pasaron meses sin recibir noticias del general Flores, a quien había dejado encargado de recolectar el dinero que se me debía. Para alguien que se la había pasado esperando toda la vida—a que muriera mi tía, a que Bolívar volviese a mí en tres países diferentes—esperar se había convertido en algo natural.

Una vez que se agotaron los 300 pesos que me prestó el general Flores, una barra de jabón pasó a ser para nosotras un lujo. Se me olvidó qué sabor tenía la carne roja. Yo no podía hacer otra cosa más que esperar y esperar y desear un regreso a Ecuador para recolectar el dinero proveniente de la venta de Catahuango.

Marineros borrachos, tahúres, intrigantes, exiliados políticos, prostitutas con los labios y mejillas pintadas de carmesí, shamanes indios venidos de las montañas con pócimas que prometían curar la mala salud y la mala suerte, en los negocios y en el amor—tales eran los ciudadanos de Paita, mis nuevos vecinos.

Cada día en Paita empezaba con una neblina gris sobre el Pacífico que ocultaba el sol hasta media mañana, cuando parecía arder sobre nuestras cabezas. Me sentía prisionera, atrapada en algún sitio entre la vasta extensión cenicienta del océano y las arenas calcinantes del desierto que se esparcía donde terminaba el pueblo. Sentía como si esta opresión terminaría por sacarme el alma.

Dos vientos se encontraban en Paita; el viento cálido soplaba con fuerza desde el desierto hacia el Pacífico, arrastrando arena y arañas, serpientes y escorpiones que llovían sobre nosotros como un castigo de los cielos. Los bichos se deslizaban o se colaban por entre las grietas de la casa para acecharnos con sus venenos en las esquinas oscuras. Este viento soplaba como si tuviese desespero por sumergirse en las aguas del océano para así refrescarse. El otro viento se abatía sobre Paita desde la dirección contraria, del océano hacia el desierto. Perfumado con el aroma de frutas maduras y embriagadoras flores tropicales, nos llegaba desde la lejanía de las islas polinesias, trayendo en su rastro una invitación que parecía cantar: "Ven, ven con nosotros, no te quedes a morir en esta costa ardiente. Ven y déjanos que te arropemos con vestiduras de un verde exuberante." Este viento me llenaba el corazón de melancolía al recordarme cuánta belleza contenía el mundo más allá de los confines de este agujero infernal en el cual había venido a parar.

Para distraernos, muchas veces al final de la tarde Jonotás y yo cabalgábamos en nuestros burros y ascendíamos las colinas que se cernían sobre la bahía. Allá abajo de nosotros se extendía el desierto que separaba a Paita de Piura, lo más parecido a una ciudad en esta región desolada. Nos sentábamos en una sábana extendida en el suelo y fumábamos un cigarro, de espaldas al mar, mientras contemplábamos el sol que se ocultaba detrás de los Andes. En días muy claros, era posible divisar el penacho color carbón de un volcán ecuatoriano. Era ese uno de los pocos placeres que teníamos en Paita.

Otros días, lo único que podíamos ver era el desierto. Durante los meses más calurosos del años, sus arenas se resecaban tanto por falta de humedad que, de hecho, se cocían hasta quedar tan duras como la arcilla. Los algarrobos, los únicos árboles que crecían en aquel suelo sediento, exudaban su propia resina hasta que entraban en combustión por cuenta propia, como si el fuego fuese una manera de encontrar alivio del calor. Las chispas de los árboles encendidos iban a aterrizar sobre las bolas de matorral reseco formado y arrastrado por los vientos calientes, y que una vez encendidos atravesaban en espiral zonas del desierto, quemando todas las ramitas, hojas secas e insectos que encontraban a su paso. Las llamas llegaban a elevarse tanto, que las aves que hacían su sitio en lo alto de los cactus, escapaban de sus nidos envueltas en llamas, como cometas en miniatura. Muchos días nos sentábamos al atardecer en lo alto de una colina, bajo aquel calor abrasador, espectadoras hipnotizadas de aquellas puertas del infierno.

La breve estación de lluvias en Paita, cuando llovía a cántaros el día entero, proporcionaba un breve respiro al calor sofocante. Cuando llovía con más insistencia de lo habitual, las colinas de arcilla que circundaban la bahía empezaban a desmoronarse, desatando una avalancha de tierra húmeda que se precipitaba sobre el pueblo, enterrando todo lo que se interponía en su curso. Paita se convertía en una sufriente avalancha de lodo.

Así era Paita. Tan lejos de todo, tan remota, que sin importar las conflagraciones que ocurrieran en el mundo, yo podía vivir en paz; un sitio en el que por fin podía dejar de vestirme de soldado, dejar de llevar armas y de temer por mi vida; un sitio donde no tenía que seguir mi lucha para tener los mismos poderes que un hombre; donde podía ser, simplemente, una mujer, una mujer sin control alguno sobre las vidas de otras personas.

Paita era el destino final de muchos Bolivarianos exiliados. Aquel puerto peruano contaba con una numerosa colonia de aquellos que se negaban a renunciar a su creencia en un ideal que había sido derrotado por la historia. La principal ocupación de estas almas perdidas era esperar, y esperar, a que llegara un momento auspicioso para regresar a sus patrias y continuar la lucha por la Gran Colombia. Y ahora, heme a mí también allí, en ese purgatorio, para acompañarlos en su espera.

Se propagó la noticia de que Manuelita Sáenz, la Libertadora de El Libertador, había venido a vivir a Paita. Me encerré en mi casa. Pronto empezaron a llamar a la puerta los Bolivarianos. Le di instrucciones a Jonotás para que dijera que me encontraba indispuesta. Quería quietud y tiempo a solas para poder pensar. Los Bolivarianos querían convertirme en un símbolo de su resistencia—pero yo no quería ser partícipe de ello. Mi principal ocupación pasó a ser escudarme de la atención mórbida de la gente que llegaba a Paita ansiosa de ver en carne y hueso un curioso vestigio viviente del pasado.

Este era nuestro hogar, el último hogar que iba a conocer en esta tierra. En un principio pasaba mucho tiempo escribiéndole cartas al general Flores, quien había designado a un hombre llamado Pedro Sanín para que se ocupara de mis asuntos. Dado que Sanín no respondía a mis cartas ni me enviaba dinero alguno, le escribí directamente al general Flores para pedirle que acosara a Sanín, de quien yo empezaba a sospechar que podía ser inescrupuloso. Comencé a entretener la idea de que si podía recurrir a lo que me correspondía por nacimiento, el dinero que cruelmente se me había negado, entonces tal vez podría mudarme a Lima. Después de tantos años de separación, estaba segura de que James me dejaría en paz. Natán y su familia vivían en Lima, y sería posible verlos, de modo que Jonotás y yo no nos sentiríamos tan solas.

Algunas veces, en garras del desespero, me tentaba la idea de acabar de un balazo en la cabeza con el estado de suspensión en que se encontraba mi vida. No obstante, era responsable por Jonotás. Era una mujer libre, pero se estaba haciendo vieja, y yo no tenía nada de valor para dejarle en legado. Ni siquiera lo suficiente para que viajara a Lima, donde Natán se alegraría de acogerla en su familia.

Con frecuencia, redactaba cartas de manera apresurada, cuando escuchaba decir que había una embarcación lista para

zarpar hacia Guayaquil. En mis misivas, le rogaba al general
Flores que me enviara material de lectura, copias de los escritos de Bolívar, cualquier cosa que mitigara la monotonía de mi
vida en Paita. Pero pasaban meses enteros sin recibir siquiera
una línea o dos de parte del general a guisa de respuesta. Más
aún, llegaban muy pocas cartas dirigidas a mi nombre. Convencida de que estaban interceptando mi correo, adopté un
seudónimo: María de los Ángeles Calderón. Las cartas dirigidas
a la señora Calderón tampoco llegaron.

Después de una espera de casi dos años, llegó una carta del
propietario de Catahuango explicando por qué no había podido
cumplir con los pagos pautados: había sufrido pérdidas severas
a causa de una granizada que había acabado con casi todo el
ganado y destruido todas las cosechas. Había quedado en la
ruina y me imploraba que me compadeciera de su difícil situación. Me encogí de hombros. ¿Qué más podía hacer? Era casi
como si mi herencia cargase una maldición, e iba a ser necesario un milagro para ver un solo peso de ella. Me daba cuenta de
que la interminable espera por mi dinero me convertía en una
persona sombría y amarga. Por más que yo intentara ser pa-
ciente, era imposible vivir años y años tan sólo de la esperanza.

Así que Jonotás y yo comenzamos de nuevo a tejer chales
y a bordar ropa blanca. Jonotás no era muy diestra en el
asunto—se encontraba mucho más a gusto haciendo mandados en el pueblo—pero resultaba siempre útil. Tejíamos fervo-
rosamente con tal de mantener el hambre a distancia.

Con el paso del tiempo, empecé a abrirme un poco con la
gente local. Los paiteños eran una gente muy curiosa. Un día,

creían en una cosa, y al día siguiente, en otra. Sus opiniones cambiaban con los vientos que barrían a Paita.

¡Pobre Perú! En plena bancarrota moral, su población había olvidado lo que era vivir por un ideal dictado por la pureza del corazón. En lugar de ello, se hacía todo por ambición o por temor. Perú se había transformado en un país de bucaneros, lo cual aumentaba mis sentimientos patrióticos por Ecuador. Me horrorizaban los propósitos peruanos de anexar más y más territorio ecuatoriano. En el fondo de mi ser, me reprochaba el hecho de que me importara Ecuador como país individual; significaba que una parte mía había aceptado que nunca existiría una Gran Colombia.

LAS ABLUCIONES DIARIAS en el mar se convirtieron en mi consuelo. En las horas tempranas de la mañana y al final de la tarde, la marea traía rayas venenosas, pero desde el mediodía hasta las cuatro de la tarde, mientras retrocedía la marea, el agua quedaba libre de aquellas espantosas criaturas. Era entonces cuando podía hundirme hasta el cuello en la fresca quietud de la bahía. Mientras las escuelas de diminutos peces transparentes giraban en torno a mi cuerpo, me sentía transportada a una época más inocente, y en esos momentos me olvidaba de las privaciones de mi vida.

Bordar y tejer no nos proporcionaba el suficiente dinero, así que para tratar de sobreponernos a nuestras circunstancias, abrí un negocio... una venta de los dulces que Natán me había enseñado a preparar muchos años atrás. Hacia el final de la tarde, con una bandeja de estos confites balanceada sobre su cabeza, Jonotás iba de casa en casa, vendiendo mis animalitos de azúcar y mis cocadas. Las ganancias eran insignificantes, pero nos habíamos acostumbrado a vivir como pobres, de modo que cualquier suma de dinero era bienvenida. Además, el hacer dulces me animaba. Muchos niños hambreados llegaban hasta nuestra puerta para rogar que les regaláramos los confites que no se habían vendido ese día. Para los niños de Paita me convertí en "La dulcera," algo que me enorgullecía.

Fue en paita donde yo, la única mujer que había entrado en batalla cabalgando junto a Simón Bolívar, vestida con mi uniforme de coronel, y los colores rojo, azul y dorado de la Gran Colombia, empuñando mi sable y disparando contra el enemigo—estaba destinada a pasar horas y horas tendida en mi humilde catre, tan quieta, tan silenciosa, que alcanzaba escuchar a las termitas que mordisqueaban las delgadas paredes de barro y bambú. Mis días y mis noches pasaron a ser intercambiables por lo idénticos que eran, al igual el mar inmóvil de Paita. No me quedaban más que memorias para mantenerme viva. De manera que ahora que ya no era poderosa, ni joven, ni hermosa—en medio de la lenta humillación de hundirse desde las riquezas y el poder hasta la indigencia y el anonimato—por fin llegué a entender las maneras del mundo. Y me sentía agradecida al ver la verdad de las cosas, agradecida por un conocimiento que llegó a ser tan innecesario como amargo.

En aquella edad avanzada, cuando éramos tan pobres, y cuando mi dieta consistía de los dulces que elaboraba sentada en mi mecedora, junto a la fogata de carbón, con las monedas que ganaba por la venta, le pedía a Jonotás que comprara pescado, de modo que comíamos pescado frito para el desayuno, el almuerzo y la comida, algunas veces acompañado de arroz; y cuando había un poco de agua en la tinaja, y un tomate o dos, preparábamos una sopa de pescado espesa con los frutos del mar. En esos momentos me veía a mi misma cuando seleccionaba por mi propia mano en el jardín de La Quinta las verduras para la mesa de El Libertador, cuando elegía las escarolas más tiernas, los repollos más voluminosos, las zanahorias más firmes, los tomates más rojos y jugosos, las cebollas más dulces.

Y mientras aspiraba el salitre en el aire de Paita, un aire que me partía los labios, me secaba la garganta y me dejaba la piel quebradiza y arrugada como papel de cebolla, y cuando sentía nostalgia por saborear una fruta fresca—algo diferente a la piel blanca del coco con su leche refrescante—recordaba las bandejas en la mesa del comedor de La Quinta, rebosantes de mangos, maracuyás, chirimoyas, caimitos, jugosas curubas, naranjas, carnosas guayabas, duraznos, peras, ricas mandarinas, granadas y las otras frutas que le encantaban a Bolívar, pues le traían recuerdos de su niñez en Caracas.

Atardeceres en Paita, cuando la penumbra invadía mi cuarto, y de repente entraba un murciélago del tamaño de una paloma y se descolgaba a los lados de mi hamaca como si estuviese en un trapecio; cuando no tenía visitantes, y Jonotás se encontraba en la cocina terminando sus oficios antes de que se extinguiera la luz del sol, antes de que me trajera al cuarto una vela, en el claroscuro de mi dormitorio, me invadía una sensación de soledad y un deseo de conversación, de compañía humana.

En Paita, donde mi vejez parecía prolongarse más que el resto de mi vida, había muchos días en los que me miraba en el espejo del dormitorio y lo que veía era una mujer indigente e inválida que vivía en un pueblo que era la letrina del mundo, "donde caga la mula," como solía decir Jonotás, y entonces me preguntaba si aquella otra Manuela, que había vivido en el centro de poder de una gran nación, que había sido acaudalada y célebre, poderosa y temida, amada y odiada, podía ser la misma mujer de edad avanzada que se mecía en una hamaca desgastada en un cuarto oscuro, caluroso e infestado de termitas. Entonces mi propia vida me parecía como un libro de historia que hubiese leído sobre una mujer llamada Manuela, otra Manuela que vivía en un mundo más luminoso y más excitante, lleno de esperanza y de ideas vertiginosas, y todo lo que tenía que hacer era cerrar los ojos, sostener mis dos adormilados perros lampiños contra mis senos desnudos. Si lograba mantener mis ojos cerrados lo suficiente, el tiempo suficiente para olvidar mis circunstancias presentes, entonces me volvía todo, renovado y vivaz y fragante dentro de mi cuarto polvoriento—el refugio fresco y sombreado por las hojas de los árboles, los inacabables lechos de vivas flores, los colibríes con sus piruetas, los arroyuelos de aguas transparentes. Y yo, Manuela Sáenz—a quien la historia apodaría la Libertadora de El Libertador porque una vez arriesgué mi vida para salvar la suya, porque le di alegría a su corazón con mi amor y lo liberé de la amargura cuando se estaba muriendo, destrozado, rechazado y odiado por tantos ingratos—me sentía de repente sedienta de solo pensar en La Quinta desde mi refugio en Paita, con su mar inerte, un infierno reseco y árido en el que un jarro de agua potable era más precioso que las perlas.

EN UN PERIÓDICO DE LIMA fechado dos semanas atrás cuando llegó a Paita, leí la terrible noticia de que James Thorne había sido asesinado el 16 de febrero de 1847, en la hacienda de Huayco, y se desconocía quienes habían sido sus asesinos. James y la mujer que lo acompañaba (que supongo era su amante) habían sido tajados en pedazos. Cuando pasó un poco el impacto de la noticia, lo lloré, de la manera que se llora la muerte de un amigo querido. Lamenté que James y yo no hubiésemos tenido la oportunidad de encontrarnos de nuevo en los años después de que llegamos a ser amigos.

Como viuda legal de James, contraté los servicios de un antiguo conocido de Lima, Cayetano Freire, para que reclamara a nombre mío la dote de 8,000 pesos que mi padre le había entregado a James. Don Cayetano escribió para informarme que en su último testamento y voluntad, James me había legado los 8,000 pesos. Pero si no se contara con fondos líquidos en el momento de su muerte, como en efecto ocurrió dada la naturaleza de su negocio de exportación, el albacea del testamento debería enviarme intereses anuales de un seis por ciento, hasta cancelar la totalidad de la suma.

El testamento de James también me proporcionó respuestas a preguntas que yo no me había atrevido a hacerle durante nuestra correspondencia. Había tenido dos hijas y un hijo con una mujer llamada Ventura Conchas, y a cada uno de ellos le dejó la suma de 2,000 pesos. La Iglesia Anglicana recibió el resto de la herencia.

Don Cayetano me sugirió que reuniera documentos que atestiguaran mis penosas circunstancias, lo cual podría espolear a la corte a liberar para mí una cantidad más alta de los fondos. Por un tiempo, me atreví a soñar que mis años de mendicidad podrían estar por terminar. Jonotás se estaba poniendo vieja y yo quería contratar a una criada más joven para que se ocupara de las faenas más pesadas. Pero era una ingenuidad de mi parte: se me había olvidado lo detestada que era todavía en algunos círculos de Lima. El albacea de la herencia de James, un hombre de apellido Escobar, presentó objeciones a mi petición y acudió a la corte para anular el testamento. Argumentó que en el momento en que James hizo su testamento no estaba en posesión de sus facultades mentales. Más aún, alegaba, el dinero que James me había dejado era tan sólo un gesto galante, no una deuda legítima ya que al abandonarlo por Bolívar había perdido mis derechos de esposa legítima. Por lo tanto, el legado no tenía vigencia legal.

Don Cayetano trató de convencer a las cortes de que liberaran el dinero que se me debía, pero aquello resultó un esfuerzo inútil. El juez sentenció que al cometer adulterio efectivamente había perdido mis derechos como esposa de James.

Empecé a tomar las cosas con filosofía a manera de defensa, aceptando paulatinamente que el dinero no iba a ser el legado que me correspondía en vida, sino más bien las riquezas que residían en mi corazón y mi mente. Estas eran las riquezas de mis días y noches con Bolívar, de aquellos ocho años gloriosos cuando fui amada por el más grande de los hombres jamás nacido en Suramérica, y cuando yo correspondí a su amor con un fuego ardiente que el paso del tiempo—que tantas cosas destruía—no podría ni tocar.

No mucho después de la muerte de James, me caí cuando bajaba las escaleras de la casa. Pensé que sería solo una cuestión de tiempo antes de que sanara la fractura y pudiese caminar de nuevo. Seguí las instrucciones del médico, quedándome en casa varias semanas, pero cuando trataba de incorporarme y poner un pie en el suelo el dolor me trepaba por el cuerpo como un cuchillo. Jonotás trasladó mi cama al salón, de manera que no quedase confinada a mi dormitorio en el segundo piso. Con el tiempo, estuve lo suficientemente fuerte para sentarme en mi mecedora hasta la hora de la siesta, cuando Jonotás me ayudaba a acomodarme en la hamaca, que era donde también dormía durante la noche. Mi cadera se había curado, pero había quedado como congelada. Era incapaz de caminar. No obstante, seguía creyendo que algún día volvería a hacerlo. Fue así como me hice vieja e inválida en Paita. A partir de entonces, pasaba buena parte del día postrada en la hamaca para aliviar el dolor de las caderas, con mis perros al lado para proporcionarme algo de calor corporal que reconfortara mis adoloridos huesos artríticos.

Mi única distracción pasó a ser sentarme afuera de la casa en la silla mecedora cuando caía el crepúsculo, como lo hacían tantos paiteños para disfrutar de la fresca brisa vespertina antes de guardarse en casa. Una de esas tardes se acercó a la casa un hombre anciano y larguirucho a lomos de un asno decrépito, la viva imagen de Don Quijote. El asno se detuvo a un par de metros de mi mecedora. Los ojos negros de aquel hombre fulguraban. Me sorprendí mucho cuando dijo: "¿Doña Manuelita Sáenz?"

"Lo que queda de ella," le respondí. "A sus órdenes, amigo."

"Yo soy Simón Rodríguez."

El maestro de Bolívar aún vivía y ahora lo tenía junto a mi silla montado en un asno. ¿Cómo me había encontrado?

"Mi querido profesor," le dije, dándole la bienvenida. "Mi casa es su casa." Trató de desmontar del animal, pero le resultaba muy difícil hacerlo.

Llamé a Jonotás, quien se encontraba en el salón haciendo oficio. "Por favor ayúdale a Don Simón Rodríguez a desmontar de su asno."

"Muchas gracias, gentil dama," le dijo a Jonotás mientras le ayudaba a bajar. Avanzó tambaleante en dirección mía.

"Perdóneme si no me levanto," le dije. "Un problema con la pierna."

"Doña Manuelita, su Merced," dijo, tomándome la mano e inclinándose para besar mi piel ajada.

Jonotás sacó una silla y le ayudó a sentarse. Luego fue a traerle agua.

"He viajado una gran distancia para venir a conocerla," dijo, después de haber tomado un largo sorbo de agua. "No quería morir sin haber tenido el gran honor de conocerla. He venido a verla, Doña Manuelita, porque aún no puedo ir a reunirme con Simoncito."

Era como si El Libertador desde su panteón me lo hubiera enviado como una presencia para endulzar mi vejez. Yo no quería que Don Simón se marchara.

"Como bien puede ver, profesor," le dije, "ya no soy una mujer de recursos, pero mi humilde hogar es también el suyo. Y donde comen dos, comen tres. Sé que esto es lo que El Libertador habría querido. Nada me haría más feliz que el placer de su compañía. Jonotás y yo no tenemos muchas amistades aquí en Paita, y ciertamente ninguna amistad de larga data."

Don Simón aceptó de buen grado. Pasaríamos días y noches enteras hablando. Acababa de terminar un recorrido en su asno por todo el territorio americano, difundiendo su filosofía de que el libro de la naturaleza era "el único libro que valía la pena estudiar. Aparte de los de Rousseau, por supuesto."

El profesor Rodríguez debía andar por sus noventa años en aquel entonces. Sus posesiones terrenales consistían en su asno, Brutus, que trataba de cocear a cualquiera que se le ocurriese acercársele por detrás, y un raído fardo en el que llevaba una muda de ropas y un par de desgastados volúmenes de Rousseau.

"Puede usted creer lo atrasada que se encuentra nuestra gente," exclamó durante una de nuestras conversaciones. "He sido expulsado de muchos pueblos tan sólo por insistir en enseñar las lecciones de anatomía con modelos desnudos, y por decirle a mis estudiantes, 'muchachos, los muros de las escuelas son una prisión. Es hora de derribar esos muros para poder contemplar la realidad.' "

El profesor Rodríguez me deleitó con anécdotas de la juventud de Bolívar. No sólo de sus años iniciales en Venezuela, sino también del viaje a Europa para que Bolívar completara su educación. Tanto tiempo había pasado desde la muerte de El Libertador, que podíamos hablar de esas cosas sin tristeza.

Don Simón calmó una curiosidad mía sobre lo que podía haber sido estar en Roma, en lo alto del Monte Aventino, cuando un Bolívar todavía muy joven juró liberar al continente suramericano de la corona española.

"Dígame, profesor, ¿qué sintió al ser testigo del episodio más importante del despertar político de El Libertador?"

"Doña Manuelita, yo no considero ese el momento más importante. Ciertamente, es el momento que los historiadores han popularizado y la gente ha adornado, pero los momentos definitorios ocurrieron mucho más temprano, cuando él tenía trece años y escuchó la historia del gran jefe indio Tupac Amarú. Recuerdo esa mañana muy claramente, cómo sus ojos brillaron de dolor e incredulidad cuando le conté cómo en 1781, el jefe de Pampamarca reunió 20,000 soldados con hondas y palos y machetes para enfrentarse al poderoso ejército español. Ojalá hubiera podido ver usted la pena que apareció en sus ojos cuando le dije cómo Tupac Amarú había sido traicionado y tajado en pedazos con un hacha, aunque no antes de que el noble jefe tuviese que presenciar cómo los españoles mataban a golpes a su esposa y a su hijo. 'Ves, Simoncito,' le dije, 'los opresores pueden cortarnos la cabeza y freírla en aceite hirviente, pero las ideas en el interior de la cabeza sobreviven.' Aquel fue el día que juró reclutar un ejército de matadores de tiranos, incluso si tenían que enfrentarse a los tiranos con hondas y con piedras. Fue entonces, le aseguro, que Simoncito comprendió que los grandes hombres de la historia se hacen grandes luchando contra los tiranos, por más que se arriesguen a perder sus riquezas, su salud o su propia vida."

PRONTO SE HIZO EVIDENTE que el profesor estaba demasiado frágil para ascender las escaleras hacia el dormitorio, así que después de un par de semanas con nosotras se fue a vivir con su amigo Don Julio, el cura de Amotape, a una pequeña aldea situada a tiro de piedra de Paita.

"¡No me diga que se ha hecho usted religioso!" le dije cuando me contó de su plan. "Pensé que usted y yo compartíamos los mismos sentimientos anticlericales."

"Por supuesto, Doña Manuelita. Pero Don Julio es mi amigo: ambos somos admiradores de Rousseau, así que pasamos por alto los defectos del otro."

No había pasado mucho tiempo desde su partida, cuando el monaguillo del cura de Amotape vino a nuestra casa a traernos la noticia. Don Simón Rodríguez, el maestro de El Libertador, había muerto. "Doña Manuelita, el padre Julio me pidió que no me olvidara de decirle," explicó el muchacho, "que las palabras del profesor antes de morir fueron: 'Me siento orgulloso de dejar única y exclusivamente un baúl lleno de ideas.' El padre Julio también quería que supiera usted que lo hizo enterrar en la capilla de la iglesia, pues aunque Don Simón profesaba ser un ateo, era más hombre de Dios que muchos clérigos que el padre Julio conoce."

LA APARICIÓN del profesor en mi vida me hizo pensar en política de nuevo, en la causa por la cual habíamos luchado. Paita era un buen lugar para contemplar cómo se iba desenvolviendo la historia en las naciones de los Andes. Desde este, mi punto de observación, había visto como caían en las prolongadas guerras civiles que Bolívar había predicho que sobrevendrían tras la disolución de la Gran Colombia. Yo encontraba un placer algo perverso en saber que la historia le había dado la razón a El Libertador. Era tan sólo una cuestión de tiempo, confiaba, en que la historia me absolvería a mi también.

¿Cuál era la principal diferencia entre los tiempos en que gobernaban los españoles y ahora? Durante mis años en Paita le había dado vueltas al asunto a menudo. ¿Qué ventaja nos había traído la independencia? Nadie quiere ver a su madre patria regida por extranjeros. Eso lo habíamos solucionado. Y sin embargo, temía que las mismas injusticias perpetradas por los españoles estaban siendo perpetradas ahora por nosotros los criollos. Los negros y los indios y los pobres estaban siendo oprimidos ahora por sus propios conciudadanos.

Un día, mientras reflexionaba sobre mi vida en su totalidad, descubrí que la ira en mi corazón había disminuido; le había perdonado a la tía Ignacia, a mi padre e incluso a Santander—mis enemigos mortales. Cuando pensaba en el pasado, lo que me venía ahora a la memoria no era mi niñez de huérfana en Catahuango, ni los maltratos infringidos por las monjas, tampoco mi infeliz y atrofiada vida de casada por un matrimonio arreglado. En lugar de todo ello, lo que recordaba eran mis días con Bolívar, los tiempos de felicidad así como los de infelicidad, y mi dolor se desvanecía. Un día tuve la revelación de que aunque era anciana e inválida y estaba en el olvido, por fin era libre porque el venenoso escorpión que había habitado en mi corazón durante la mayor parte de mi vida, había muerto.

SUPE QUE MI FINAL se acercaba cuando Bolívar empezó a aparecer en mis sueños. Me sentía más cercana a él, incluso que cuando todavía estaba en vida. Ningún enemigo y ninguna campaña militar se podrían interponer entre nosotros. Ahora me pertenecía tan solo a mí. Para convocar su presencia, lo único que tenía que hacer era pensar en él, desear que estuviera a mi lado para compartir con él una confidencia, y sin importar la hora que fuese, estaría él allí sin falta, como jamás había ocurrido en vida. Su presencia pasó a ser casi corpórea, tan tangible como la de Jonotás cuando nos sentábamos en el patio, a fumar un cigarro y hablar de los vecinos. Jamás volví a sentirme sola. Cuando Jonotás salía de casa para hacer los mandados, era el general quien me hacía compañía, no los perritos que tenía en mi regazo. Hablábamos de nuestros años juntos y dábamos paseos por los predios de la hacienda de su familia en Venezuela, o a través de los campos de Catahuango, y nos divertíamos con los juegos de nuestra niñez. Yo siempre lo ponía al corriente de las noticias que llegaban a Paita sobre nuestros antiguos amigos o enemigos. Cada vez más, esperaba con anticipación el momento en que podría unirme con él en el otro lado, cuando pudiésemos ser dos almas desnudas unidas por la eternidad, para nunca más ser separadas.

32

1 8 5 6

En el transcurso de los años, los barcos que anclaban en Paita fueron trayendo con ellos numerosas enfermedades y plagas. En cuanto las autoridades anunciaban la llegada de alguna peste, Jonotás y yo nos asegurábamos de tener suficientes provisiones para que nos duraran un tiempo. Luego nos encerrábamos en nuestro hogar mientras el flagelo de turno cumplía su curso.

Una mañana de noviembre, Jonotás volvió del mercado con la noticia de que ese día había llegado un barco con dos marineros afectados por una tos incontrolable. Los hombres murieron horas más tarde en el hospital, tras una agonía espantosa. Las noticias de la enfermedad se propagaron de inmediato por el pueblo.

Sin perder un solo minuto, llenamos todas las tinajas de la casa e hicimos planes para racionar nuestro consumo de agua a no más de una totuma por día—con lo cual podríamos aguan-

tar un par de meses, de ser necesario. Nos aprovisionamos de
pez curado con sal, arroz, manteca de cerdo, sal, azúcar y velas. Para complementar estos productos esenciales, llenamos
varios estantes con frascos de confites y frutas en salmuera
preparadas por nosotras. Hicimos compras adicionales de leña
y carbón para cocinar, incienso para purificar el aire, y una
buena provisión de cigarros, que era el único placer verdadero
que nos quedaba a nuestra avanzada edad. Por último, Jonotás
selló las ventanas y las puertas y nos instalamos a esperar que
la nube del flagelo pasara y siguiera de largo.

Mientras la plaga iba cegando la vida de docenas de personas, escuchaba desde mi hamaca como los paiteños imploraban
la misericordia de Dios con sus seres amados. Tarde en la noche, los lamentos penetraban el silencio, como el ulular de almas atrapadas en el purgatorio. Aquello me recordaba los gritos
que se elevaban de los campos de batalla cuando caía la oscuridad, los gemidos de los heridos que rogaban pidiendo auxilio—
o pidiendo una muerte rápida. Noche tras noche, poco después
de que las campanas de las iglesias de Paita indicaban la medianoche, las ruedas chirriantes de la carretilla y los bufidos de la
mula anunciaban el traslado de los muertos a la tumba común
en las afueras de Paita, donde serían enterrados antes del amanecer.

Nos asegurábamos de que una de las dos estuviera despierta
hasta tarde en la noche para poder responder cuando llamara
a la puerta el recolector de cadáveres, que iba de casa en casa
para asegurarse de que todavía quedaran personas vivas en su
interior. A medida que pasaban los días, empecé a pensar que si
nos quedábamos adentro y no permitíamos que nadie entrara
en la casa, y manteníamos las ventanas y las puertas clausura-

das—a pesar del calor sofocante—quizás podríamos sobrevivir la plaga. Nuestra casa era como un horno, no solo por la falta de ventilación, sino también por el calor exterior que producían las hogueras a lo largo y ancho del pueblo para quemar los hogares y las posesiones de las víctimas de la plaga.

Tarde en la noche, Jonotás abría la puerta del patio apenas el tiempo suficiente para dejar que los perros salieran a aliviar los vientres y para vaciar nuestras bacinillas en la letrina. Antes de abrir la puerta para hacer cualquiera de estas cosas, se cubría la nariz y la boca con un chal empapado en alcanfor para protegerse de la malevolencia en el aire.

Una mañana, Jonotás se despertó tosiendo, y siguió tosiendo mientras encendía el fuego para hervir el agua para el café. Cuando se acercó a mi hamaca para ayudarme a usar mi bacinilla, se quejó de que algo le apretaba la garganta, una resequedad, una dificultad para respirar. "Probablemente no has estado bebiendo suficiente agua," le dije. "Se te ha metido en la garganta la arena de Paita." Jonotás tomó un sorbo largo de agua, pero no sintió mejoría alguna. "Ay, Manuela," se lamentó, "hay algo que me bloquea la garganta."

"Ven aquí y déjame que mire adentro de tu boca," le dije. Jonotás acercó una vela a su rostro y abrió la boca de par en par. En su paladar descubrí una zona gruesa y fibrosa del tamaño de una pequeña estrella de mar y vi que el revestimiento de su garganta se encontraba rojo e hinchado. Reparé también en que unas membranas blancuzcas casi habían sellado sus fosas nasales. Sólo le quedaban horas de vida.

Jonotás se sentó en una silla junto a mi hamaca, meciéndose lentamente, con los ojos cerrados. Empezó a tararear una canción africana, algo que no había hecho en mucho tiempo.

Era una canción de despedida. Cuando la tos se intensificó, me previno: "Manuela, voy a salir de la casa. Dejaré la puerta cerrada cuando salga."

"Sé lo que estás pensando, Jonotás," le dije. "Pero es demasiado tarde. Es sólo cuestión de tiempo antes de que la contraiga yo también. Lo menos que podemos hacer es morir juntas."

Nos quedamos mirándonos la una a la otra, incapaces ya de decirnos nada más. La plaga había despojado a Jonotás de su naturaleza parlanchina. Cada sonido que emitía parecía causarle dolor. Este habría sido el momento de buscar consuelo rezándole a Dios, pero éramos ateas. Jonotás y yo éramos ya mujeres viejas y yo me encontraba inválida desde hacía diez años. No podía anticipar nada placentero para mi futuro. Al contrario, tal vez había vivido demasiado tiempo y ahora sentía curiosidad por averiguar que nos ocurriría después de dejar esta tierra.

"Ven, vamos a fumar," le propuse. Jonotás se incorporó con gran dificultad, encendió dos cigarros, y nos sentamos la una junto a la otra en silencio, aspirando y soplando el humo. Jonotás había consumido la mitad de su cigarro, cuando su tos se hizo muy intensa. Trató de levantarse, de encontrar el aire suficiente. Se derrumbó en el suelo en una especie de trance, soltando ruidos entrecortados. Yo la observaba con atención y vi como una espuma blancuzca se escapaba de su boca entreabierta, como algo que siguiese creciendo en su interior aunque ya se le hubiese ido la vida. Yo había vivido prácticamente toda mi vida con Jonotás—no sabía lo que era vivir sin tenerla a ella a mi lado. Ya había visto demasiada destrucción y sufrimiento y experimentado demasiadas pérdidas... ya todas mis lágrimas se habían secado largo tiempo atrás. Tenía la sensación de que en mi garganta iban creciendo telarañas, haciéndose más y más densas hasta que me cortaron la entrada del aire. No conseguía respirar. Ya había tomado la decisión de que me quedaría en Paita pasara lo que pasara, para así morir junto al mar, como El Libertador. Mi único remordimiento era que la plaga no había esperado hasta diciembre—el mes en que él había muerto.

Me llevé la mano al corazón. Había dejado de latir; estaba muerta.

Aquella noche los murciélagos que usualmente se deslizaban en lo alto de mi hamaca cuando llegaba la oscuridad, no vinieron. Durante años, Jonotás había combatido a esas ratas aladas, persiguiéndolas con una escoba, atrapándolas en una red, buscando durante el día sus escondites para poderlos matar, sellando las grietas en las paredes de bambú por las cuales se infiltraban desde el exterior, infructuosamente. Habría sido más fácil evitar que la arena llegara a Paita que evitar que los murciélagos se metieran en la casa. Cada atardecer, en cuanto se despabilaba la vela, llegaban los murciélagos. Mis ojos se cerraban y las puntas de sus alas me hacían estremecer hasta el vello de las mejillas. Después de años tratando de deshacernos de ellos, nos dimos por vencidas. Cuando eso ocurrió, empecé a recibir de buen grado a mis visitantes nocturnos, los únicos visitantes que tenía en Paita durante aquellas largas noches. Pero esta noche no llegó ni un solo murciélago, como si también a ellos se los hubiese llevado la peste.

La vela que Jonotás había encendido el día anterior se había consumido, pero ahora, en la muerte, podía ver claramente a Jonotás extendida boca arriba, su boca desdentada del todo abierta, los ojos vidriosos, la cabeza cubierta en lo alto por una leve capa de pelo canoso, los dedos ancianos y nudosos colocados sobre sus senos como en un intento por llegar a la garganta y abrir un pasaje para el aire. Los perros estaban sentados junto a Jonotás, como si estuviesen esperando que se despertara pronto y los dejara salir al patio. ¿Qué sería de ellos? Siempre y cuando nuestros cadáveres fuesen encontrados al día siguiente, Santander y Córdoba no morirían de sed.

Pero Jonotás y yo no éramos ya de este mundo. Mi cuerpo yacía en la hamaca, la cabeza ladeada, las orejas, fosas nasales y la boca recubiertas por una membrana algodonosa. Y, sin embargo, mi alma permanecía dentro del cuerpo, como si esperara el permiso para separarse. O como si esperara a que se le dijera adónde ir a continuación.

Desde mi hamaca, podía ver el arcón de caoba que contenía las cartas de Bolívar. Mientras esperaba que la plaga se desplazara a otro pueblo, le había pedido a Jonotás que acercara el arcón a mi hamaca, y aunque me sabía de memoria cada una de las cartas, empecé a leerlas y releerlas silenciosamente, para escuchar su voz en mi oído, la miel de sus palabras, sus expresiones de cariño dichas en un susurro, sus declaraciones de amor. A lo largo de dos décadas, había cuidado de este arcón como si contuviese mi propia vida. ¿Qué sería de él ahora?

En los veintiséis años que habían transcurrido desde la muerte de Bolívar, mi nombre no había alcanzado siquiera un pie de página en la historia oficial de la vida de El Libertador. Durante largo tiempo, me había negado siquiera a pensar qué pasaría con las cartas cuando yo ya no estuviera. En años recientes había considerado enviárselas a mi querido amigo el general Flores, quien habría garantizado que las cartas se conservaran para la posteridad. Pero había aplazado esa acción demasiado tiempo, tal vez porque una vez que me desprendiera de ellas estaría admitiendo que el mundo me había derrotado. Ahora las cartas serían destruidas, y yo, Manuela Sáenz, la mujer que había amado y confortado a Simón Bolívar durante los últimos ocho años de su vida, la mujer que había compartido con él no solo su gloria sino también su ocaso, iba a ser olvidada. Sería como si yo nunca hubiese existido.

De repente, unos hombres que blandían antorchas irrumpieron en la casa, recogieron nuestros cuerpos, y los arrojaron encima de una pirámide de cadáveres en la carretilla de la mula. Entonces mi espíritu comenzó a separarse de mi fría carne. Resultaba una sensación extraña no tener peso alguno. Mientras nuestros cuerpos eran transportados por las calles arenosas hacia las afueras de Paita, yo buscaba desesperadamente el alma de Jonotás, pero ya se había alejado de mi lado para siempre. Tal vez hubiese regresado a sus orígenes en San Basilio y tal vez se alegrara de ser finalmente dueña de sí misma.

Me faltaba algo por hacer en Paita. Sabía que tenía que regresar a mi casa una última vez. Pude ver cuando un hombre con una antorcha encendida prendía fuego a mi casa, creando un vértice de llamas rojas. En cuestión de minutos, el fuego lo consumió todo con excepción de un trozo quebradizo de papel amarillo que escapó a las llamas y se fue girando hacia lo alto, hacia donde yo estaba. Alcance a distinguir la caligrafía de Bolívar. El papel decía: "Ven a mí, ven pronto, ven cuanto antes."

Un ventarrón vigoroso circundó mi espíritu en una nube que se desplazaba velozmente. El firmamento en lo alto brilló con luz trémula en el momento en que una luna llena emergía de la boca de un volcán. Reconocí que tenía la forma de Cayambe. Me encontraba de vuelta en Ecuador y estaba volando sobre los prodigiosos campos de Catahuango, mi tierra ancestral, la herencia que nunca me fue entregada y que tanto dolor me causó. Por fin, me liberaba de aquello, me liberaba de un sitio que de todas maneras nunca debió haberme pertenecido. Pertenecería siempre a los indios, que a su vez siempre habían pertenecido a esa tierra, porque los indios y la tierra eran la misma cosa.

Mientras la luna derramaba rayos de luz sobre el paisaje, se abrió ante mí una amplia vista que reveló una avenida de volcanes coronados de nieve. Hileras de estrellas resplandecían en el cielo helado. La luna se elevó más alto y un esplendor blanco y candente envolvió los picos más elevados. La luz continuó extendiéndose hasta que el paisaje blanco se convirtió en una cordillera de cristal contra la línea de carbón que marcaba el horizonte. Un silencio profundo y amenazador se cernió sobre la escena, hasta que escuché tenuemente, como si se acercara desde muy lejos, una vibración agitada—el sonido producido por las alas de un cóndor.

Había regresado al sitio de mi nacimiento para que mi espíritu pudiese ser enterrado en uno de los volcanes sagrados, como las leyendas de los indios prometían a la gente nacida en el valle. Volé sobre la boca del Tungurahua donde, en tiempos de la antigüedad, los habitantes de Quito ocultaban las esmeraldas, en sus profundidades, lejos del alcance de los rapaces conquistadores, hasta el punto que el cráter del Tungurahua se convirtió en un espejo verdeante.

Yo no era más que una partícula de polvo en medio del viento feroz que me cargaba por encima de la ardiente boca color rubí del Cotopaxi, sus entrañas hechas por los hermanos y hermanas que se mataban entre sí en guerras civiles que duraban cientos de años—el gran derramamiento de sangre que haría tanto daño y esclavizaría tantas personas en nombre del odio, despojando a las naciones de los Andes de sus mejores gentes, y de su esperanza, hasta que las cinco naciones que formaban la Gran Colombia se transformaron en un delta de sangre.

Retumbaban tambores indios a través del valle, seguidos por el penetrante sonido de trompa del bombo leguero y los lastimeros sonidos de tuba de la tru tru ca, la más anciana de todas las flautas. Estos instrumentos tocaban la música de mi propia marcha funeral. Me encontraba extasiada por aquellos sonidos, el resplandor del valle, el acariciante batir que se escuchaba en el aire. Era el sonido de mis alas, el mismo sonido de todos los solitarios y moribundos cóndores cuando comienzan su descenso hacia la boca del Cotopaxi, el Señor del Terror, adonde tarde o temprano regresan todas las criaturas de la tierra de los volcanes para ser consumidas por el fuego hasta que no quede de nosotros otra cosa que la estela efímera que hemos trazado en este mundo que imprudentemente llamamos nuestro, o incluso hogar, pero que no es nada más que una hermosa, y con frecuencia dolorosa, estación de paso; un sitio en el que luchamos con desesperación para crear, controlar, cambiar, aferrarnos a las cosas, a la gente, al poder, a la gloria, a la belleza y hasta al amor, sin entender que todo ello nos es dado solo en préstamo, para ser pasado una y otra vez a aquellos que vienen detrás de nosotros, ya sean amos o esclavos, a todos los insensatos que habitan la tierra, soñando esos sueños de los que estamos hechos.

AGRADECIMIENTOS

Entre los biógrafos, historiadores y autores de memorias a quienes debo reconocer y agradecer por haberme abierto el camino, mi mayor deuda de gratitud es con Víctor von Hagen por su biografía romántica *The Four Seasons of Manuela* (Las cuatro estaciones de Manuela), que hizo que me enamorara de la historia de Manuela hace muchos años. Otros libros que iluminaron para mí la época y los personajes son *Escritos seleccionados de Bolívar*, compilado por Vicente Lecuna y editado por Harold A. Bierck, Jr,; *Bolívar* de Indalecio Liévano Aguirre; *Bolívar* de Salvador de Madariaga; *Santander* de Pilar Moreno de Ángel; *Memorias*, de Jean Baptiste Boussingault; la carta de Peroux de la Croix a Manuela Sáenz, fechada el 18 de diciembre de 1830; *Lima Antigua, La Ciudad de los Reyes* de Carlos Prince; *La Guía del Viajero en Lima*, de Manuel Atanasio-Fuentes; *Tradiciones Peruanas* de Ricardo Palma; y por supuesto, los propios escritos de Manuela Sáenz: *Manuela Sáenz, Epistolario, Estudio y Selección del Dr.*

Jorge Villalba F.S.J. Mi descripción de los eventos que rodearon el atentado contra Bolívar está basada en el célebre testimonio de Manuela, redactado para el general O'Leary, y fechado el 10 de agosto de 1850. Debo reconocer de manera particular una deuda literaria: las últimas páginas de mi novela están inspiradas en el final de la obra de Alejandro Carpentier *El reino de este mundo*, cuando Ti Noel es transformado en un ganso. Es mi homenaje a un autor y una novela, importantes para mí.

Tengo también una inmensa deuda de gratitud con muchos viejos amigos, y con los nuevos que hice durante la escritura de esta novela. Mis agradecimientos a mis amigos en Paita: a Don José Miguel Godos Curay, quien compartió conmigo sus conocimientos sobre la vida de Manuela y las percepciones acerca de su personalidad, y quien puso a mi disposición cientos de páginas de escritos sobre Manuela que había coleccionado; y a su hijo, Juan de Dios, quien insistió en que me pusiera en contacto con su padre.

Otros amigos me escucharon hablar de este proyecto durante años y leyeron innumerables borradores de la novela, ofreciendo una contribución invaluable. Mis agradecimientos a Nicholas Christopher, quien una tarde a finales de diciembre de 1999 me dijo, "¿Y qué esperas para viajar a Paita?" Al día siguiente, compré el boleto, y ese fue el comienzo de ese viaje. A. Kennedy Fraser, mi colega de escritura cuando empecé a trabajar en el libro; a Maggie Paley y su grupo de escritura a cuya evaluación y comentarios sometí un borrador temprano de la novela; a Mim Anne Houk, mi profesora en la universidad, quien leyó una versión temprana y me hizo caer en cuenta de lo lejos que estaba de llegar a buen puerto; a Jessica Hagedorn, quien me dijo: "¿Qué hacen aquí esas esclavas?" Fue después de que ella leyó aquel borrador temprano que empecé a incorporar las voces de Jonotás y Natán; a Connie Christopher, quien me dijo: "Vas a tener que hacerme creer que Manuela realmente amó a Bolívar," a Edith Grossman, quien después de leer un borrador ya avanzado dijo: "Necesito entender de qué manera Manuela se convirtió en la mujer en la cual se convirtió," a mi agente literario, Thomas Colchie, quien me dijo muy temprano en el proyecto: "Yo creo que tienes algo bueno entre manos;" a Shepherd Raimi, quien me escuchó contar y recontar la historia cientos de veces; a Robert Ward, por su ayuda en la preparación del manuscrito; y a Bill Sullivan, quien leyó incontables borradores, y nunca se quejó. Pero tengo una especial deuda de gratitud con dos personas en particular: la editora independiente Erin Clermont, por su inspirada y exigente revisión y corrección del texto de la novela. Y la novelista y profesora universitaria Marina Budhos, quien me ayudó a encontrar la estructura y la forma de *Nuestras vidas*, cuando yo llevaba ya cuatro años escribiéndola. Fue sólo cuando empecé a escuchar sus sugerencias que la novela encontró su rumbo. Y por último, pero de todo corazón, quiero expresar mi gratitud a mi perspicaz editor, Rene Alegría, por muchas e invaluables sugerencias y por abrazar mi novela con pasión.

Esta novela está dedicada a la memoria de Josefina Folgoso, a quien conocí en Barranquilla, Colombia, cuando yo tenía catorce años. Se convirtió entonces en mi mentora y mi maestra. A lo largo de cuarenta años, mantuvimos una amistad cercana, que la distancia geográfica hizo aún más preciosa. Desde que empecé a escribir *Nuestras vidas*, era difícil que pasara más de una semana sin recibir una llamada suya desde Barranquilla para preguntar cómo iba la novela. Pasado un tiempo comprendí que ella veía la escritura de mi novela sobre Manuela como una justificación de su propia vida. Al igual que a Manuela, se había abatido sobre ella el infortunio al llegar a una edad avanzada.

Y un día, el 13 de agosto de 2004, mientras escribía las últimas páginas del libro, recibí una llamada de la hermana de Josefina para decirme que había muerto de cáncer el día anterior. Agregó que Josefina había estado enferma los pasados cuatro meses, pero me había ocultado su enfermedad para no distraerme mientras terminaba mi novela.

UNA BREVE CRONOLOGÍA

1783   Simón Bolívar nace en Caracas, Venezuela.

1797   Manuela Sáenz nace en Quito, Ecuador.

1801   Simón Bolívar, con dieciocho años, viaja a España a estudiar.

1802   Bolívar se casa con María Teresa del Toro, quien fallece ocho meses después.

1808   Fernando VII, rey de España, es derrocado por Napoleón Bonaparte. José, hermano de Napoleón, es coronado rey de España.

1811   Bolívar comienza sus campañas militares por la independencia de Venezuela.

1815   El gobierno español en Venezuela envía a Bolívar al exilio en Jamaica.

1815   Manuela Sáenz se escapa del colegio de las monjas Conceptas en Quito para irse con el teniente Fausto

D'Elhuyar. Poco después, regresa humillada a la casa de su padre.

1817   Manuela se casa en Lima con James Thorne, un caballero inglés.

1819   Colombia logra su independencia en la batalla de Boyacá. Bolívar crea la República de la Gran Colombia.

1821   El general argentino José de San Martín libera a Lima.

1822   Manuela Sáenz recibe la medalla de Caballero de la Orden del Sol por sus esfuerzos y su apoyo a la causa de la independencia peruana.

1822   Manuela Sáenz conoce a Bolívar en Quito y se convierten en amantes.

1823   Manuela y Bolívar viven abiertamente como pareja en Lima.

1827   Bolívar parte a Bogotá y Manuela se queda en Lima. Se produce un golpe de estado contra el general; Manuela es arrestada y exiliada del Perú.

1828   Manuela Sáenz llega a Santa Fe de Bogotá y se reúne con Bolívar en La Quinta. En septiembre, Manuela frustra un atentado contra la vida de Bolívar.

1830   Bolívar es exiliado de Colombia y muere en San Pedro Alejandrino, una plantación en las afueras de Santa Marta.

1834   Manuela Sáenz es exiliada de por vida de Colombia. Viaja a Jamaica.

1835   Manuela Sáenz se instala en Paita, Perú, después de que el gobierno ecuatoriano le niega el permiso de regresar a Quito.

1847   James Thorne es asesinado por asaltantes desconocidos.

1856   Manuela Sáenz muere durante una epidemia que azota
        a Paita. Su casa y sus enseres son incinerados. Manuela
        Sáenz es enterrada en una fosa común en las afueras
        de Paita.